재혼황후

재혼 황후

Remarried Empress

7

알파타르트 장편소설

해피북스
투유

차
례

Remarried Empress

30
울고 있는 하인리

다리에 힘이 풀렸다. 나는 의자 등받이를 꽉 쥐었다. 하인리
가……

"그게 무슨 말인가요?"

머릿속에 온갖 나쁜 이미지들이 떠올랐다. 납치. 사고. 행방불명.
실종…… 죽음.

고개를 빠르게 저었다. 이런 것들은 입 밖으로 꺼내기조차 무서
운, 아니, 머릿속에 담아두기조차 싫은 말들이었다.

"폐하? 황후 폐하? 혹시 기절하셨습니까?"

내 무게가 실린 의자가 밀리면서 내는 소리에, 여전히 소파 뒤에
웅크린 까마귀가 황급히 물었다.

"아니에요. 좀 더 자세히 말해봐요."

"좀 무리를 하셨습니다. 어차피 들킬 수밖에 없다면, 들키기 전

에 마력석을 다 회수하실 생각이었지요."

하인리…… 입안에서 그의 이름이 쓰게 울린다. 이 멍청한 새,
대체 뭘 하고 있는 거야?

"마력석을 숨겨둔 장소 중 몇 군데는 폐하 외엔 아는 새가 없습
니다. 그래서……."

"혼자 갔군요."

"예. 몇 군데는요."

"하인리는 그럼, 마력석을 회수하러 가기 전엔 괜찮았나요? 이
후에 그냥 연락이 안 되는 거고?"

"예. 제 생각에 아마……."

아마? 왜 말을 하지 않지? 까마귀가 뜸을 들이는 바람에, 나는
순간 소파 뒤로 돌아가 그를 일으켜 세우고 빨리 말하라 다그칠 뻔
했다. 눈을 감고 속으로 셋을 세면서 가까스로 충동을 눌렀다.

참자. 참자. 지금 저기에 가봐야 보이는 건 벌거벗은 채 웅크린
남자야. 내가 다그치면 오히려 얼어서 말을 더 못 할 거야.

체감상 너무나 오랫동안 말을 끈 후에야, 까마귀가 무거운 목소
리로 대답했다.

"날개를 다치셔서 못 날아오시는 게 아닌가 싶습니다."

나무 한 그루 없이 풀만 펼쳐진 초원은 갈색과 초록빛이 뒤섞여
황량했다. 이곳에서 가장 역동적인 건 차가운 칼바람에 뽑혀 나갈

기세로 펄럭거리는 막사 깃발뿐이었다.

한 무리의 기사들은 바람 소리와 깃발 펄럭이는 소리로 가득한 막사 근처를 두셋씩 모여 돌아다녔다. 그리고 가장 정중앙 막사 앞에는 은발 남자가 커다란 새장을 들고 서 있었다.

"이 새가 있었다고?"

새장 안에는 커다란 금빛 새가 날개에 붕대를 감고서 힘없이 앉아 있었다. 새인데도 망연자실한 표정이 훤히 드러나서 보는 사람이 웃음을 띠게 만드는 그런 새가.

"예, 단장님. 깃털이 깨끗하고 향이 나는 걸로 보아, 야생 새는 아닙니다. 하인리 황제가 부리는 전서조가 아닐까 싶어 데려왔습니다."

"하인리 황제는? 나타났나? 패턴으로 보면 슬슬 나타날 텐데."

"나타나지 않았습니다."

부하가 새장 속 새를 가리켰다.

"자기 전서조가 잡혀서 경계하는 걸까요?"

"그럴지도. 그러면 방향을 바꿔서 다른 곳부터 갔을 수도 있겠군."

에인젤은 생각에 잠겨서 새장 사이로 검지를 넣었다. 금빛 새는 험악하게 반항하거나 손을 쪼는 대신, 귀찮단 듯 날개로 픽 손가락을 쳤다.

"확실히 야생 새는 아니야."

"어떻게 할까요?"

"상황을 계속 주시해라."

"예. 저…… 그럼 이 새는……?"

"이렇게 순한데 굳이 죽일 필요는 없지. 야생에 풀어주면…….''

— 구!

"너무 순해서 못 살아남을 거야."

새가 항의라도 하듯 새장을 탕탕탕 날개로 두드렸다.

"키울 사람을 찾아보지."

에인젤은 새의 부리를 콕 찍고서 막사 안으로 새장을 들고 들어 갔다.

새장에 갇힌 새, 하인리는 머리를 날개로 덮고서 끙끙 앓는 소리 를 냈다.

회의실로 들어가는 입구, 하인리가 드나드는 황제 전용 입구 부 근에 선 채 나는 심호흡을 했다. 아무리 기다려도 황제가 오지 않 아서인가. 접견실에 모인 사람들이 수군대는 소리가 들려왔다. 심 지어 맥켄나도 보이지 않아서인지, 안쪽은 분위기가 몹시 어수선 했다. 나는 마지막으로 숨을 들이쉬고서 허리를 펴고 안으로 들어 갔다.

"황후 폐하?"

놀란 목소리가 튀어나오더니 곧 대신들이 동시에 입을 다물었 다. 무슨 일인가 싶은지, 다들 당혹스럽단 표정으로 눈동자를 좌우 로 굴려댔다.

설명을 하기에 앞서, 나는 하인리가 앉는 가장 상석의 의자로 가 앉았다. 대신들은 더욱 어리둥절한 표정으로 나를 지켜보았다.

"폐하께서 연합과 관련된 일로 비밀리에 자리를 비우셨소."

그 동그래진 눈들은 내가 일부러 심드렁한 목소리로 말하자 더욱 커졌다.

"그러면 황제 폐하께서는 지금 자리를 비우신 것입니까?"

"그렇소."

하인리가 마력 감소 현상에 개입했던 건 최측근 몇을 제외하고는 서대제국 대신들도 몰랐다. 그러니 거짓말을 하는 수밖에 없었다. 이 일을 공개적으로 밝혔다가 누가 반발할지 모르니. 당연히 그 처리를 하기 위해 자리를 비웠단 얘기도 할 수 없고. 그나마 다행이라면 라리와 카이가 건강하게 태어난 후인지라, 내가 국정을 임시로 대신 이끈다고 해서 반박할 대신이 없단 정도인가.

"폐하께서 자리를 비운 사실을 비밀로 해야 한다 생각해서, 오늘은 '믿을 수 있는' 대신들만을 불렀소."

하인리의 부재를 감추기 위해서, 일부러 이 자리에 모인 이들에게 신뢰한단 표시를 하자, 케트런 후작을 비롯한 몇몇의 표정이 흔들렸다.

"폐하께서 돌아오실 때까진 내가 폐하의 업무를 재상과 나누어 할 테니, 경들도 많은 도움을 주시오."

불안한 목소리를 누르고서 최대한 태연하게 말을 마쳤다.

차가운 표정, 무뚝뚝한 목소리, 칼 같은 태도를 유지하는 건 익숙한 일이었다. 덕택에 국정 회의를 하는 내내 나는 불안을 잘 감출 수 있었다. 처음에는 하인리의 갑작스러운 부재에 당혹스러워하던 대신들도, 나중에는 평소처럼 이런저런 보고를 올리고 안건을 올렸으니까.

하지만…….

'하인리.'

회의를 하는 내내 그에 대한 걱정을 잠시라도 밀어두기 힘들었다. 조금이라도 긴장이 풀리면 '당장 동원할 수 있는 모든 병력을 풀어서 폐하를 찾아라!'라고 외칠 것 같았다. 게다가 내내 괜찮은 척했지만, 출산한 지 얼마 되지 않은 몸은 몇 시간 지속되는 회의를 주관하기 어려웠다. 꾹 참았지만 벌써 몸이 무거웠다.

'괜찮아. 하인리를 찾는 건 새대가리 종족들이 맡아서 해줄 거야. 그 부분은 내가 어떻게 할 수가 없어. 기사들을 풀면 오히려 연합 쪽 시선을 끌 테고…….'

그렇게 생각에 잠긴 채 얼마나 오랫동안 걸어갔을 때일까. 반대쪽에서 이쪽으로 오던 카프멘 대공과 눈이 마주쳤다. 카프멘 대공은 멀리서 인사만 하고 가려는가 싶더니, 갑자기 방향을 돌려서 빠른 걸음으로 다가와 물었다.

"무슨 일입니까? 폐하께서 실종되시다니요?"

내 고민을 읽고 놀라서 온 모양이었다. 그는 질문을 던지고는 알아서 대답까지 찾아냈는지, 눈을 커다랗게 떴다.

"정말입니까?"

이럴 땐 긴 설명을 안 해주어도 되니까 편하구나. 고개를 끄덕이고 있자니, 돌시가 떠올랐다. 카프멘의 친구. 혹시 하인리를 찾는 일을 돌시가 도와줄 수는 없을까?

"안 해주려 할 겁니다."

"그래도 한번 물어보고 싶어요. 데려와줄 수 있나요?"

몇 시간 후, 카프멘 대공은 내 부탁대로 돌시를 데려와주었다. 돌시가 오자마자 나는 미리 준비해두었던 음식을 그에게 건네며 부탁했다.

"찾고 싶은 사람이 한 명 있는데. 혹시 도움을 줄 수 있겠어?"

돌시는 달콤한 설탕 과자를 입에 넣고 씹다가, 내 부탁을 듣자 난처한 표정을 지었다. 그 표정에서 이미 대답이 나왔다.

"이름 이상한 여자야, 나는 네가 꽤 마음에 들지만 부탁은 들어줄 수 없겠다."

"원하는 만큼 보석을 줄게."

그가 거절했지만 나는 하인리의 보석방을 떠올리고서 거듭 부탁했다.

"온갖 귀한 보석을 다 줄 수 있어."

그러나 돌시는 이번에도 거절했다.

"혹하는 말이지만 난 인간 일에 깊게 관여할 수 없어서."

"댐은 잘만 부쉈잖아?"

말을 하다 말고, 돌시가 '근데 너, 내가 용인 건 어떻게 알았니?' 하는 눈으로 쳐다보았다. 하지만 곧 입맛을 다시더니 다시 설탕 과자를 집으며 말했다.

"그거랑 사건이 다르지. 거긴 내 집이기도 하니까. 인간들에게 관여하려고 부순 게 아니라, 내 집에 흉물을 두니 부순 거지."

안 될 거란 말을 듣긴 했지만…… 실망스럽다. 돌시가 바삭바삭 부숴 먹는 설탕 과자에서는 듣기 좋은 소리와 달콤한 향이 났지만, 현실은 쓰고 매웠다.

"아, 그렇지. 이름 이상한 여자야. 아기가 태어났다면서? 구경 가도 되나?"

아기를 본 돌시는 라리와 카이가 마음에 드는지, 오른쪽 요람과 왼쪽 요람을 번갈아 살피면서 입을 열고 감탄했다. 돌시가 혹시 아기들한테 이상한 장난을 칠까 염려되어서, 나는 하인리를 찾을 방도를 계속 고민하면서도 그쪽에서 시선을 떼지 못했다.

얼마나 그러고 있었을까. 밖에서 랑드레 자작이 나를 불렀다.

"폐하. 트로비 공작 부인께서 오셨습니다."

어머니가? 내가 놀라서 의자에서 일어나자, 돌시가 "나 갈까?" 하고 묻더니 눈치껏 사라졌다.

문을 열고 응접실에 나가자마자, 어머니는 두 팔을 벌리고 다가와 나를 꽉 끌어안았다.

"세상에. 이럴 수가 있니. 내가 떠나자마자 아기가 태어나다니."

나는 어머니를 덩달아 마주 꼭 안았다. 어머니는 평소답지 않은 내 태도에 잠시 당황했지만, 곧 두 손으로 나를 완전히 감싸주었다.

"내 딸. 힘들었지? 몸은? 괜찮아?"

"괜찮아요. 언제 왔어요?"

질문을 던지면서 고개를 들어보니, 문가에 르베티도 어정쩡하게 서 있었다. 눈이 마주치자 르베티는 두 손을 모으고서 꾸벅 인사했다.

"르베티 양?"

"오는 길에 만나서 데려왔다. 너한테 온다기에."

아아…… 어쩐지. 어머니랑 르베티가 같이 와서 의아했지.

"잘하셨어요."

"소식을 듣자마자 오느라고 사람을 보내지도 못했어. 사람을 보내봤자 내가 먼저 도착할 것 같아서."

"아버지는요?"

혹시 아버지도 왔을까? 나는 아버지가 르베티 뒤쪽에 있나 싶어서 살펴보았다. 그러나 열린 문 너머로 보이는 건 랑드레 자작뿐이었다.

"출발은 같이 했는데 도중에 붙들려서 수도로 돌아갔어."

"붙들리다니요? 무슨 일이 있어요?"

"셰를이 왕위계승권을 완전히 포기한다고 선언해서."

"세상에. 그래도 괜찮나요? 지금 상황에서는 셰를 위치가 아주 중요할 텐데……."

게다가 릴테앙 대공이 그걸 가만히 두고 볼 사람인가?

"릴테앙 대공이 건강했다면 바로 말렸을 텐데. 지금은 그 사람도 앓아누워 있고……. 나중에 알게 된 대공비가 펄쩍 뛰긴 했지. 계승권을 포기할 땐 대공비가 곁에 없었거든."

"그랬군요……."

"대공비야 '궁전에서 셰를을 협박해서 포기하게 한 거다, 아직 셰를은 아이라서 이런 결정을 내릴 수 없다, 보호자가 없는 상황에서 내린 결정이니 무효다' 이렇게 주장하는 모양인데. 셰를 본인이 사람들 앞에서 자기 뜻이라고 확실하게 밝혔나 보더라."

"그 우유부단한 셰를이……."

"그 애가 도중에 의견을 안 바꾼 건 이게 최초 아니니?"

말을 마친 어머니는 내 얼굴을 보더니 무겁게 한숨을 내쉬고서 근처의 소파로 밀었다.

"넌 좀 앉아 있어야겠다. 낯빛이 창백하잖아."

내가 의자에 앉자, 어머니는 마음이 아프단 얼굴로 내 머리카락을 쓸어서 넘겨주었다. 나는 눈을 감고서 그 손길을 받다가, 어머니의 다른 쪽 손을 꼭 쥐었다. 어머니에게 하인리 이야기를 하면서 불안한 마음을 털고 싶은데. 그럴 수가 없기에 더욱 괴로웠다. 마력 감소 현상에 관한 이야기는 어머니, 아버지에게도 할 수가 없으니…….

"괜찮아요."

결국, 억지로 밝은 척 일어섰다.

"우리 아이들을 보여줄게요. 르베티, 너도 오너라."

침실로 들어가면서 엉거주춤 서 있는 르베티를 부르자, 어머니와 르베티가 얼른 나를 쫓아왔다.

나는 요람을 하나씩 차지하고 누워 있는 두 아기를 두 사람에게 보여주었다. 어머니와 르베티는 작게 비명을 질렀다.

"와. 한 명이 황후 폐하랑 똑같이 생겼어요!"

"이쪽은 우리 사위 얼굴이잖아?"

두 사람 다 아기들을 보고서 즐거운 듯했다. 하지만…… 그 모습을 보아도 여전히 무거운 마음은 가시질 않는구나. 하인리…….

"나비에, 널 닮은 아가는 이름이 무엇이니?"

"라르스예요. 남자아이는 카이사고요. 보통은 라리, 카이라 불러요."

"세상에, 나비에. 카이 표정이 네 어릴 때랑 똑같아. 네 인생에서 유일하게 맹한 시절이었는데."

어머니가 시녀들과 아기를 데리고 노는 사이. 나는 르베티를 따로 불러서 건너편 방으로 데려갔다. 원래 아기들 방으로 사용하려 준비한 방이지만, 지금은 장난감만 수북한 그 방으로. 르베티는 아기들을 더 보고 싶은지 연신 맞은편을 힐긋거리면서도 순순히 따라왔다.

"아기님들이 정말로 사랑스러워요, 황후 폐하."

"고마워요. 동대제국엔 잘 다녀왔는지 듣고 싶어서 불렀어요."

긴 소파에 앉으면서 르베티에게도 맞은편에 앉으라 말하자, 르베티는 쪼르르 맞은편으로 가서 앉았다. 그러고는 동대제국에 다녀온 이야기를 꺼내놓았다.

"안은 황후 폐하께서 마련해준 저택에 두고 왔어요. 저택 빌려주셔서 감사해요, 폐하. 보고 놀랐어요. 정원도 넓고 내부도 깨끗하고…… 정말 감동받았어요. 하지만 너무 오래 있진 않을 테니, 염려마세요."

그런데 한참 동대제국에서 있던 일들을 얘기하던 르베티가, 갑자기 "아." 하고서 심각한 표정을 지었다.

"황후 폐하. 저, 카를 후작님에 대해 말씀드려야 할 게 있어요."

카를 후작?

르베티가 다시 아기를 보러 간 후. 나는 아기방에 홀로 남아 르베티가 한 말을 되새겼다. 안을 본 소비에슈가 괴로워하며 이상한 반응을 보이는데, 오히려 충복인 카를 후작은 그걸 방치했고, 더 머물다 가라며 안을 붙잡았다고……. 전에 소비에슈가 르베티를 구해준 일이 있어서 이 얘기를 전했는데, 그걸 들은 소비에슈는 또 놀라는 기색이 없고……

카를 후작이 소비에슈의 기억을 어떻게든 되돌리려 하나 보구

나. 자극을 주면 기억이 돌아올 거라 생각하는 걸까?

태엽이 풀리기라도 한 건지 느릿느릿 돌아가는 태엽 시계가 눈에 들어왔다. 고장 난 소비에슈처럼.

르베티는 안을 보자 울면서 소비에슈가 쓰러졌다지만…… 솔직히 나는 그런 소비에슈의 모습은 상상이 가지 않는다. 그저 소비에슈가, 라스타의 딸을 많이 사랑하긴 했구나 싶을 뿐.

오히려 그 생각은 하인리 생각으로 변해서 가슴을 미어지게 만들었다. 눈물이 날까 봐 눈가를 엄지로 눌렀다. 하인리는 아기들이 새 모습으로 있으면 몇 시간이고 품고 있고, 직접 먹이를 먹여주고, 털도 골라주고, 예뻐서 견디질 못하는데. 이런 시기에 돌아오질 못하니 얼마나 무서울까.

다음 날이 되어도 하인리에게서는 여전히 소식이 없었다. 대신, 예상 밖의 이야기를 듣게 되었다. 말을 꺼낸 건 국정 회의 때 참석해도 되냐고 물었던 샬렛 공주였다.

"며칠 전, 코샤르 경도 제게 청혼을 하였습니다. 저는 받아들였고요, 황후 폐하. 이제 서로 결혼을 약속하였으니 국혼을 공식화해주시길 바랍니다."

안 그래도 어제 연합에서 서대제국을 노린다는 이야기가 안건으로 나왔지. 다들 그 이야기를 듣고 불안해하던 참이라, 샬렛 공주의 말에 많은 대신들이 기뻐하는 내색이었다. 하지만 나는 순수하게 기뻐하기 힘들었다. 며칠 전에 내 눈으로 직접 본 광경. 오빠와 마스타스가 서로 마음을 확인하던 그 광경 때문에.

그사이에 상황이 왜 이렇게 된 거지? 오빠가 샬렛 공주와 결혼한다고? 그럼 마스타스는?

게다가 말을 하는 샬렛 공주 역시도, 이전에 오빠에게 청혼을 할 때와 표정이 달랐다. 여전히 자신만만하고 당당한 미소를 띠고 있지만 한풀 어두웠다. 그렇지만 샬렛 공주 본인이 공개적으로 이렇게 나오는데, 오해가 있을 테니 다시 생각해보라고 돌려보낼 수도 없었다.

'혹시?'

오빠가 서대제국이 지금 불리한 상황에 있냐고 물었던 일이 떠오른다. 이후에 마스타스를 데리고 나가더니. 혹시 그때 헤어진 건가.

'마스타스 양……'

정략결혼이었지만 나는 어릴 때부터 소비에슈와 친구처럼 지내왔지. 하인리 쪽은 내가 먼저 청혼한 결혼인 데다 필사적이었기에 희생한단 느낌이 없었다. 하지만 오빠는 상황이 달랐다. 좋아하는 여자가 있고 그 여자도 자신을 좋아하는데. 이런 상황에서 나라를 위해 사랑과 이별하고 정략결혼을 택한 것이다.

'이 일이 오빠와 마스타스, 샬렛 공주 모두에게 부정적인 결정이 되진 않을까?'

결국 회의를 마친 후에도 나는 이 일을 머릿속에서 떠나보낼 수가 없었다. 하인리와 샬렛 공주에 대한 일이 연달아 머릿속을 차지해서, 나중에는 속이 울렁거릴 지경이었다. 결국, 몸이 무겁지만 생각을 돌리기 위해 산책하기로 결정했다.

그렇게 본궁 근처를 쉬엄쉬엄 돌고 있을 때였다. 오늘도 먼발치에서 지나가던 카프멘 대공과 눈이 마주쳤다. 여기서 자주 마주치는 걸 보니, 카프멘 대공도 이 시간에 정원을 자주 돌아다니나 보구나. 지난번엔 카프멘 대공이 인사만 하고 가려다가, 하인리가 실종된 일을 듣고서 다가왔었지. 하지만 오늘은 대공이 신경 쓸 만한 일이 없으니 그냥 지나가려나?

그러나 예상과 달리, 카프멘 대공은 이번에도 내 쪽으로 빠르게 다가왔다. 어느 부분 고민을 듣고 다가왔는진 모르겠지만.

그렇지만 샬렛 공주와 오빠에 대한 일은 카프멘 대공이 놀라서 물어볼 화제는 아닌데? 의아했지만, 카프멘 대공은 오빠에 대한 이야기를 하지 않았다.

그는 주저하면서 몇 번 입술을 달싹이다가, 륍트 이야기를 꺼냈다.

"슬슬 륍트로 떠난 시범 상단들이 돌아올 때가 되었습니다."

다행이었다. 오빠와 마스타스 양에 관한 일을 카프멘 대공과 이야기하고 싶진 않으니. 아무래도 내 일이 아닌데 남과 의논하기는 좀…… 그렇지.

"소식이 들어왔나요?"

"거래가 잘되고 있단 소식을 마지막으로 따로 전서조를 보내오진 않았습니다. 하지만 마지막 소식을 전할 때 알려준 일정을 생각한다면 이제 머지않아 하나둘 도착하지 싶습니다."

"그래요."

카프멘 대공은 이후 입을 다물었지만, 계속해서 머뭇거렸다. 할 말이 남아 있는 것처럼. 뭐지?

"대공? 혹시 하고 싶은 말이 더 있나요?"

하지만 말을 꺼내진 못하기에 대놓고 묻자, 그는 아니라 대답하고서 급히 인사를 올리고는 다른 곳으로 가버렸다. 멀어지는 뒷모습을 잠시 바라보다가, 나도 다시 내가 걸어가던 방향으로 계속 걸어갔다.

아직도다. 며칠이 지났는데도 하인리에게선 아직 소식이 없었다. 이젠 하루하루 피가 마르는 기분이었다.

하인리…… 대체 어떻게 지내는 거야.

아기들 역시, 사람 모습일 때에는 덜하지만 새 모습이 되면 아빠 품이 유독 그리운 듯했다. 처음엔 둥지에서 나오고 싶어서 낑낑거리더니. 요즘은 둥지 안에서 서로를 꼭 끌어안고 울어대는 걸 보면 분명했다.

나 역시 하인리가 그리웠다. 그의 손이, 그의 품이, 그의 눈동자가, 그의 머리카락이, 미풍 같은 목소리가 그리웠다.

사랑하는 사람이 위험에 처한 공포, 생사를 모른단 공포, 죽었을지도 모른단 공포는 태어나서 처음으로 겪는 것이었다. 지금까지 내가 겪은 공포 중 가장 커다란 공포는, 황후 자리를 빼앗게 됐을 때였지. 평생 황후로 사는 것만이 내 인생이라 생각하면서 살아왔기에, 빼앗기는 게 황후 자리가 아닌 내 인생으로 여겨졌다. 내 삶이 송두리째 부정당하는 거라 여겨졌다.

하지만 당시엔 하인리가 함께 있었다. 공포를 정면으로 마주한 나를, 하인리는 두 팔로 끌어안고서 힘을 보태주려 했지. 실제로도 도움이 되었다. 그러나 그 하인리가 이젠 사라졌다. 그가 사라져도 나는 여전히 황후이겠지. 그때와는 상황이 다르니. 그런데도 지금의 공포는 이상할 정도로 그때와 비슷하게 여겨졌다. 더 이상 황후가 아닌 게 내게 가장 두려운 일, 가장 끔찍한 일이라 생각했는데. 그게 아니었다. 나는 다른 일에도 그만큼 두려워할 수 있는 사람이었다.

그렇지만 공포가 비슷해도 상황은 그때와 전혀 달랐다. 당시엔 하인리가 있었지만 지금은 그가 없다. 내가 평상심을 유지할 수 있게 도와줄 수 있는 이들이 없다. 부모님이라면 힘이 되어줄 테지만 자세한 사정을 말할 수 없고, 하인리의 부하들은 상황을 알지만 내가 이끌어야 하는 사람들이지 도움을 청할 대상이 아니다. 그러니…… 이젠 내가 날 붙잡는 수밖에.

'황후라는 틀에서 나가야 한다.'

국민의 안전, 나라의 평화, 부강, 복지, 잠시 넘어진 사람들을 잡고 이끄는 것, 내치, 귀족들과의 결탁, 모두 다 중요한 일이지. 내내 교육받은 것들이고. 하지만 지금은 거기서 나가자. 완전히 비우고 생각하자.

어떻게 해야 하인리를 구할 수 있을지. 하인리가 없는 사이 폭

풍우를 맞이하게 된 이 나라를, 어떻게 해야 안전하게 항구로 끌고 갈 수 있을지.

할 일이 산더미인데, 흔들릴 수는 없다.

이름, 가문, 초상화, 사교계 평판, 무엇을 좋아하고 무엇을 잘하는지, 성품이 어떤지, 가문 재산은 어떤지, 평소 무슨 일을 했는지, 친한 귀족들은 누구인지. 소비에슈는 황후 후보자들의 명단을 심드렁하게 쭉쭉 넘겨 갔다. 똑같은 기준 안에서 고르고 고른 이들이다 보니 아무래도 다들 비슷비슷했다. 아니, 비슷한 조건이 아니면 아예 이 명단에 들어오지도 못했을 것이다.

카를 후작은 조마조마하게 소비에슈의 반응을 살폈다. 그러나 인내심을 가지고 차분히 명단을 보는가 싶던 소비에슈는, 결국 반 정도를 읽자 책을 덮어버렸다.

"폐하. 더 보시지 그러십니까?"

"봐서 무엇 하라고."

"새로운 황후님을 맞이하셔야지요."

황태자 인격의 소비에슈는 카를 후작을 차갑게 쳐다보았다. 요즘은 저자가 무슨 말을 하건 기껍지 않게 들렸다. 르베티에게 저자에 대해 들은 후부터 쭉 그랬다. 아니, 어쩌면 셰를 때문에 이러는지도 모른다. 원래는 셰를을 궁전에 데려오면서 시간을 벌었는데. 셰를이 계승권 포기 서약까지 하고 나가버려서.

이 사실을 알게 된 릴테앙 대공비가 항의했지만, 셰를은 평소 답지 않게 귀족들 앞에서 대놓고 선서까지 하고 떠났다. 이 사실을 안 대공 부부와 그 지지자들은 지금 몹시 화가 나서 잠조차 오지 않을 것이다. 하지만 그 기분은 소비에슈 역시 만만치 않았다. 소비에슈는 초상화와 명단을 묶어 만든 책을 책상 저 끝으로 밀어냈다.

"이렇게 하셔도 나비에 님은 돌아오지 않으십니다, 폐하."

"안다. 쌍둥이가 태어났다면서."

"싫으시겠지만 나라를 위해서 결혼한단 생각을 하시고 골라주십시오. 현명하고 영민한 영애들은 많습니다."

설득을 해도 별 효과가 없자 카를 후작은 한숨을 내쉬고서 결국 책을 들고 나갔다.

소비에슈는 머리를 감싸고 창문을 보았다. 창문에는 붉은 아이가 딱 달라붙어서 이쪽을 보고 있었다. 그때 '안'이라던가 하는 애를 본 후부터 내내 혼자 있을 때면 나타나는 환영이다. 처음엔 얼마나 놀라웠던지. 하지만 저 환영이 창문에 달라붙어 있는 것 외엔 아무 해도 끼치지 않자, 지금은 그저 보기 싫고 지겹단 마음뿐이었다. 그래도 영 꺼림칙했던지라 참다못해 밤의 자신에게 편지로 묻자, 밤의 자신은 자기 눈엔 그런 게 보이지 않는단 대답을 보냈다.

'내 눈에만 보이는 건가. 그렇다면 어째서?'

어째서 모든 기억을 가진 밤의 자신이 아니라, 기억을 잃은 자신에게 보이는 거지? 알 수 없는 일이다.

소비에슈는 평소처럼 그 환영을 무시하려다가, 결국 일어나서 창문으로 다가갔다. 내내 카를 후작과 귀족들의 결혼 결혼 결혼 노래에 시달렸기 때문에 홧김에 한 행동인지도 몰랐다. 다가가면 바로 사라질 줄 알았는데. 예상과 달리 붉은 아이는 달아나지 않았다. 대신, 창문 너머에서 소비에슈를 계속 쳐다보았다. 그러다가 완전히 가까워지자, 입을 뻐끔거렸다.

말을 할 줄 아는 건가? 도대체 이게 무엇이기에? 소비에슈는 흠칫했으나 아이의 입 모양을 읽어보았다.

"정말로…… 다…… 내…… 탓이라…… 생각해요?"

무슨 말이지? 이해하기 어려운 말이지만, 입 모양을 읽으면 이런 질문이 나왔다. 제대로 해석을 한 건가. 붉은 아이의 눈에서 눈물이 한 방울 흘러나왔다. 그 한 방울 눈물을 따라 붉은 자국이 사라졌다. 놀랄 사이도 없이, 붉은 아이가 다시 입을 뻐끔거렸다.

정말로 다 내 탓이라 생각해요?

이번에도 같은 말이었다.

그사이 눈물은 한 방울 두 방울 더 늘어나서, 이제는 끝없이 흘러나왔다. 눈물이 흐를 때마다 빨간 부분이 점점 더 사라졌다.

그런데 그 모습이…… 소름 돋는데도 괴로웠다.

욱신.

머리에서 느껴지는 통증에 소비에슈는 인상을 찡그렸다.

그러자 저 멀리, 아주 먼 곳에서 희미하게 익숙한 목소리가 들려왔다.

황후는 동정심이란 게 없소?

자신의 목소리였다.

살려주세요…….

뒤이어 들려오는 희미한 목소리……. 그 목소리는 자신의 목소리보다도 더욱 뒤에 있었다. 이어서 시야가 흔들리고…… 풀밭이 나타났다. 거기에서 울고 있던 여자……. 다리가 덫에 걸린 채 울부짖는 여자가 나타났다. 세상이 무너진 것처럼 울던 여자가. 상처투성이 손이 보였다. 상처투성이 발도.

다시 희미한 목소리가 끊어질 듯 말 듯 들려왔다.

그건 우리의 죄지 ……의 죄가 아니잖아요.

소비에슈는 뒤로 한 걸음 물러났다. 이 말은 저 아이가 한 게 아니었다. 그의 기억 너머에서 들려오는 목소리였다. 창문에 달라붙은 붉은 아이는 입을 벌린 채 계속 울고만 있었다.

폐하는 ……의 구원자세요.

그는 귀를 막았다. 목소리는 희미했으나, 이상하게 듣고 싶지 않았다.

책상. 책상 안쪽. 하나둘 쌓여가는 무언가.

보관해두어라.

또다시 그의 목소리…….

소비에슈는 뒤로 물러났다.

그때. 아까와는 전혀 다른 차가운 목소리가 머리 위에서 들려왔다.

폐하께서는 라스타 양에게 가진 마음이 동정심뿐인가요?

나비에의 목소리였다. 게다가 라스타? 처음으로 또렷하게 이름이 나왔다. 소비에슈는 머리를 감싼 손을 풀고 힘겹게 숙였던 고개를 들었다. 그 순간. 창문에 달라붙어 있던 빨간 아이에게서 피가 씻겨 내려가면서 긴 은발이 드러났다. 하지만 입가와 머리카락에 엉겨 붙은 피는 사라지지 않고 그대로 남아 있었다.

'저 사람이…… 라스타인가?'

그러나 붉은 아이는 피가 씻겨 나가도 아이 모습이었다. 분명 성인이라 들었는데.

"라스타?"

그래도 긴가민가해서 이름을 부르는 순간. 은발 아이가 갑자기 획 아래로 떨어졌다. 놀란 소비에슈는 창가로 달려갔다. 창틀을 쥐고 아래를 내려다보았으나 은발 아이 모습은 보이지 않았다. 대신 뒤에서 나비에가 차가운 목소리로 다시 속삭였다.

그토록 가엾다면서 노래를 부르시더니. 폐하의 손으로 죽이셨군요.

뇌를 우그러뜨리는 끔찍한 두통이 찾아와 소비에슈는 머리를 감싸 쥐고서 "카를! 카를!" 하고 소리쳤다. 그러자 카를이 뱅글뱅글 돌듯 나타났다. 폐하 폐하 부르는 듯한데. 이게 환청인지 진짜 카를의 목소리인지 알기 힘들었다.

아니야 나비에. 그런 게 아니야.

동정심이 아니오.

불쌍하지 않소?

소비에슈는 혼자 중얼거리다가 뒤로 완전히 넘어갔다.

카를 후작은 황급히 소비에슈를 받아 안고서 울음을 터트렸다.

"폐하! 폐하! 정신 차리십시오, 폐하!"

아르티나는 문 너머에서 그 모습을 차갑게 바라보았다.

"폐하?"

나는 의미 없이 만지작거리던 종을 내려놓고 고개를 들었다. 재상이 의아한 얼굴로 날 바라보고 있었다. 접견 도중 갑자기 내가 말을 하지 않자 이상하게 여겨졌나 보다.

"생각을 좀 하느라……."

"예."

연합에서 보내온 신년제 초대. 슬슬 답을 해야 할 때였다. 하지만 연합에서 서대제국을 노리고 있기에, 어떻게 반응해야 할지 쉬이 결정을 내리기 어려웠다. 이 초대는 어쩌면 함정일 수도 있다. 그렇지만 무조건 무시하기에는, 안 그래도 고립된 처지다 보니…….

"더 시간을 끌었다간 대신들이 이상하게 생각할 겁니다, 폐하."

"그렇지요."

재상은 하인리가 일부러 자리를 비운 게 아니라 사라졌단 걸 알고 있지만, 다른 사람들은 아니었다. 그 사람들 중 일부는 황제가 이런 시기에 오랫동안 비밀리에 자리를 비울 일이 무엇인가 의아해하는 눈치였다. 그나마 하인리가 왕자 시절부터 자주 몰래 돌아다닌 터라 아주 이상하게 생각하는 사람은 없지만.

"폐하. 위험을 감수하고서라도 사람을 푸는 게 나을까요?"

"글쎄요……."

"저…… 폐하. 동대제국 마법사들의 도움을 받을 수 있진 않을까요?"

요청할 수도 있겠지만, 동대제국의 도움을 바라는 건 신중해야 하는 문제라서.

보석댐을 본격적으로 만들기 전, 홍수를 대비해 최단 시간 안에 임시 댐을 만들어야 할 때. 그때도 동대제국 도움을 받긴 했지만, 당시에는 동대제국 황제도 이쪽에 요양을 오고 싶단 요청을 했기에, 거래하듯 했던 것이지. 한쪽이 일방적으로 도움을 받는다는 느낌이 덜했다.

그러나 이번에 도움을 받게 된다면 한쪽이 일방적으로 도움을 청하는 형태인지라 훨씬 더 신중해야 했다. 동대제국이 지금 서대제국을 두고 농간을 부릴 입장이 아닌 데다, 마력 감소 현상에 대한 심증을 알려달라 한 연합의 요청을 거부한 걸 보면 당장 그쪽 손을 잡진 않을 것 같지만……. 반대로 소비에슈의 현재 상태가 좋지 않으니, 그쪽과 손을 잡을지도 모르니까.

"이렇게 하지요, 재상. 우리가 폐하를 찾는 게 아니라, 연합에서 폐하를 데려오도록 만들어야겠습니다."

재상은 눈이 휘둥그레졌다.

"폐하께서 실종되었단 걸 알리잔 말씀이십니까? 연합에?"

"아닙니다. 연합이 폐하를 데리고 있진 않나, 떠보잔 거지요."

내가 설명했지만 재상은 여전히 걱정스러운 표정이었다. 나는 자리에서 일어나면서 좀 더 자세히 설명했다.

"연합에선 서대제국을 고립시킬 계획입니다. 바꿔 말하자면 이 계획은, 대다수 국가가 연합 쪽 손을 들어주어야 효과가 있단 뜻이지요."

연합 쪽에서도 서대제국과 전쟁을 원하진 않을 거다. 평화협정이 깨진다면, 동대제국 역시 협정에서 자유로워질 테니. 동대제국이 그들을 도와 서대제국을 칠지, 그들이 서대제국을 치러 간 사이 비어버린 나라들을 칠지는 모르는 일이고.

개인적인 견해이지만, 만약 그런 일이 벌어진다면 동대제국은 서대제국을 공격하는 데 참여하는 게 아니라 근처 나라들을 쳐버릴 것이다.

어쨌든 연합 수장도 이런 걸 모를 리가 없으니, 그쪽에서도 전쟁이 아니라 연합의 영향력 확대를 원할 터. 그렇다면 연합과 연합을 편드는 나라들에, 그들의 말에 무조건 따르지 않는 국가들이 있단 걸 보여주면 될 일이다.

서랍에서 꺼내 온 작은 지도를 탁자에 펼친 다음, 나는 손가락으로 화이트 몬드를 가리켰다.

"샬렛 공주가 있는 화이트 몬드."

다음은 손가락을 블루 보헤안으로 옮기면서 말을 이었다.

"에르기 공작이 있는 블루 보헤안."

마지막으로 지도에 빗금으로만 표시된 변두리를 가리켰다.

"뤼프트. 이렇게 묶을 겁니다."

그러나 재상은 여전히 수심에 잠긴 얼굴이었다.

"화이트 몬드와 블루 보헤안은 가능하겠지만…… 뢴트는 거리가 너무 먼데, 가능할까요?"

"그건 중요하지 않아요. 실제 힘을 기대하고 올리는 게 아니라, 아군 명단에 그럴듯한 나라를 하나 더 추가하려는 거니까요."

"허장성세로군요."

"물론, 완전히 이름만 빌리는 건 아닙니다. 실질적인 교역 성과를 과시해야지요. 뢴트와의 교역으로 얻을 수 있는 막대한 부. 이무역과 돈이, 보이지 않는 나라의 존재감을 만들어줄 겁니다."

하인리가 사라진 게 연합 때문이라면. 연합 쪽에서 하인리를 붙잡아서 그가 돌아올 수 없는 거라면. 우리도 똑같이 압박으로 대응해서 하인리를 돌려보내게 만드는 수밖에…….

어떻게 해야 화이트 몬드와 블루 보헤안, 뢴트 쪽이 기분 상하지 않고 이 제안을 받아들일 수 있을까……. 각국 대사들을 부르기 전에 적당한 말을 미리 골라두자. 뢴트는 카프멘 대공이 있는 데다 월대륙 연합 소속이 아니니 괜찮지만, 블루 보헤안과 화이트 몬드 측에서는 우리와 손을 잡고 연합에 대립해주는 게 쉽지 않을 수도 있어.

집중해서 고민하다 보니 나는 라리와 카이를 데리고 놀아주면서도 내내 그 생각에서 떠나질 못했다.

그런데 결정을 내리기 전. 뜻밖에도 블루 보헤안에서 에르기 공작이 찾아왔다.

"그게 무슨 소리십니까? 제가 올 거란 연락을 받지 못하셨다고요?"

더욱 뜻밖인 건 그의 방문을 놀라워하는 내게 에르기 공작이 한 말이었다.

"하인리가 아무 말도 하지 않았습니까?"

아무래도 에르기 공작은 하인리에게 자기가 이곳에 올 거란 말을 전했던 모양이다. 찝찝한 구석이 있긴 하지만 에르기 공작은 하인리와 가장 친한 친구였고, 위험을 감수하고서 나와 하인리가 서대제국으로 탈출하는 걸 도와주었지. 나는 에르기 공작을 따로 접견실로 불러다가 하인리가 사라졌단 이야기를 해주었다.

"제가 하인리에게 보낸 전서조는 임무를 완수하고 무사히 돌아왔습니다. 하인리에게 문제가 생겼다면 아마 그 후이겠군요."

에르기 공작은 말을 듣자마자 머리를 굴리더니, 하인리가 사라진 시기를 대번에 짐작해내곤 표정을 굳혔다.

"이런 상황에 실종되다니. 좋지 않은데……."

"그렇지 않아도 이 일로 그대에게 부탁할 게 있었습니다."

"무엇입니까? 물론 어떤 부탁이든 들어드리겠지만."

솔직히 에르기 공작은 하인리와 친구란 부분을 제외하면 미덥지 않은 인간이었다. 그와 하인리 사이의 우정이 진짜란 걸 알기에 실종 소식을 말하긴 했지. 그 외 부분은…… 글쎄.

하지만 서대제국이 고립되는 걸 막기 위해서는 블루 보헤안의 왕족인 에르기 공작의 힘이 필요했다. 에르기 공작이 블루 보헤안 사람이란 것만으로 대번에 우리 편이 되어주진 않겠지만, 도개교는 되어줄 수 있지 않을까?

"월대륙 연합이 요즘 어떤 행보를 보이고 있는지 아나요?"

일단 한번 떠보자.

"그 내용에 관해 하인리에게 편지를 보냈던 겁니다."

"연합에 관해서 말인가요?"

"예. 연합이 자기들 영향력을 확대하기 위해, 강대국 두 나라를 누르려 하고 있지요. 그리고…… 블루 보헤안의 왕은 이번 사건에서 연합을 편들기로 한 모양입니다."

그러나 제대로 떠보기도 전에 먼저 에르기 공작이 바로 그 얘기를 털어놓았다. 그리 좋지는 않은 방향으로.

"정말인가요?"

에르기 공작이 이후로도 무어라 말은 하는데. 제대로 귀에 들리지가 않는다.

내가 이마를 짚고 고개를 숙이자 에르기 공작이 엉거주춤 일어나며 괜찮으냐고 물었다.

"괜찮아요. 그저, 내가 공작에게 부탁하려던 게 그 부분이어서 그럽니다."

결국 블루 보헤안, 화이트 몬드, 립트와 손을 잡고서 연합에 대응하겠다는 계획은, 블루 보헤안과 화이트 몬드의 대사들을 부르기도 전에 엎어졌다.

'이제 어쩐다…….'

발코니에 나가 난간을 쥐었다. 블루 보헤안이 함께할 수 없게 되었으니 남은 건 화이트 몬드와 륍트인데. 이 정도만으로는 '연합에 대응한다'로 보기 어렵겠지. 2개국이 우리를 돕는 상황에서 륍트가 가지는 무게와, 1개국이 우리를 돕는 상황에서 륍트가 가지는 무게조차 상대적으로 다르게 보일 수밖에 없는 상황이니.

어쩔 수 없지. 그래도 일단 륍트로 해보는 수밖에.

그리고 역시 신년제는…….

그런데 깊게 생각에 빠져들기 전. 공터에서 창을 휘두르는 마스타스가 보였다. 그녀가 휘두르는 창은 속도가 빠르고 현란했으나, 어딘지 위태로워 보였다. 어쩌면 표정이 굳어 있어서 그렇게 느껴지는 건지도.

혹시 오빠 일 때문일까? 힘들어하는 모습을 보자 마음이 아팠다. 내가 마스타스와 얘기를 좀 해볼까? 하지만 한다면 어떻게? 내가 위로가 될 수 있나? 오빠와 똑같이 생긴 내가 위로를 한답시고 잘 알지도 못하면서 무어라 말을 하면, 그게 더 상처가 되진 않을까?

그렇게 이러지도 저러지도 못하는 사이. 이번에는 에르기 공작이 저쪽 길에 나타났다. 그는 생각에 잠긴 얼굴로 걸어가고 있었다. 그리고 그 맞은편 길에서 에르기 공작 쪽으로 걸어가는 건…….

'르베티!'

하인리의 실종은 에르기 공작에게도 당혹스러운 일이었다.

'연합국에 대응할 문제를 해결하러 갔다가 실종됐다고 했지.'

하지만 실종 소식은 말하면서도 구체적 정황은 설명하지 않는 걸 보니, 그 배경에 이쪽에게도 비밀로 해야 할 문제가 있는 모양인데…….

'마력 감소를 일으킨 증거를 회수하러 간 건가?'

에르기는 나비에가 자신에게 무언가를 비밀로 한단 그 사실을 이용해, 오히려 하인리가 자리를 비운 원인을 정확하게 짐작해냈다. 마력석 회수를 시작했으니 도와달란 쪽지를 한번 받기도 했고.

하지만 하인리가 어떻게 실종이 된 건지, 지금 어떻게 되었을지는 그 역시 짐작하기 어려웠다. 그가 아는 하인리는 실종되고 할 사람이 아니니까.

그때였다. 맞은편에서 바스락 흙 밟는 소리가 나더니, 이글이글한 시선이 느껴졌다. 바닥을 내려다보며 걸어가던 에르기가 고개를 들자 낯익은 영애가 서 있었다. 동대제국에 있을 때 한번 마주쳤던 영애다.

'그때도 나비에 님 뒤에 달라붙어 있었지. 데려오신 건가?'

얼굴은 알아보았으나 이름은 기억나지 않는다. 아니, 이름을 듣긴 했던가?

어쨌든 굳이 아는 척할 필요는 없었기에, 에르기는 생판 모르는 사람과 마주쳤을 때 하듯 말없이 웃으며 고개만 까딱하고 그녀를 스쳐 지나갔다.

"난 이 세상에서 라스타가 제일 싫었는데, 이젠 더 싫은 사람이 나타났네."

그러나 뒤에서 들려온 빈정거림이 그를 붙들었다. 무슨 소리지? 에르기는 멈춰 서서 고개를 돌렸다. 영애가 주먹을 꽉 쥔 채 그를 쳐다보고 있었다.

"역겨워."

그러고는 중얼거리는 소리. 에르기 공작은 어리둥절해졌다.

"내게 하는 말입니까?"

"그쪽 말고 또 있어?"

"누구시죠?"

"르베티 림웰."

이름을 듣자 기억이 살아났다. 라스타가 몇 번이나 욕한 이름이었다. 로테슈 자작의 딸.

혈육 검사를 할 때 신전에 그가 '안'을 데리고 온 일을 어디서 듣기라도 한 건가?

"라스타 양이 그 이야기를 들으면 좋아하겠군요. 지옥에 가거든 전해드리겠습니다."

어쨌든 신경 쓰이지 않았기에, 에르기 공작은 태연히 말하고서 돌아서서 걸어갔다. 르베티는 멀어져 가는 그 뒷모습을 어이가 없어서 쳐다보았다.

블루 보헤안이 연합 쪽으로 붙었단 소식 다음에는 뢰트로 떠난 시범 무역 상단이 항구에 도착했단 소식이 전해졌다. 상단이 수도로 돌아오는 날. 나는 궁전 안에서 그들을 맞이하는 대신, 마차가 들어오는 곳까지 나가 그들을 직접 환영해주기로 했다.

블루 보헤안이 멀어진 이상, 아군이 될 확률이 가장 높은 뢰트에 신경을 더욱 많이 써야 했다. 게다가 이번 시범 상단을 다녀온 이들은 위험을 감수하고 긴 모험을 해준 이들이니까.

하지만 시범 상단을 맞이하기 위해 밖으로 나온 건 나 하나뿐만이 아니었다.

"우리는 우리나라 일 때문에 모인 거라지만, 저 사람들은 왜 저렇게 몰린 거래요?"

"최초로 진행한 대륙 간 무역이니, 성과가 궁금한 거겠지요."

나와는 다른 이유겠지만, 다른 나라의 사절단들 역시도 마차가 들어오는 커다란 정원에 모여서 상단이 돌아오길 기다렸다. 대륙 간 무역이 어떤 성과를 낼지 다들 궁금한 듯했다. 그 성과가 좋든 나쁘든 이 일에 대해 다들 자기 나라에 보고를 하겠지. 만약 성과가 좋다면 자기들도 여기에 숟가락을 얹고 싶어 할 테고.

이 일을 주도한 당사자인 카프멘도 얼핏 보고를 들었을 테지만 구체적인 성과를 눈으로 보고 싶은지 한자리에서 상단이 돌아오길 함께 기다렸다.

언제쯤 궁전에 도착할 거란 시간을 듣고서 나온 것이기에, 얼마

지나지 않아 마차가 들어왔다.

"와."

상단이 들어오자 모여 선 이들 중 누군가 탄성을 뱉었다.

나도 혼자 있었으면 뱉었을 것이다.

두 개 상단이 동시에 오는 건가, 아니면 그냥 마차 숫자가 늘어난 건가? 들어오는 마차 숫자가 시범 상단으로 출발할 때보다 훨씬 더 줄이 길어졌다. 아직 다 들어오지 않았는데. 먼발치에서 보는 것만으로도 그 숫자가 더욱 많아졌다는 걸 충분히 짐작하고도 남았다. 왜 저렇게 늘어난 거지?

특히 진열 첫 줄 마차가 안으로 들어오자 다른 나라 대사들과 궁정인들 사이에서 감탄사가 터져 나왔다. 수레 가득 흘러넘치는 희귀한 무늬의 양탄자, 다양한 모양의 금은보화, 안에 뭐가 들었는지 호기심을 자극하는 화려한 궤짝들, 이국적 모양의 가구들, 얼음 마법으로 얼려둔 게 분명한 식재료들…….

일부러 보란 듯이 온갖 희귀한 거래품들을 밖으로 드러낸 채 들어오는데, 그 모습이 마치 동화책 속 한 장면처럼 보였다.

"가져간 이상으로 챙겨 왔군요."

줄줄 연이어 들어오는 어마어마한 수레들을 보며, 카프멘 대공이 묘한 표정으로 감탄할 정도였다.

"왜 그러나요?"

"이 정도로 많이 챙겨 온 걸 보니, 혹시 우리나라가 거래에서 손해를 본 건 아닌가 싶기도 해서 말입니다."

하인리가 사라진 이후 처음으로 약간 웃을 수 있었다. 카프멘 대공도 따라 웃었다. 우리가 웃는 소리는 궁정인들과 대신들, 각국 대사들이 탄성을 터뜨리는 소리에 묻혔다.

마침내 세 번째 줄 마차에서 내린 시범 무역 대표는, 활짝 웃는 얼굴로 내게 다가와 외쳤다.

"대성공입니다! 대성공입니다, 황후 폐하!"

"어땠나요?"

"우리가 보이는 관심만큼, 뢰트에서도 우리 쪽에 큰 관심을 가져 준 덕입니다. 그곳 왕실에서도 필요한 만큼 도움을 주겠다고 해주셔서, 그곳 상단들과도 여러 가지 얘기를 나눌 수 있었고……."

말하다가 멈춘 대표는 주위에 듣는 귀가 너무 많다고 생각되는지 주위를 두리번거리다가 히죽 웃고서 덧붙였다.

"나중에 구체적으로 말씀드리겠습니다."

"카프멘 대공은?"

사절단이 온 당일에는 이런저런 보고를 듣느라, 카프멘 대공과는 마차가 들어올 때만 잠시 대화를 나누었을 뿐, 이후에는 시간을 내지 못했다. 다음 날은 뢰트 건에 관해 카프멘 대공과 의논하고 자축하려 그를 찾았지만, 카프멘 대공은 보지 못했다. 대신 대공의 시종이 진이 빠져서 대답했다.

"지금 남왕국 대사가 찾아와서 얘기를 나누고 계십니다. 오늘만 벌써 몇 명째인지 모릅니다. 온갖 나라 대사들이 우리 대공님을 불러대요."

다른 나라 대사들도 어제 수레 가득 들려 온 그 물건들, 보화들을 보며 알아챈 모양이었다. 그 이국적이고 낯선 향기로 가득한 물건들이, 사람들의 호기심을 자극해 지갑을 열게 할 거란 걸.

"내가 왔단 이야기는 나중에 전해주게."

어쨌든 돌아가자. 남의 나라 대사와 얘기 중인데 끼어들 수는 없으니.

"저…… 황후 폐하."

"내게 할 말이 있는가?"

"예. 대공님께서 다른 나라들이 어떤 조건을 제시하든, 처음 약속대로 중개 독점권은 립트와 서대제국의 몫으로 남겨두잔 약속을 잊지 않고 계시니, 혹시 황후 폐하께서 찾으시거든 염려 마시라 전하라 하셨습니다."

"전해줘서 고맙구나."

블루 보헤안이 돌아선 일 때문에 걱정을 많이 했는데. 립트 건이 생각보다 잘 풀려서 다행이다.

하지만 재상은 이 문제를 전해 들은 후에도 여전히 걱정스러운 얼굴이었다.

"황후 폐하. 카프멘 대공이 서대제국을 통해서만 교역을 해야 한다고 저렇게 자꾸 막아대면, 다른 나라들이 아예 립트를 통하지 않고 화대륙의 다른 나라와 교역하려 들 수도 있지 않을까요?"

"그렇진 않을 겁니다. 화대륙에서 월대륙에 가장 우호적인 나라는 아직 립트뿐이니까요."

"정말이야?"

"어, 아까도 멀쩡히 잘 계시다가 갑자기 옆을 쳐다보면서 막 중얼거리셨어. 꼭 옆에 누가 서 있는 것처럼."

"아 무서워. 궁의께선 아무 말 없어?"

"그런 일도 없다고 딱 자르시는데 뭘."

"역시 저주 아닐까……."

"저주? 무슨 저주?"

"라스타 님 저주."

수군거리던 궁정인들은 옆에서 들려온 '큼' 하는 소리에 깜짝 놀라 펄쩍 뛰었다. 다들 말을 멈추고 황급히 인사했다. 헛기침 소리를 낸 이는 황제의 비서 중 하나였다.

"입을 조심하도록 해라. 쓸데없는 말은 하지 않아야지."

황제의 비서가 한 경고에 궁정인들은 사색이 되어 더욱 허리를 깊숙이 숙였다. 황제가 미쳤느니 어쩼느니 하는 건 분명 입을 조심해야 할 말이었다. 설령 그게 사실이라 하더라도.

"가봐."

비서가 손을 휘젓자, 궁정인들은 각자 원래 가야 하는 방향으로 얼른 뿔뿔이 흩어졌다. 혼자 남은 비서는 흩어지는 뒷모습들을 쳐다보다가 자신도 발걸음을 돌려 원래 가던 곳으로 찾아갔다.

그곳은 비서진들이 모여서 회의를 하는 장소였다. 그곳엔 이미 카를 후작이 뒷짐을 지고서 시름에 잠긴 얼굴로 왔다 갔다 방 안을 서성이고 있었는데, 피르누 백작이 나타나자 얼른 다가와 물었다.

"어떻소?"

"중간중간 갑자기 헛소리를 하십니다. 이상하게 여기는 사람들 수가 점점 더 늘어나고 있습니다."

먼저 도착해 있던 다른 노레이유 백작이 이마를 짚었다.

"이래서야 차라리 인격이 분리되셨을 때가 낫지 않소. 최소한 그때는 자기들 상태를 각자 아시고 서로 행동이라도 조심하셨지."

며칠 전 쓰러진 소비에슈는 다음에 깨어났을 땐 기억을 찾은 상태였다. 비서들은 황제가 무사히 회복되었다 여겨 안도했다.

그러나 이번에는 다른 문제가 터졌다. 소비에슈 황제가 멀쩡히 일을 잘하다가도 갑자기 허공을 보면서 누군가에게 말을 걸듯이 중얼거리기 시작한 것이다. 그 행동은 보는 사람을 오싹하게 만들 정도로 섬뜩했다.

이전에는 비서들이 달라붙어서 황제가 기억을 잃었단 사실과 인격이 나누어졌단 사실을 감출 수 있었는데, 지금은 멀쩡하다가 중간중간 그러니, 언제 그런 헛소리가 튀어나올지 알 수 없어 곤란했다.

그렇다고 완전히 미친 사람 취급을 하기에는, 헛소리를 하며 이상해질 때보다는 멀쩡할 때가 많았고, 업무 능력에도 큰 이상은 없었다. 문제는 저런 식으로 나오면 대외적인 일을 볼 수가 없단 데 있었다. 게다가 업무 능력에 이상이 없긴 하지만, 그게 과연 지속될 수 있을까? 어느 순간, 제정신이 아닌 상태에서 말도 안 되는 보고서에 사인이라도 해버린다면? 일 역시도 문제가 생길 여지가 남아 있었다.

하지만 이 모든 건 부차적인 문제였다. 가장 중요한 문제는, 황제의 중요 업무 중 하나인 알현과 외교를 할 수가 없단 점이었다. 황제를 내내 볼 수 없는 백성들은 잠깐잠깐 보는 모습으로 황제를 판단할 수밖에 없는데. 황제가 자기 이야기를 들어주다가 헛소리를 하면 이상하게 여길 수밖에 없었고, 외국 귀빈들 역시 이는 마찬가지이기 때문이다.

"큰일이로군요. 하필 상황이 이럴 때 폐하께서 상태가……."

"중요 업무는 폐하께서 직접 보신다 하더라도, 소소한 업무와 대외적인 업무를 대신 맡아줄 사람이 확실히 필요하겠습니다."

"그래요. 빨리 쾌차하시기 위해서도 일에만 매달리실 게 아닙니다. 폐하께는 휴식이 필요합니다."

비서들은 서로를 쳐다보다가 한숨을 내쉬었다.

"일단 좀 더 상황을 지켜보도록 하지요. 아직 저 상태가 되신 지 얼마 되지 않았으니."

소비에슈는 이젤 앞에 서서 붓을 쥔 손을 천천히 움직였다. 금색. 붉은색. 흰색. 밑그림 사이를 어색하게 원하는 색으로 채워갔다. 하지만 결국 그는 붓을 내려놓고 눈을 감았다. 고개를 천장을 향하게 들고서 심호흡을 했다.

이상하지. 그 사람 얼굴이 눈앞에 선명하게 그려지는데. 그걸 그림으로 표현하려고 하면 웃는 얼굴, 우는 얼굴, 화내던 얼굴, 찡그리는 얼굴 등 수많은 얼굴들이 겹쳐져서 오히려 아무것도 그리지 못하게 되었다. 그러다 보면 기억에 남은 건 붉은색과 금색, 두 가지 강렬한 느낌뿐.

그 상태로 소비에슈는 뜬금없이 생각했다.

'나비에. 라스타의 첫째를 데려가다니. 대체 무슨 생각인가.'

물론 나비에가 싫어하는 건 라스타와 그 둘째였고, 첫째 아이 쪽과는 얽힌 적도 거의 없긴 했지만. 그래도 굳이 찾아서 데려간 게 이상하게 여겨졌다.

그래서 마음이 아팠다. 어느새 두 사람이 서로를 이해하지 못할 만큼 멀어졌나 싶어서. 나비에를 버리고 되찾을 계획을 세울 때의 자신은 세상 그 누구보다 그녀를 잘 안다고 확신했는데. 그 자만심은 이미 바닥에 떨어져 짓밟히고 으스러졌다.

머뭇거리던 소비에슈는 결국 이젤 앞에서 완전히 일어섰다. 사람은 어쩌면 자신이 생각하는 대로만 자신을 생각하게 되는 건지도 모른다.

그는 나비에를 잘 안다고 생각했지만 그러지 못했고, 라스타 건을 최대한 잘 처리했다 확신했으나 속으로는 죄책감을 가지고 있던 모양이니.

그것도 우스웠다. 제정신일 때의 소비에슈는 자신이 라스타에게 죄책감이 있는지 없는지 구분이 가지 않았다. 그러나 이따금 정신이 가물가물해질 때, 술에 취한 기분이 들고 몽롱해질 때, 지금이 꿈인지 현실인지 구분이 가지 않을 때는 그런 죄책감이 갑자기 부피를 키웠다. 라스타가 불쌍하지 않느냐고 나비에를 타박하던 자신의 목소리가 귓가를 계속 감돌았다.

주위에 아무도 없을 때, 이성을 유지하기 쉬운 건 오히려 지금 같은 때였다. 지금 나타나는 건 전부 다 환상이란 걸 알 수 있으니까.

소비에슈는 종을 잡고 흔들었다.

"화구와 이젤을 치워라."

시종이 시키는 일을 하고 나가자, 홀로 방 안에 남게 된 소비에슈는 책상 앞으로 가서 서류를 꺼내 펼쳤다.

일을 하자. 차라리 일을 하고 있을 때가 나았다. 아무런 생각도 하지 않고서. 머리를 비우고서.

"황후 폐하의 정부가 되고 싶습니다!"

북왕국 대사관 직원에게 이상한 요청을 받았다.

로라가 '풉' 소리를 내면서 입을 막았다. 처다보자, 그녀는 자기가 웃은 게 아닌 척 황급히 옆으로 몸을 돌렸다.

대사관 직원은 자기가 엄청난 말을 했단 건 아는지 얼굴이 시뻘게졌지만, 그 상태로도 시선을 피하지 않았다.

"미안합니다. 난 정부를 둘 생각이 없어요."

아니, 그보다 갑자기 왜 저런 요청을 하는 거야? 설마. 하인리한테도 이런 식으로 정부가 되고 싶단 요청이 종종 들어오나? 그건 아니겠지? 그러면 어쩌지?

단호하게 거절했지만 이상하게 찝찝한데. 로라는 방으로 함께 돌아가는 내내 신이 나서 떠들었다.

"방금 그 장면을 폐하께서 보셔야 하는데! 아까워요!"

"폐하께서 봐서 뭐가 좋다고요."

"폐하께서 보셔야 좀 긴장을 하시죠. 긴장을 하셔야 일 핑계로 황후 폐하를 두고 안 돌아다니시고요."

로라는 말을 하다 보니 화가 나는지 허리에 손을 올렸다. 표정이 변하고 콧김도 씩씩 거세졌다.

"아기님들이 태어나자마자 일 때문에 자리를 이렇게 오래 비우다니! 이게 말이 되나요?"

하인리가 실종되었던 사실은 극비였다. 하인리의 측근들 중에서도 최측근 몇 명만 아는 비밀.

내 부관들 역시 이에 관해 모르고 있고, 시녀들에게도 이 이야기는 하지 않았다. 그 때문에 하인리는 요즘 로라와 주베르 백작 부인에게 거의 공적이나 다름없는데. 오늘도 로라는 갑자기 하인리 생각이 나면서 분노가 차오른 모양이었다.

"황제 폐하께서 돌아오시면 따끔하게 혼내주세요, 황후 폐하!"

"그래요. 그렇게 해야겠어요."

사람을 걱정시키고……. 위험한 데 갈 거면 누구 하나 호위라도 데리고 가지. 멍청이.

기분이 쓸쓸해졌다.

로라는 이번엔 또 아까 북왕국 대사 생각이 치솟아 기분이 좋아진 모양이지만.

"근데 아까 그분은 진짜 웃겼어요. 아니 갑자기 성큼성큼 다가와
서는. 너무 뜬금없잖아요?"

그러게. 나도 갑자기 북왕국 대사가 오기에 다른 대사들과 같은
볼일이라 생각했다. 뢴트에 다녀온 시범 무역상들이 척 보기에도
어마어마한 교역품들을 가져온 후, 각 나라 대사들은 접견을 요청
해놓고서는 무역에 관해서 물어보기 시작했으니까.

마치 맞추기라도 한 것처럼 다들, 처음에는 이렇게 묻는다. 언제
무역을 제대로 시작할 건지. 그래서 시범 무역을 두 차례 더 하면
서 안전을 확보할 생각이라고 대답하면, 그제야 슬그머니 자기들
도 참여하고 싶다고 말하는 것이다.

물론 난 모든 이들에게 똑같은 대답을 했다.

"요즘 분위기가 좋지 않으니, 안정될 때까진 시범 무역도 안 한
답니다!"

사모뉴 대사가 씩씩거리면서 외치자, 블루 보헤안 대사가 심각
한 표정을 중얼거렸다.

"연합에서 다른 나라들에게 보낸 그 서신. 그 내용을 알고서 저
러는 거겠지요?"

블루 보헤안의 대사는 속으로 에르기 공작을 떠올렸다. 에르기
공작은 하인리 황제와 각별한 사이였다. 그 서신에 대해서 알게 된
다면 당연히 하인리 황제에게 전했을 터. 이 사실을 다른 대사들에

게 굳이 알리진 않겠지만, 이렇게 되고 보니 그 사고뭉치 왕족이 너무 의심스러웠다.

"뢰트에서 우리 쪽 물건을 좋아했다고 해서, 우리 월대륙 사람들이 뢰트 물건을 좋아할지 아닐지는 아직 불확실한 거 아닙니까?"

"그러니까요. 반쪽짜리 성공일지 아닐지도 모르는데, 저렇게 고집 피울 때가 아닐 텐데요."

그러는 동안에도 대사들은 입을 모아 툴툴거렸다. 그들은 서대제국이 시범 무역만으로도 저 정도의 성과를 낸 게 배가 아팠다. 시범 무역이면 대규모로 가지도 않았을 텐데, 저 정도의 성과라니.

게다가 뢰트의 대표란 카프멘 대공은 무조건 서대제국을 통해서만 교역을 할 거라 하고. 다른 화대륙 나라를 통해서 하자니, 다른 나라들은 뢰트만큼 열려 있지 않다. 대사들은 접시 위에 놓여 있는데 먹을 수 없는 커다란 신포도가 너무 짜증스러웠다.

이런 분위기 속에서, 남왕국 대사는 신중하게 말을 아꼈다. 머릿속이 복잡했다. 나비에 황후가 '분위기가 좋지 않아서'라고 모두에게 말을 했다. 이유는 명확했다. 에둘러 표현했으되, '서대제국을 따돌리고 다른 나라들이 힘을 합치는 걸 보니 기분이 나빠서'다. 즉, 연합의 의도대로 서대제국을 따돌린다면 교역에서 국물도 줄 수 없단 뜻……

이렇게 되었으니 머리를 잘 굴려야 했다. 연합을 손들어서 강대국에 치이고 치이며 눌린 자존심을 펼 것이냐, 그 자존심을 한 번 더 굽히더라도 실리를 취할 것이냐. 툴툴거리는 대사들 역시도 사실 속마음은 다들 비슷했다. 다들 놀러 온 게 아니기에 겉으로는 체면을 차리는 척 괘씸하다며 짜증을 내지만, 속으로는 손가락을 꼽아가며 암산했다.

결국 대사들은 서로 눈치를 보다가 조용히 자리를 떴다. 이런 건 그들 선에서 결정할 수가 없었다. 본국으로 사람을 보내 왕의 의견을 알아보는 수밖에.

이게 정략결혼이란 거구나.

샬렛 공주는 두꺼운 책을 무릎 위에 펼쳐놓은 채 생각했다. 왕족으로 태어난 이상 어쩔 수 없다 각오한 일이긴 한데. 사실 코샤르에게 청혼을 할 때도 '저렇게 잘생긴 남편을 고를 수 있는 거라면 운이 좋은 편이지'라고 생각했는데. 왜 이제야 마음이 텁텁한지.

한숨을 내쉰 공주는 책을 덮어버렸다. 차라리 그 섹시한 대공을 못 보았으면 좋았을걸. 그 대공이 자신을 좋아한단 걸 몰랐으면 좋았을걸. 그랬더라면 그냥 적절한 선에서 만족했을 텐데.

하지만 모든 걸 다 엎어버리고서 '이 결혼 하기 싫어!'라고 깽판을 놓기엔, 그 대공과 그녀는 이제 막 두 번 만났을 뿐이었다.

결혼을 엎어버릴 만큼 그 대공과 사랑하는 사이가 된다면 모르겠지만······이라고 생각하는 순간. 샬렛 공주는 지나가는 카프멘 대공을 발견했다.

'귀여워.'

나는 요람에 누워 색색 자느라 바쁜, 볼이 통통한 아기들을 바라보았다. 내 아이들이라서가 아니라 정말 누가 봐도 예쁜 아기들이었다.

요정이 지나가다가도 이렇게 예쁜 아기들은 처음 봤다면서 멈춰서서 넋을 놓을 거야. 어떻게 이렇게 손가락이랑 발가락이 오동통하지?

아기들은 그저 모든 게 평화로웠다.

이 아이들의 최대 고민거리는 밤마다 따뜻하게 둥지에서 품어주던 아빠 새가 없어졌단 것뿐이겠지. 어쩌면 카이는 라리가 자꾸 자기를 날개로 치는 것도 고민일 수도 있겠지만.

잠든 아기들을 보고 있자니 가슴 한편이 뻐근해졌다.

사실 처음 태어나서 보았을 때는 그냥 쭈글쭈글하다, 눈이 나와 하인리를 빼닮아서 신기하다, 이 정도 기분밖에는 들지 않았다. 새 모습으로 빽빽거릴 때는 귀엽지만 신기한 마음이 더 컸고, 아기 모습으로 새근새근 잠을 잘 때는 사랑스럽고 예쁘지만 하인리가 하는 것처럼 호들갑스럽게 '내 새끼 내 새끼' 하는 마음은 없었다.

하지만 단 하나 확실한 건…… 아이들이 이렇게 내내 평화롭도록 해주고 싶었다. 그러려면 어떻게 해야 할까. 일단 연합이 회유하려 했던 다른 나라들에게 미끼는 던져놨다. 명분과 실리 사이에서 어떤 게 낫느냐는 미끼. 굳이 월대륙 연합과 손을 잡고 우리를 따

돌려서 너희가 얻을 게 정확히 어떤 거냐는 미끼.

최소한 여기에 답을 내리기 전까지는 시간을 벌 수 있겠지. 월대륙 연합은 연합대로 쉽게 대답이 나오지 않으니 싫을 테고. 만약 그들이 하인리를 데리고 있다면……

소비에슈. 역시 최대 변수는 소비에슈인가. 륍트와의 교역은 탐나는 과실이지만, 동대제국은 그 과실에 흔들리지 않을 수 있는 위치이니. 과연 동대제국은 어느 쪽 편을 들까?

고민하는 사이, 부관이 황급히 찾아와서는 초국적 기사단 4기사단 단장이 방문했단 걸 알렸다.

'혹시 하인리 일로 온 건가?'

다른 나라들을 동요시킨 게 벌써 효과가 나타났나? 아니, 그럴 리가. 소식을 들어도 이제 막 들었을 텐데? 다른 나라들이 어떤 결정을 내릴지는 아직 하나도 정해지지 않았는걸.

"어떻게 하시겠습니까?"

"접견실로 데려와요."

부관에게 명령을 내리고서, 잠든 아기들의 뺨에 한 번씩 입을 맞춘 후 복도로 나갔다. 그러다가 문득 좋은 생각이 떠올라서, 랑드레 자작을 불러 다른 명령을 하나 더 내렸다.

"동대제국 대사를 찾아가서, 당장 들어온 다음 '밤의 방' 아무 장소든 좋으니 보이지 않게 잘 숨어 있으라고 전해줘요."

"동대제국 대사……를 말입니까?"

"네. 최대한 빨리."

랑드레 자작이 달려 나간 후. 나는 접견실에 가는 대신 방 안으로 돌아와, 막 깨어난 라리를 안아 올렸다.

나는 라리를 안은 채 시간을 끌었다. 동대제국 대사가 궁전 안에 들어와 '밤의 방'에 숨을 시간을 주기 위해서였다.

잠시 뒤. 접견실에 에인젤을 데려다 놓은 부관이 돌아왔을 때는, 다시 한번 더 아까와 다른 명령을 내렸다.

"아기가 너무 울어대서 나갈 수가 없으니, 에인젤 경에게 잠시만 기다려달라 양해를 구해주겠어요?"

부관은 '너무 울어대는' 라리의 멀뚱멀뚱한 얼굴을 당황스럽단 듯 쳐다보았다.

적당한 시간이 지난 후. 나는 다시 돌아온 부관에게 이번에는 다른 명령을 내렸다.

"아기가 영 울음을 안 멈추네요. 라리를 데리고 가야 할 것 같은 데, 접견실은 방 안이 서늘한 편이어서 걱정되는군요. '밤의 방'으로 오라고 전해주겠어요?"

부관은 꾸벅꾸벅 조는 라리의 얼굴을 이번에도 이상하게 쳐다보 았지만, 순순히 시키는 대로 따라주었다.

이후 아기를 데리고 '밤의 방' 안에 들어가자 에인젤이 보였다. 여전히 이름만큼이나 반짝거리는 모습으로.

"황후 폐하. 그간 건강하셨는지요."

좀 오래 기다렸을 텐데도 에인젤은 방긋 웃으면서 인사했다. 뒤에서 다른 나라들을 자극하고 다닌 주제에 아주 태연한 태도였다.

어이가 없었지만, 나도 아무렇지 않게 인사를 받았다.

"염려해준 덕분에."

"얼마 전에 쌍둥이 아기님이 태어나셨단 이야기는 들었는데. 이 분이신가 보군요. 아르르 까꿍.

라리가 에인젤의 얼굴이라도 한 대 툭 쳤으면. 손싸개를 한 손이라 아프지도 않겠지만. 그러나 라리는 내게 작은 머리를 기대고만 있었다.

"황후 폐하를 이렇게 쏙 빼닮으시다니."

내가 험악한 생각을 하는 사이에도 에인젤은 아기를 보며 신기해했다.

나는 그가 아기를 구경할 동안, 성인이 숨을 만한 장소를 눈으로 빠르게 훑었다. 한 군데뿐이네. 그럼 저 안에 동대제국 대사가 숨어 있겠지. 그 대사도 이 말을 들었으려나?

이후로도 20분 정도, 에인젤은 아기 이야기로 시간을 끌었다. 나역시 말을 그대로 받아주었다. 그러다가 에인젤은 자연스럽게 자기 볼일을 화제로 끌어들였다.

"황후 폐하께서는 엄한 어머니가 되실 것 같군요."

"말에 뼈가 있는 듯한데."

"립트와의 교역을 두고서 약소국들을 압박하신다 들었습니다."

"계단 가장 꼭대기에 선 사람을 밀면 뒤에 선 사람들도 같이 다치는 법이지요."

"같이 다치는 겁니까, 같이 다치길 원하시는 겁니까?"

어느 쪽일 것 같느냐든가. 뒤에서 이쪽을 끌어내리려 손을 뻗고 달려드는데 가만히 있을 수는 없다든가. 하고 싶은 말이 여러 개 떠올랐지만 대답 대신 웃었다. 대답은 필요한 사람은 침묵도 자체적으로 해석하기 마련이니. 그러다 보면 자기가 원하는 걸 어떻게든 흘리기 마련이고.

"오해를 산 듯해 말씀드리자면, 황후 폐하. 저희가 원하는 건 동대제국이지 서대제국이 아닙니다."

이런 식으로.

"그런가요?"

"예, 그러니 이 점을 염두에 두시고 앞으로의 일을 잘 생각해주시기를."

하지만 지금 에인젤이 하는 말은 거짓이다. 이미 그는 동대제국에 가서도 비슷한 말을 한 적이 있지 않나. 에인젤이 아무리 영리하더라도, 소비에슈가 내게 바로 그 일을 얘기할 거란 생각은 하지 못했겠지만.

어쨌든 그 덕에 나는 저자가 동대제국과 서대제국에서 같은 말을 하고 있단 걸 알 수 있었고, 그의 사탕 같은 입놀림에 넘어가지 않을 수 있었다.

우리는 서로 속마음을 숨긴 채 겉으로는 태연하게 웃었다. 그러다 에인젤이 갑자기 생각난 것처럼 말했다.

"그렇지. 황후 폐하께서 새를 좋아한단 이야기를 들었습니다."

"그런 이야기가 도나요?"

"예. 그래서 선물을 가져왔는데. 드려도 괜찮겠습니까?"

"뇌물인가요?"

"우정의 표시라 부르지요. 서대제국과의 우정을 지키고 싶은 뜻에서 드리는."

그 우정 참으로 얄팍하구나. 괜찮다고 말을 하려 입을 열었다. 이럴 때 주는 선물이라면 보통 선물이 아닐 텐데. 괜히 받고서 찜찜해하는 것보다는 아예 받지 않는 게 나을 거란 생각 때문이었다.

그러나 그 전에 에인젤이 먼저 말을 꺼냈다.

"황금색 새장 안에 든 커다란 새입니다. 금빛 깃털이 아름답죠."

순간 나는 입을 다물었다. 금빛 깃털을 가진 새. 커다란 새.

하인리······?

나는 괜찮다고 말하던 걸 바로 물렸다.

"궁금하네요."

에인젤이 신호를 보내자, 문이 열리고 4기사단 소속으로 보이는 기사가 들어왔다. 손에는 커다란 새장을 들고 있었다. 천으로 덮어 두어서 새장 안은 보이지 않았지만.

마른침이 넘어가려는 걸 가까스로 참았다. 긴장한 티를 내지 않기 위해서.

그래. 아마 저 안에 든 건 하인리가 아닐 거야. 내가 이런 일을 꾸민 건, 에인젤이 하인리가 실종된 데 관여했는지 아닌지 떠보려 한 게 맞지만, 설마 그가 아예 '퀸'을 데리고 있을 리는 없잖아? 아니, 확신할 수 있나? 어쩌면 하인리가 변신하는 장면을 에인젤이 보았을지도 모르는데? 그러면 에인젤이 하인리를 납치해서 새장 안에 넣을 수도 있잖아.

머리가 어지럽다. 그 사이, 기사는 에인젤에게 새장을 넘기고 나갔다. 새장을 받아 든 에인젤은 한 손으로 천을 쥐고 나를 보았다. 나는 새장에 자꾸만 눈이 가려는 걸 참기 위해 정색하고서 그를 쳐다보았다. 마침내 그가 천을 치웠다.

"!"

'아. 깜짝 놀랐어. 역시 룁트 의상은 강렬하구나. 우리나라에도 저런 옷이 유행했으면 좋겠다.'

카프멘이 룁트의 정통 복식을 입고 지나간 지 한 시간이 넘었으나, 아직 샬렛 공주의 머릿속엔 그 모습이 둥실둥실 떠다녔다. 대공의 룁트 복식 차림은 기대했던 이상으로 인상 깊어서, 책이 눈에 들어오지 않았다. 책을 보고 있자면 '지금 책이 문제야?' 하는 목소리가 들려왔다.

결국 공주는 책을 덮고 일어났다.

'도서관에나 가야지.'

지금 빌린 책은 거의 다 읽어간다. 어차피 한번 가긴 가야 했으니, 다른 책이나 고르면서 집중력을 다시 회복해야 할 것 같았다. 샬렛 공주는 정원을 지나 도서관 계단을 올라갔다.

"또 오셨네요."

도서관 안에 들어가자, 자주 봐서 얼굴을 익힌 사서가 알은척 인사를 해왔다.

"서대제국엔 재밌는 책이 많구나."

샬렛 공주는 건성으로 칭찬하면서 방문인 작성 목록에 이름과 신분을 적었다. 칭찬은 건성이지만 빈말은 아니었다. 나라가 커서 그런가. 실제로 서대제국 궁전도서관 장서량이 어마어마했다. 샬렛 공주는 작성한 목록을 사서에게 내밀면서 쭉 빼곡한 책꽂이를 살폈다. 그래, 저렇게 빈자리조차 없이 빽빽하게…….

'어?'

그때. 책꽂이 너머로 카프멘 대공이 또 보였다. 역사 코너와 심리학 코너 사이로. 쓱 지나가도 얼핏 보였던 그 아슬아슬한 의상은 분명 그 카프멘의 복식인데? 샬렛은 놀라서 책으로 벌어진 입을 가렸다. 어떻게 여기서 또 마주치지?

'날 따라왔나……고 하기엔 먼저 와 있었잖아?'

샬렛 공주가 갑자기 돌아서자, 목록을 사서일지에 완전히 다 기록한 사서가 그녀를 이상하게 쳐다보았다.

"왜 그러십니까, 공주님?"

샬렛 공주는 두근두근한 가슴을 누르며 고개를 빠르게 가로저었다.

'운명? 이게 바로 운명인가?'

천이 휙 하얀 비둘기처럼 날아가자 황금빛 새장이 완전히 모습을 드러냈다. 안에는 황금빛 새가 보라색 리본을 매고 횃대에 앉아 있었다.

그러나…….

'아니야.'

이 새는 눈이 보라색이 아니다. 얼핏 보면 하인리와 비슷하지만 하인리가 아니었다. 실망스럽다. 이런 우연이 있을 리가 없다고 생각하면서도, 나는 어느새 그 우연을 기대했던 모양이다. 그래도 실망감을 감추고서 얼른 표정을 관리했다.

"어떠십니까, 황후 폐하?"

"마음에 드는군요. 난 금색을 좋아한답니다."

하지만…… 이 새가 하인리가 아니긴 해도, 에인젤이 무언가 알고 있을지도 모르겠단 생각은 변화가 없다. 황금빛 새에 보라색 리본. 게다가 비슷한 새 종류를, 다른 사람도 아닌 에인젤이 내게 가져왔다? 이걸 단순히 우연에 우연이 겹쳤다고 봐야 할까? 우연일수도 있긴 하지. 하지만 수상쩍게 볼 여지도 있다.

내 의심을 아는지 모르는지, 에인젤은 순순히 새장을 내게 넘겼다.

"어떻게. 우리의 우정에 관심이 있으신지요, 황후 폐하?"

"긍정적으로 생각해보도록 하지요."

에인젤이 나가고 문이 닫히자 이번에는 적막이 찾아왔다. 내내 조용하던 라리가 칭얼거려서, 나는 작은 등을 도닥여주었다.

그런데 어째서? 이제 에인젤이 갔으니 나와도 될 텐데. 몸을 숨기고 있을 동대제국 대사가 나오지 않았다. 바로 나올 거라 생각했는데?

"나오게."

아기를 달래면서 말하자, 그제야 숨어 있던 동대제국 대사가 주춤주춤 모습을 드러냈다.

"황후 폐하."

다가와 인사를 올리는 대사는 표정이 심란했다. 하긴. 연합 쪽에서, 동대제국을 공격할 테니 자기들과 손을 잡자고 방금 막 공개적으로 제안하고 나갔다. 이 대사는 그 이야기를 다 들었고. 마음이 편할 리가 없지.

사실 나도 에인젤이 그렇게 노골적으로 나올 거라곤 예상하지 못했으니까. 난 에인젤이 둘러 둘러 말할 거라 생각했다. 물론 아예 동대제국을 배척하는 뉘앙스로 말하지 않는다면, 동대제국 대사에게는 그런 식으로 들리도록 몰아갈 생각이긴 했지만.

대사는 우물거리다가 결국 대놓고 물었다.

"정말로 그자의 제안을 긍정적으로 고려해보실 건지요?"

"그랬다면 그대를 여기에 부르지 않았을 거라네."

차갑게 대답하자 대사는 그제야 조금 긴장을 풀었다. 그러면서도 라리를 곁눈질하는 게, 숨어 있는 동안 에인젤이 말하는 걸 들으면서 라리 얼굴이 궁금했나 보다.

나는 굳이 아기 얼굴을 감추지 않고서 말을 이었다.

"나는 연합이 두 제국 다 노리고 있다고 확신하네."

"줄타기를 하고 있는 건 아닐까요?"

"서대제국 칭제를 견디지 못하는 연합이, 지금까지 단일 제국으로 군림해온 데다 강대한 마법사들을 보유한 동대제국에는 불만이 없겠나?"

줄타기를 하고 있을 수도 있겠지. 하지만 줄타기를 하더라도, 그 건 당장 두 나라 모두를 상대하기 어렵다 여겨서 그렇게 굴 뿐. 장 기적으로는 두 제국을 모두 노리고 있을 거다. 만약 서대제국과 일 시적으로 손잡는 흉내를 낸다면, 서대제국을 회유해 마력 감소 현 상에 관한 비밀을 자연스럽게 알아내고 동대제국에서 힘을 빼낼 생각이 아닐까? 전쟁은 그쪽도 원하지 않을 테니.

"내가 자네를 왜 여기에 숨겨두었는지 이유를 알겠는가?"

"연합을 경계하란 뜻이십니까?"

"동대제국과 서대제국이 손을 잡자는 뜻이라네."

동대제국 대사가 눈에 띄게 당황했다. 그게 가능할지 모르겠단 얼굴이었다. 하긴. 나도 처음에 생각한 건 블루 보헤안, 화이트 몬 드, 립트와의 관계이지, 거기에 동대제국을 끌어들일 마음은 없 었다.

하지만 일단 동대제국과 손잡는 문제를 떠올리고 나자, '안 될 이유가 없나?' 하는 확신이 들었다. 소비에슈와 하인리는 서로를 싫어하지만, 둘 다 공통점이 있었다. 나라에 애정은 깊다는 것. 두 사람은 나라를 위해서는 자존심들은 접어둘 수 있을 것이다. 게다 가 둘 다 나를 핑계로 댈 수도 있고.

"손을 잡자는 게, 동맹을 맺잔 뜻은 아니네."

맺으면 더 좋겠지만 겁먹은 듯하니 우선은 달래자.

"하면 무슨 뜻이신지요?"

"정확히 지금 내가 제안하는 건……."

궁전을 나온 에인젤은 문까지 걸어간 후 마차에 올라탔다.

"어땠습니까, 단장님?"

따라 들어가지 못하고 마차 근처에 서 있던 부하가 에인젤을 보자 얼른 질문했다.

"역시 그 황금빛 새. 서대제국에서 기르는 전서조가 맞았어."

기사가 에인젤을 뒤따라 마차에 올라타 문을 닫자, 마차는 바로 출발했다. 에인젤은 나비에 황후가 새를 보며 짓던 표정. 아주 짧은 순간 드러난 그 아쉬워하는 실망감을 떠올리며 흐릿하게 웃었다.

"내가 선물한 새를 본 나비에 황후가 실망하는 표정을 지었다. 자기가 기르는 전서조가 돌아올 거라 기대했는데, 아니니 실망한 게 분명해."

"그러면 단장님이 전서조를 가지고 있단 걸 알아차리시지 않았을까요?"

"알지도. 일부러 보라색 리본을 매서 갔으니."

에인젤이 흔쾌히 대답했다. 상관없다는 투였다. 부하는 에인젤에게 구체적으로 더 캐묻는 대신 말을 돌렸다.

"우리 측 제안은 받아들이던가요?"

"긍정적으로 생각해보겠다고는 하던데……."

"잘됐습니다!"

"빈말일 거다."

밝아졌던 기사의 표정이 다시 시무룩해졌다.

"빈말이라니요? 정말로 서대제국에서는 연합을 상대하려는 겁니까? 혼자서?"

"혼자서는 아니겠지. 샬렛 공주가 나비에 황후의 하나뿐인 동복 오빠와 결혼한다 하고, 립트에서 왔단 사절단은 서대제국을 통해서만 교역을 하겠다고 했으니, 최소한 둘은 등에 업고 있지 않나."

"그럼 이제 어떻게 되는 겁니까? 처음엔 동대제국 서대제국을 누를 수 있단 말에 긍정적인 반응을 보였던 나라들이, 교역에서 배제될 수 있단 소리에 흔들리고 있던데요."

"어떻게 하긴. 그 불안감을 그대로 이용하면 되는 거지."

"불안감을 이용한다면…….'"

"이걸 하나의 사례로 들면 돼. 무역 하나에도 강대국에 이렇게 휩쓸리고 눌리고 압박을 받는 걸 보라고. 동대제국과 서대제국을 눌러 힘의 균형을 맞춘다면, 앞으론 이런 일도 없어질 테니 당장의 이득이 아니라 장기적인 시야를 갖추어야 한다고."

"아."

"언변이 뛰어난 자들을 골라 각 나라에 파견해. 가까운 나라엔 내가 직접 가겠다."

"저…… 하지만 단장님. 새로운 시장을 개척한 건 순전히 서대제국 쪽에서 한 일인데. 괜찮을까요?"

"괜찮다. 그걸 신경 쓰는 건 서대제국뿐일 테니."

부하는 떨떠름한 표정을 지었으나, 맞는 말이긴 해서 말없이 고개만 끄덕였다. 사람은, 특히 단체가 된 사람들은 자기 이득을 위해서 그런 것쯤은 다 같이 모른 척하기 쉬우니까.

실제로 다른 나라들이 교역 독점 문제로 서대제국에 항의하게 된다면, 그 나라 사람 모두 서대제국이 대륙 간 물꼬를 튼 일에 대해서는 입을 다물 것이다. 누군가 지적한다면, 그 사람은 정의로운 사람이 아니라 눈치 없는 사람이 될 테고.

에인젤은 싱글벙글 웃으면서 창틀에 손을 올리고 콧노래를 부르며 손가락을 까딱거렸다. 자신이 붙잡은 황금빛 새가 서대제국 황실 전서조란 게 확실해졌는데. 이젠 그 새를 어떻게 해야 할까⋯⋯.

"아. 랑드레 경은 떠보았나?"

"예. 랑드레 경은 서대제국이 마력 감소 현상에 관련 있단 걸 모르는 눈치였습니다."

'퀸⋯⋯.'

'퀸'은 날개로 창살을 감싸고서 시무룩 바닥에 엎어졌다. 대체 시간이 얼마나 지난 건지. 그사이 제대로 먹지 못해 살도 쪽쪽 빠졌고, 기운도 없어졌다. 기사들이 우글우글 모여 있는 데다 늘 새장 안에 갇혀 있어서, 사람으로 변해 탈출할 수도 없고 새로 변해 날아갈 수도 없었다.

"충성심이 대단한 새인가 봐. 자기 주인이 주는 모이만 먹는 걸까?"

"이런 새라면 키울 맛이 나지."

기사들이 멋대로 중얼거리는 소리를 흘려들으며, 하인리는 날개

사이에 얼굴을 묻었다.

'나비에, 라리, 카이.'

"황후 폐하, 그간 건강히 잘 지내셨는지요?"

맥켄나가 궁전에 돌아왔다. 하인리가 실종된 후, 그를 찾기 위해서 새대가리 종족들이 대거 투입되었는데, 맥켄나 역시 그중 하나였으니 정말 오랜만이었다. 해야 할 일이 많지만, 그래도 맥켄나는 하인리가 가장 우선이라 생각했는지, 일거리를 나와 재상에게 맡기고서 그를 찾아 떠나갔지. 그런데 이제 돌아왔다는 건······.

"하인리는 찾았나요?"

황급히 그에게 물었으나 돌아온 표정은 어두웠다. 아직 찾지 못했구나.

맥켄나는 시무룩한 얼굴로 입을 열었다. 하지만 무어라 말을 꺼내기 전. 그는 내 어깨너머를 보더니 깜짝 놀라 외쳤다.

"어이쿠! 하인리 폐하인 줄 알았습니다."

돌아보자 탁자 위에 에인젤이 주고 간 새장이 놓여 있었다. 안에는 금빛 깃털을 가진 새가 꾸벅꾸벅 졸고 있고. 이윽고 놀란 게 가셨는지, 맥켄나는 동정심 가득한 눈길로 나를 보며 중얼거렸다.

"황후 폐하. 하인리 폐하가 무척 보고 싶으신 모양이군요. 저런 가짜를 곁에 두시고······."

내가 하인리를 그리워해서 저 새를 가져다 놨다고 여기는 모양이다.

"보고 싶어요."

틀린 말은 아니어서 순순히 인정했다. 저 새는 하인리도 아니고, 내가 데려온 새도 아니지만, 하인리가 보고 싶으면 요즘은 저 새를 보고 있긴 하지.

"하지만 하인리가 그리워서 가져다 둔 새는 아닙니다. 저 새를 가져온 건 초국적 기사단 4기사단 단장이에요."

"그자가요? 설마, 뭔가 알고서……!"

"내 생각엔, 그자가 새가 된 하인리를 데리고 있는 것 같습니다."

맥켄나는 몹시 당황해서 허둥거렸다.

"폐하께서 어느 종인지 알게 된 걸까요?"

"그건 아닌 눈치였습니다."

그렇다면 좀 더 뻔뻔하고 다양하게 나왔겠지.

"하인리를 '하인리가 기르는 새' 정도로 생각한 것 같아요. 그래서 나를 떠보기 위해 일부러 이 새를 선물한 것 같고."

맥켄나는 펄쩍 뛰었다.

"그러면 당장 폐하를 구출하러 가야지요!"

하지만 자기가 말을 해놓고도 바로 시무룩해졌다. 대놓고 그쪽을 습격해 새를 구해 오면, 에인젤이 더욱 의아하게 여기게 될 거란 생각을 한 모양이다. 게다가 새를 구하기 위해 기사들을 투입하다가 전면전으로 치닫는 건, 이쪽 역시 피해야 했다.

그림자 기사단을 정식으로 공격했다가, 정말로 월대륙 연합에 선전포고를 한 것처럼 될지도 모르니. 그렇게 되면 서대제국이 횡

포를 휘두른다고 생각한 다른 나라들이 자기들끼리 똘똘 뭉칠 수도 있지. 이득을 미끼삼아 그들을 분열시킬 수 없을 정도로.

나는 맥켄나가 좀 진정하길 기다렸다가, 에인젤이 다녀간 후 내내 생각했던 이야기를 꺼냈다.

"내가 신년제에 직접 가볼까 싶습니다."

맥켄나는 내 말을 듣자마자 놀라서 버럭 소리쳤다.

"위험합니다! 혹시 함정을 팠을지도 모르는데……!"

"그렇다고 이대로 하인리를 계속 그들에게 잡혀 있게 둘 수는 없어요."

에인젤이 새를 잘 데리고 있더라도, 하인리는 에인젤에게 오래 잡혀 있을수록 위험했다. 그는 벌레를 무서워하니까. 에인젤이 예전에 내가 한 것처럼 모이로 벌레를 준다면, 하인리는 끔찍한 트라우마에 시달리게 될지도 몰랐다.

"내가 새 종족들을 시종과 호위들 틈에 섞어 데려가겠습니다. 이후 시선을 끌 테니, 그대들은 자연스럽게 잠입해서 하인리를 찾아봐요."

맥켄나는 걱정스러운 얼굴로, 초조하게 손을 깍지 끼고서 문질렀다. 위험하다고 말리고 싶은데. 그 역시 하인리를 빨리 되찾아야 한단 걸 알기에 반대하지 못하는 듯했다. 한참을 고민한 후에야 맥켄나는 내 의견을 받아들인 후, 흩어진 종족들을 모아 오겠다며 다시 궁전을 떠났다.

이후 나는 재상을 불러서 지시했다.

"나와 하인리, 둘 다 참석하겠단 답서를 보내줘요."

하인리가 '퀸' 모습으로 에인젤에게 붙들려 있을 가능성도 생각 했고. 신년제에 가겠다고 답서를 썼지만……

'그래도 웬만하면 멀쩡한 모습으로 돌아오길 바랐는데.'

내 짐작이 다 틀리더라도 그편이 나으니까. 하지만 하인리는 결국 신년제에 참석하기 위해 출발해야 할 날까지도 돌아오지 않 았다.

연락이 없는 건 그뿐만이 아니었다.

소비에슈. 그 역시 답서를 보내지 않았다. 소비에슈라면 분명 내 제안을 받아들일 거라고 확신했는데.

아직 황태자 시절의 기억을 가지고 있는 상태인가? 그래서 생각 하는 게 좀 다른 건가? 하지만 거절을 하더라도 거절하는 답서를 가지고 왔어야 하는데, 왜 아직도 아무 대답이 없는 거지? 아직까 지 의논하는 중인가?

"황후 폐하, 이제 출발하셔야 합니다."

고민하느라 마차에 타지 않은 채 계속 근처만 서성거리자, 기다 리다 못한 랑드레 자작이 나를 불렀다. 결국 생각을 마치지 못한 채 마차에 올라탔다.

그러나 마차가 출발하자 머리는 더욱 복잡하고 어지러워졌다. 혹시라도 하인리가 돌아왔는데 길이 어긋나면 어쩌나 하는 걱정. 에인젤이 '퀸'을 데리고 있을 거란 게 내 오판이면 어쩌나 하는 걱 정. 온통 다 걱정거리다.

라리와 카이 둘만 놔두고 떠나온 것도 염려되었다. 맥켄나에게 부탁해서 하인리의 유모를 데려와 라리와 카이가 아가새일 때 챙겨달라고 맡기긴 했지만, 역시 너무 어린 아기들이라…….

연합 본부가 서대제국에서 그리 멀리 떨어져 있진 않지만, 아기들은 하루만 엄마 아빠와 떨어져 있어도 괴롭지 않을까? 둥지 안에서 오들오들 서로를 끌어안고 빽빽거릴 아가새들, 손싸개 발싸개를 하고 버둥거릴 아기들을 떠올리자 심장이 아파왔다.

'라리. 카이. 엄마가 아빠 찾아서 데려갈게.'

그 시각. 소비에슈는 최측근 비서진들만을 모아둔 채 동대제국 대사가 전한 나비에의 제안에 관해 토론하는 중이었다. 대사가 날씨 문제로 원래 일정보다 좀 더 늦게 도착하는 바람에, 이제야 토론에 들어가게 된 것이다.

"폐하께서 제대로 중심을 잡을 수 있는 상황이라면 나쁘지 않은 제안입니다. 동대제국과 서대제국이 모두 연합에서 탈퇴해버린다면, 동대제국과 서대제국, 연합이 균형을 맞출 수 있을 테니까요."

"하지만 폐하께서 가끔 정신이…… 정신을…… 흠. 이런 상황인데 균형을 제대로 맞출 수 있을까요? 원래의 폐하에겐 쉬운 일이지만 지금은 정신이…… 크흠흠. 송구합니다, 폐하."

"괜찮으니 계속 말하라. 나도 내 상태는 알고 있으니."

그러나 비서들이 말을 하다 말고 자꾸 눈치를 살피느라 진도가 잘 나가지 않자, 소비에슈는 덤덤하게 수긍하고서 신경 쓰지 말고 토론이나 진행하라 지시했다.

소비에슈 역시 자신이 종종 환청과 환상에 휩쓸린다는 걸 스스로도 알았다. 그 사실을 떠올리면 체면이 상했으나, 자존심을 지키기 위해 나라를 말아먹을 수는 없었다. 그는 병을 당장 고칠 수 없다면, 차라리 인정하고서 대안을 찾는 게 낫다고 생각했다.

소비에슈가 허락하자 다시 토론이 계속되었다.

"저도 피르누 백작의 말에 동의합니다, 폐하. 서대제국은 이미 동대제국을 노렸던 전적이 있습니다. 이리를 피하려다 호랑이굴에 들어가는 상황이 될 수도 있으니, 더욱 주의해야 합니다."

"연합이 서대제국에 저런 제안을 했지만, 사실은 어느 쪽과 손을 잡아도 상관없을 겁니다. 이미 우리 측에 먼저 손을 잡잔 제안을 하지 않았습니까?"

"그럼 카를 후작께서도 서대제국과 손을 잡아선 안 된다 생각하시는 겁니까?"

"아니. 그렇기 때문에 연합을 경계해야 합니다, 폐하. 나비에 님의 말처럼 장기적으로는 두 나라 모두 연합의 목표일 테니까요."

소비에슈는 입을 열지 않고서 비서들이 주고받는 팽팽한 의견을 들었다.

"연합이나 서대제국이나 똑같은 승냥이들입니다. 하지만 마력 감소 현상에 대해 알아내려 하는 연합보다 실제로 알고 실행까지 시켰던 서대제국 쪽이 당연히 더 위험합니다. 그런데 서대제국과 손을 잡자고요?"

"연합과 손을 잡아 서대제국을 누르고, 연합이 비밀을 알아내기 전에 바로 연합을 쳐버리는 건 어떨까요?"

"그 일을 진두지휘할 폐하께서 가끔 정신이……."

"……."

그러나 소비에슈가 아무리 귀를 기울여 듣고 비서들이 열심히 의견을 내밀어도, 결론을 내리려고 보면 도돌이표였다. 돌고 돌아서 결론은 결국 소비에슈의 현재 건강 상태로 귀결되었다.

비서들은 소비에슈 앞에서 '황제 폐하가 약간 미쳤다'는 말은 차마 하지 못하고, 마지막에는 얼버무리는 걸로 다들 이야기를 끝냈다. 그들로서는 어쩔 수 없는 일이었다. 회의를 하는 와중에도 황제는 두 번이나 허공을 쳐다보면서 딴소리를 했으니까.

대사가 서대제국에서 나비에의 제안을 전달하기 전에는, 실제로 그들 모두 대외적 활동만이라도 소비에슈를 대리할 방계 황족을 찾아야 하지 않느냐는 문제로 계속 소란스러웠고.

소비에슈는 눈을 감고 눈두덩이를 눌렀다. 괜찮으니 마음대로 말하라고 해도 비서들이 내내 자기 눈치를 살핀다는 걸, 그가 모를 리가 없었다. 결국 한참 고민한 후에야 그는 입을 열었다.

"이렇게 하지."

내내 침묵하던 황제가 말을 꺼내자 모두 조용해졌다. 다들 입을 다물고 소비에슈를 쳐다보았다. 그들이 어떤 의견을 내밀건 결국 결정을 내리는 건 소비에슈였다. 그의 정신 상태가 어떠하든.

"제안은 받아들이겠다고 전해라."

그 말에, 제안을 받아들이자 주장했던 비서진들은 다행이란 표

정을 지었으나, 서대제국을 더 경계해야 한다고 주장했던 비서진
들은 우려하는 표정을 지었다.

"단."

그러나 소비에슈의 다음 말을 듣자 다들 눈이 휘둥그레졌다.

연합에서 신년제를 벌이기로 한 곳은 서대제국과 많이 멀지 않
았기에, 오래 지나지 않아서 초대장에 써진 장소에 도착할 수 있었
다. 마차 창문 너머로 보니 각양각색의 마차들이 한곳으로 몰려드
는 게 보였다. 마차에 매단 국기 역시 다양했다. 그 마차를 둘러싼
호위들도 일반적인 파티 때보다 훨씬 많았고. 각국의 왕과 왕비들
이 모이는 축제이기 때문이었다.

추억을 되짚자, 동대제국 황태자비이던 시절 이곳에 온 일이 떠
올랐다. 그때는 옆에 소비에슈가 있었지. 하지만 지금은 혼자 있다.
이 사실을 인식하자마자 허리를 곧게 폈다.

"왜 그러십니까, 폐하?"

그 모습이 이상했나. 맞은편에 앉아 골똘히 혼자 중얼중얼하던
맥켄나가 놀라서 물었다. 내가 갑자기 허리를 빳빳하게 세우자 의
아한 눈치였다.

고개를 저었다.

"아무것도."

마음을 다잡기 위해서 허리를 폈단 말을 하긴 민망하니까.

"후. 폐하께서는 괜찮아 보이시네요. 전 긴장되어서 죽겠습니다."

그래 보인다. 꽉 쥔 주먹, 꾹 다문 입술, 힘이 들어간 눈꺼풀 등을 보면 맥켄나가 얼마나 경직되어 있는지 훤히 알 수 있다.

그럴 수밖에. 신년제가 열리는 저 큰 건물 안으로 들어가면, 이제 맥켄나는 남들의 시선을 피해서 하인리를 찾아야 하니까. 긴장될 수밖에 없지.

마침내 마차가 멎었다.

"후!"

맥켄나는 한 번 더 숨을 빠르게 뱉었다.

그에게 말을 걸 새도 없이 마차 문이 열렸다. 문을 연 사람은 랑드레 자작이었다. 내가 나가려 하자 그가 손을 내밀어 에스코트를 해주었다.

하지만 랑드레 자작도 긴장되긴 마찬가지인지, 평소보다 표정이 어두웠다. 아니. 오늘 유달리 심하긴 하지만 사실 그는 요 며칠 내내 저랬다. 니안과 또 싸웠나, 걱정이 되어서 물어보았지만 이번에는 아니라 하고……. 걱정스럽지만 지금은 하인리가 우선이다.

나는 마차에서 내리자마자 랑드레 자작의 손을 놓고, 옷매무새를 가볍게 정리하면서 턱을 치켜들었다. 다른 마차에서 내린 다른 귀족들 왕족들이 나를 힐긋거렸다. 그게 내가 최초의 재혼 황후이기 때문인지, 아니면 서대제국 황후이기 때문인지는 모른다. 어느 쪽이든 만만하게 보여선 안 되지만.

"가지요."

뒤따라 마차에서 나온 맥켄나에게 말하자, 맥켄나와 랑드레 자작이 내 좌우로 비스듬히 뒤에 섰다.

오늘은 신년제 당일이 아니지만, 연합 본부 안으로 들어가는 길에는 이미 조명이 환했다. 빛을 잘 반사하는 하얀 조약돌은 그 자체로 또 다른 조명처럼 반짝거렸다. 그 사이를 뚫고 나는 저택 안으로 들어갔다.

"서대제국 황후 폐하."

하지만 과도하게 어깨에 준 힘은, 저택 안으로 들어가자마자 다가온 사람 때문에 주르륵 빠지고 말았다. 나는 평소처럼 서서 내게 다가오는 낯익은 얼굴을 쳐다보았다.

"에인젤 경."

이름과 행동이 일치하지 않는 4기사단 단장이었다. 출발하기 전에 그는 연합 본부가 아니라 다른 방향으로 갔단 이야기를 들었는데. 언제 이쪽으로 돌아온 거지?

"방으로 가십니까? 제가 안내해드리겠습니다."

얼떨떨한 기분을 숨기고 있자니, 에인젤이 손을 내밀었다. 되었다고 말하려다가 주위를 보니, 다른 손님들도 각기 초국적 기사단 소속 기사의 안내를 받아 자기들 방으로 찾아가고 있었다. 이 와중에 혼자 거절할 수도 없어서, 나는 알겠다 대답하고서 그를 뒤따랐다.

"하인리 폐하와 함께 오신다더니. 웬일로 혼자만 오셨군요?"

"폐하께서는 잠시 다른 일이 생겨서, 내게 먼저 가 있으라 하였습니다."

"그렇습니까?"

에인젤과 랑드레 자작이 조용히 서로 눈빛을 교환했다. 정확히는 에인젤이 랑드레 자작을 향해 눈을 찡긋하자, 랑드레 자작이 인상을 구긴 거지만.

혹시 요 며칠 내내 랑드레 자작이 시름에 잠겨 있던 건 에인젤 때문일까?

"신년제에는 처음 오시는 거지요?"

"……."

"아아. 죄송합니다. 예전에 오신 적이 있다고 기록에서 봤습니다. 지금과는 다른 국기를 가지고 오셨지만요."

말을 참…….

"안심하셔도 됩니다. 동대제국 황제 폐하께서는 신년제에 참가할 수 없다고 알려주셨는지라. 혹시 두 분이 마주치게 되면 곤란할 텐데, 다행한 일 아닙니까?"

짜증나게 하는 사람이네.

하지만 소비에슈가 신년제에 참석하지 않겠다고 한 건 의외네. 그 역시도 신년제에 참가해서 분위기를 한번 살피고, 다른 나라 왕족들에겐 동대제국의 위엄을 자랑할 거라 여겼는데.

기억이 황태자 시절에 머물러서 그런가? 혹시라도 들킬까 봐? 하지만 다른 나라 왕족들은 소비에슈의 기억이 황태자 시절에 머무르는지 아닌지 알 수 없지 않나?

그런데 생각하면서 걸어가다 보니, 멀지 않은 곳에 낯익은 새가 보였다. 황금빛 새. 보라색 눈. 커다란 날개. 소중한 덩치.

나의 하인리였다. 새장 안에 갇힌 하인리.

젠장, 보라색 리본은 왜 하인리한테까지 감아둔 거야?

망연자실하게 앉아 있던 하인리가 내 쪽을 보자 눈을 동그랗게 뜨더니 비척비척 몸을 일으켰다. 나도 모르게 달려갈 뻔한 걸 꾹 참고 에인젤을 살폈다. 에인젤은 어느새 걸음을 멈추고서 나를 빤히 쳐다보며 웃고 있었다.

"왜 그러십니까, 황후 폐하?"

에인젤이 아무것도 모른 척 물었다.

부드러운 목소리. 그의 목소리는 이름과 비슷했다. 하지만 눈매가 지나치게 가늘어서, 무슨 생각을 하는 건지 흐릿하게밖에 알 수 없었다. 보나 마나 좋은 생각은 아니겠지만.

새장 안에서 하인리가 부리를 쩍 벌렸다. 분노를 토해내려는 듯. 하지만 새장 안에서 보라색 리본을 매고 저러니, 안타깝게도 위엄이 전혀 느껴지지 않았다. 그 하찮은 모습을 보자 마음이 아파와서 고개를 돌려 에인젤에게 시선을 고정했다.

"혹시 아시는 새입니까?"

눈이 마주치자, 그가 반달 모양으로 웃으며 물었다.

사람들이 초국적 기사단을 기피하는 이유가 있었네. 어쩌면 랑드레 자작과 이미지가 이렇게 다르지? 랑드레 자작을 보고서 초국적 기사단은 보수적이고 고지식한 집단일 거라 생각했는데.

랑드레 자작은 니안과 연애를 할 때는 개방적이지만 공무에서는 철저하니까, 당연히 다들 그럴 거라 여겼다.

"며칠 전에 경이 선물해준 새와 비슷하게 생겼군요. 형제인가요?"

일단 생각나는 대로 둘러대자, 에인젤이 대답했다.

"많이 닮았지만 아닙니다."

좀 아쉬워하는 투였다. 내가 바로 변명을 생각해내니 재미가 없는 모양이다. 횡설수설하기라도 기대했나. 절대로 휘둘리는 모습을 보이진 않을 거다. 나는 평소와 같은 웃음을 띠고서 은근히 하인리 쪽으로 다가갔다.

"일전에 선물 받은 새가 혼자 있어서 그런가, 많이 외로워하는데. 괜찮다면 이 비슷한 새도 내게 줄 수 있나요?"

눈으로 빠르게 그를 살피자 가슴 아픈 모습들이 눈에 들어왔다. 수척한 얼굴, 푸석해진 깃털, 생기 없는 눈동자, 한 방울 고인 눈물. 일부러 날 모른 척하려는지 가까이 오지 않고 철창에 등을 기댄 채 앉아 있기만 한데. 그 모습이 더욱 안쓰러웠다.

문제가 생기지 않았나? 건강은? 눈대중으로 짐작하기에도 그가 중병에 걸린 것 같아 마음이 아팠다. 정말 왜 저렇게 마른 거야.

"죄송합니다, 황후 폐하. 이 새는 제가 가장 아끼는 새여서요. 다른 새라면 얼마든지 선물해드리고 싶지만, 이 새만큼은 안 되겠군요."

뻔뻔스럽긴. 부채로 입을 한 대 치고 싶다.

하인리도 눈을 부릅떴지만, 의심을 피하기 위해서인가. 천장만 노려볼 뿐 내 옆으로 다가온 에인젤 쪽은 쳐다보지 않았다.

난처하다. 걱정스럽고. 차라리 외진 곳에 숨겨두는 편이 나았다. 그런 데 갇혀 있으면 침입해서 구해 오기라도 하지, 저렇게 대놓고 걸려 있다면…….

주위를 둘러보자 많은 사람들이 오가는 게 보였다. 그럴 수밖에. 여기는 다양한 길이 합쳐지는 복도의 중앙쯤이니, 늘 사람이 끊이지 않겠지. 지금만 해도 지나가던 다른 왕족 한 명이 이곳을 보고 일행에게 속삭이고 있었다.

"이야, 잘생긴 새인데?"

'일부러 여기에 걸어둔 게 분명해.'

맥켄나를 보자, 그는 평온한 표정이었다. 하지만 속은 말이 아니겠지.

"자, 그러면 황후 폐하. 방으로 계속 안내해드리겠습니다."

에인젤이 웃고서 다른 방향을 가리키자, 하인리가 돌아서서 등을 보이고 앉았다. 자기는 괜찮으니 일단 가라는 듯.

마음이 더욱 아프지만…… 미안해, 하인리. 조금만 더 견뎌줘.

일단 에인젤을 따라갔다.

"여기입니다."

그렇게 에인젤이 나를 안내해준 곳은 2층 가장 끝에 있는 방문 앞이었다. 그가 문을 열자 꽤 넓은 내부가 드러났다. 전체적으로 연한 주홍빛이었다. 가구는 침대, 옷장, 둥근 티테이블과 그에 딸린 의자 두 개, 책상 하나, 책꽂이 하나, 짐을 넣을 수 있는 공간. 그리고…… 창문. 창문에는 두툼해 보이는 커튼이 달려 있다.

"보기엔 좀 둔탁하지만 날씨가 많이 추우니까요."

내가 창문을 쳐다보자 에인젤이 설명한다. 다른 가구를 볼 때는 가만히 있다가, 창문을 보자마자 바로. 행동에 의미가 있나? 몰라. 하지만 이젠 에인젤이 하는 모든 행동 하나하나가 내 신경을 자극하고 있었다.

"그러면 편히 쉬시길 바랍니다, 황후 폐하."

다행히 더 정신을 긁는 대신, 에인젤은 이곳에서 지내는 동안의 식사와 하인, 규칙 등에 관해서만 몇 가지 설명해주고 나갔다.

나 혼자 사용하는 방이라 맥켄나와 랑드레 자작, 기타 다른 호위와 시종들을 역시 모두 그를 따라갔다. 곁에 남은 건 시녀인 마스타스뿐.

"황후 폐하. 저기 저 새요. 그 새죠?"

마스타스는 둘만 남게 되자 조용하게 물었다.

"황후 폐하랑 가끔 같이 노는 그 새요. 제가 동물 얼굴 잘 구별하진 못하는데요, 아무리 봐도 그 새랑 깃털 색이며 눈 색이 똑같던데……."

"맞아요. 없어졌다 했더니. 저자가 가지고 있었네요."

코트를 벗어 의자에 걸어두고 창문으로 다가갔다. 커튼을 들춰보자 꽤 묵직했다. 본부라서 그런가. 각국의 왕들이 참석하는 파티라 그런가. 창밖에는 기사들 숫자가 유독 많다. 저게 다 초국적 기사단 기사들인가.

그 순간, 누군가 고개를 들기에 눈이 마주치기 전 창문을 닫고 도로 커튼을 쳤다.

"왜 저자가 황후 폐하의 새를 가지고 있는 거예요?"

"전서조로 날려 보냈는데. 붙들린 모양이에요."

"아. 그래서 저렇게 깐죽대는 거예요? 황후 폐하가 새 주인인지 아닌지 떠보려고?"

"아마도……."

"이런 경우는 안타깝지만 어쩔 수 없어요, 황후 폐하. 새 주인이 누구인지 밝히려는 걸 보면 분명 새가 가지고 있던 편지라거나, 하여튼 결정적인 무언가를 봤단 걸 텐데. 나설 수 없잖아요."

"……."

"폐하의 전서조라는 걸 모르면 죽이진 않을 테니, 저 새는 이제 없는 새다 치시는 게 저 새를 위해서도 황후 폐하를 위해서도 낫지 않을까요?"

당황해서 쳐다보자 마스타스도 덩달아 당황한 얼굴로 물었다.

"왜, 왜요? 제가 못 할 말 했습니까?"

"아니에요."

이후에는 외출복을 벗고, 약간 편한 복장, 하지만 내 방에 있을 때만큼은 편하지 않은 복장으로 갈아입은 후 맥켄나가 오기를 기다렸다. 하인리가 새장 안에 있는 모습을 같이 보았으니, 그 역시도 나와 의논할 게 많겠지. 분명히 방을 안내받자마자 눈치껏 달려올 거다.

예상대로 20여 분 정도가 지나자 맥켄나가 들어왔다.

"마스타스 양. 따뜻한 커피나 차 종류, 아무거나 가져다줄래요?"

내가 일부러 마스타스에게 심부름을 시키자, 그녀는 얼른 눈치 좋게 밖으로 나갔다. 나는 둘만 남게 되자 맥켄나에게 서둘러 물었다.

"어떻게 할 건가요?"

"모르겠습니다. 깜깜하네요. 황후 폐하. 이를 어쩌지요? 저렇게 길 중앙에 걸어놓으면 몰래 꺼내기도 힘들 텐데."

맥켄나는 초조한 얼굴로 제 머리카락을 잡아당겼다. 아까 에인젤 앞에서는 그렇게 의연하게 굴더니.

"우리 새라 하고서 데려오기엔…… 저쪽에서 대체 어떤 걸 보고, 어떤 상황에서 폐하를 잡은 건지 알 수가 있어야죠. 황후 폐하, 어찌해야 할까요?"

"위험하더라도 폐하를 저대로 둘 수는 없어요."

그 수척해진 얼굴. 그 얼굴을 떠올리는 것만으로도 심장이 무거워진다. 가슴 한쪽에 돌덩어리가 들어앉은 것 같아.

"몰래 빼낼 수 없다면 대놓고라도 빼내야 합니다, 맥켄나."

"그 여우에게 저 새를 달라고 직접 말씀하시려고요?"

르베티는 벽 뒤에 고개만 내민 채, 계단에 앉은 에르기를 지켜보았다. 그는 깊게 생각에 잠긴 얼굴로 목걸이를 만지작거리고 있었다.

주위에는 아무도 없다. 호위도.

일부러 그를 찾아온 건 아니었다.

며칠 전, 나비에 황후가 신년제에 참가하기 위해 잠시 황궁을 떠났다. 르베티는 그게 좋은 일이라 생각했으나, 돌아가는 분위기를 보고 아니란 걸 알게 되었다. 무언가 좋지 않은 일이 있는 듯했다. 걱정이 된 그녀는 신전에 들러 기도를 했다.

"황후 폐하를 지켜주세요. 황후 폐하께 나쁜 일이 없도록 해주세요."

돌아온 다음에는 라리, 카이를 찾아가 놀아주었다. 그러다 보니 안 생각이 났다. 알렌은 늘 안이 세상에서 제일 예쁘다고 칭찬했다. 분명 하늘에서 내려온 천사일 거라고. 잠깐 날개를 잃어서 사람이 된 걸 거라고.

르베티는 들을 때마다 '웩' 하고 토하는 시늉을 했다. 객관적으로 예쁜 아기인 건 맞았지만, 라스타를 닮아서 싫었다. 오빠가 그렇게 팔불출처럼 굴 때마다 얼마나 짜증이 나던지. 하지만 지금은 그때가 그리웠다. 안이 열 명이고 오빠가 팔불출처럼 구는 게 열 배라고 해도, 다시 그때로 돌아가고 싶었다.

예전엔 멍청하고 답답한 오빠라고 생각했는데. 이젠 미련한 모습도 볼 수 없다고 생각하니 슬펐다. 오빠가 안을 끌어안고 돌아다니면, 그 모습을 보며 '어이구 어이구' 혀를 차던 아버지……. 결국 눈물을 흘리자, 시녀들이 놀라서 무슨 일이냐고 물었다.

"아니에요. 눈에 뭐가 들어가서요."

시녀들은 어설픈 핑계를 눈치챈 듯했지만 모른 척해주었다. 르베티는 바람을 좀 쐬어야겠다고서 밖으로 나왔다. 걷고 걷고 걸었다. 일부러 아무도 없는 곳으로 계속 걸어갔다. 그러다가 외진 곳에서 에르기 공작을 발견한 것이다.

'원수.'

르베티는 주먹을 쥐었다. 저자가 신전에 안을 데려가지 않았다면…… 그러면 오빠는 라스타와 얽히지 않았을 텐데. 라스타는 정부가 된 후 오빠와 접점이 없었다. 그런데도 저 남자가 '안'을 신전에 데려가서, 오빠는 라스타와 한패처럼 얽혀버렸다.

'계단에서 떨어져 굴러버려라!'

르베티는 속으로 저주를 퍼붓고서 확 돌아섰다. 꼴도 보기 싫어.

그러다가 그녀는 주춤 주위를 둘러보았다. 아무도 없다. 마른침이 꼴깍 넘어갔다. 그래. 아무도 없어. 여기는.

그녀는 천천히 다시 돌아섰다. 에르기 공작은 아직 목걸이만 만지작거리고 있었다. 깊게 상념에 잠겨서 아무것도 그에게 들리지도 보이지도 않는 듯했다.

그녀는 천천히 신발을 벗고, 발소리를 죽여서 조심조심 그에게 다가갔다. 아슬아슬하게 계단에 걸터앉은 등. 무방비한 등. 커다란 등. 르베티는 두 손을 뻗었다. 아직 상대는 모르고 있었다. 등에 손이 닿을 듯 말 듯 가까이 왔는데도. 침이 고이지만 이번에는 삼키지 않았다. 르베티는 천천히 에르기에게 팔을 뻗었다.

하인리는 새장 안에 엉덩이를 붙이고 늘어져 있었다. 그 모습이 신기한가. 지나다니는 사람들마다 그를 쳐다보면서 웃었다. 그 미소엔 호의가 가득했지만, 하인리는 전혀 기쁘지 않았다. 아까 본 나비에의 얼굴, 그녀의 놀란 표정만 자꾸 생각났다. 슬퍼하는 모습, 걱정하는 눈동자…….

'퀸.'

설마 마력석 전량 회수를 코앞에 두고 마지막 한 곳에서 붙들릴 줄이야. 혼자 간 게 후회되었다. 하지만 달리 생각하면 혼자 갔기에 피해가 적었다. 여러 명이 동시에 새로 변해 달아나면 누가 봐도 수상하게 여겼을 거고.

'지금은 빠져나갈 방도만 생각하자. 어떻게 해야 여기서 나간다?'

하인리는 머리를 파르르 털고서, 그의 목에 감긴 보라색 리본을 발로 걸어찼다. 잡힌 후로 내내 하던 생각을 좀 더 심각하게 고민했다.

그때. 비명과 고함이 들려왔다. 무슨 소리지? 귀를 쫑긋 세우고 집중하자 다급한 발소리가 점점 가까워진단 걸 알 수 있었다. '잡아! 잡아!' 하는 목소리도.

누굴 잡으란 거야? 목소리도 발소리도 하나둘이 아니었다. 멀뚱멀뚱 지켜보고 있자니, 복도를 달려오는 사람들 한 무리가 보였다.

하인리는 눈을 커다랗게 떴다. 기사들이다. 기사들인데…… 가면을 써서 다 얼굴을 가렸다. 하지만 가면 때문에 놀란 건 아니었다. 그가 놀란 건 제복. 그들이 전부 다 다른 제복을 입었단 점이었다. 뭘 어떻게 구한 건진 모르겠지만, 한 명도 겹치지 않고서 각국의 기사 제복을 입었다. 개중에는 서대제국 제복도 보였고, 심지어 4기사단 제복도 있었다.

'누구야 저것들은?'

미쳤나, 생각하는데 그 희한한 기사들이 다가와서는 손을 뻗었다.

'날? 날 왜? 뭘 하려고?'

제대로 놀랄 사이도 없이 새장이 잡아당겨졌다. 하인리는 날개를 푸덕푸덕거리며 당황해 울었다.

— 구우우우우우!

진짜로 놀랐다. 이대로 아내와 아이들 얼굴을 못 보고 이상한 미친놈들의 방패막이가 될까 봐 두려웠다.

"접니다, 폐하."

그 순간. 가면 중 한 명이 아주 작은 목소리로 속삭였다. 하인리는 울음을 멈췄다. '접니다'라고 한 사람이 누군지는 모르겠지만, '폐하'라고 부르는 걸 보니 같은 종족 부하인 게 분명했다. 하인리는 그제야 안심했다. 그사이 기사는 새장째 들고 달리기 시작했고, 다른 기사들도 그 주위를 둘러싸고 같이 뛰었다.

하인리는 새장 안에서 여기저기 머리를 찧었다. 쿵. 쿵. 사방에 몸이 부딪치자 나중에는 철창을 날개로 잡고 버티며 애써 비명을 삼켰다. 지금은 달아나는 게 중요하니까.

그러나 새장을 쥔 기사가 갑자기 멈추어 서면서, 하인리는 힘주어 버틴 게 허망하리만큼 손쉽게 통 뒤로 날아갔다. 체면이 상한 하인리는 황급히 몸을 일으켜 세우고서 머리를 푸르르 털었다.

"이런. 이런."

고개를 들어보니 저만치 앞에 에인젤이 서서 웃고 있었다. 그가 팔짱을 낀 채 복도를 가로막고 있고, 뒤로는 4기사단 기사들이 우르르 벽처럼 모여 있었다. 뒤에서도 발소리가 나는가 싶더니, 눈 깜짝할 사이에 그곳에도 또 다른 기사단이 다가와 벽을 만들었다. 4기사단 제복과 흡사하지만 약간 다른 형태인 걸로 보아, 연합 본부 안에 있던 또 다른 초국적 기사단 기사들인 듯했다.

하인리는 마른침을 삼켰다. 순식간에 그와 그의 기사들은 샌드위치가 되었다. 앞뒤가 막힌 복도에서 제대로 달아날 수 있을까? 게다가 에인젤, 저 영악한 여우는 '고작 새 한 마리'를 구하기 위해서 황후가 데려온 기사들이 이런 모험을 감수하는 걸 이상하게 여길 것이다. 그리고 하인리의 짐작대로, 에인젤의 머리는 이미 빠르고 비상하게 돌아가고 있었다.

'일부러 모든 나라의 제복을 훔쳤군. 내 눈을 가리기 위해서는 아닐 거고. 다른 나라 왕족들의 눈을 가리기 위해서겠지. 하지만 이렇게 해서까지 그 새를 구해야 하나?'

답은 천천히 고민해보면 되겠지. 궁지에 몰아둔 쥐들을 보며, 에인젤은 빙그레 웃으면서 놀렸다.

"여기 제복을 입어보고 싶었다면 말을 하면 됐을 것을. 함부로 훔쳐 가면 되나요."

잠시 묘한 대치가 벌어졌다. 에인젤은 고개를 기웃하더니 아무것도 모르는 척 물었다.

"혹시 그 새가 황금알이라도 낳는 겁니까? 이렇게 해서까지 데려가려는 걸 보니?"

하인리는 황급히 날개로 자기 배를 감쌌다. 저놈이 '혹시 마력 감소 현상에 관한 비밀이 새와 관련 있는 건 아닌가?' 생각하고서 몸에 해코지라도 할까 봐 겁이 났다. 안 그래도 여우를 닮은 얼굴인데. 에인젤이 눈을 점점 가느다랗게 뜨기까지 하자 지켜보는 사람은 더욱 긴장될 수밖에 없었다.

"틈을 만들겠습니다. 어떻게 해서든 달아나십시오."

그때. 새장을 쥔 가면 기사가 들릴 듯 말 듯한 목소리로 속삭였다.

"그분의 방은 2층 가장 끝입니다. 문을 열어두겠다 하셨으니, 그쪽으로 숨으십시오. 그 방을 통해 밖으로 날아가셔도 됩니다."

가면 기사가 말하는 '그분'은 나비에일 것이다. 하인리는 바로 알아들었다. 나비에가 왜 굳이 가장 끝방에 있는 건지는 좀 이상했지만. 일단 하인리는 알겠다는 표시로 '구' 하고 작게 울었다.

그 순간. 가장 앞쪽에 있던 가면 기사가 검을 꺼내 에인젤을 향해 휘둘렀다. 기습이었으나 에인젤은 놀라지도 않고 뒤로 반보 물러서며 자신의 허리에서 검을 꺼냈다. 검과 검이 부딪치면서 '깡!' 소리를 냈다. 그 소리를 시작으로 전투가 벌어졌다.

치열한 싸움이 오가자, 관련 없는 사람들이 무슨 일인가 구경하기 위해 달려왔다. 그러나 싸우는 기사들의 숫자가 너무 많았다. 게다가 연합 기사들과 싸우는 기사들이 각국의 제복 차림이다 보니, 구경하러 온 사람들은 다들 놀라서 서로 눈치를 살폈다.

우리나라 사람이 연합 기사단과 싸우는 중인가? 불안에 떨던 구경꾼들은, 이윽고 다른 나라 기사 제복들도 전부 다 있단 걸 눈치 챘지만, 불안한 마음이 가시지 않아서 황급히 인원수를 점검하기 위해 싸움 구경을 멈추고 돌아갔다.

그사이. 마침내 틈이 생겼다. 가면 기사는 틈을 놓치지 않고서 새장 문을 열었다. 대기하던 하인리는 빠른 속도로 새장 안을 박차고 날아갔다.

"잡아!"

연합 기사단의 기사들이 손을 뻗었으나, 이곳은 천장이 높았다. 덕택에 하인리가 높이 날자 손이 닿지 않았다. 키가 큰 기사는 높이 뛰면서 손을 뻗으면 어떻게든 닿을 수도 있겠지만, 가면 기사들이 연합 기사들을 수시로 공격하기에 뛸 수 없었다.

하인리는 2층으로 가는 대신 다른 창문을 찾았다. 날아가면서 얼핏 보니 문은 닫혀 있었다. 대신 다른 창문을 찾아 나가려는 것이었다. 최대한 나비에와 관련이 없는 것처럼 보이기 위해서.

그러나 이미 모든 창문이 닫혀 있었다.

'여우 같은 놈!'

분명 일이 터지기 전에 준비한 거겠지. 하인리는 이를 갈았다. 그렇지만 마음 편하게 출구를 찾을 형편도 아니었다. 연합 기사들을 헤치고 온 몇몇 기사들이 계속 그를 쫓고 있었다. 하인리는 쭉 위로 올라가면서 일부러 넘어뜨릴 수 있는 물건들을 죄다 넘어뜨렸다. 몸을 잠시 다른 데 감추고서 빙빙 돌아서 그들의 시선을 방해하는 등 쫓는 이들에게 공격을 퍼부었다.

그렇게 시선을 피하고 유도해가며, 하인리는 기사들을 다른 층으로 이끈 다음 자신은 재빨리 2층 복도 끝으로 날아갔다. 나비에의 방문은 약속대로 열려 있었다. 그 안으로 쏙 들어가자, 초조하게 방 안을 서성이던 나비에가 확 돌아섰다.

덜덜 떨리는 손이 에르기의 등에 닿을 듯 말 듯한 그 순간. 르베티는 눈을 질끈 감았다.

죽이자! 복수하는 거야!

"......"

그러나 결국 밀지 못하고 손을 거두어들이는 그 순간.

"마지막 순간에 마음이 약해지면 안 돼, 아가씨."

에르기 공작이 놀리는 투로 말했다.

내가 온 줄 모르고 있을 거라 생각했는데! 르베티는 깜짝 놀라 뒤로 반걸음 물러났다.

"복수를 하려면."

에르기 공작은 말을 이었다. 여전히 놀리는 투로. 그러나 돌아보지는 않았다. 말리지도 않았다. 밀면 밀려주겠단 태도로.

이상하게도, 에르기 공작이 저런 태도를 보이자 르베티는 그를 떠밀고 싶은 마음이 싹 사라졌다. 그는 라스타가 에르기 공작과 붙어 다니던 게 떠올랐다. 에르기 공작이 라스타에게 이런저런 조언을 해주다가, 나중에 결국 뒤통수를 쳤단 이야기도.

르베티는 휙 돌아섰다.

"그냥 가?"

그 모습이 뭐가 웃기다고, 에르기 공작이 놀리듯 물었다. 돌아보자 이번에는 이쪽을 보고 있었다. 난간에 머리를 기댄 채 삐딱한 미소를 띠고. 느긋한 태도, 완벽한 입술, 여유로운 미소. 참으로 수려한 껍데기였다. 그림책에나 나올 법한 모습이었지만, 르베티는 인상을 구겼다.

"난 그쪽 말은 듣지 않아. 그게 어떤 거라도."

"살려달라 했으면 밀었을 거란 소리?"

르베티는 대답 대신 돌아서서 걸어갔다. 에르기 공작이 웃음을 터트리는데, 그 소리가 듣기 싫어서 황급히 달려가기까지 했다. 그러다 균형을 잃었다. 계단에서 상대를 떠밀려 했는데, 르베티는 오히려 반대쪽 계단에서 자기가 떨어질 뻔했다. 휘청이는 그녀를 누군가 붙잡아주었다. 돌아보자 에르기 공작이었다. 그는 손쉽게 그녀를 당겨 균형을 잡게 도와주더니 얼른 손을 뗐다.

"하나도 안 고마워!"

르베티는 버럭 외치고 다시 뛰어갔다.

"하나만 묻지."

그러나 옆을 보니 에르기 공작이 같이 뛰고 있었다.

"꺅!"

놀란 르베티는 이번에는 잔디를 밟고 또 미끄러지고 말았다. 앞으로 고꾸라지려는 몸을 에르기 공작이 다시 잡아주며 황당하단 투로 물었다.

"왜 자꾸 넘어지는 거야? 맨땅이잖아?"

"하나도 안 고마워!"

버럭 외친 르베티는 그를 뿌리치고서 돌아서서 달려갔다.

'나쁜 놈! 괜히 착한 척이야!'

그 뒷모습을 바라보다가 에르기 공작은 난감한 얼굴로 중얼거렸다.

"신발은 안 가져가냐고 물으려 했는데."

'하인리!'

그의 이름을 크게 부를 뻔했으나 꾹 참았다. 대신 황급히 다가가 우선 문을 닫고 잠갔다. 문에 귀를 대고 밖에서 들리는 소리에 집중했다. 다행히…… 아무 소리도 들리지 않아. 이제야 안심해서 돌아보니, '퀸'이 탁자에 위풍당당하게 서 있었다. 나는 황급히 달려가 그를 끌어안았다.

"하인리!"

품 안에 그가 들어오자 확실히 알 수 있었다. 역시 살이 많이 빠졌잖아.

"하인리."

목소리가 양처럼 떨렸다.

— 구…….

"하인리. 내 하인리."

— 구…….

두 손으로 얼굴을 감싸고 자세히 살피자, 보라색 눈동자에 눈물이 고여 있었다. 그는 서러워 보였다. 춤을 추면서 즐거워하던 사랑스러운 새의 모습이 떠오르자, 내 마음도 아파 왔다.

"사람으로 변해요. 빨리."

하지만 그를 끌어안고 위로하기엔 아직 안심하기 어렵다. 그를 보듬는 대신 뒤로 물러나며 황급히 말하자, 하인리는 순순히 탁자에서 내려왔다. 눈 깜짝할 사이에 조금 수척해진 황금빛 새는, 훌륭하고 탄탄한 몸을 가진 남자로 변했다.

"퀸."

하인리는 내게 다가와 뺨을 자신의 두 손으로 감싸고는, 애정이 쏟아지는 눈으로 나를 바라보았다. 그 역시도 내게 하고 싶은 말이 많아 보였다. 사랑이 가득한 그런 말들. 안부, 위안, 염려, 인사. 그러나 하인리도 아까 내가 그랬듯 이마에 입만 맞추고 물러서며 물었다.

"호위와 시녀는요?"

"랑드레 자작은 연합 일로 자리를 비웠고, 그가 두고 간 호위들은 모두 그대 종족 사람들이에요. 일부러 그렇게 인원이 배치되도록 했어요. 마스타스 양에겐 심부름을 시켰고요."

그렇지 않아도 하인리를 기다리면서 얼마나 초조하던지. 시간이 어그러져서 혹시 그들이 돌아왔을 때 하인리가 날아들까 봐, 혹시 하인리가 날아드는 모습을 다른 이들이 보기라도 할까 봐. 하인리라면 다른 사람들을 따돌리고 들어올 수 있을 거라 생각하긴 했지만, 그의 기지에 약간 모험을 한 상태였기에 안심할 수가 없었다.

"창문이 있습니까?"

하인리는 주위를 두리번거리다가 창가로 다가갔다. 그러고는 내가 이 방에 오자마자 했듯 커튼을 슬쩍 들춰보다가 한숨을 내쉬고서 창문을 닫았다.

"일부러 가장 끝 방을 준 게 확실하군요. 가장 끝방 창문을 지켜보고 있으면, 누구 방에서 새가 나왔는지 헷갈리지 않게 알 수 있으니까요."

하인리는 내 방을 통해 창밖으로 나갈 셈이었나 보다.

"괜찮아요. 일부러 초대장에 그대도 함께 온다고 적었어요."

"그렇습니까?"

"일단 옷을……."

챙겨야겠다고 말하려는데. 방문 밖에서 발소리가 들려왔다. 가까워진다. 나는 얼른 하인리를 떠밀어 그를 침대로 보내고, 욕실에서 목욕 가운을 꺼내 그에게 던졌다. 그러고서 문으로 다가가다 보니 탁자에 깃털 두 개가 떨어져 있어서, 얼른 깃털을 챙겨서 카펫 아래에 넣어두었다.

똑똑.

작업을 마치자마자 바로 노크 소리가 들려왔다.

'괜찮아. 예상했잖아.'

나는 표정 관리를 하고서 문가로 다가가 아주 조금만 문을 열어주었다.

"누구지?"

사실 질문은 필요 없었다. 문을 열자마자 에인젤 얼굴이 보였으니까. 그가 안구가 보이지 않을 정도로 웃고 있었다.

"실례합니다, 황후 폐하."

목소리도 태연하고.

그의 뒤쪽으로는 4기사단 기사들이 보였다. 하인리 종족 기사들과 싸움이 붙었을 텐데. 아직 수가 많았다.

불안한데…… 그럼 하인리 종족 기사들은? 괜찮을까? 다 잘 도망갔나?

"무슨 일이지요?"

하지만 우선은 여기부터. 나는 심란한 마음을 누르고서 덤덤하게 물었다. 일부러 적의는 감추지 않았다. 그편이 자연스러울 테니.

"제 새가 도망을 갔는데. 다른 곳은 찾아보아도 없어서 말입니다."

"새가 도망을 갔는데 여기로 왔다는 건, 내 방을 뒤지고 싶단 뜻인가요?"

"뒤지다니요. 좀 더 잘 찾아보고 싶단 것뿐이지요. 다른 분들의 방 역시도 똑같이 검토할 생각입니다, 황후 폐하. 부디 아량을 베풀어 나쁘게 받아들이지 마시기를."

"손님으로 와 내 방을 멋대로 뒤지게 둘 정도의 도량은 없는데."

"방을 보여주시지 않는다면…… 안타깝지만 저로서는, 제 새를 훔쳐 간 범인이 황후 폐하의 사람 중에 있다고 오해할 수밖에 없습니다."

네 새라니? 내 새인데!

손에 살얼음이 낀다. 황급히 주먹을 쥐었다 피자, 살얼음은 투둑 아래로 떨어졌다. 나는 아까보다 약간 더 문을 열어주었다. 문틈 사이로 그가 여전히 웃고 있는 게 보였다.

신기하지? 이 와중에도 그는 적의를 드러내지 않았다. 문득 그가 게임을 즐기고 있단 생각이 들었다. 이런 상황 자체를. 쫓고 쫓기는 걸 좋아하나? 참 가까이하기 싫은 성격이로구나. 하지만…… 그렇다면 오히려 이 점을 이용할 수 있을지도.

빠르게 머리를 굴리자 한 가지 아이디어가 떠오른다. 나는 상황 하나를 가정한 후, 그에게 차갑게 물었다.

"이렇게 무례를 저질렀는데. 내 방에 새가 없으면 어떻게 할 건가요?"

"음? 무엇을 원하시는 겁니까?"

"당연합니다."

내가 단호하게 말하자, 에인젤의 입가에 더욱 또렷하게 미소가 올라왔다. 게임을 좋아할 거란 예상이 맞나 보다.

"만약 황후 폐하의 방에 제가 찾는 새가 없다면, 당연히 그 대가를 치러야지요."

게다가 내 방에 새가 있으리라 확신하는 모양이고. 하긴. 그러니 새가 없어지자마자 바로 내 방에 왔겠지. 그는 다른 방도 뒤졌다고 말하지만, 그건 아마 거짓말일 거다. 다른 방은 이후에 뒤지겠지. 내 방에 새가 없단 걸 확인한 후에.

"이 많은 사람들 앞에서 나와 서대제국, 그리고 내 기사들을 의심하는 모욕을 저질렀으니, 당연히 그 대가도 이에 향응해야 해요."

"말씀하시지요, 황후 폐하."

이 남자는 이미 자기가 놓친 그 황금빛 새가 내 새란 걸 알고 있다. 확신하고 있다. 그러니 설령 내 방에서 새가 발견되지 않더라도 그 의심은 거두지 않겠지. 그럼 뭘 조건으로 걸지?

아무 조건이나 괜찮다고 말은 하지만, 여기에서 서대제국을 향한 공격을 멈추라거나, 그와 관련된 말은 해봤자 소용이 없을 거다. 행동은 에인젤이 하지만 머리는 연합 수장일 테니. 그리고 그가 동원하고자 하는 사람들은 일국의 왕족들. 단순히 그의 게임에 휘말려서 공격을 멈출 리가 없다. 그렇다면 지금 국가 정세와는 관련 없는 걸 내기 대가로 받아 가야 한다. 하인리와 내게 저지른 무례를 돌려줄 수 있는 거로.

자연스럽게 하인리가 매고 있던 보라색 리본이 떠올랐다.

그래. 그렇다면…….

"신년제 파티 때에는 그대가 보라색 리본으로 예쁘게 치장하고 내 하인 역할을 해주었으면 좋겠는데."

나는 부채를 꺼내 입가에 떠오른 미소를 감추었다.

에인젤은 눈을 커다랗게 떴다. 전혀 예상하지 못한 요구 조건이란 듯이. 하지만 곧 그 눈이 더욱 가늘어졌다.

"조건을 받아들이겠습니다."

자신의 승리를 확신이라도 하는가 보지. 나 역시 그렇다.

나는 웃고서 문을 열어주었다.

하인리는 머리가 좋지. 목욕 가운이건 뭐건 적당히 걸치고 있을 거다. 역시나. 새는 없고 사람만 있자 사람들이 눈을 커다랗게 떴다. 에인젤 역시도 늘 가늘게 뜨고 있던 눈이 왕방울처럼 커다래졌다.

한 방 먹인 기분에 웃음이 나왔다.

"안을 마음껏 돌아봐요."

나는 자신만만하게 권하며 고개를 돌려 하인리를 보았다. 하지만 고개를 돌리자마자 나 역시 그들과 똑같은 표정을 짓고 말았다.

'하인리⋯⋯.'

하인리가 이불로 소중한 부위만 똘똘 감춘 채, 침대에 우아하게 누워 있던 것이다. 못마땅한 표정으로 기사들을 쏘아보며.

기사들은 얼굴이 벌게져서 얼른 뒤돌아 나갔다. 에인젤도 나를 묘한 눈길로 바라보다가, 눈이 마주치자 배려심 깊은 목소리로 말했다.

"못 본 걸로 해드리겠습니다."

입에 지퍼를 채우는 시늉을 한 그가 얼른 물러나자, 나는 문을 힘껏 닫았다. 쾅 소리가 나며 꾹꾹 눌러두었던 열이 얼굴에 번졌다.

"하인리⋯⋯!"

문을 닫고서 하인리를 노려보았다. 그러나 엉뚱한 짓을 저지른 주제에, 하인리는 태연히 항의했다.

"저 여우에게 퀸을 시중들라 하다니요. 남편이 여기에 눈을 부릅뜨고 있는데."

"귀족에게 공개적으로 하인 역할을 시키는 건 역사가 유구한 '물 먹이기' 방법이에요. 나도 그 여우 같은 작자에게 한 방 먹이고 싶었을 뿐이고요."

"한 방 먹이다니요. 좋아하는 표정, 못 봤습니까?"

대체 누가 좋아했단 거야? 내 눈에 그 여우는, 내가 허장성세를 부린다고 생각하는 눈치였는데. 아니, 설령 그렇다고 해도⋯⋯.

"여기서 이러고 누워 있으면 어떻게 해요?"

부채를 내려놓고 그를 잡아당기자, 하인리는 일어나는 척하다가 뒤로 누우면서 나를 역으로 끌어당겼다. 순식간에 그의 품에 안기게 되었다. 커다란 가슴에 얼굴이 닿자 몸이 따스해졌다. 놀라기도 하고 좋기도 해서 가만히 있자, 하인리가 느릿한 목소리로 중얼거렸다.

"보고 싶었어요."

새장이 걸려 있던 복도 중앙. 에인젤은 생각에 잠긴 채 그곳에 서 있었고, 기사들은 다른 왕족의 방에도 양해를 구하고 검문을 하고 있었다. 부단장은 에인젤의 뒤에 서 있다가 조심스럽게 물었다.

"저…… 단장님. 진짜로 보라색 리본을 두르고 나비에 황후를 시중들 겁니까?"

돌아온 대답은 엉뚱한 질문이었다.

"커다란 새가 어떻게 그렇게 감쪽같이 사라졌을까?"

31

당황한 에인젤

에인젤은 고개를 위로 들었다. 천장에 붙은 고리. 거기에 새장을 억지로 떼 가느라 생긴 흔적이 남아 있었다.

"창밖으로 도망가도 확실하게 알 수 있는 위치에 일부러 방을 배정했고. 복도 창문과 문도 다 닫아뒀고. 도망친다면 나비에 황후가 있는 방으로 갈 수밖에 없는데⋯⋯."

새는 없고 하인리 황제만 있다니.

다른 방들도 모두 조사하는 중이지만⋯⋯ 에인젤은 고개를 기웃했다. 다른 데서 발견될 것 같진 않았다. 나비에 황후의 방에서 새가 발견되건 되지 않건, 그는 그 새가 서대제국의 전서조라는 걸 확신하고 있었다.

"또 하나. 하인리 황제는 언제 여기로 들어왔을까."

나비에 황후가 데려온 호위 사이에 섞여서? 아니면 나비에 황후가 궁전에 돌아온 다음?

어디선가 바람이 불어오자 바닥에 떨어진 깃털이 둥실 앞으로 밀려왔다. 에인젤은 허리를 굽혀 깃털을 주워 들었다.

하인리가 목욕을 하는 사이. 마스타스가 차를 가져왔다. 하인리가 욕실에 있단 이야기를 해주자, 마스타스는 크게 놀라 되물었다.

"예? 대체 언제 오신 겁니까?"

오기야 우리보다 먼저 왔지. 자세한 설명을 해주기 곤란해서 어색하게 웃자, 마스타스는 팔짱을 끼고 고개를 갸우뚱했다.

"원래도 그랬지만 정말 신출귀몰하시다니까요."

다행히 이전에도 멋대로 나타나는 경우가 많았는지, 마스타스는 수상쩍게 여기는 기색은 아니었다. 그래도 혹시 모르니 이 화제는 그만두고…… 아.

"혹시 지금 밖에 상황이 어떤지 알려줄 수 있나요?"

"연합 기사들이 네다섯 명씩 뭉쳐서 여기저기 돌아다녀요."

"그래요……."

"양해를 구하고서 귀빈들 방도 수색하더라구요."

마스타스가 나간 후. 목욕을 끝낸 하인리는 자연스럽게 곁으로 다가와 키스를 하며 의자에 앉았다. 덩달아 허리를 숙이다가 고개를 빼내며 대신 찻잔을 물려주었다.

"퀸 입술이 많이 단단해졌네요."

"대신 장미향이 날 거예요."

말린 장미차니까.

하인리는 가볍게 웃고서 차를 들고 마셨다. 그러나 밝은 표정은 마스타스에게 들은 이야기를 해주자 점차 어두워졌다.

"퀸. 날 구하러 왔던 그 가면 쓴 사람들이."

"그대 종족 기사들이에요."

그의 낯빛이 굳었다. 손가락은 불안하게 꿈틀거렸다. 그가 도망칠 때 상황이 그리 좋지 않았던 걸까? 덩달아 걱정이 되었지만, 모른 척 손을 뻗어 그가 쥔 찻잔을 뺏었다.

"위급하면 새로 변해 달아나라고 했으니 괜찮을 거예요, 하인리."

기사들이 무사히 도망쳤는지 사람을 보내 제대로 알아보기 전. 화이트 몬드의 왕이 먼저 심부름꾼을 보내서 함께 식사하고 싶다 청해왔다.

"함께 가요, 하인리."

하인리도 여기에 와 있다는 걸 자연스럽게 알릴 기회여서, 나는 승낙한 후 일부러 하인리를 데리고 갔다.

결과적으로 좋은 선택이었다.

"결혼식 전에 사위 될 사람을 한번 직접 만나보고 싶습니다만…… 괜찮겠습니까, 황후 폐하?"

"물론입니다. 오빠에게 이야기하겠어요."

"감사합니다, 황후 폐하. 샬렛에게 듣기로는 황후 폐하와 코샤르 경이 아주 많이 닮았다지요?"

"어렸을 땐 다들 쌍둥이라 생각할 정도였어요."

"어이쿠. 사실 우리 샬렛이, 안 그런 척하면서 얼굴을 많이 본답니다. 코샤르 경이 황후 폐하를 닮았다면, 샬렛은 지금쯤 코샤르 경에게 푹 빠져 있을지도 모르겠군요."

식사하는 내내 화이트 몬드의 왕은 샬렛 공주에 관해서만 이야기했으니까. 하인리가 언제 여기에 왔는지는 그의 관심사에서 아예 벗어난 듯했다. 하지만 하인리가 나와 나란히 있는 모습을 본 사람들이 많으니, 이대로라면 하인리가 여기에 온 건 자연스럽게 퍼져 나가겠지.

그러나 화이트 몬드의 왕은 껄껄 웃고, 일은 잘 풀리고 있는데도 기분이 좋진 않았다. 샬렛 공주. 오빠. 마스타스 양. 세 사람 사이의 관계를 알기 때문에. 웃으면서 말할 수 있는 사이는 절대로 아니지. 소리 없이 미소 지으며 커피를 마시자, 입안이 유독 쓰게 느껴진다.

"그런데 결혼식은 어떤 형식으로 하는 게 좋을까요? 동대제국식? 서대제국식? 화이트 몬드식?"

"어떤 형식이든 큰 차이도 없잖아. 그냥 금박 장식 은박 장식 화려하고 번쩍번쩍. 공통적일 텐데."

어떤 결혼식이 좋으냐는 시녀의 질문에 샬렛은 무미건조하게 대답했다. 어쩐지 부루퉁해 보이는 태도여서 시녀는 어리둥절하며 물었다.

"얼마 후면 신부가 될 분이 왜 이렇게 표정이 어두우세요?"

다른 시녀도 옆에서 말을 보탰다.

"맞아요. 결혼할 사람들은 생글생글 웃어야 돼요. 그래야 결혼 후에도 좋은 일이 가득하대요!"

"웃을 일이 있어야 웃지."

그러나 시녀들의 농담에도, 샬렛 공주는 딱딱하게 반응했다. 시녀들은 의아해져서 서로 눈짓을 주고받다가 고개를 저었다. 정략 결혼 상대로 코샤르 경이라면 운이 좋은 편이라면서 웃던 공주답지 않았다. 심지어 샬렛 공주는 한숨을 내쉬며 이렇게 중얼거렸다.

"왜 왕족들은 정략결혼을 해야 할까?"

"정략결혼을 하더라도 왕족으로 사는 게 낫지 않아요? 늘 그렇게 말씀하셨잖아요."

"그렇지. 하지만 정략결혼을 하고서 애인이니 정부니 두는 것보다, 정략결혼을 하지 않고서 한 사람만 보고 사는 게 낫잖아? 안 그래?"

그때 공주가 목을 번쩍 들더니 어딘가를 쳐다보았다. 시녀들은 같은 방향으로 고개를 돌렸다. 그곳에는 카프멘 대공이 걸어가고 있었다. 손에는 한 품 안에 다 들어갈 수 없는 커다란 꽃다발을 안고서. 그 눈에 띄는 꽃다발을 보고 시녀 하나가 감탄했다.

"와. 검은색 백합이네요. 신기해라.

샬렛 공주는 그 모습을 멍하니 바라보다가 벌떡 일어나 그쪽으로 걸어갔다.

"잠깐 다녀올게."

시녀들이 엉겁결에 따라 일어섰지만, 샬렛 공주는 따라오지 못하도록 지시하고서 혼자 걸어갔다.

"멀지 않잖아. 근처이니 혼자 다녀올 거야. 괜찮아."

샬렛 공주가 가버리자 시녀들은 서로 얼굴을 쳐다보았다. 이윽고 그 표정들엔 불안한 의심들이 떠올랐다.

"아니겠지?"

"……아닐 거야."

"지금은 절대 안 돼."

시녀들이 샬렛 공주가 카프멘 대공에게 반한 건 아닐까, 걱정하는 사이. 샬렛 공주는 이미 대공의 곁으로 다가가 있었다.

"저기."

공주가 부르자 앞만 보고 걸어가던 대공이 힐긋 무미건조한 시선을 던졌다. 그는 한 발 늦게야 샬렛이 누구인지 알아챈 듯 무심하게 인사했다.

"무슨 일이십니까?"

샬렛 공주는 팔짱을 끼고서 고개를 기웃했다. 태도만 보면 그냥 성격 나쁜 미남인데…….

"혹시 나한테 할 말 없어요?"

카프멘 대공이 눈썹을 치켜올렸다.

"할 말은 공주님께서 있는 것처럼 보입니다만."

"내가요? 설마!"

"그래서 오신 게 아닙니까?"

"그럴 리가. 난 그냥…… 그냥…… 그쪽이 지나가길래. 꽃. 아. 꽃. 꽃 큰 거 들고 가길래."

샬렛 공주는 황급히 손가락으로 카프멘 대공이 안은 꽃다발을 가리켰다. 사실 여기에 온 이유는 그가 자꾸 눈앞에 보여서였다. 요즘 들어 내내 이랬다. 어딜 가든 그가 나타났다. 처음에는 자신을 따라 뒤늦게 오는가 싶었는데. 최근에는 아예 먼저 와 있었다.

안 그래도 신경 쓰이는 남자여서, 이쪽은 그를 차라리 보지 않으려 애쓰는데. 자꾸 저렇게 알짱대자 신경을 안 쓸 수가 없었다. 그래서 할 말이 있나 싶어서 온 것이었다. 할 말이 있어서 주위를 맴도는 거라면, 말문만 열어줘도 할 말을 할 거라 생각하고서. 그런데 역으로 저렇게 물어보니 되려 할 말이 없어져서, 샬렛 공주는 쩔쩔매다가 돌아섰다.

그때. 검은 무언가가 옆으로 내밀어졌다. 검은 백합 꽃다발. 카프멘 대공이 안고 있던 그 꽃다발이었다.

"뭔가요?"

"꽃입니다. 신경 쓰이신다기에."

샬렛은 얼떨결에 꽃다발을 안고서 당황해 물었다.

"누구 주려고 챙긴 거 아니에요?"

그런데 이걸 왜 나한테 줘?

검은 백합 꽃다발은 아름답게 포장되어 있었다. 그냥 지나가다 우연히 말을 건 사람에게 줄 그런 포장이 아니었다. 이 정도라면 포장을 하는 데만도 돈이 꽤 들었을 터. 분명 선물용인데……

샬렛 공주는 흠칫했다.

'낭만 소설 속 장면에서 이러지 않나? 오는 길에 주웠다면서 무심하게 선물을……. 아 물론 지금은 그런 순간이 아니지만.'

그 순간. 생각하자마자 그대로 말이 돌아왔다.

"오는 길에 주웠습니다."

샬렛 공주는 눈을 커다랗게 떴다.

"이걸 오는 길에 주웠다고요?"

화이트 몬드의 왕과 식사를 마친 후. 하인리는 맥켄나와 둘이서 사라졌고, 나는 호위들을 데리고서 방에 돌아가는 길이었다. 갑자기 데리고 온 기사들 수에 변동이 생겨서, 호위 루트를 다시 짜느라 잠시 자리를 비웠던 랑드레 자작이 돌아와서 내게 보라색 리본을 내밀었다. 아주 고급스러운 재질의 리본을.

"어디에 떨어져 있었나요?"

"홀 근처에 있었습니다."

홀 근처에 리본. 에인젤? 그자, 설마 이 리본을 이용해서 홀을 장식할 셈인가? 전체 장식을 보라색 리본으로 하면 자기가 보라색 리본으로 치장하더라도 조화로우니 덜 민망할 것 같아서? 그것도 아니면…….

고민을 하다가 일단 리본을 들고 홀 쪽으로 가보았지만 홀 안쪽은 막혀 있었다. 작은 문으로 인부들이 오가지만, 그때마다 문을 꼭 꼭 닫아서 안을 볼 수 없었다. 주위에는 기사들이 시립한 채 관련 없는 사람은 들어올 수 없도록 막고 있고.

'이렇게까지 막아야 하는 건가?'

의구심이 드는데……. 너무 티가 나게 살핀 모양이다. 기사들 중 몇몇이 날 알아보고서 고개를 숙여 인사하는 걸 보니.

'어쨌든 안은 볼 수 없는 거네.'

어쩔 수 없다 여기고 돌아서는 순간. 하필 싫은 얼굴이 바로 나타났다. 에인젤이었다. 그 역시 제복 차림으로 다가오다가 나를 발견하자 눈썹을 치켜떴다.

"이런, 황후 폐하."

그러고는 내 손에 들린 보라색 리본을 보더니 생글 웃으면서 놀렸다.

"새가 매고 있던 장식을 떼서 들고 계신 겁니까?"

내 방에서 새가 발견되지 않았지만, 그와 상관없이 서대제국을 계속 의심한다는 거겠지.

그러나 질문을 해놓고서, 그는 내가 대답을 하기도 전에 먼저 말을 이었다.

"제 새를 훔쳐 간 범인들은 무척 뛰어난 솜씨를 가지고 있더군요. 하긴. 그러니 연합 본부 가운데에서 도둑질을 했겠지만요. 게다가 문을 열자마자 죄다 밖으로 도망가더니 사라져버렸습니다. 신기하지 않습니까?"

"그런가요?"

다행이다. 전부 다 도망을 치긴 쳤나 봐.

그러나 안심하는 순간. 에인젤이 한쪽 눈을 찡긋했다.

"다행히 세 명을 잡았습니다. 이들을 심문해보면 누가 어떤 목적으로 새를 가져갔는지 알게 되겠지요."

심장이 서늘해졌다. 다행히 표정에는 변화가 없었다. 아니, 오히려 웃을 수 있었다. 하지만 그와 헤어져 내 방으로 돌아갈 때 내 머릿속은 까만 늪처럼 변해 있었다.

하인리 종족 세 명이 에인젤에게 붙들렸다고…….

하인리는 맥켄나와 어딜 갔지? 이 이야기를 전해주어야 하는데. 혹시 알고서 둘이 의논을 하러 간 건가? 모르고 있다면 어떻게 하지?

"황후 폐하."

그런데 거의 숙소 근처에 도착했을 때, 랑드레 자작이 나를 불렀다. 평소보다 무거운 목소리로.

"왜 그러나요?"

돌아보자 표정이 심각했다.

"이번 일에 대해 여쭙고 싶은 게 있습니다."

나는 랑드레 자작에게 하인리의 부하들을 보내 새를 구해 올 거란 말은 하지 않았다. 하지만 정황상 그도 알고 있겠지. 내가 자기 밑으로 밀어 넣은 부하들 중 몇몇이 갑자기 사라져서 돌아오질 않고 있으니.

랑드레 자작은 완전히 내 사람이 된 게 아니라 은혜를 갚기 위해서 호위를 자청한 것이다. 그래서일까? 평소에도 그는 내게 충성심을 보이면서도 선을 그었고, 필요 이상이라 여겨지는 정보에 관해서는 호기심이 들더라도 일절 묻지 않았다.

이번에도 몇몇 기사가 사라졌지만, 내가 이상하게 여기지 않자 자작은 그 부분에 관해 묻지 않았다. 그런데 오늘은 물어보고 싶다니……. 아무리 랑드레 자작이라도 보안이 자신의 책임이기 때문에 신경 쓰지 않을 수 없는 걸까? 그가 붙잡았다는 기사 세 명에 대해 물어본다면 어떻게 대답해야 하지? 나는 머릿속으로 할 말을 고르며 허락했다.

"물어봐요."

"황제 폐하께서는 처음에 우리 일행과 같이 오시지 않았습니다."

그러나 그가 꺼낸 말은 줄어든 일행에 대한 게 아니었다. 예상외로 하인리에 대해서였다. 말없이 그를 바라만 보았다. 이 부분은 거짓말을 할 수가 없어서.

다른 나라 사람들은 하인리 황제가 일행 사이에 끼어서 왔다고 생각할 수 있지만, 랑드레 자작은 인원을 하나하나 다 점검했다. 그가 모를 수 없는 부분인데.

"혹시…… 황후 폐하께서 구출한 새가 하인리 님이십니까?"

하지만 이 질문에는 심장이 철렁했다.

랑드레 자작은 흔들림 없는 눈으로 날 바라보았다. 예전에 내가 비슷한 질문을 했을 때. 에르기 공작이 시원스레 대답하지 못한 이유가 공감이 간다. 남의 비밀을 내가 함부로 대답할 수는 없으니.

"무슨 말인지 모르겠는데."

결국 거짓말을 했다. 자작은 믿지 않는 표정이지만.

"대답해주지 않으셔도 됩니다."

그러나 의외로 랑드레 자작은 순순히 물러났다.

"대신 다른 걸 대답해주십시오."

하지만 곧 더욱 심각한 질문을 던졌다.

"마력 감소 현상에…… 하인리 황제가 연관되어 있습니까?"

심장이 쿵 소리를 내어 울렸다. 갑자기 이 질문을 왜?

이건 전혀 예상하지 못했다. 하인리가 새냐고 물은 건 어떻게 추측하게 된 건지 경위가 이해는 가지만…… 마력 감소 현상 이야기는 너무 갑작스러운데.

문득 요 며칠 내내 랑드레 자작이 표정이 어둡던 게 떠오른다. 니안과 싸워서 그렇다 생각했는데. 혹시 에인젤에게 이 추측에 대해 들어서 그런 거였나?

"그렇든 아니든 진실을 말씀해주셨으면 좋겠습니다."

무거운 목소리가 고막을 억지로 비집고 들어왔다.

"알려주신다면…… 제가 폐하의 부하들을 에인젤 경에게서 구해내 돌려보내드리겠습니다. 랑드레, 이름을 걸고."

— 고지식하고 정직한 사람이네요. 하지만 옳은 뜻을 가지고 행동한다 해서 언제나 도움이 되진 않지요.

성자가 한 경고가 떠오른다.

랑드레 자작은 흔들리지 않는 시선으로 날 바라보았다.

'랑드레 자작이라면 약속을 지키겠지.'

그는 정말로 붙잡힌 세 명의 새대가리 종족을 구해내 돌려보내 줄 수 있을 거다. 하지만 진실을 알게 된 그가 계속 내 편이, 서대제국의 편이 되어줄 수 있을까?

랑드레 자작은 고지식하다. 그런 그가, 마력 감소 현상을 일으켜서 많은 사람들, 특히 에벨리처럼 미래를 바꿀 수 있는 사람들에게서 기회를 앗아간 이 일을 눈감아줄 수 있을까? 동대제국의 국력을 약화시키기 위해 그랬다는 핑계도 랑드레 자작에게는 댈 수 없는데? 추방령이 거두어진 지금 랑드레 자작은 여전히 동대제국의 귀족이니까.

하지만 랑드레 자작이 불의를 절대로 참지 못하는 사람은 또 아니었다. 고지식하고 정의를 추구하지만, 동시에 그는 과격한 데다 기사답지 못한 일을 할 때도 있으니.

그래서 고민이 되었다. 어떻게 해야 할까. 그에게 진실을 말해야 하나, 아니면 거짓을 말해야 하나. 그가 거짓과 진실을 구분할 수는 있나? 그는 진실을 알고서 내게 시험을 던진 걸까, 진실을 알고 싶어서 내게 질문을 던진 걸까. 그것도 아니면…….

"황후 폐하."

랑드레 자작이 다시 나를 불렀다. 어쩌면 시간을 끄는 것부터가 이미 그에게는 대답이 되었는지도. 아니라면 무슨 소리냐고 바로 되물었어야 할 테니.

"구해 와요."

결국 순서를 뒤집었다.

"구해 온다면 대답을 해주겠습니다. 나 역시, 내 이름을 걸고."

대답은 어찌어찌 뒤로 미루어졌지만……. 나는 내 방으로 돌아와 랑드레 자작이 자리를 비우자마자 황급히 마스타스를 불러서 지시했다.

"마스타스 양. 지금 당장 폐하를 불러와요."

마스타스는 놀라서 되물었다.

"지금이요? 말을 전하시는 게 아니라, 아예 불러오는 겁니까?"

"바쁘다고 해도 데려와요. 무조건."

"네, 네!"

놀란 눈치였지만 마스타스는 순순히 달려 나갔다.

나는 소파에 앉아 초조하게 발뒤꿈치를 움직였다. 약 30여 분 뒤, 하인리가 문을 열고 나타날 때까지.

"무슨 일입니까? 퀸, 괜찮아요?"

급하게 달려오면서 온갖 나쁜 상상은 다 한 모양인지, 하인리는 방 안에 들어오자마자 나를 살폈다. 저 창백한 얼굴 좀 봐.

"난 괜찮아요."

"마스타스가……."

"이리 와요."

문을 걸어 잠그고서 나는 그에게 랑드레 자작과 주고받은 대화를 알렸다. 그의 종족 기사 세 명이 붙잡힌 이야기까지. 한마디도 하지 않고서 이야기를 들은 하인리는 심각한 표정으로 턱을 문질렀다.

"그렇지 않아도 다 뿔뿔이 흩어져서. 맥켄나와 인원수를 점검하고 있었습니다. 탈출 후 돌아오지 못한 숫자가 많아서 몰랐는데, 세 명이 잡혔을 줄이야……."

"세 사람은 랑드레 자작이 책임지고 빼내줄 거예요."

"……그 남자를 무척 신뢰하네요, 퀸은."

"이 와중에 질투하지 말아요."

게다가 랑드레 자작은 니안에게 완전히 빠져 있잖아. 어디서 애인 있는 남자를. 북왕국 대사라면 하인리가 질투해야 할지도 모르지만.

"어쩔 수 없습니다. 전 에인젤이란 작자가 퀸을 시중드는 것도 싫은걸요."

질투쟁이. 볼을 살짝 잡아당기자 하인리는 미간을 찡그리는 척하다가 자기도 내 손목을 무는 시늉을 했다. 이가 간지러울 정도로 피부에 닿았다가 떨어졌다.

"하인 역할을 시킬 거예요. 아주 못되게 이것저것 다 명령할 건데, 그래도 싫어요? 그대를 괴롭힌 만큼 이번엔 내가 그 작자를 혼내줄 건데?"

"퀸이 혼내주는 건 나뿐이었으면 좋겠어요."

하인리는 한숨을 내쉬더니 자연스럽게 내 목덜미에 입술을 댔다. 그의 머리카락이 귓가에 닿아 소름이 돋았다. 저절로 어깨가 올라갔다. 머리카락이 피부에 닿을 때마다 간지러워서 웃음이 나왔다. 웃을 상황이 아닌데도.

"하인리. 이럴 때가 아니에요."

"내게도 이것저것 명령해줘요, 퀸. 나한테도 못되게 해줘요. 하인리를 혼내줘요."

"정말 그걸 원해요?"

"원해요."

"하인리……."

"많이 원해요."

떨어져 있는 사이에 힘들었던 건가, 아기들이 태어날 때까지 손만 잡고 잔 게 아쉬웠던 건가. 하인리가 내 귓바퀴를 씹는다.

"반대도 좋고."

결국 그를 진정시키기 위해서 원하는 대로 명령을 해주었다.

"하인리. 손 떼. 입 열어. 세 발 뒤로."

하인리는 마음에 안 드는지 서운한 표정으로 변했지만.

저 시무룩한 표정은 뭐야? 그는 내 의자 손잡이에 걸터앉아서 대놓고 실망한 티를 냈다.

"제대로 앉아요, 하인리."

"내가 생각하는 명령과 그대가 생각하는 명령 사이에는 괴리감이 한 이만큼…… 있는 것 같습니다."

하인리가 손을 뻗는데, 오른손과 왼손 사이 거리가 상당히 멀다. 대체 무슨 명령을 생각했는지 물어보고 싶지만, 질문을 하면 엄청난 대답이 돌아올 것 같았다. 아주 조금은 들어보고 싶기도 하지만…… 그건 나중에. 집에 돌아가서.

"랑드레 자작에게 어떤 대답을 할지부터 정해야지요."

지금은 이것부터 해결해야 하잖아.

"집중."

자꾸 엉뚱한 말이나 해대는 허벅지를 아프지 않게 꼬집자, 하인리는 좋아서 허리를 숙였다. 눈 깜짝할 사이, 가벼운 입맞춤이 이마에 닿았다 사라졌다.

이 와중에. 랑드레 자작이 하인리가 숨겨야 할 비밀을 알아챈 이 심각한 와중에. 저절로 한숨이 흘러나왔다.

하지만…… 그래도 그가 곁에 있어서 기분이 좋다. 누군가에게 의지하는 건 약해지는 기분인데. 그가 곁에 있어서 강해지는 기분이다. 이 모순적인 느낌은 뭘까.

나는 자꾸 분위기에 끌려가려는 마음을 억지로 곧게 세우고서 하인리에게 다시 물었다.

"어떻게 대답하는 게 좋겠어요?"

하인리는 손을 뻗어 내 손에 깍지를 꼈다.

"퀸이 정해요."

놀랐다. 나더러 정하라고?

이 중요한 일을?

"위험한, 심각한, 아니, 좋지 못한 결과가 나올지도 몰라요."

"그래도 어쩔 수 없습니다."

하인리는 봄바람처럼 웃었다.

"랑드레 자작에 대해서는 나보다 그대가 더 잘 알잖아요. 이 경우에는 그대가 결정을 내리는 게 옳다고 생각합니다."

"하지만……."

만약 랑드레 자작이 이 일에 실망해서 적으로 돌아선다면? 연합에서 우리에게 칼을 들이민 지금 그쪽에 아군이 하나 있는 편이 낫지 않을까.

이 일이 공론화되었을 때 랑드레 자작이 적이 되어서 이 일이 사실이라고 나온다면? 다른 나라 사람들은 아직 아는 게 없으니 발뺌을 하면서 어떻게 우겨볼 수 있겠지만, 랑드레 자작이 나서서 에인젤과 손을 잡는다면 그들의 주장에 더 무게가 실리지 않을까.

여러 가지로 머리가 복잡하다. 이전에는 빨리 하인리를 데려와서 이 일을 의논하고 결정을 내려야 한단 조급함이 컸다면, 이번에는 책임감의 무게가 날 짓눌렀다.

"퀸. 그대가 어떤 결정을 내리든, 그건 내 탓입니다."

그 순간. 하인리가 내 손을 잡으며 단호하게 말했다.

"그 일을 시작한 것도 중단한 것도 내 결정입니다. 그러니 퀸이 부담감을 느낄 필요 없어요."

"!"

"내가 퀸에게 이 일을 결정해달라 한 건, 퀸이 책임을 지길 바라서가 아닙니다. 랑드레 자작에 대해 더 잘 아는 게 퀸이니까, 거기에 기대고 싶어서이지."

"하인리……."

고개를 끄덕였다. 이 일이 전부 다 하인리 탓이라는 데 동의해서가 아니다. 그가 내게 책임을 지우기 위해 결정을 미룬 게 아니란 것. 거기에 동의해서였다.

성자의 경고. 랑드레의 각오. 내가 본 랑드레 자작. 그리고…….

문을 노크하는 소리가 들려온다.

"황후 폐하."

랑드레 자작의 목소리가 들려온다.

나는 소파에서 일어나 어깨를 펴고서 지시했다.

"들어와요."

'신발을 두고 와버렸어!'

르베티는 절망적으로 머리를 감싸 쥐고 절규했다. 그 빌어먹을 남자 앞에서 신발을 벗고 뛰다니! 신발을 그 남자가 앉아 있던 계단 근처에 두고 왔는데. 심지어 그 사실을 며칠이 지난 후에야 깨달았다.

'멍청이! 분명 봤을 거야!'

르베티는 발을 굴렀다. 적에게 이런 모습을 보이다니. 생각할수록 분했다.

'아니, 어쩌면 그 자리에 있을지도 몰라!'

그러다가 혹시나 싶어서 그 장소로 다시 가보았지만, 신발은 없었다.

설마 가져간 건가? 열 받아서 버렸나? 지나가던 하인이 치웠나? 누군가 다른 사람이 주워 갔나?

오만 가지 추측에 괴로워진 르베티는 아가방에 돌아오자마자 끙끙대며 몸을 비틀었다. 카이와 라리 앞에서 열정적으로 딸랑이를 흔들며 춤을 추던 로라가 그걸 보고는 황당한 표정으로 물었다.

"르베티. 어디 아파서 그러는 거 아니지?"

"어?"

"아픈 사람이 내는 소리가 아닌데. 그건······ 후회할 때 내는 소리야!"

"그게 구분이 가?"

"그러엄! 무슨 일인데? 뭐 사고라도 친 거야? 나한테만 슬쩍 말해봐."

로라가 허리에 손을 올리고 의기양양하게 말하자, 르베티는 잠시 머뭇거렸다. 싫어하는 사람을 죽이려다가 실패하고 추태까지 벌였어. 이 말을 해도 될까? 로라는 무슨 반응을 보일까? 로라는 밝은 태양 같았다. 아직은 작지만 언제든 반짝반짝 빛날 준비를 갖춘 태양. 이런 어둡고 칙칙한 이야기를 해도 될까?

"우리 친구잖아! 말해봐! 이 몸은 몸의 98퍼센트가 의리로 이루어졌어!"

고민하고 있자니 로라가 탁자를 탕탕탕 두드리며 호언장담을 했다. 그 모습에 마음이 편안해진 르베티는 고개를 끄덕였다. 맞는 말이다. 게다가 로라는 나비에 황후가 힘들 때도 옆을 지켰고, 지금까지 쭉 함께해왔다. 의지가 될지도 몰랐다.

"실은······ 에르기 공작이 계단에 있기에 밀어버리려다가······."

"뭐어? 진짜야?"

"알아. 바보 같은 짓이었어. 거기서 밀었다면 분명 들켰을 거야. 그러면 잡혀갔겠지. 내가 잡혀가면 아버지가 맡긴 영지랑 어머니랑 안은 졸지에 의지할 데가 없어지고, 나비에 폐하께도 폐를 끼치는 거지."

"잘 알면서 왜 그랬어."

"안 그랬어. 안 밀었어."

"그럼 문제 될 거 없지 않나?"

"밀려 시도한 걸 들켰거든."

로라는 펄쩍 뛰었다.

"미쳤어? 진짜야? 에르기 공작이 뭐라고 해? 그 사람 성격 진짜 나쁘잖아!"

"문제는 그게 아냐."

"여기서 더 문제가 있다고?"

로라가 기겁하자 손에 들린 딸랑이에서 짜르르르 소리가 났다.

"너 의외로 사고뭉치구나!"

"……98퍼센트 의리 어디 갔어."

"무슨 일인데?"

"신발."

"신발?"

"발소리를 안 내려고 신발을 벗고 살금살금 다가갔거든. 근데 도중에 들켜서…… 아, 물론 마음을 바꾼 다음 들킨 거지만. 하여튼 당황해서 급하게 돌아온다고 신발을 놓고 왔어."

"에비, 그걸 뭐 신경 써? 버리면 되지! 내가 신발 하나 사줄게!"

"신발이 아까워서 그러는 게 아니야. 혹시 가져갔을까 봐 찝찝해서 그래."

"엥? 설마. 그 사람이 그걸 가져가진 않았을 것 같은데. 가져가서 뭐에 쓰겠어."

"신발이 없어졌던데…… 혹시 누가 버리진 않았는지 다른 사람이 가져가진 않았는지 신경이 쓰여."

로라는 '아무리 그래도 그렇지 굳이 신발을 가져갔으려고'라고 생각을 했지만, 풀 죽은 르베티를 위해 벌떡 일어났다.

"알았어. 그럼 내가 물어보고 올게."

"뭐? 아니, 안 그래도 돼!"

르베티는 놀라서 말렸다. 이런 걸 부탁할 생각은 아니었다. 그러나 로라는 하하 웃으면서 르베티의 어깨를 두드렸다.

"걱정 마. 난 그 사람 하나도 안 무서워."

그 길로 로라는 곧장 에르기 공작이 머문다는 방으로 찾아가 호기롭게 문을 두드렸다. 그러자 잠시 뒤 커다란 그림자가 드리워졌다. 로라는 깜짝 놀라 옆으로 물러났다. 방 안에 없었던 건지 에르기 공작이 뒤에 서 있었다. 그러다 눈이 마주치자 에르기 공작이 잠시 고개를 기웃하더니 아는 척 중얼거렸다.

"나비에 님 껌딱지."

"최측근인데요!"

로라가 발끈해서 반박했으나 에르기 공작은 그게 무슨 차이냐는 표정이었다. 불쾌해졌지만 로라는 이번에는 휩쓸리지 않고 제대로 요구했다.

"제 친구가 그쪽 근처에 신발을 잃어버리고 왔다던데. 혹시 보았는지 물어보려고 왔어요."

"아. 그 자객 친구."

"자객이라니요!"

"왜. 사실이지 않습니까?"

에르기 공작이 비웃자 로라는 기분이 나빠져서 반박했다.

"누가 그쪽더러 뒤통수치기의 마스코트라고 부르면 사실이니까 가만히 있을 건가요?"

그러나 에르기 공작은 여전히 미소를 잃지 않았다.

"그 말은, 친구가 자객이란 걸 인정하는 겁니까?"

"뭐라는 거예요, 뒤통수 마스코트가?"

"서로 인정하자는 거군요."

"신발을 보았는지나 대답해요."

"뒤통수엔 입이 없어서 말을 못 하겠는데."

로라가 도끼눈을 뜨자, 에르기 공작은 그제야 조롱기를 뺀 목소리로 털어놓았다.

"집에 가보라 전해주길. 집으로 배달을 보냈으니."

그가 방으로 들어가자, 로라는 닫힌 문에 대고서 혀를 내밀었다.

'하여튼 진짜 성격 나빠.'

반면 에르기 공작은 방으로 들어온 후에도 여전히 웃는 얼굴이었다. 그의 눈이 탁자 위에 놓인 상자로 향했다. 상자 안에는 르베티가 놓고 간 신발이 들어 있었다. 배달을 보낼 생각이었던 건 맞지만, 사실 아직 주소를 몰라 보내지 못한 상태였던 것이다.

'생각해보니 굳이 집으로 보낼 필요는 없겠군. 나비에 님 시녀들과 잘 어울리는 듯하니.'

그때 창밖에 새 한 마리가 나타났다. 에르기 공작이 창문을 열자

새는 얼른 들어와 탁자에 앉았다. 하인리가 보낸 새인가 했는데. 잘 보니 블루 보헤안에서 사용하는 전서조였다.

에르기 공작은 인상을 찌푸렸다. 블루 보헤안의 왕은 그와 하인리가 절친한 친구인 걸 알았고, 예전에는 그 우정을 이용하려 들기도 했다. 실제로 몇 번 도움도 받았다. 그러나 이번 일로 사촌인 그에게 완전히 정을 떼버렸는지, 바로 서대제국을 뒤로하고 연합에 붙어버렸다. 그런데 갑자기 편지라니?

의아했지만 에르기 공작은 일단 편지를 펼쳤다. 의외로 편지는 집에서 온 편지였다. 그러나 내용을 읽는 순간. 에르기 공작은 표정이 굳어서 황급히 문을 열고 밖으로 나갔다.

하인리를 만나서 여러 가지 의논하고 싶은 게 많았지만, 지금은 아무것도 떠오르지 않았다. 서둘러 돌아가야 했다. 에르기 공작은 복도를 빠른 속도로 달려갔다. 로라가 아직 복도를 걸어가고 있었지만, 아는 척을 할 틈도 없이 그대로 스쳐 지나갔다.

에르기 공작이 사라진 뒤. 로라는 우뚝 멈춰 서서 눈을 끔뻑거렸다.

'방금?'

로라는 멈춰 서서 눈을 비볐다.

'내가 뭘 잘못 봤나? 에르기 공작? 울면서 뛰어간 거 같은데?'

랑드레 자작은 문가에서 잠시 주춤했다. 하인리가 방 안에 있기 때문일까? 하지만 그는 곧 안으로 들어왔다. 굳은 표정과 비장한 얼굴을 하고서. 자작도 긴장했구나.

"기사들은 구했나요?"

"세 명 모두 돌려보냈습니다."

내가 맞은편 소파를 가리키자, 랑드레 자작은 그 자리로 가 무릎 위에 모자를 올려두었다.

나는 잠시 하인리를 곁눈질했다. 하인리도 랑드레 자작을 쳐다보고 있다. 어쩌지. 나가라고 할까?

"……."

아냐. 그러지 말자. 결정을 오롯이 내게 맡겼지만 자기도 불안하겠지. 긴장한 두 남자를 사이에 두고, 나는 해야 할 말을 되새기며 입을 열었다.

"의외입니다."

랑드레 자작이 물러간 후. 하인리는 목을 조이는 장식을 느슨하게 풀며 말했다.

"난 퀸이 자작에게 솔직하게 말할 거라고 생각했거든요."

"솔직하게 말했잖아요?"

반만 말했을 뿐.

내 말이 눈 가리고 아웅으로 여겨지나? 하인리는 달게 웃었다.

"퀸은 랑드레 경을 못 믿는 겁니까?"

"믿어요."

"그런데 왜……."

"나라의 명운을 두고 굳이 모험하고 싶진 않으니까."

필요하다면 모험도 해야겠지만, 그런 게 아니라면 안전하게 가는 게 좋지.

"랑드레 자작은 아주 젊어요. 서대제국에 귀화하지도 않았고, 서대제국 사람과 결혼을 하지도 않았고, 서대제국에서 작위를 받지도 않았어요. 지금은 내 기사이지만 언젠가는 동대제국으로 돌아갈 사람이에요."

심지어 그와 연애 중인 니안도 동대제국 귀족이다. 신분을 포기할 생각이 아닌 이상 두 사람은 결국 동대제국으로 돌아갈 수밖에 없었다.

"그렇군요."

하인리는 내 말을 바로 알아듣고서 고개를 끄덕였다.

"퀸은, 지금의 랑드레 자작은 믿을 수 있지만, 훗날 그가 마음이 변할 수도 있다 생각하는 거군요."

"맞아요. 그에게는 마음을 바꿀 수 있는 시간이 많으니까."

젊은 만큼 더더욱.

"어쩌죠, 퀸? 난 가끔 그대가 보여주는 이 냉정한 모습이 좋습니다."

하인리는 언제나 준비가 되어 있구나. 대화의 방향을 저런 쪽으로 돌릴 준비가 되어 있어. 헛웃음이 나온다.

그사이 하인리는 슬그머니 내 옆으로 와 앉더니, 내 어깨 뒤로 팔을 뻗어 자연스럽게 내 머리를 자기 어깨에 얹게 만들었다. 눈 깜짝할 사이 나는 하인리의 어깨에 기대고 있었다.

기가 막혀서. 고개를 슬쩍 들어 보자, 그는 이 자세가 만족스러운지 배부른 사자처럼 미소 짓고 있었다.

이 남자 좀 봐? 손을 뻗어 볼을 살짝 잡아당기자, 하인리는 눈이 휘어지도록 눈웃음을 지으며 나를 야하게 바라보았다.

무슨 생각을 하는 거야?

"이럴 때가 아니에요."

"없는 때라도 만들어서 붙어 있어야죠, 퀸."

"생각해볼 게 있어서 그래요."

"제 생각은 아닐 테고. 무슨 일입니까?"

"일이 예상 못 한 방향으로 흘러가긴 했는데. 어쨌든 결론은, 랑드레 자작이 마력 감소 현상에 대해 알게 됐잖아요."

"그렇죠. 제대로 안 건 아니지만."

"비밀은 한번 새어 나가면 비밀이 아니에요."

하인리는 영문을 모르겠단 얼굴이었다.

섬세한 그의 이목구비를 하나하나 뜯어보다가 손으로 피부를 만지자, 부드러우면서도 탄력 있는 살이 손에 달라붙었다.

"이걸 이용해보면 어떨까 해요."

"얼굴을 만지면서 그렇게 말씀하시면 좀 무서운데요……."

마침내 신년제 날이 다가왔다. 두꺼운 커튼을 젖히고 창밖을 바라보자, 각양각색의 옷을 입은 사람들이 돌아다니는 모습이 보였다. 여러 나라에서 온 만큼 기사들의 제복도 제각각이고.

개중 가장 많은 건 역시 초국적 기사단 복장이지만……. 대단하네. 한차례 침입이 있었기 때문인가. 무기를 소지하고서 날카롭게 사방을 살피는데, 그 기세가 사뭇 대단했다.

"떠들썩한 걸 보니 신기하네요."

"응? 동대제국 신년제 때도 사람들이 많이 오지 않았습니까? 숫자로만 치면 더 많았던 걸로 기억나는데요."

"그게 아니라, 내가 손님으로만 있는 게 신기하단 거였어요."

작년 신년제 때가 떠오른다. 완벽하게 진행하고 싶어서 관리들과 내내 회의를 했지. 그래서인가. 이렇게 아무것도 하지 않고 있으려니 신선했다.

"퀸. 어제 한 말은……."

"그럴 상황이 아닌데도 시도하진 않을 거예요. 상황이 만들어졌을 때만."

문 두드리는 소리가 나서 우리는 대화를 멈추었다.

"황후 폐하."

마스타스 목소리다.

"이제 준비를 해야 한다고 온 건가 봐요."

나는 하인리에게 슬쩍 알려주고서 작은 종을 흔들어 들어와도 좋단 표시를 했다. 그러고서 하인리에게도 이제 슬슬 준비하라 말하다가, 마스타스를 보고 깜짝 놀랐다. 왜 저렇게 비장한 표정으로 들어오는 거야? 손에 든 저 손잡이 달린 상자는 뭐고?

"그게 뭔가요? 연장 상자?"

의아해서 묻자, 마스타스는 결연하게 대답했다.

"화장 도구입니다."

말투만 들으면 들고 온 게 화장 도구가 아니라 학살 도구로 여겨질 정도였다.

화장 도구가 들어있는 것치곤 크기가 좀……? 너무 큰 거 아닌가?

"로즈 선배랑 주베르 백작 부인이 신신당부했습니다. 제가 대표로 따라가게 됐으니, 책임지고서 황후 폐하를 가장 번쩍이게 만들라고요."

"번쩍……."

굳이 번쩍거릴 필요가 있을까.

하지만 마스타스는 이미 굳게 결의에 차 있었다.

"오늘을 대비해 열심히 수련했으니 믿고 맡겨주십시오!"

하인리가 소리 없이 어깨를 떨었다.

마스타스는 의욕이 넘치고 손재주도 좋은 편이었지만, 결정적으로 경험이 부족했다. 결국 몇 차례 실패한 후. 화장은 최대한 간단하게 하고 머리카락 역시도 빗어서 늘어뜨리기만 했다.

마스타스는 시무룩해졌지만 괜찮았다. 일부러 딱딱한 느낌이 드는 남색 드레스를 챙겨 왔으니, 오히려 평소 파티처럼 꾸미는 게 더 어울리지 않는걸. 애초에 마스타스를 데려올 때, 이전만큼 꾸밀 수 있을 거란 생각은 하지 않기도 했고.

그리고 저녁 6시. 나는 하인리의 에스코트를 받아 홀로 갔다. 안으로 들어가자 이미 음악 소리가 들려오고 있었다. 먼저 도착한 이들은 담소를 나누거나 가볍게 춤을 추고. 괜찮은 분위기다. 몇몇이 우리를 유달리 힐긋거리지만 신경 쓰일 정도도 아니었다.

신년제 파티에 온 목적은 어디까지나 하인리 구출. 지금 하인리는 내 옆에 서 있지. 이것만으로도 이 방문의 목적은 다한 것이니 괜찮다. 신경 쓰이는 게 있다면 구출 도중 뿔뿔이 흩어져버린 기사들이지만……. 잡힌 사람이 셋이라 했는데, 셋 다 랑드레 자작이 탈출시켰다고 했으니 괜찮겠지?

"이러고 있으니 우리가 처음 춤을 췄을 때가 떠오르지 않습니까, 퀸?"

사방을 경계하며 주위를 둘러보고 있자니, 하인리가 옆에서 말을 걸었다.

그를 보자, 이 와중에도 느긋한 미소를 짓고 있었다. 새장 안에서 넋 놓고 있던 모습을 못 보았더라면 참으로 듬직하단 생각이 들었을 텐데…….

"퀸. 오늘도 춤을 출까요?"

"오늘 추면 그대 발을 밟을지도 모르는데."

그때 문에서 웅성대는 소리가 났다.

지나가는 하인에게서 포도주를 건네받고서 소리 나는 쪽을 쳐다보았으나, 사람들이 너무 많이 몰려 있어서 들어온 사람이 누구인지 볼 수 없었다. 희미하게 에인젤 경, 에인젤 경 부르는 소리는 들려왔지만.

짜증 나는 사람이라 생각했는데. 다른 나라 왕족들은 좋아하는구나.

마침내 인파를 뚫고 그 사이로 에인젤이 모습을 드러냈다.

그를 주시한 채 포도주를 한 모금 마셨다.

연합 수장과 에인젤이 서대제국을 따돌리기로 결정한 후. 그 이유에 대해 다른 나라들에게도 이야기를 했는지 아닌지, 아직 우리는 모른다. 하지만 오늘을 계기로 알 수 있게 되겠지.

포도주 잔을 내렸다. 에인젤은 이미 내 쪽으로 다가오고 있었다.

에인젤이 다가오자 가장 먼저 보라색 리본이 눈에 들어온다.

'이 사람은 대체……'

잠시 당황했다. 그가 보라색 리본을 몸 여기저기 너무 많이 두르고 와서. 내 예상을 훨씬 뛰어넘을 정도로. 오늘 의상 콘셉트가 선물 상자인가 싶을 정도였다.

하인리에게 보라색 리본을 칭칭 감아두었을 때, 나와 그를 모욕하기 위해 그런다 생각했는데. 혹시 그냥 자기 취향이었던 걸까?

특히 그의 목 위에 나비 모양으로 매듭지은 보라색 리본…… 저게 하이라이트다.

시선을 뗄 수가 없어서 빤히 보고 있자, 에인젤은 배부른 여우처럼 웃었다.

"오늘은 황후 폐하께서 저의 주인님이 되어주시는 거군요."

놀랍게도 에인젤이 저 말을 하는 순간. 그가 하인리를 괴롭힌 만큼 똑같이 돌려줄 거라던 각오가 반쯤 사라졌다.

'내가 마구 부려댄다고 해서 자존심 상해할 사람이 아닌 것 같은데?'

그래도 들고 있던 빈 잔을 그에게 내밀며 "치워." 하고 명령하자, 에인젤은 얼결에 잔을 받아 들었다. 잠깐 눈썹을 치켜올리긴 했으나, 이윽고 눈매가 가느다랗게 휘어지더니 에인젤은 순순히 잔을 들고 사라졌다.

"그러지요."

황당한 것도 잠시. 옆에서 진동이 느껴져서 돌아보자, 이번에는 하인리가 주먹을 쥐고 부들부들 떨고 있었다. 에인젤이 사라진 곳을 노려보면서.

"하인리."

이름을 부르며 손을 잡자, 하인리는 억울한 얼굴로 항의했다.

"저 표정 보았습니까, 퀸? 저 여우 같은 작자가 꼬리 치는 거 보았습니까, 퀸?"

"그대 눈에만 보이는 모양인데요."

하인리는 주먹으로 자기 가슴을 두드렸다.

"체통을 지켜요."

작게 당부하자, 그는 입을 순순히 다물었지만 여전히 불만스러운 표정이었다.

그사이, 자리를 비켰던 에인젤이 돌아왔다. 의자를 들고서.

갑자기 웬 의자? 의아해서 쳐다보자, 그는 의자를 내 앞에 내려놓으며 권했다.

"다리가 아프실 텐데 여기에 앉아 계시겠습니까?"

"내 허락 없이 괜한 짓을 하지 마. 치우거라."

고마운 배려였지만 오늘은 철저하게 에인젤을 괴롭힐 생각이었기에, 나는 최대한 얄밉고 오만하게 딱 잘라 명령했다.

기분 나쁠 텐데. 에인젤은 이번에도 웃으면서 순순히 의자를 들고 물러났다. 대신 하인리가 자극을 받아서 다시 옆에서 부르르떤다.

"퀸, 저자에게 너무 다정한 거 아닙니까?"

"하인리. 이상한 데서 질투하지 말아요. 에인젤을 괴롭히려는 건데 왜 그대가 괴로워하는 거예요?"

"퀸의 차가운 눈빛을 받다니……."

"그대도 차갑게 대해줘요?"

"……."

"거봐. 그건 싫으면서."

시무룩해진 하인리의 손을 한번 꼭 쥐었다 뗀 후, 이번에는 지나가는 하인에게서 케이크를 받아 들었다. 그 케이크를 반으로 잘라 하인리 입에 물려주자, 하인리는 그제야 표정을 풀고 케이크를 받아먹었다. 그러면서도 크림이 묻은 입가를 혓바닥으로 야하게 쓸면서 나를 보는데…….

"그런 건 둘만 있는 데서 해요."

랑드레 자작이 이쪽을 못 쳐다보잖아.

게다가 다들 가까이 오지 않을 뿐 우리를 곁눈질하고 있다. 대화가 들리지 않을 거리에 있긴 하지만.

지금쯤이면 다들 립트와의 교역 건 이야기도 들었을 테니, 자존심과 실리 사이에서 머리를 열심히 굴리고 있는 거겠지.

아. 오는 사람이 하나 있긴 하구나.

"서대제국 황후 폐하, 서대제국 황제 폐하."

화이트 몬드의 왕.

이 분위기에 혼자서 신이 나서 다가온다. 이 기묘한 공기를 전혀 못 느끼는 것처럼. 조금 눈치가 없는 건가? 행보를 보면 눈치가 없는 사람은 아니었는데.

"하하, 나비에 황후 폐하. 에인젤 경이 왜 몸에 리본을 달고 황후 폐하의 곁을 알랑알랑하는 겁니까? 에인젤 경이 황후 폐하를 위한 선물 같던데요!"

눈치가 없는 거구나.

그렇게 에인젤에게 끊임없이 심부름을 시키고, 하인리는 그게 신경 쓰여서 인상을 쓰고 있고, 화이트 몬드의 왕은 옆에서 신이 나서 떠들어대기를 몇 시간. 슬슬 피곤해졌다.

에인젤은 새를 빼앗기고서 절대로 가만히 있지 않을 사람이라 여겼는데. 당장은 그도 뭘 어떻게 할 수 없는 건가? 의외로 반응이 없네. 하긴. 붙잡은 기사들을 이미 랑드레 자작이 풀어줬으니…….

순간. 불안한 생각이 들었다.

'에인젤이 붙잡은 기사. 정말로 세 명뿐인 게 맞나?'

붙잡은 기사가 세 명이라는 건 에인젤의 말뿐이었다. 당시에는 기사들이 붙잡혔단 것만으로도 놀라워 더 깊게 생각하지 못했는데.

혹시 세 명이 아니라면……? 등골이 오싹해진다.

"하인리. 랑드레 경."

생각을 하고 나니 불안한 마음에 손바닥이 간지러울 지경이었다.

나는 황급히 하인리와 랑드레 자작을 잡고 구석으로 끌고 가 물었다.

"만약 에인젤 저자가 '기사 세 명'을 잡아두고 있단 게 함정이면 어떡하지요?"

"함정이라니요?"

"잡힌 기사 숫자가 다섯 명이라 가정해봐요. 하지만 일부러 우리에겐 세 명이라고만 알리는 거죠. 세 명만 구출해 가는지 아닌지를 지켜보면, 그 기사들이 우리 측 기사들이란 걸 알 수 있잖아요."

하인리가 표정을 굳혔다.

나는 랑드레 자작에게 다시 물었다.

"랑드레 경. 세 명만 잡혀 있던 게 확실한가요?"

랑드레 자작은 당혹스러운 얼굴로 당시 상황을 설명했다.

"감옥은 여러 칸으로 되어 있습니다. 제가 갔을 때, 가면을 쓴 제복 차림 기사 세 명이 한 칸 안에 있었고요. 다른 칸에도 사람들이 많았지만, 원래 그 감옥은 늘 사람들로 가득해서……."

커다랗고 무거운 쇠붙이가 바닥을 끄는 소리가 들려와 자작은 말을 멈추었다. 우리는 같은 방향, 소리가 들려오는 방향을 쳐다보았다. 우리뿐만 아니라 다른 사람들 모두 다.

그사이, 에인젤이 우리 쪽으로 다가와 새까맣게 웃었다.

"여기 계셨군요."

그러고는 커다란 소리가 들려오는 방향을 손가락으로 가리켰다.

"주인님을 위해 마련한 여흥이 있으니, 잘 보아주시길 바랍니다."

말을 마친 그는 날 향해 한쪽 눈을 찡긋하더니 소리가 들려오는 쪽으로 가버렸다.

잠시 뒤, 인파를 헤치고 커다란 소리를 내는 '무언가'가 모습을 드러냈다. 커다란 우리였다. 사람 하나가 통째로 들어갈 수 있는 쇠로 된 우리. 특이한 건 그 우리에 옆에 달려 있는 돌리는 손잡이였다. 그리고 우리 안에 들어 있는 기사는…….

"젠장."

하인리가 이를 갈며 중얼거렸다. 그의 종족 기사였다. 행방을 알 수 없게 됐지만 '붙잡힌 세 명'에 포함되지 않으니 잘 도망쳤을 거라고 여겼던 기사 중 하나.

랑드레 자작은 누구보다 당혹스러워하는 표정이었다.

"이게…… 저는……."

성자의 경고가 다시 머리를 지나갔다. 나는 성자가 한 경고를 '랑드레 자작의 배신'으로 해석했는데. 아니었나. 랑드레 자작의 의지와 관련 없는 일이었나?

그의 탓이 아니라 말해야 하는데. 당장 눈앞에서 벌어지는 일이 어마어마해서 다른 데 시선을 팔 수가 없었다.

에인젤, 이 미친 기사단장. 지금 뭘 하는 거야?

다른 귀빈들도 당황스럽긴 마찬가지인 듯 서로 마주 보고 수군거렸다. 신년제라고 불러놓고 기사를 우리에 넣어 보여주니 다들 이게 뭔가 싶겠지. 그러거나 말거나 에인젤은 태연히 단상으로 한 걸음 한 걸음 이동했다.

"존경하는 귀빈 여러분들."

꺼내는 목소리는 느릿하고 걸음도 여유롭다. 모두가 충격에 잠긴 이곳에서 그는 홀로 소풍 나온 분위기였다.

그사이 '그르륵 그르륵' 소리를 내며 밀린 우리는 홀 정중앙에 멈춰 섰다. 에인젤도 거의 비슷하게 단상 위에 올라섰다. 사람들은 동시에 그에게 집중했다.

"안타깝게도 며칠 전 연합 본부에 도둑이 들었습니다."

나는 앞을 꽉 막은 사람들을 조금씩 밀어내며 우리 근처로 다가갔다.

"아 밀지 마요."

사람들은 인상을 찡그리고 돌아보다가 나와 하인리를 발견할 때면 얼른 몸을 옆으로 비켜주었다. 덕택에 우리는 거의 근처까지 다가갈 수 있었다. 일부러 바로 앞으론 가지 않았고.

가까이 오자 갇혀 있는 기사도 우리를 발견하고는 눈동자를 빛
냈다. 하지만 그것도 잠시. 곧 기사는 표정이 덤덤해졌다. 여기서
아는 척을 해서 덩달아 휩쓸리게 만들지 않겠다는 듯.

"도둑 대부분은 놓쳤지만 다행히 운이 좋아 도둑 한 명은 잡을
수 있었지요."

그러는 동안에도 에인젤은 말을 이었다. 그가 손을 뻗어 우리를
가리키자, 순식간에 기사는 동물원 원숭이가 되어버렸다. 웅성거리
는 소리가 들판에 불을 놓은 듯 번져갔다.

감정이 가시처럼 곤두섰다. 무표정한 가면 아래에서 혈관이 물
밖에 나온 생선처럼 뛰었다. 단상 위에서 내려와 우리 앞으로 걸어
가는 에인젤이 몹시도 거슬렸다. 철창살을 '틱틱' 두드리는 손등까
지도.

"누가 보냈는지, 목적이 뭔지, 알아내고 싶었는데. 입을 안 열지
뭡니까."

잠시 말을 멈춘 그의 눈동자가 내게 닿더니 입술이 비틀렸다.

"그러니 어쩔 수 없죠. 여러분의 유흥거리로라도 쓰는 수밖에."

그는 몇 걸음 더 이동했다. 우리에 붙어 있는 이상한 손잡이 쪽
으로. 손잡이는 배의 키처럼 동그란데, 거기에 동그랗고 길쭉한 손
잡이가 하나 더 붙어 있는 형태였다.

"이거 보이십니까?"

에인젤은 사회라도 보듯 귀빈들을 둘러보며 그 손잡이를 가리
켰다.

"이걸 돌리면 우리 사이즈가 줄어들게 되어 있습니다."

"……."

"우리 이 도둑 사이즈를 좀 줄여볼까요?"

에인젤은 미친 사람 같았다.

그가 신호를 하자 근처에 서 있던 4기사단 기사 몇 명이 나서서 손잡이를 쥐었다. 에인젤이 신호를 보내자 그들은 정말로 손잡이를 돌렸다. 동시에 우리의 높이가 느리게, 하지만 눈에 보일 정도의 속도로 줄어들기 시작했다. 안에 있던 기사가 허리를 숙이자 지켜보던 귀빈들이 작게 비명을 질렀다.

랑드레 자작이 작은 목소리로 설명했다.

"실제로 초국적 기사단에서 사용하는 고문 도구입니다."

"저걸 사용한다고요?"

"본보기가 필요할 경우가 있으니까요."

"초국적 기사단이 악명 높은 이유를 알겠네요."

"……보통은 사용하지 않습니다. 도둑 하나 잡을 때는 더더욱요. 아주 악질적인 경우에만 사용하는데."

우리가 좁아질수록 사람들은 긴장했다.

하인리는 주먹을 꽉 쥐었고, 에인젤은 나를 보며 웃었다. 미소 지으면서도 그는 손가락으로 제 목에 묶인 매듭을 가지고 놀았다. 이 상황을 가지고 놀 듯. 그 손놀림을 보자 그가 왜 저러는지 알 수 있었다.

'기사를 죽이려는 게 아니구나. 우리를 점점 더 좁게 만들어서 새로 변신시킬 속셈이야.'

하지만 본심은 기사를 새로 변신시키는 거라 한들, 새로 변하지 않는다면 죽게 내버려 둘지도 모르지.

하인리를 쳐다보았다. 어떻게든 해야 하지 않을까?

그러나 하인리는 가만히 서 있기만 했다. 낯빛이 창백하고 눈에 핏대가 섰는데. 그런데도 가만히 있었다. 주먹을 움찔거릴 뿐.

생각을 하고 있는 건가? 어떻게 해야 빼낼 수 있을지? 일족의 비밀…… 생각보다 더욱 철저히 지키는 모양이구나.

기사 역시도 당황해서 여기저기 창살을 흔들어볼 뿐 새로 변하지는 않았다.

랑드레 자작이 나와 하인리를 번갈아 쳐다보았다.

"폐하."

누구를 부르는지 모르겠으나 그가 우리 중 누군가를 불렀다.

초조해. 심장이 터질 것 같다. 이대로라면…….

다시 하인리를 보았다.

그때. 하인리가 한곳만 뚫어져라 보고 있단 걸 발견했다. 한 귀퉁이. 가장 구석. 왜 저기만? 그의 시선을 따라 가보자 철창살 한 부분이 이상한 게 보였다. 그냥 보면 알 수 없지만 자세히, 아주 자세히 보면 한 부분만 아주 약간 불그스름했다.

'혹시 마법을 사용하고 있는 건가?'

하인리의 마법은 새로 변하는 거라 생각했는데. 다른 마법이 또 있는 건가?

일단 손을 뻗어서 랑드레 자작을 하인리와 에인젤 사이에 세웠다. 에인젤이 이쪽을 보더라도 하인리를 볼 수 없도록.

그리고…… 그리고 어떻게 해야 하지?

그때 사람들 사이에서 누군가 퉁명스럽게 말했다.

"새해가 시작되는 날에 꼭 그런 걸 봐야 하오?"

불만이 나오자마자 4기사단이 손잡이 돌리는 걸 멈추었다. '우 릉우릉' 소리를 내며 좁아지던 우리도 잠시 멈추었다.

"도둑을 심판하는 건 나중에 해도 될 텐데."

"그런 걸 보고 즐거워하는 변태는 여기에 몇 없습니다."

몇몇 사람이 옳다고 동조했으나 에인젤은 그래도 사근사근하게 웃었다.

"염려 마시지요. 생각하는 것보다 더 재미있는 장면을 볼 수 있을 겁니다."

역시. 저 기사가 새로 변할지도 모른다고 의심하는구나.

안 그래도 하인리 건을 수상하게 여기고 있었을 텐데. 병력을 사방에 깔아두었는데도 대부분 기사가 달아나자, 사람이 새로 변할지도 모른단 의심을 품은 모양이다.

에인젤이 수신호를 보내자 기사들이 다시 손잡이를 돌렸다. 하지만 불만이 제기되자 기사들이 손잡이 돌리던 걸 바로 멈추던 그 모습. 거기에서 아이디어가 떠올랐다.

"하인리. 시간 필요해요?"

내가 아주 작게 묻자 하인리가 말없이 고개를 끄덕였다.

"우리가 나눈 얘기 기억해요?"

하인리가 다시 고개를 끄덕였다. 나는 그의 팔을 한번 쥐었다가 뗐다.

우리 속 기사는 이젠 완전히 허리를 반 굽히고 있었다.

짧게 심호흡을 하고서 나는 앞으로 나섰다.

"에인젤 경."

그리 큰 목소리로 부르지 않았는데. 기다렸단 듯이 에인젤은 나를 향해 바로 돌아서며 웃었다.

"나비에 황후 폐하."

애초에 내가 나서길 원했나? 그의 눈동자가 기대로 가득했다. 여기서 뭘 어떻게 할 거냐는 그런 기대.

에인젤이 손을 올리자 기사들이 손잡이 돌리던 걸 멈추었다. 이미 우리는 많이 좁아져서, 하인리의 부하는 좁은 상자에 억지로 들어간 양 몸을 이리저리 구긴 상태였다. 우리 자체가 사람이 바닥에 완전히 누울 수 없는 폭이어서 더욱.

"제게 하실 말씀이라도?"

내가 불러놓고서 우리만 살피자 에인젤이 나를 재촉했다. 하인리를 한번 돌아보고 싶었지만 참았다. 대신 입가에 의식적인 미소를 만들었다.

소문을 덮기 위해서는 더 큰 소문을 불러오고. 비밀을 덮기 위해서는 더 큰 비밀을 터트리는 게 효과적이지.

불안하다. 하지만 그런 마음을 감추고서 입을 열었다.

"하고 싶은 말이 있으면 똑바로 하도록 해요. 굳이 신년제에 이런 불쾌한 장면을 연출하는 거, 마력 감소 현상이 우리와 관련 있나 떠보고 싶은 게 아닌가요?"

에인젤이 처음으로 '이게 뭐지?' 하는 표정을 지었다.

'무소식이 희소식이라지만…… 신년제에선 잘 지내고 계신가 모르겠군.'

재상은 어둑어둑해진 하늘을 쳐다보며 한숨을 내쉬었다. 아무래도 하인리 황제가 실종된 후 떠난 여행길이다 보니, 여러모로 걱정되는 게 많았다. 신년제에서 이런저런 공격을 받는 건 아닐지, 실종된 하인리 황제는 어떻게 되었을지 궁금하고 갑갑했다. 나비에 황후가 모든 계획을 그에게 털어놓지 않았기에 더욱 그랬다.

'무사한지 연락이라도 좀 해주시면 좋을 것을.'

혀를 찬 재상은 결국 더는 일이 눈에 들어오지 않아서, 미처 보지 못한 서류는 둘둘 말아 가방에 넣었다. 재상관저에서 마저 볼 생각이었다. 그런데 막 문을 열고 나가자마자 관리 하나가 급하게 달려와 그에게 봉인한 봉투를 내밀었다.

"재상님, 이걸, 이걸 동대제국에서 보내왔습니다!"

"이제야?"

왜 이렇게 늦게 답서를 보낸 건지. 재상은 혀를 차고서 봉투를 열었다. 그러고는 그 자세 그대로 굳어버렸다.

"이런."

차갑고 오만해 보이도록 턱을 약간 치켜든 채 사람들을 제치고 앞으로 나아갔다. 그들의 시선이 나를 향하도록, 하인리가 무언가를 꾸미는 철창을 보지 못하도록.

홀 안은 조용했다. 다들 숨을 죽이고 이쪽을 주시한다는 걸 알 수 있었다. 옆에서 누군가 마른침을 삼키는 소리까지 들릴 정도로.

"무슨 말씀이신지 모르겠군요."

내가 몇 걸음 떨어진 곳으로 오자 에인젤은 오히려 발뺌을 했다.

"마력 감소 현상과 이 도둑이 무슨 관계가 있습니까?"

사실…… 없다. 하지만 상관없을 거다. 마력 감소 현상 이야기가 나왔는데, 도둑 하나를 혼내주는 일에 관심 기울일 사람은 없으니까. 여기 초대받아 온 사람들은 모두 왕족들 혹은 고위 귀족들. 마력 감소 현상에 대해서는 다들 알고 있겠지.

"분위기를 험악하게 만든 다음 위압감을 조성하려는 게 아닌가요?"

"제가요?"

에인젤은 터무니없는 말을 들은 것처럼 웃었다.

안다. 이건 그쪽 의도가 아니지. 그가 원한 건 나나 하인리가 우리에 갇힌 기사를 위해 어떤 행동을 하는 것을 보이는 것. 혹은 기사가 좁아지는 우리를 견디지 못하고 새로 변하는 것. 이쪽이었을 테니.

사람들의 시선이 모두 내게로 집중되었다. 에인젤은 입가엔 미소를 띤 채 인상을 찌푸렸다. 자신의 손을 떠난 상황이 마음에 들지 않는 듯.

"나비에 황후께 이 자리를 빌려 묻겠습니다. 그러면 황후께서는 마력 감소 현상이 서대제국과 관련이 없다 주장하시는 겁니까?"

그때, 사람들이 모인 곳에서 누군가 목소리를 냈다. 돌아보니 북왕국의 왕이었다.

마력 감소 현상에 서대제국이 관련이 있는 것 같단 말, 에인젤이 이미 했구나.

"그래요."

우선 대답하자, 이번에는 사모뉴의 공주가 나섰다.

"나비에 황후께서는, 이런 말을 꺼내 죄송하지만, 작년에만 해도 동대제국 황후셨습니다. 마력 감소 현상에 서대제국이 관련이 있는지 없는지 제대로 파악할 수 없는 입장이 아니십니까?"

날카로운 질문이다.

사모뉴의 공주는 즉위하지는 않았으나 오래전 병석에 누운 왕을 대신해 이미 10년 전부터 실질적인 통치를 해온 사람이지. 이번에도 아예 왕을 대리해 참석한 모양이고. 그녀는 내가 아닌 하인리가 나서서 대답해주길 원하는가 본데…….

"그 일에 관해서는 나도 충분히 알고 있습니다."

이 대화를 이끌어가야 하는 건 나다. 지금은 하인리를 숨겨야 하니까. 대체 뭘 하는 건진 모르겠지만.

이번엔 블루 보헤안의 왕이 나섰다.

"뭘 아신단 건지, 저희에게도 설명해주실 수 있으신지."

'……됐다.'

며칠 전. 랑드레 자작에게 '반쪽짜리 비밀'을 알려준 후, 나는 하인리에게 말했다. 비밀은 한번 입 밖으로 나간 순간 비밀일 수 없으니, 차라리 우리가 방금 랑드레 자작에게 알려준 비밀을 이용해서 에인젤의 주장을 역으로 꺾자고. 에인젤이 신년제 때 마력 감소 현상을 이용해 사람들을 선동할지도 모른다 추측했기에 짠 작전이었다. 사로잡은 기사를 우리에 넣어 나타날 줄은 정말 몰랐지.

어쨌든 저 질문이 나왔으면 됐다. 준비해둔 쪽으로 화제를 트는데 이제 성공했어.

"마력 감소 현상은 자연 현상입니다. 이미 몇십 년 전부터 계속되어왔죠."

"하지만 최근 몇 년간 가속도가 붙었습니다. 아실 텐데요."

"그래요. 마력 감소 현상을 막으려다가 부작용이 났으니까요."

사람들이 웅성거렸다. 에인젤은 입을 다문 채 나를 물끄러미 바라보았다.

"부작용?"

이어서 그는 황당하단 투로 되물었다. 말도 안 되는 말을 들었단 뉘앙스로.

"그래요. 부작용. 그 때문에 동대제국과 조금 트러블이 있었지요. 그건 인정합니다. 하지만 그 부분에 대해서는 동대제국과 조율하기 시작했습니다."

그래도 뻔뻔하게 대답했다. 소비에슈가 여기에 없어서 다행이야.

"내 모국인 동대제국은 마법 강국인 데다 연구가 활발히 되어있거든요. 서대제국에서 부작용 사례를 보내준다면 연구를 통해, 오히려 마력 감소 현상을 막을 방법까지 찾아낼 수도 있지요."

일부러 나 역시 동대제국 사람임을 강조했다. 양날의 검 같은 내

출신은 이번에는 도움이 되는 방향으로 쓰여서, 사람들은 수긍하는 분위기였다. 에인젤은 쉽게 넘어가지 않았지만.

"이상하군요. 서대제국은 마법 제국도 아닌데, 무슨 수로 마력 감소 현상을 막으려 들고 있었단 겁니까?"

사람들이 다시 혹해서 수군거렸다. 그건 그렇다고, 마력 감소 현상을 막으려 한다면 그 나라는 동대제국이지, 보석 산출국인 서대제국이 왜 여기서 튀어나오냐고.

대답 대신 에인젤에게 가까이 다가갔다.

한 걸음 한 걸음.

그러면서 걸어갈 때마다 마력을 발밑으로 흘려보냈다. 몸을 몰아붙이면서 훈련한 덕인가. 발이 땅에 닿을 때마다 바닥에 얼음이 서렸다. 처음에는 무슨 일인가 몰랐던 사람들이 점차 조용해졌다.

나는 에인젤의 코앞으로 다가가 손을 뻗어 그의 리본을 쥐었다. 거기에 마력을 흘려보내자 순식간에 에인젤이 목에 맨 리본이 얼어붙었다.

에인젤의 눈동자가 흔들렸다. 그의 곁에 선 기사들은 당황해서 몸을 움찔했다. 에인젤을 지키기 위해 검을 뽑아도 되는지 아닌지 구분하기 힘든 듯.

"이건……."

비밀은 더 큰 비밀로 덮는 법.

"우리는 인위적으로 마법사를 만드는 방법에 대해 연구하고 있었어요. 나 같은 사람 말입니다."

"!"

"마력 감소 현상을 막으려 한 건, 그 연구에서 파생된 또 다른 연구였어요. 기껏 만든 마법사를 마력 감소 현상으로 잃으면 안 될 테니."

잠시의 정적 후. 막혔던 보가 터지듯 웅성거리는 소리가 한순간에 홀을 뒤덮었다. 에인젤은 여전히 내게 시선을 못 박은 채 눈도 깜빡하지 않았다. 나는 웃으면서 그의 목에 감긴 리본을 한 손으로 벗겼다.

"게임 좋아하지, 에인젤? 하지만 네 손바닥을 떠난 게임도 좋아할까?"

얼어붙어 딱딱해진 리본이 볼썽사납게 흔들렸다. 에인젤도 그 리본만큼 얼어 있었다. 얼이 빠진 얼굴이었다.

"마법사라고?"

"인위적으로 마법사를 만든다니, 이게 무슨……."

사람들은 더는 마력 감소 현상에 주목하지 않았다. 그들은 마법사를 만들 수 있단 사실에 완전히 흥분한 듯 보였다.

이 와중에 내 말을 그대로 믿지 않고 고개를 기웃거리는 에인젤은…… 어떤 의미로는 대단하네. 그보다, 하인리는 아직도인가? 아직도 시선을 더 끌어야 하나? 대화를 길게 이을 수 없으니 빨리 마무리 지어줬으면 좋겠는데.

에인젤은 예상치 못한 방향으로 튀는 데 선수이다. 한 방 맞은데 당황한 지금도 머리를 핑핑 굴려대는데, 이후 어떤 식으로 갑자기 주제를 틀지 모른다. 그렇기에 에인젤을 상대로 승기를 쥐었지만 아직 약간 불안했다.

그 순간. 에인젤이 미소를 띠었고 내 심장은 철렁했다. 무슨 말을 하려고?

그러나 그가 입을 열기 직전. 갑자기 탕 소리가 났다. 에인젤은 고개를 뒤로 돌렸다. 누군가 비명을 질렀다.

소리는 우리에서 난 것이었다. 감옥 안에 갇혀 있던 기사. 그 기사가 철창을 뚫고서 나온 것이다. 날다람쥐처럼 싹 달아나는 기사의 뒤쪽, 우리 아래쪽으로 철창살 세 개가 바닥을 나뒹굴었다.

반사적으로 하인리를 쳐다볼 뻔했지만, 억지로 목에 힘을 주어서 달아나는 기사의 뒷모습만 쳐다보았다.

그대로 출구를 향해 돌진한 기사를 4기사단이 한발 늦게 따라갔다. 그러나 사람들이 너무 많다 보니 뒤쪽에 선 사람들은 앞에서 벌어지는 일을 잘 볼 수 없었고, 그 덕택에 갑자기 우르르 몰려드는 4기사단을 피해 자리를 피해주기 어려웠다.

우리가 들어온 후 홀의 문은 계속 열려 있었다. 기사는 망설임 없이 그 문 밖으로 나갔다. 미동도 않고 있던 에인젤이 짧게 한숨을 내쉬었다. 눈이 마주치자, 그가 다시 한숨을 섞어 약한 척 물었다.

"어디까지 준비해두신 겁니까?"

"여기까지. 안심해도 좋아요."

물론 거짓이다.

신년제는 어색하게 끝이 났다. 이런 분위기에 음악과 춤에 집중할 수 있는 사람이 있을 리가 없었다. 아니, 있긴 있겠지. 하지만 대부분은 그렇지 못했다.

사람들은 적당히 눈치를 보다가 홀 밖으로 나갔다. 아마 자기 나라 사람들끼리 모여서 급히 이 정보를 어떻게 처리할지 의논하고 싶은 거겠지.

그러면서도 그들 중 몇몇은 나와 하인리에게 말을 걸었는데, 꽤 유용했다. 홀에서 나갈 때 그들을 방패 삼기 좋았으니.

이후 처소로 돌아와서는 나와 하인리도 서둘러서 짐을 쌌다.

"갇혔던 기사는? 잘 돌아갔나요? 그대가 한 일이지요?"

"네. 열기로 철창살 여섯 부분을 녹였습니다. 발로 차면 그 부분이 뜯어질 수 있도록요. 잘 돌아갔는지는 나도 아직 확인하지 않아서…… 아마 잘 돌아갔을 겁니다."

하인리가 손을 저어 푸드덕 날아가는 시늉을 한다. 밖으로 나갔으니 잘 날아갔을 거란 뜻이구나.

"그대 마법은 '열'인 건가요?"

"맞아요."

하인리는 내 앞에서 손바닥을 펼쳐 보여주었지만, 겉으로 보아서는 보이는 게 없었다. 어쨌든 납득하고 있으려니, 하인리가 다시 주먹을 쥐면서 말했다.

"이 능력의 최대 단점은 가열 시간이 필요하단 겁니다."

아아. 그래서 계속 우리를 쳐다보고 있었구나. 시간도 좀 걸리고.

"차라리 불이었으면 좋았을 텐데."

그가 아쉬운 투로 말하며 손을 뻗어 내 팔을 잡았다. 가볍게 닿았는데도 그의 손이 뜨끈한 게 느껴졌다.

"따뜻해요."

나지막하게 속삭이자, 그는 내 손을 꼭 쥐었다. 하지만 내가 갑자기 웃음을 터트리자 어리둥절해서 물었다.

"왜 웃으십니까, 퀸?"

"그대와 어울려서요. 능력이 불이 아니라 열기인 게."

하인리는 겉으로 보아서는 불같은 사람이 아니니까. 게다가 실제로는 대단한 내숭쟁이지.

"그대의 몸 안은 뜨거운 걸로 가득 차 있잖아요."

겉으로는 따뜻해 보이면서.

그런데 어째서? 하인리가 홱 무표정하게 시선을 떨구었다. 귀는 빨개졌고. 내가 무슨 말을 했다고 저렇게 감동받은 건가, 잠시 의아해졌다. 감동받을 만한 말은 아니었는데?

하지만 곧 깨달았다. 감동을 받은 건 그의 마음이 아니라 하반신이라는 걸.

"하인리. 야한 뜻으로 한 말이 아니에요."

신년제에 참석한 손님들은, 오랫동안 나라를 비워둘 수 없다는 핑계를 대고서 대거 돌아갔다. 다들 일국의 왕과 왕비들이기에 댈 수 있는 변명이었다.

반쯤은 사실이겠지. 하지만 속내는 다를걸. 서대제국이 마법사를 인위적으로 만들었단 정보를 정리하기 위해서 바삐 돌아가는 걸 테니.

어쨌든 나와 하인리도 그 사이에 섞여서 일찍 연합 본부를 떠났다. 에인젤은 좋지 못한 표정으로 우리를 배웅해주었다.

"조만간 다시 만나 뵙길 기대하겠습니다, 나비에 황후 폐하."

"보라색은 그대에게 어울리지 않았어요. 다른 색을 찾아봐요."

나는 일부러 조롱조로 말한 후 마차 창문을 탁 닫아버렸다. 하인리를 위해 복수해주었단 게 흐뭇해졌다. 막상 하인리는 내가 마차 문을 닫자마자 시무룩한 얼굴로 반대쪽 창틀에 머리를 기댔지만.

"······하인리. 다시 한번 말하지만, 이건 괴롭힌 거지 호의를 표현한 게 아니에요."

왜 자꾸 괴롭히는 걸 질투하는 거야?

그러나 하인리는 내가 설명을 했는데도 영 수긍하지 못하는 얼굴이었다. 입술이 틈도 보이지 않고 닫혀 있다. 하지만 괜찮다. 그는 속상해하는 얼굴도 예쁘니까. 특히 내리간 눈 위로 드리워진 긴 속눈썹이. 그렇지만 손을 뻗어서 얼굴을 쓸자 핼쑥해진 게 느껴져 가슴이 아팠다.

"다음엔 저런 자한테 잡히고 그러지 말아요."

그 얼굴을 계속 만지며 당부하자, 하인리는 입술에 부드럽게 호를 그리더니, 내 손 위에 자기 두 손을 겹쳤다. 그러고는 내 손이 모아지도록 이끈 다음, 완전히 감싸고서 그 위에 가볍게 입을 맞추었다. 하인리는 손에 입을 맞출 때 늘 시선을 내게로 향하는데, 이번에도 마찬가지였다. 말랑한 감촉이 손등에 닿는데, 강렬한 시선이 내 눈을 사로잡았다. 그는 내 귀와 눈을 위한 설탕 같았다.

마차가 흔들리는 사이, 우리는 서로의 옆에 그렇게 꼭 붙어 있었다. 그러다가 마차가 국경 안으로 접어들고서야 우리는 거짓말로 동대제국을 끌어들였단 걸 떠올리고서 거기에 관해 의논했다.

"그대가 없을 때, 동대제국에 제안을 했어요. 연합에서 같이 탈퇴하자고."

하인리는 내 손 여기저기에 입을 맞추다가 깜짝 놀라 고개를 번쩍 들었다.

"그런 일이 있었습니까?"

"많은 일이 있었어요."

찰싹 그의 손등을 아프지 않게 두드렸다.

"그대가 자리를 얼마나 오래 비웠는지, 이제 알겠어요?"

내가 자기를 질책한다고 여기는지, 하인리는 대번에 시무룩해졌지만…… 괜찮다. 시무룩해도 돼. 그러면 앞으로는 좀 더 주의해서 행동하겠지.

"답은 들었습니까, 퀸?"

"아직 답을 듣지 못했어요. 하지만 아마 받아들일 겁니다."

"그래서 동대제국 이야기를 꺼낸 거군요."

마차는 서대제국 수도 안으로 들어선 지 오래지 않아 궁전에 도착했다. 이제는 익숙해진 궁전에 내리면서, 나는 머릿속으로 몇 가지 사안을 점검했다. 소비에슈에게 어떤 식으로 서신을 다시 보낼지, 다시 보내는 게 나을지 좀 더 기다리는 게 나을지, 지금 서신을 보내는 게 조급한 느낌을 주진 않을지 등등.

그런데 고민에 잠겨 집무실로 가고 있자니, 마침 재상이 복도를 빠른 걸음으로 걸어왔다.

"황후 폐하!"

그러다가 내 옆에 선 하인리를 보더니, 재상은 깜짝 놀라 잠깐 멈춰 섰다.

"황제 폐하?"

다시 걸어온 그는 나와 하인리를 번갈아 보았다. 신년제에 참석하러 가더니. 갑자기 하인리와 나타나자 놀란 눈치였다. 놀람이 가시자, 재상은 하인리의 상태가 눈에 들어오는지 두 손으로 자기 입가를 가리며 물었다.

"세상에 폐하, 왜 이렇게 수척해지셨습니까?"

그 바람에 그가 들고 있는 봉투가 눈에 들어왔다. 무엇이지? 동대제국에서 온 편지 같은데?

"그게 뭔가요?"

내가 묻자, 재상은 아차 하는 얼굴로 얼른 들고 있던 편지를 내게 내밀었다.

"동대제국에서 온 답서입니다, 황후 폐하. 그런데 내용이…… 직접 보시는 게 낫겠습니다."

왜 말을 하려다가 말지? 거절당한 건 아닌데, 내용이 예상 밖인가? 소비에슈가 이상한 조건을 붙이기라도 했나?

궁금하다. 그렇다고 복도에서 뜯어볼 수는 없어서, 나는 하인리를 챙겨서 그의 집무실로 갔다. 재상과 맥켄나도 얼른 우리 뒤를 따라왔다. 집무실 안으로 들어와 편지 봉투를 보니, 이미 밀랍을 뜯은 흔적이 있었다.

재상이 내용을 확인했구나. 더욱 궁금해진다. 그런데 왜 굳이 직접 읽어보라는 걸까? 나는 눈으로 글자를 빠르게 읽어 내려갔다.

"……이런."

그리고 마지막 문장에서 알 수 있었다. 재상이 왜 저렇게 애매한 표정으로 편지를 건넨 건지.

고개를 옆으로 돌리자, 나와 나란히 머리를 맞대고 편지를 읽던 하인리도 거의 동시에 나를 쳐다보았다. 우리의 시선이 허공에서 부딪쳤다.

나와 하인리는 집무실에서 나오자마자 황급히 어머니를 찾았다. 그러나 어머니는 방에 없었다.

아, 혹시!

"라리와 카이를 보고 계실지도 몰라요."

우리는 한걸음에 아가방으로 올라갔다. 다행히 어머니는 그곳에 있었다. 라리와 카이를 요람에 눕혀두고, 그 사이에 흔들의자를 가져다 두고 앉아 동화책을 읽어주고 계신다.

"어머니."

내가 다가가자 어머니는 동화책을 덮고 일어났다.

"다녀왔니?"

그러고는 내게 다가와 한번 가볍게 포옹을 해주시다가, 내 뒤에 선 하인리를 발견하고는 뼈가 담긴 인사를 던졌다.

"오랜만입니다, 폐하."

어머니는 하인리가 새로 변해 납치되었던 걸 모르니까, 아무래도 갓난아기들과 나를 남겨두고 홀로 오랫동안 밖을 돌아다닌 하인리가 좀 못마땅하신 눈치다. 하인리도 오늘은 어색하게 어머니와 인사를 나누었다. 하지만 분위기가 풀리자마자, 그는 대번에 쌍둥이에게 달려갔다.

"우앵!"

"우앵!"

놀랍게도 그가 다가가자 라리와 카이가 동시에 울음을 터트렸다. 하인리는 짧은 팔을 뻗고서 울어대는 두 아기를 번갈아 보다가, 초조하게 입술을 짓씹었다. 아기가 둘이다 보니 누구를 먼저 안아주어야 하나 고민이 되는 눈치였다. 내가 다가가 좀 더 가까운 요람에 누워 있는 카이를 안자, 하인리는 그제야 얼른 라리를 안아 들고서 눈을 질끈 감았다. 그의 눈가에 눈물이 핑 고였다.

"이런. 폐하께서 아가들이 많이 보고 싶으셨나 보구나."

그런 모습이 보기 좋은지 어머니는 화를 풀고서 나와 눈을 맞추고 웃었다. 표정을 보니, 어머니는 하인리가 아버지와 비슷한 성품이라 생각하시는 눈치였다.

하긴. 아버지도 감동을 받을 때마다 잘 우시니까…… 그런 점은 실제로 비슷한 것 같기도. 물론 아버지는 내숭쟁이가 아니지만.

"라리. 아빠야. 아빠 보고 싶었어? 아빤 라리 보고 싶었어."

그러거나 말거나 하인리는 한참 동안 라리에게 말을 걸면서 중얼거렸다. 그게 질투가 났나. 이를 보다 못한 카이가 이상한 소리를 내자, 하인리는 그제야 고개를 들고서 어머니에게 라리를 건넸다. 내가 카이를 건네주자, 하인리는 카이도 라리에게 한 것처럼 꼭 끌어안고 무어라고 중얼중얼거렸다. 카이는 얼른 울음을 그치고는 하인리의 머리카락을 움켜쥐고 입에 허겁지겁 집어넣었다. 보기 좋은 모습이었다.

"지지야, 카이. 먹지 마."

그렇다고 해서 카이가 하인리의 머리카락을 먹어도 되는 건 아니지만.

그렇게 얼마나 기다렸을까.

"어머니."

하인리가 아이들에게 빠진 모습을 보다가, 결국 나는 먼저 어머니를 불렀다.

"왜 그러니, 나비에?"

"여쭤볼 게 있어요. 잠시 저쪽으로……."

사실은 하인리와 같이 물어보려 했는데. 내가 먼저 묻고 그에게는 나중에 말하는 게 나을 것 같다. 하인리는 오랜만에 만난 라리와 카이에게 푹 빠져서, 지금 아무것도 귀에 들어오지 않는 눈치이니.

건너편에 있는 내 방으로 가자, 어머니는 의아한 얼굴로 물었다.

"무엇인데 그래?"

어머니가 눈짓으로 문을 가리켰다.

"비밀로 해야 하니?"

내가 하인리를 피해서 어머니를 데리고 나온 거라 여기시는가 보다.

"그런 게 아니에요."

"그러면?"

"혹시 동대제국에서 아버지한테…… 들으셨어요?"

어머니는 고개를 기웃했다.

"아버지가 왜?"

아직 어머니는 못 들으셨구나. 하긴. 급보로 온 소식이라 했으니.

"아버지한테 무슨 일이 생겼어?"

"전에 두 분이 같이 이쪽으로 오려 했는데, 아버지가 후계자 문제 때문에 다시 불려 갔다고 했잖아요."

"그래. 방계이긴 해도 황가의 피를 이었으니까."

말을 하던 어머니가 정색을 하고서 물었다.

"왜 그러니? 신년제에 갔을 때 무슨 이상한 말이라도 들었어?"

이어서 눈가가 파랗게 변했다. 나쁜 소식일까 봐 걱정하시는 듯했다.

"아니요. 신년제에서 들은 소식이 아니에요."

"그러면?"

"여기에 돌아와서 들은 소식이에요. 안 좋은 이야기도 아니에요. 어머니에게도 곧 사람이 올 것 같긴 한데……."

"괜찮으니 말해봐. 무슨 일인데 그래?"

소비에슈는 내게 보낸 답서에서, 내 제안을 받아들이겠다고 했다. 동대제국과 서대제국이 동시에 연합에서 탈퇴하자는 내 의견에 동의한다고. 그 역시도 연합이 두 나라를 동시에 노리고 있다 여긴다고, 이 일이 연합과 연합을 지지하는 나라들에게 경종이 되어줄 수 있으리라 생각한다고.

여기까지는 별문제가 아니었다. 단, 지금 그는 자신이 몸이 좋지 않아서 대외적인 활동을 하기가 어렵고, 그 탓에 황제 대리가 필요한 상태라 썼다. 최종 승인은 자신이 내리겠지만, 그 과정에서의 일은 자신의 대리인이 대신해 처리할 것이라고…….

이 부분도 놀랍긴 했으나 별문제는 아니었다. 소비에슈가 기억에 문제가 있단 걸 알고 있으니까. 아직 그 증세가 고쳐지지 않았다면, 당장은 치료와 안정에 더 집중하고 싶다면, 얼마든지 이런 말을 할 수도 있지.

문제는…….

"네 아버지를 황제 대리인으로 삼겠다고?"

소비에슈가 자신의 대리인이라며 내세운 이름. 카우터 리그리엘 트로비. 바로 아버지라는 거지.

"네."

"아니, 릴테앙 대공은 어쩌고…… 아. 대외 활동을 할 상태가 아니지. 세를은…… 그래, 후계권을 포기했으니 대리인이 될 수 없구나. 직계가 없긴 하네. 이후 방계가 바로 네 아버지였던가?"

"제가 알기로는 아버지보다 가까운 방계가 둘 있고, 비슷한 순서가 두 명 더 있어요."

황제의 대리인은 그 대단한 위치와 권력 때문에, 보통 후계자나 가까운 황족이 맡는다. 하지만 릴테앙 대공과 세를, 그리고 기타 두 명이 위로 더 있는 데다, 당장 딸인 내가 황후로 가 있기에, 아버지는 자신이 황가의 방계로서 어떤 임무를 수행할 거란 생각은 하지 않고 지내셨다.

"그런데 왜 네 아버지를……."

"아버지보다 순서가 앞선 방계 중 한 명은 나이가 아주 많다고 알고 있어요. 그래서가 아닐까요?"

"나머지 세 명은?"

"한 명은 나이가 너무 많고. 두 명은 다른 나라 왕족 귀족과 결혼을 해서 그 나라에서 살고 있고. 다른 한 명은 아예 다른 나라에서 태어나고 자라서 동대제국 관습조차 모르지."

소비에슈는 덤덤히 설명을 이어갔으나, 트로비 공작은 당혹스러운 표정으로 눈만 깜빡였다. 공작은 황제가 말을 마치자 가까스로 입을 뻐끔 열었다.

"하지만 폐하. 제 딸도 서대제국 황족과 결혼을 했는데……."

"자네가 결혼한 건 아니지 않나."

"그건…… 물론 그렇지만……."

"나는 사적으로는 자네에게 좋은 사위가 아니었지."

"!"

"하지만 자네는 내 곁에 남아 있어주었어. 동대제국 귀족으로서, 방계 황족으로서, 늘 한결같은 충성심을 보여주었지. 날 떠날 기회가 몇 번이나 있었는데도."

소비에슈는 손을 옆으로 뻗어서 서랍에서 두루마리를 꺼내 펼쳤다. 검은 글씨가 빽빽하게 들어찬 두루마리였다.

"막무가내로 결정을 한 건 아니네. 비서들과 의논도 했고. 자네가 맡은 영지. 영지민들 평판부터 가신들의 충성심, 그간의 행적, 전부 다 파악했어."

트로비 공작 쪽에서는 보이지 않지만, 두루마리에는 공작에 관한 좋은 말이 가득 차 있었다.

"가문. 순서. 평판. 능력. 충성심. ……사적인 마음까지. 자네 외엔 적임자가 없어. 자네와 나비에 사이의 관계를 염려하는 비서들조차, 그 점을 제외하면 자네가 최고의 적임자라는 데는 동의했고."

트로비 공작은 두 손을 모으고서 눈을 감았다. 사실 부담스럽다고 계속 말하고는 있지만, 그가 볼 때도 이래저래 자신이 제일 올바른 선택은 맞았다. 다만 나비에와 소비에슈의 사이가 사이이니만큼 받아들이기 껄끄러울 뿐. 그러나 이 '명령'은 그가 받아들이고 말고의 문제가 아니었다. 만약 이 명령을 거부하고 싶다면, 그역시 릴테앙 대공의 아들 셰르처럼 후계권을 영구히 포기하겠다는 선언을 해야 할 것이다.

"하루 동안 옆에서 계속 지켜보았으니 알겠지. 지금 나는 대외적인 활동을 할 처지가 아니네."

트로비 공작은 고개를 더욱 숙였다. 소비에슈의 말이 옳았다. 황제는 일부러 하루 종일 트로비 공작을 옆에 끼고 돌아다녔고, 덕택에 공작은 똑똑히 소비에슈의 증세를 보았다. 옆에서 본 황제는 대외적인 활동을 할 수 없는 상태였다.

계속 미친 상태인 건 아니었다. 업무는 볼 수 있었고, 업무 능력에도 별 차이는 없어 보였다. 그러나 황제의 업무는 집무실 안에서 서류 작업만 하는 게 아니었다. 황제는 외국 귀빈들을 상대하고, 알현을 통해 국민들의 목소리를 듣고, 국무회의를 집행하는 등 얼굴을 보여야 할 임무가 많았다.

황제는 황제로서의 업무 능력 외에 대외적인 이미지도 중요했다. 황제가 곧 나라를 대표하기 때문이었다. 물론 이렇게 하더라도 황제의 정신 상태가 좋지 않단 이야기는 곧 나라는 물론 외국까지 퍼져 나갈 것이다. 하지만 미친 모습을 직접 보이는 것과, 보이지 않고 소문만 알음알음 퍼지는 데는 또 차이가 컸다.

"하오나 폐하……."

그래도 트로비 공작은 쉽게 대답하기 어려웠다. 간단하게 생각하자면, 쉬운 일이었다. 소비에슈는 젊으니 이후 상태가 호전되면 결혼을 하고 아이를 낳으면 된다. 그러면 다시 황실은 문제가 없어지고, 트로비 공작 역시 원래의 자리로 돌아가면 된다.

그러나 황제의 상태가 호전되지 못한다면? 호전되어서 결혼을 했는데도 아이가 태어나지 않는다면? 방계인 트로비 공작 쪽에서 다음 황제가 나오게 될지도 몰랐다. 나비에는 이미 서대제국의 황후이니 제외. 코샤르는 소비에슈와 비슷한 나이이니, 릴테앙 대공과 비슷한 사유로 제외. 그렇다면 나비에나 코샤르 둘의 아이 중 누군가가 먼 훗날 이곳의 후계자가 될지도 모른단 건데…….

순간. 트로비 공작은 놀라서 소비에슈를 쳐다보았다. 혹시?

'그런 걸 염두에 두고서 날 고르신 건가?'

만약 라스타 황후의 말처럼 그가 불임이고 아이를 볼 수 없을 경우…… 원래의 황후인 나비에의 아이들이 뒤를 잇길 원해서?

"하인리."

— 구!

"……하인리."

— 구!

— 삑!

— 빽!

"하인리. 잠깐 얘기 좀 해요."

— 구!

"대답만 하지 말고."

— 구!

저놈의 구구 소리. 평소엔 귀엽기만 들리던 소리가 오늘따라 왜 이렇게 답답하게 들리는지. 나는 베개를 팡팡 두드리면서 하인리의 등짝을 노려보았다.

밤이 되자마자 하인리는 얼른 아가들을 부부침실로 데려가 아기새로 만들었다. 그러고는 둥지 안에 아기새들을 넣더니, 자기도 얼른 새로 변해 둥지 안으로 들어갔다. 그러고서 아기들을 끌어안은 채 털도 골라주고, 맘마도 직접 먹여주고, 춤을 추는 건지 노래를 부르는 건지 사람인 나로서는 구분도 안 가는 행동도 하고 있었다. 참 사랑스럽고 보기 좋긴 하지만…….

'지금은 대화를 해야 하잖아.'

만약 아버지가 정말 소비에슈의 대리인이 되는 거라면 어떻게 해야 할지 의논하고 싶은데. 도대체 아기들만 보고 있으니.

'이런 점까지 모두 다 포함해서 사랑하는 거지만.'

하지만 놀랍긴 하다. 내가 돌볼 때는 제멋대로이던 아기새들이, 하인리가 딱 둥지에 자리를 잡고서 부리로 지시하자 말 잘 듣는 인형들처럼 구는 게. 물론 말을 잘 들으면서도 카이는 내 머리카락을 잡아 뜯듯이 하인리의 깃털을 잡고 뽑는 모양이지만.

"카이. 아빠 깃털 뽑지 마. 땜빵 생기잖아."

ㅡ 구!

그러기를 두어 시간. 간만에 하인리에게서 한껏 보살핌을 받은 아기새들은 털도 가지런해지고 배도 빵빵해져서 만족스럽게 잠이 들었다. 나는 옆에서 꾸벅꾸벅 졸다가, 하인리가 둥지에서 내려오는 움직임을 느끼고서 얼른 눈을 부릅떴다. 그러자 통통한 배를 드러내고 드러누운 채 새근새근 잠든 아기들이 가장 먼저 눈에 들어왔다.

'배가 빵빵해.'

신기하지. 그 모습을 보자 문득 내 마음에 눈이 쌓인 느낌이 든다. 뽀드득 소리가 날 것 같아.

손가락을 뻗어서 배를 슬슬 쓸어주자, 아가새들은 발가락을 쭉 펴서 기지개를 켰다. 이상하게도 그 작은 움직임을 보는데, 괜히 눈물이 날 것 같았다. 왜 그런지 전혀 모르겠지만.

그사이. 둥지에서 나온 하인리는 사람으로 변하더니 자연스럽게 나를 등 뒤에서 감싸며 목덜미에 입을 맞췄다.

"퀸. 무슨 얘기 하려고 했어요?"

이어서 내 관자놀이에 입을 맞춘 그는, 계속 애정어린 키스를 퍼붓다가 갑자기 화들짝 놀라서 손으로 내 얼굴을 덮었다.

"퀸? 울어요?"

고개를 저었다. 그럴 리가. 난 울지 않아.

하지만 하인리의 동공에 비치는 나는 눈물을 글썽이고 있었다.

"퀸……."

얼른 눈물을 닦자, 하인리가 얼른 나를 감싸 안았다. 잠시 그의 품 안에서 익숙한 심장 소리를 듣자, 억지로 참으려고 한 눈물이 다시 눈가에 고인다. 이미 연합 본부에서 만난 해후를 풀었지만, 역시 익숙하고 안전한 곳에서 이러고 있으니 다시 새롭게 안심이 되었다. 그리고…….

"하인리. 내 옆을 떠나지 말아요."

생각을 거치지도 않고 속마음이 튀어나온다.

"!"

내가 열린 게 아닌데. 하인리는 혼자서 얼어붙었다. 기대고 있는 몸이 빳빳하게 굳는다. 고개를 들자, 하인리가 굳은 표정으로 나를 보고 있었다. 손가락으로 그의 아랫입술을 잡아당기자, 그는 더욱 힘주어서 나를 끌어안았다.

갑갑할 정도로 그의 품 안에 들어가 있자 오히려 안심이 되었다. 문득 하인리와 결혼을 할 때. 그때 한 말과 생각이 떠올랐다. 하인리가 다른 여자를 사랑하게 되고 그 사람을 정부로 들이게 되더라도 많이 아파하지 않을 거라던 그 다짐이.

하지만 지금은 그런 가정을 하는 것만으로도 고통스럽다. 같은 가정을 해보았다. 하인리가 어느 날 마음이 변하고, 그래서 다른 여자를 데려와 정부로 삼겠다고 말하면 어떨까? 그럼 나는…….

"퀸? 갑자기 왜 그렇게 무서운 표정을 짓습니까?"

"미리 경고해두어도 될까요?"

"경고라니요? 뭘 말입니까?"

"그대가 바람을 피우면, 하인리."

"절대로 피우지 않습니다, 부인. 알잖아요. 내 눈은 그대에게 멀었단 걸."

"그러니까, 그 멀어버린 눈을 혹시 다른 여자가 치료해준다면."

나는 그의 심장 위에 내 이름을 썼다. 하인리는 깜짝 놀라서 숨도 쉬지 않았다.

"그대가 내게 준 마법을 돌려주겠어요. 여기에."

목소리를 낮게 해서 경고까지 확실하게 날리자, 하인리는 마른침을 삼키고서 다짐했다.

"절대로 그럴 일 없습니다."

며칠 후. 아버지가 보낸 편지가 도착했다. 어머니는 편지를 읽고서 미묘한 표정을 지었다. 나 역시도 기분이 이상했다. 소비에슈가 보낸 답서를 통해 이미 짐작한 내용이지만. 아버지의 입을 통해 들으니 더욱 현실감이 든다 해야 하나.

"와. 황제 대리라니. 대단해요."

하지만 로라는 이 상황이 무작정 신기한지 연신 감탄했다. 주베르 백작 부인도 놀라서 소파에 앉지 못하고, 내내 서성거리며 같은 질문을 반복했다.

"황제 대리가 되면 황제 폐하가 안 계실 때에는 황제 폐하와 같은 대우를 받지 않나요? 게다가 지금 동대제국은 황후 자리가 비어 있으니, 공작 부인께서 황후 역할을⋯⋯."

마지막은 비명인지 탄성인지 모를 괴상한 소리다. 그녀는 결국 말끝을 흐렸지만, 아마 10분을 못 넘기고 또 저 말을 할 거다. 계속 그랬으니. 반면, 로즈는 비교적 차분하게 어머니에게 물었다.

"공작 부인. 그러면 곧 동대제국에 돌아가셔야겠군요?"

어머니는 난처한 얼굴로 요람을 쳐다보았다. 요람 안에는 쌍둥이가 누워서 영문도 모른 채 천장에 매단 모빌을 보고 있었다.

"그러긴 해야 할 텐데⋯⋯."

"아기님들을 더 보고 싶으셔서 그러세요?"

오빠랑 자기 사이가 더욱 멀게 느껴져서일까? 이 자리에서 시무룩한 건 마스터스뿐이었다. 그러다 시녀들이 자기를 쳐다보자, 마스타스는 황급히 억지 미소를 지으며 외쳤다.

"공작님께서 동대제국의 황제 대리가 되신다면, 서대제국과 동대제국은 지금보다 사이가 좋아지겠네요!"

로라도 얼른 날 보며 물었다.

"그런가요?"

그렇겠지. 게다가 그뿐만이 아니다.

"실은…… 생각해둔 게 있는데, 아버지가 황제 대리 역할을 해준다면 일이 더 쉬워지긴 해요."

어머니는 한 번 더 읽으려는 듯 편지를 다시 집어 만지작거리다가 날 쳐다보았다.

"생각해둔 일이라니?"

국무회의가 열렸다. 대신들은 오래간만에 나타난 하인리를 보자 이제야 안심하는 눈치들이었다. 그동안은 나와 재상이 아무리 괜찮다고 말해도 불안했겠지. 일이 있어서 자리를 비웠다는 황제가 어디에 있는지, 무얼 하는지, 아무것도 제대로 알려지지 않은 채 부재 시간만 길어졌으니.

하지만 안도하던 대신들은, 동대제국에서 내 아버지가 황제 대리를 맡게 되었단 소식을 재상이 전하자 다들 놀라서 눈을 휘둥그렇게 떴다.

"황제 대리라면……"

"그러면 어떻게 되는 겁니까?"

"트로비 공작님은 서대제국에 우호적인 분이 아니십니까?"

"황제 폐하와도 자주 대화를 나누셨던 걸로 기억하는데요."

이어서 재상이 동대제국과 서대제국이 동시에 연합에서 나가기로 결정했던 사실을 알리자, 대신들은 한층 놀라 웅성거렸다. 대부분은 요 몇 주간 우리를 조여왔던 연합에 한 방 먹이게 된 걸 기뻐하는 눈치였으나, 반대의 목소리가 아예 없는 건 아니었다.

"연합 쪽에서 서대제국에 날을 세운 건 오해가 있었기 때문 아닙니까. 그 오해를 신년제 때 황후 폐하께서 잘 풀고 오셨으니, 이젠 괜찮을 겁니다."

"당장은 통쾌할지 모르지만 이러다 동대제국이 갑자기 연합으로 붙어버리면요? 아, 물론 트로비 공작님이 황제 대리로 가시니 그럴 가능성은 줄어들겠지만, 소비에슈 황제는 젊고 건강하지 않습니까. 건강을 찾고서 소비에슈 황제가 마음을 바꾸기라도 하면요?"

"마음을 바꾸지 않더라도 문제입니다. 연합에 모든 나라가 가입해 있는데, 굳이 거기서 탈퇴했다가 교역 쪽으로 큰 손해를 보면 어떡합니까?"

교역으로 큰 손해를 보진 않을걸. 지금 다른 나라들은 마법사를 만든 방법이 무엇인지 알고 싶어 하인리에게 어마어마하게 전서조를 보내대고 있으니.

물론 그런 질문을 퍼붓는 건 외국의 대신들뿐만은 아니지만, 어쨌든 이 문제는 앞으로 계속 조율해갈 문제고. 지금은…….

"경들이 어떤 걸 염려하는지 아네."

가만히 지켜보기만 하던 내가 입을 열자, 순식간에 회의실이 조용해졌다. 하인리가 없는 동안 국무회의를 이끈 탓인가. 아니면 신년제 때 우리를 공격한 에인젤을 한 방 먹인 게 소문이 난 탓인가. 연합에서 탈퇴하는 걸 반대하는 대신들조차도 내게 호의로 가득한 눈빛을 보내는 걸 보자, 문득 이곳에 온 첫날이 떠오른다.

힐긋 유님을 보니, 지금은 유님 역시 진중한 얼굴로 날 보고 있다. 하지만 그 역시 처음엔 저러지 않았지. 원래는 날 왕비의 방에조차 안 들여보내려던 사람이니.

희미하게 웃음이 흘러나왔다. 사람들이 보내오는 신뢰 가득한 눈길이 내게 용기를 주었다. 내가 제대로 나아가고 있다는 용기를.

"황후 폐하?"

재상이 슬그머니 나를 부른다. 너무 감동에 취해 있었나 봐.

나는 고개를 끄덕인 후. 손을 들어서 허공의 한 지점을 손가락으로 짚었다. 지켜보던 대신들의 머리 위로 물음표가 떠올랐다. 내가 뭘 하나 의아해하는 표정들이었다.

"여기부터."

길게 설명하는 대신, 나는 손가락을 왼쪽으로 쭉 이동시켰다. 허공에 대고 줄을 긋듯이.

"여기까지."

그러고서 손을 뗐다.

"서대제국과 동대제국이 손을 잡고 월대륙 연합에 대응하는 단체를 만들어볼 생각이라네. 예를 들어…… 제국 연합 같은."

제국 연합이든 동서 연합이든, 이름은 나중에 의논하면서 지으면 되는 거지.

게다가 서대제국과 동대제국이 손을 잡는다고 표현했지만, 아마 화이트 몬드의 왕도 우리 쪽에 붙지 않을까 싶다. 신년제 때 행동을 보아서는 분명.

나는 손을 내리고서 대신들을 둘러보았다. 대신들은 입을 벌린 채 나를 쳐다보고 있었다. 회의실 안도 몹시 조용해졌다. 예상한 이상으로.

내 말이 터무니없게 들리나?

하긴. 동대제국과 서대제국은 내내 미묘하게 사이가 나빴지. 둘이서만 손을 잡은 적은 한 번도 없고. 나 역시, 신년제에서 마법사에 관련해 거짓말을 하기 전에는 생각하지 않은 일이었다. 하지만 지금은 충분히 가능한 일이라고 여긴다.

아버지야 당연히 동의하실 거고. 소비에슈도 아버지를 자기 대리로 삼았으니, 굳이 일부러 나와 대립하려 들진 않겠지. 나는 일부러 자신만만한 미소를 띠고 대신들에게 물었다.

"어떤가?"

"어디와 어디가 연합에서 빠져나가?"

에인젤이 물었다. 황당해하는 얼굴이었다. 소식을 전해 온 부하는 보고를 되풀이했다.

"동대제국과 서대제국에서, 연합을 나가겠단 선언을 동시에 했습니다."

에인젤은 미간을 찌푸리고서 혀를 찼다.

"결국 이렇게 되는군."

아주 놀란 것 같진 않아서, 부하는 되레 놀라 물었다.

"예상하셨습니까?"

"최소 한 수가 더 있을 거란 생각은 했지."

"와."

"감탄할 게 아니야."

"다 예상하셨다고 하셔서."

"예상 못 했어."

신년제 때. 나비에 황후는 폭탄을 떨어트리며, 여기까지이니 안심하라고 차분하게 웃었다. 에인젤은 의심이 많았다. 당연히 안심하란 말을 듣자 더 불안해졌다. 그래서 궁금했다. 뭘 더 하려고 안심하라 거짓말을 하는 거지? 무슨 수를 감추고 있는 걸까? 설마 그 결과가 연합에서 나가겠단 것일 줄이야……

"어쩌지요? 이렇게 되면 연합의 영향력이 줄어들 텐데요."

"그렇겠지. 이젠 연합은 동대제국 서대제국 일에 관여할 명분이 사라지는 거니까."

에인젤은 뒷짐을 지고서 창문 앞을 서성이다가 갑자기 인상을 더 썼다. 부하는 에인젤의 눈치를 살폈다. 인상을 쓰고는 있는데.

입꼬리는 올라가서, 기분 나쁜 생각을 떠올린 건지 그 반대인지 구분이 가지 않았다.

"단장님?"

결국 보다 못한 부하가 조심스럽게 묻자, 에인젤이 창가에 멈추어 서더니 커튼을 걷었다. 그러고는 아래쪽을 내려다보며 중얼거렸다.

"어쩌면 더 곤란해질지도 모르겠어."

"여기서 더요?"

"과연 나가기만 할까?"

"!"

"나가고 나면 불안하겠지. 원래 사이가 나쁘던 국가였잖아. 서로를 쳐다보면서, 같이 나가기로 해놓고 상대가 뒤통수를 때리진 않을까 불안할 거야. 그러면 어떻게 될까."

에인젤은 창틀에 손을 댔다. 귀는 흥분으로 붉어졌고, 입가에는 기대감 어린 미소가 떠올랐다.

"불안감을 없애기 위해서라도 서로 손을 잡으려 할걸?"

부하는 곰곰이 생각해보다 깜짝 놀랐다.

"그, 그러면 위험한 거 아닌가요?"

그런데 왜 웃고 계세요? 부하는 뒷말은 속으로만 덧붙였다.

에인젤의 눈매가 가느다랗게 휘어졌다.

"그렇게 되면 이젠 완전히 다른 소속이지. 언제든 붙을 일이 계속 생겨날 거야."

그게 좋으세요? 부하는 이번에도 뒷말은 삼켰다. 묻지 않더라도 대답을 알 수 있었으니까.

에인젤은 주머니에서 보라색 리본을 꺼내어 그 위에 입을 맞추었다.

"그날이 기대되는군."

부하는, 저 리본이 나비에 황후가 얼렸던 그 리본인지, 전에 황금색 새 목에 묶어주었던 리본인지 궁금해졌다. 어느 쪽이든 좀 이상해 보이긴 마찬가지였지만.

"왜?"

"아니요. 그냥 좀."

"말을 해."

"아, 상시천 관련해서 보고가 들어왔는데요. 이번엔 북왕국 쪽으로 갔답니다."

"정말 신기할 정도로 약삭빠르게 잘 살아남는 놈들이로군. 계속 주시해."

"예. 아아, 그리고 이건 별로 중요한 건 아닐 수도 있지만……."

"있지만?"

"그놈들이 애를 기르는 것 같던데요."

에인젤이 무슨 헛소리냐는 얼굴로 쳐다보았다.

"그놈들이 애를 왜 길러?"

"진짭니다. 북왕국으로 가는 길에 어느 도시를 털었는데, 아기 옷이랑 아기용품을 싹 가져갔답니다."

"가져가서 팔았겠지."

"아. 그럴까요?"

"당연한 소리를."

그로부터 몇 시간 뒤, 트로비 공작과 소비에슈는 나비에가 제안한 동서 제국의 연합에 관해 이야기하고 있었다.

"괜찮겠군."

소비에슈는 씁쓸한 미소를 띠면서도 흔쾌히 수긍했다.

"두 강대국이 의견을 조율해나가려면 앞으로 꽤 시끄럽겠지만. 나비에가 그쪽에, 그대가 이쪽에 있으니 잘 맞춰나갈 수 있겠지."

"예, 폐하."

"당장은 골치 아프겠지만 제대로 합의가 이루어지면 장기적으로는 좋을 거고."

"예."

카를 후작은 옆에서 조용히 대화를 듣다가 물었다.

"그러면 연합에는 동대제국과 서대제국만 들어가는 겁니까?"

트로비 공작이 대답했다.

"나비에가 말하길, 화이트 몬드 측에서도 연합에 들어오고 싶어 한답니다."

"화이트 몬드요? 그렇다면 새 연합을 출범시키기 전에, 다른 나라들 쪽에도 연합에 들어올 생각이 있는지 물어보는 게 나을까요?"

서너 나라만 빠지더라도 월대륙 연합은 크기가 부쩍 줄어들게 된다. 당연히 힘과 영향력 역시도 한 번에 쪼그라들 터. 그걸 염두에 둔 질문이었다.

그러나 소비에슈는 고개를 저었다.

"품 안의 적이야말로 가장 위험한 법이지. 그 부분은 좀 더 생각해보자."

새롭게 출범하는 연합에 불만을 품은 나라가 붙는다면, 연합이 하는 모든 일에 반대를 위한 반대를 할 가능성이 높았다. 그러면 새로운 연합은 제대로 굴러가지 못하고 결국 와해될 터.

연합에서도 의견이 달라서 충돌하는 일이 많지만, 그곳은 오래되었기에 체계가 잘 잡혀 있어서 충돌이 일어난다고 해서 바로 무너지진 않는다. 그러나 새롭게 태어날 연합은 체계도 엉성할 테고 연합을 지켜나야겠다는 믿음도 약할 테니, 결속력을 위해서 내부의 적이 될 만한 사람들은 아예 받아들이지 않는 게 나았다. 나중에 증원을 하더라도.

그렇게 대충 의견이 마무리 지어질 즈음. 소비에슈가 시선을 엉뚱한 곳으로 향하며 물었다.

"나비에 아이들은…… 어떠하던가."

워낙 엉뚱한 곳을 쳐다보아서, 트로비 공작은 자신에게 한 질문이라고 바로 알아차리지 못했다. 황제는 저런 식으로 엉뚱한 방향을 보면서 혼자 환청과 얘기하는 일이 많기 때문이었다. 이번에도 그런 건가 싶어서 가만히 있자, 황제가 대놓고 그를 쳐다보면서 다시 물었다.

"아이 중 하나가 나비에를 많이 닮았다던데."

눈이 마주치자, 트로비 공작은 황제가 곤란한 질문이라 시선을 피했던 걸 알아차리고서 얼른 대답했다.

"저도 아직 보지 못해서 잘 모르겠습니다, 폐하."

"아. 못 봤나?"

"예. 가던 길에 불려 와서……."

"딸 하나 아들 하나라고 했지?"

"예."

수려한 얼굴이 갑자기 영혼이 사라진 사람처럼 변했다. 소비에 슈는 몸 안에서 수분이 쪽 뽑힌 사람처럼, 힘이 빠진 짚 더미 같은 꼴로 중얼거렸다.

"나비에를 닮았으면 영리하겠지."

트로비 공작은 '이 말을 해야 하나' 망설이면서도 얼른 나비에 자랑을 했다.

"그럼요. 나비에를 닮았으면 사고도 치지 않고 아주 사랑스러울 겁니다."

"……."

"송구합니다, 폐하."

날씨가 웬일로 아주 따뜻해서, 아기를 털 포대기로 꽁꽁 싸고서 궁 근처를 산책하던 도중이었다. 근처만 쉬엄쉬엄 돌아다니고 있었고, 뒤에는 랑드레 자작이 우리를 보호하기 위해 따라오고 있었다.

"고마워요."

"해야 할 일을 할 뿐입니다."

랑드레 자작은 신년제에서 많이 놀랐을 텐데도 여전히 날 향해 비슷한 태도를 보여준다. 참으로 고마운 사람. 하지만 신년제를 계기로, 나는 모든 안전을 랑드레 자작에게만 의지할 수 없단 걸 깨달았다. 언젠가는 랑드레 자작이 여길 떠날 텐데. 그 전에 미리미리 대비를 해두어야 하지 않을까?

그 순간. 갑자기 품 안에 잘 안겨 있던 라리가 쪼그라들면서 포대기가 푹 꺼졌다.

"라리!"

나는 깜짝 놀라 외치고서 포대기를 더욱 꽉 안았다. 그러나 라리는 사라졌고, 대신 포대기 안에서 아기새 한 마리가 쏙 튀어나왔다.

새? 라리!

놀랄 틈도 없이 아기새는 뽀르르 날아가버렸다.

"안 돼!"

당황해서 새를 쫓아갔으나 새는 눈 깜짝할 사이에 수풀이 우거진 곳으로 들어갔다. 쫓아갔으나 이미 보이지 않았다. 나는 허망해져서 빈 포대기를 안고 빼곡한 나무를 올려다보았다. 황급히 뒤따라온 랑드레 자작이 뒤에서 걱정스럽게 물었다.

"어쩌지요, 황후 폐하?"

나는 공황 상태에 빠져서 고개를 저었다. 어떻게 하냐고? 내가 알 리가 없었다. 분명 일정 시간 외 갑자기 새로 변하는 일은 없다 했는데? 왜 갑자기…….

"일단 찾아봐야겠어요. 랑드레 자작, 그대는 폐하께 이 일을 알리고 와줘요."

"제가 찾을 테니 황후 폐하께서……."

랑드레 자작은 도중에 생각을 바꿨는지, 알겠다 대답하고서 돌아서서 달려갔다. 눈물이 핑 돌았다.

"라리!"

마스타스는 검을 멈추지 않고 휘둘렀다. 시름을 잊기 위해서. 조금이라도 행동을 멈추면 머리가 복잡하고 눈이 뜨끈해진다. 웃으면서 지내야 다들 걱정하지 않는데. 그게 잘 되지 않았다.

'내가 이상하게 굴면 안 돼.'

마스타스는 최대한 빠른 속도로 검을 내지르면서, 몇 번이나 마음을 다잡았다. 훈련용 목각인형과 검이 부딪칠 때마다 들려오는 둔탁한 소리가, 잠깐씩이나마 효험이 있었다. 그 모습을 지하 기사단 2조 조원들은 걱정스레 바라보았다.

"저러다가 우리 목검 다 부러지면 어쩌지?"

"벌써 열 개나 부수셨잖아……."

"저 훈련용 인형 설치하는 데만도 비용이 제법 드는데."

아무도 마스타스에 대해서는 걱정하지 않았다. 시녀들은 마스타스를 걱정하지만, 지하 기사단 부하들에게는 마스타스가 귀족가 자제가 아닌, 거칠게 임무를 수행하는 '피의 손'이었다. 그들은 마스타스가 사랑에 아파할 수 있단 생각은 하지도 못했다.

그 순간. 딱 소리가 나며 목검이 부러졌다. 또. 마스타스가 욕을 뱉으며 부러진 목검을 패대기치자, 그걸 본 부하들은 황급히 달아났다. 대련을 해달라면서 누군가를 잡고 몰아붙일까 봐. 실제로도 대련을 해달라 할 생각이었던 마스타스는, 연무장에 남은 사람이 아무도 없자 씩씩거리다가 바닥에 털썩 앉았다.

'괴로워.'

하지만 이래도 견디기 힘들었다. 결국 마스타스는 다시 일어섰다. 그런데 볼이 따끔따끔했다. 손을 올리자 피가 묻어 나왔다.

"젠장."

목검이 부러질 때, 날카로운 나무 조각이 얼굴을 스치고 지나간 모양이다.

그러나 마스타스는 대충 상처를 문질러 닦고서 다시 새로운 목검을 꺼내 왔다. 그러고서 그걸로 훈련용 인형을 겨누며 확 치켜드는 그 순간.

"상처가."

뒤에서 들려오는 목소리에 마스타스는 움직임을 멈추었다. 눈동자가 떨렸다. 마스타스는 입술을 악물고 검을 내렸다.

이 목소리. 꿈에서도 들은 목소리. 들을수록 떠올릴수록 마음이 아픈 이 목소리.

천천히 고개를 돌리자 코샤르가 보였다. 그 모습을 눈에 담은 눈동자가 흔들렸다.

코샤르는 손수건을 꺼내 다가왔다.

"피가 납니다."

"……."

"잘 소독하지 않으면……."

그러나 마스타스는 손수건을 받지 않았다.

"그냥 놔두면 낫습니다. 흉이 나도 상관없습니다."

"그냥 놔뒀다가 더 큰 문제가 생길까 그러는 겁니다."

"그렇더라도 코샤르 경이 신경 쓸 일은 아닙니다."

상처가 눈에 보이는 위치에 있어서 그럽니다. 상처가 눈에 보이니 내가 같이 아픕니다. 코샤르는 속으로 생각하지만, 그 말을 꺼내지 못했다. 이 말은 약혼녀인 샬렛 공주를 위해서 숨겨두어야 하는 말이었으니까. 결국 코샤르는 손수건을 다시 집어넣으며 시선을 떨구며 다른 변명을 찾았다.

"마스타스 양은 나비에의 시녀이고, 친구입니다. 마스타스 양이 다치면 나비에가 속상할 겁니다. 나비에가 속상하면 저도…… 가슴이 아파서 그럽니다."

코샤르는 마스타스를 쳐다보지 못했으나, 그건 마스타스는 역시 마찬가지였다. 마스타스도 코샤르를 쳐다보지 않고 일부러 훈련용 목각인형만 보았다. 그러나 그리운 목소리에 마음이 흔들리고, 그 흔들리는 마음은 눈동자에 드러났다. 그 모습을, 샬렛 공주가 나비에를 찾아다니다가 보고 말았다.

'어?'

샬렛은 굵은 백과사전을 끌어안고서 두 남녀의 이상한 모습을 먼발치에서 바라보았다. 샬렛은 눈썹을 치켜올리고 고개를 기웃했다.

'저게 지금 뭐야?'

손이 닿지도 않고. 서로를 마주 보지도 않고. 다른 방향만 보면서 이야기하는데, 분위기가……?

이상하지만, 오히려 아무것도 닿지 않아서 더욱 괴로운 분위기였다. 샬렛은 입술을 다물고 미간을 찡그렸다. 보통 사람들이 저런 분위기를 내나?

샬렛의 머릿속에 한 가닥 의심이 지나갔다.

'혹시 저 둘. 사귀는 사이 아니야?'

방으로 돌아온 샬렛은 무릎 위에 백과사전을 얹고서 내내 그 장면을 머릿속으로 되풀이했다. 하지만 생각을 거듭하면 거듭할수록 의심이 강해져서, 결국 그날 저녁 코샤르를 불러서 대놓고 물어보았다.

"혹시 사랑하는 사람이 있나요?"

코샤르가 놀란 표정을 지었다. 샬렛은 당당하게 요구했다.

"솔직하게 대답해줬으면 하는데. 이런 건 거짓말하면 눈에 훤히 보이니까."

샬렛의 시녀들이 무슨 일인가 싶어 하면서도 코샤르를 노려보았다. 그들은 모두 샬렛의 편이었다. 샬렛은 손을 저어 시녀들에게 나가라고 신호한 후, 코샤르의 대답을 기다렸다.

한참 후에야 코샤르는 입을 열었다.

"있었습니다."

"……있었던 거예요, 있는 거예요?"

"중요한 건 제 결혼 상대가 샬렛 공주님이란 겁니다."

"!"

"그러니 전 공주님에게만 충실할 겁니다. 사랑하기 위해 노력도 하겠습니다. 이미 헤어진 사람과의 일은, 굳이 공주님께서 물어볼 내용이 아닙니다."

샬렛은 인상을 찌푸렸다. 내가 물어볼 내용이 아니라고?

뭐…… 물론 아직 결혼하지 않았으니 그럴 수도 있긴 하지만. 별개로 기분이 좋진 않았다. 정략결혼을 위해 진짜 연인과 헤어지는 일. 여기저기에서 많이 보아왔고, 이해 못 할 바도 아니다. 하지만 아까 보니 저 남자는, 헤어졌다던 그 연인을 아직 마음에 담은 모양이던데. 다른 여자를 사랑하는 남자와 결혼을 해야 한다는 게 좀 불안했다.

"알았어요. 나가봐요."

코샤르가 나가자, 샬렛은 팔짱을 끼고서 방 안을 맴돌았다.

'나도 정략결혼이고 저쪽도 정략결혼인데, 굳이 신경 쓸 필요 없어.'

하지만 대범해지자고 속으로 생각하면서도 기분이 나빠지는 건 막을 수가 없다. 그러다가 화병으로 시선이 갔다. 화병에는 검은 백합이 들어 있었다. 카프멘 대공이 오다가 주웠다는 이상한 말을 하고서 건넨 꽃다발이. 샬렛은 화병으로 다가가 꽃에 코를 가져다 대고 향기를 빨아들였다.

'하긴. 난 카프멘 대공을 사랑하지 않는데도 코샤르 경과 결혼하려니 기분이 이상하잖아. 코샤르 경은 사랑하는 사람이 있다니 이런 기분이 더 심하겠지. 코샤르 경이 사랑하는 여자도 그럴 테고.'

그런데 그 여자, 나비에 황후 폐하의 시녀였던 것 같은데? 마스타스의 얼굴을 떠올린 샬렛은 더욱 인상을 찌푸렸다.

"라리!"

나는 여기저기 돌아다니며 쉬지 않고 움직였다. 혹시 애가 바닥에 떨어지진 않았을지 허리를 숙여 마른풀 사이사이를 보고. 애가 나무에 걸려 있는 건 아닌가 까치발을 들고서 나무 위를 살폈다.

"라리야!"

하지만 아무리 뒤지고 다녀도 아이는 보이지 않았다. 공포에 눈앞이 캄캄해졌다. 라리. 뭘 어떻게 해야 하지? 만약 아이가 어디 다치기라도 했다면……? 날개가 다쳤다면……? 작은 아기를 커다란 매가 낚아채서 날아갔다면……?

"라리야!"

목소리가 찢어지는 듯 튀어 나갔다. 나는 비명을 지르면서 사방을 살폈다. 그러다 하인리가 만든 둥지. 그 높은 곳에 있던 둥지가 떠올랐다.

— 우리 일족의 아기들은 높은 곳을 좋아합니다, 퀸. 더 용감한 아가는 일부러 자기가 높은 데 둥지를 만들어달라 조르기도 해요.

혹시? 제발 그곳에라도 있길 바라면서, 나는 황급히 그쪽으로 달려갔다.

"황후 폐하?"

그 모습을 마스타스가 발견하고 다가왔지만······.

"오지 마요!"

외치고서 멈추지 않았다. 마스타스가 놀라 굳는 게 스쳐 지나가면서도 보였지만 지금은 상황을 설명할 때가 아니었다. 마스타스에게 아기가 사라졌단 이야기를 하면 같이 찾으려 들 텐데. 지금라리 상태가 사람이 아니어서, 같이 찾을 수조차 없는걸. 안고 있는포대기가, 보송한 털로 가득한 이 포대기가, 여기에 남은 라리의 냄새가 고통스럽다.

'라리, 제발······.'

한참을 달려가 밤의 방을 지나 뒤쪽 정원으로 간 다음 폭이 좁은길을 달려갔다. 그리고 우거진 덩굴을 지나는 순간. 탁 트인 공간이 나타나면서 높은 기둥이, 보석으로 장식해둔 둥지가 보였다. 햇빛을 받아 반짝반짝 빛나는 그 둥지 안에, 나의 사랑스러운 아가가있었다.

저게 뭐야. 손바닥 크기도 안 되는 게, 뭐 저리 위풍당당하게 앉아 있어.

둥지에 앉아 태양을 똑바로 보고 있는 라리를 보자 눈물이 왈칵나왔다. 눈이 부셔서 눈을 제대로 뜨지도 못하는 주제에. 라리는 눈을 부릅뜨고서 부들부들 떨고 있었다.

"라리야!"

소리를 높이자, 아가새는 그제야 나를 내려다보더니 작은 날개를 펼쳤다. 그러고는 둥지 위에서 신이 나서 춤을 추기 시작했다.

'저런······.'

눈물이 나오는데. 웃음이 같이 나왔다. 저게 뭐야. 저건 하인리가 신이 날 때마다 추는 그 춤이었다. 가장 기쁠 때 추는 춤. 그 춤을, 날 보자마자 아가새가 작은 몸으로 그 춤을 덩실덩실 추고 있는 것이다.

— 우리 일족은 일반 새들보다 빨리 납니다, 퀸. 말보다 나는 걸 먼저 하니 걱정 말아요.

그러네요, 하인리. 빨리 날고, 춤도 빨리 추네요.

그 순간. 커다란 황금빛 새가 눈 깜짝할 사이 아가새의 뒷덜미를 잡고 유유히 내 주위를 한 바퀴 돌았다. 아가새가 버둥거리면서 꽥꽥 고함을 질렀지만, 황금빛 새는 단호한 표정으로 느릿하게 내려왔다.

이윽고 그 새는 내 바로 앞으로 왔다. 손바닥을 내밀자, 황금빛 새는 내 손바닥 위에 아가새를 내려놓았다. 황금빛 새는 퀸이었다.

— 구!

아가새는 볼이 빵빵해진 얼굴로 내 손바닥 위에 철퍼덕 엉덩이를 붙였다. 누가 봐도 부루퉁한 얼굴. 그런 얼굴을 하고서, 아가새는 이윽고 몸을 기우뚱하더니, 내 손바닥에 뺨을 기대고 힘없이 날개를 늘어뜨렸다.

저 꽉 닫힌 단호한 부리라니……. 하인리가 자신을 기둥에서 내려준 게 불만스러운 모양이다.

"말썽쟁이."

사람으로 변한 하인리는 혀를 차더니 아가새를 사람으로 변하게 만들었다. 그리고서 그가 열기로 라리를 보호하는 사이, 나는 얼른 아가에게 옷을 입히고 포대기로 쌌다. 하인리가 열기로 데워 둔 포대기 속에서, 라리는 눈을 부리부리하게 뜨고 입을 꼭 다물고 있었다.

"그대를 닮아서 그래요."

나는 아기를 챙기자마자 하인리에게 항의했다. 하인리는 움찔했 지만 반박하지는 못했다.

"나는 어릴 때도 이런 사고를 치지 않았어요."

다시 한번 하인리에게 따끔하게 말하자, 하인리가 어색하게 웃 었다.

갑자기 그를 혼내서 미안하지만, 어쩔 수 없어. 잘못한 건 라리 지만, 라리는 아무것도 모르니까 하인리에게 대신 항의하는 수밖 에. 라리가 이러는 건 하인리의 몸속에 흐르는 사고뭉치의 피 때문 일 테니까.

"애가 이렇게 빨리 날 줄은 나도 몰랐습니다, 퀸. 아직 아가인데, 혼자서 새로 변신할 수 있을 줄도 몰랐어요. 나도 이 정도는 아니 었다고요⋯⋯."

하인리는 뒤늦게 억울한 표정으로 변명했지만, 나는 대답 대신 아기만 꼭 끌어안았다. 부드러운 머리카락이 뺨에 닿자, 그사이 감 기라도 걸렸는지 아기의 작은 코에서 콧물이 찡 흘러나왔다.

하인리는 '퀸'의 모습으로 날아왔던 터라 사람 모습으로 같이 돌아갈 수가 없었다. 결국 그는 덩굴까지 날 바래다준 후, '퀸'의 모습으로 변신해 집무실로 먼저 돌아갔다. 나는 아기를 안고서 홀로 방으로 돌아갔다.

그런데 본궁 근처에 가보니, 아직도 마스타스가 아까 우리가 스쳐 지나갔던 그 자리에 서 있었다. 그 모습을 보자 아까의 일이 미안해져서, 나는 얼른 그쪽으로 다가가며 사과했다.

"마스타스 양, 아까는 미안했어요."

그런데 다가가자마자 마스타스의 눈에서 눈물이 뚝뚝 떨어졌다.

"마스타스 양?"

놀라서 얼른 눈높이를 맞추었다.

"왜 그래요? 괜찮아요?"

그러자 마스타스는 눈을 질끈 감았는데, 구겨진 눈에서 눈물이 더욱 많이 떨어졌다.

"마스타스 양?"

"황후, 황후, 폐, 하, 항후 혜하!"

서럽게 우느라 발음까지 새잖아. 당황스러운데. 혹시 나 때문인가? 아까 부르는데 내가 쌀쌀맞게 그냥 지나가서?

"아깐 미안해요, 마스타스 양. 라리가 없어져서 얘기를 나눌 틈이 없었어요. 아까는……."

"코샤르 경이 미워요! 황후 폐하, 코샤르 경이 미워요!"

어? 나 때문이 아니야?

이걸 다행이라 해야 할지 더 문제라고 해야 할지…… 어리둥절하지만 일단 등을 토닥였다.

"마스타스 양. 들어가요. 들어가서 얘기해요."

방 안으로 들어가자, 이번에는 카이가 서럽게 울고 있었다. 평소에는 순한 카이는, 지금은 로라가 앞에서 딸랑이를 열심히 흔들어도 개의치 않고 울고만 있었다. 내가 라리만 데리고 나간 게 엄청난 배신이라도 되는 것처럼, '우엉 우엉' 소리를 내면서 울었다.

"카이, 미안해. 뚝."

얼른 달려가 라리를 마스타스에게 안기자, 마스타스는 엉엉 울다가 얼결에 라리를 안아 들었다. 요람에서 카이를 꺼내 안자, 카이는 숨이 넘어갈 지경으로 울면서 내 머리카락을 먹으려 들었다.

"안 돼, 카이."

아기의 입에서 머리카락을 빼내면서 달래자, 카이는 서서히 울음을 그치고서 내 어깨에 머리를 기댔다.

"무슨 일이에요, 마스타스 양?"

작은 등을 토닥거리면서 나는 가까스로 다시 마스타스를 보며 물었다. 마스타스는 라리를 끌어안고서 말없이 서 있었는데, 지금은 울고 있지는 않았다.

"마스타스 양?"

그러나 여전히 표정이 좋지 않아서 다시 묻자, 마스타스는 입을 다물고 고개를 저었다.

"아닙니다. 제가 못 할 말을 했습니다. 술 마셔서 그렇습니다."

"술 냄새 하나도 안 나는데."

"냄새 나지 않는 술을 마셨습니다."

마스타스는 얼른 말하고서 고개를 숙였다. 더 물어도 대답하고 싫어 하지 않는 듯. 하지만…… 분명 아까 충동적으로 내게 오빠 얘기를 했지. 오빠와 관련된 일이 확실해.

로라가 눈치껏 마스타스 앞에 따뜻한 차를 가져다주자, 마스타스는 눈물을 뚝뚝 흘리면서 차를 집었다.

'마스타스.'

갑갑하다. 사랑과 사람 사이 문제를 내가 어떻게 해줄 수도 없고.

그때, 마스타스의 옆에 앉은 로라가 조심스럽게 내게 말을 걸었다.

"저기, 황후 폐하. 에르기 공작이요."

"공작이 왜요?"

에르기 공작. 신년제에서 돌아와 보니 이미 블루 보헤안으로 돌아갔다고 했지. 하인리를 만나러 와놓고서는, 하인리는 보지도 않고 갔다. 하인리가 오지 않으니 그냥 돌아가버렸다 생각했는데. 갑자기 로라가 왜 그 공작 이야기를? 의아해서 쳐다보자, 로라가 두 손을 깍지 끼고서 심각하게 입을 열었다.

"무슨 일이 있는 것 같았어요."

"일이라니요?"

"모르겠어요. 방 안에 들어가기 전엔 그냥 평소처럼 못된 뱀이었거든요?"

뱀…….

"그런데 밖으로 나올 때 보니까 물에 빠진 수달이 되어 있더라고요."

"어머니는?"

에르기 공작이 문을 열고 들어서며 묻자 집사가 깜짝 놀라서 펄
쩍 뛰었다.

"도련님? 언제 오셨습니까?"

집사는 에르기 공작이 온 줄도 모르고 있었기에 깜짝 놀랐다. 친
구를 보러 간단 말만 남긴 후, 돌아온단 인편은 전하지도 않은 탓
이었다.

"어머니는?"

집사가 놀라거나 말거나 에르기 공작은 같은 질문만 반복했다.
집사는 난처한 얼굴로 "저······." 하고 말끝을 흐렸다.

"지금은 괜찮아지셨어."

그 순간, 계단 위에서 다정한 목소리가 들려왔다.

"항상 그러시잖아. 상태가 좋아졌다가 나빠졌다가."

에르기 공작은 고개를 들었다. 그곳에는 머리카락으로 얼굴의
반을 가린 여자가 서 있었다. 따뜻하고 애정 가득한 눈길로 그를
바라보면서.

에르기 공작은 그 사람을 무시하고서 확 돌아서서, 어머니가 있
는 곳으로 걸어갔다. 어머니는 겨울바람에 버석해진 정원에 홀로
나와 있었다. 사람이 아무도 없는 그 고독한 정원에서, 휠체어에 앉
아 하염없이 허공을 보고 있다. 그러나 에르기 공작의 발소리를 듣
자마자 어머니는 고개를 돌렸다. 마른 돌 같은 얼굴에 처음으로 미

소가 번졌다.

에르기 공작은 얼른 다가가 어머니를 살폈다. 이전과 같았다. 더 아파 보이진 않는다. 더 건강해진 것 같지도 않지만. 에르기 공작은 이를 갈았다. 아버지와 알레이시아가 또…….

"들어갈까요, 어머니? 날씨가 많이 추우니까?"

속은 부글부글 끓지만, 에르기 공작은 애써 온화한 목소리를 냈다.

어머니가 고개를 끄덕이자, 그는 어머니를 들어 안고서 집으로 들어갔다. 침대에 어머니를 눕히고서 따뜻한 우유를 데워 그릇에 담아 가져갔다.

어머니가 우유를 받고서 후후 불며 마시는 사이, 에르기 공작은 어머니의 다리를 주물렀다. 하지만 바쁘게 움직이면서도, 조심조심 우유를 마시는 어머니의 모습을 볼 때면 심장이 미어지는 느낌이 었다. 눈가에 차오르는 눈물과 심장을 찌르는 고통을 어떻게 할 수가 없었다.

어머니가 우유를 다 마시길 기다린 후. 에르기 공작은 어머니의 등을 쓸면서, 혹시라도 이대로 누웠다가 체하지 않도록 보살폈다.

몇 시간을 그렇게 보낸 뒤에야 그는 정원에 두고 간 휠체어를 챙기러 나왔다. 그곳에는 클로디아 대공이 서 있었다. 뻔뻔하게도.

에르기 공작은 아버지를 노려보았다.

"뭐 하는 짓입니까."

공작은 아버지를 보자마자 다가가서 낮은 목소리로 항의했다.

"아픈 분 이름을 그렇게 팔아대고 싶으십니까? 아버지가 인간은 맞으세요?"

"내가 보낸 편지가 아니다."

"그 여자가 보내도 아버지가 중간에 끊으셔야죠. 한두 번도 아니 잖습니까."

"너부터도 한두 번이 아닌데, 그만 좀 해라. 네가 싫든 좋든 알레이시아는 네 은인이야."

"내 어머니 원수입니다."

클로디아 대공은 표정을 일그러뜨리고서 아들의 팔을 잡고 끌었다. 그러나 커다랗게 큰 자식은 꼼짝도 하지 않았다. 클로디아 대공은 결국 에르기 공작을 놓았으나, 화를 참지 못하고 아들의 어깨를 움켜잡고 이를 드러냈다.

"알레이시아를 마음껏 미워하고 싶어? 그러면 알레이시아에게 네 피부라도 주어라. 그 사람 덕에 목숨을 구해놓고서 어머니의 원수라고 이를 드러내봤자, 아주 고약하고 이중적일 뿐이니."

대공은 아들의 어깨를 놓고서 차갑게 웃었다.

"원수, 원수 말하면서 원수에게 목숨 빚이나 지고. 자기 앞가림은 하지도 못하고서 괜히 애먼 집안이나 들쑤시고 다니는 멍청한 놈."

클로디아 대공이 가버리자, 에르기 공작은 주먹을 움켜쥐고 바르르 떨었다. 그 모습을, 창문에 이마를 댄 채 공작의 어머니가 바라보다가 눈물을 글썽였다. 그러나 에르기 공작은 커튼 뒤에 숨은 어머니를 보지 못했다. 하지만 눈물이 고인 채 어머니에게 갈 수가 없어서, 그는 집 밖 벽에 등을 기대고서 몸을 웅크렸다.

그는 입술을 악물고서 벽에 머리를 기댔다. 그러자 며칠 전, 계단에서 그의 등을 떠밀고 싶어 후들후들 떨던 그 손길이 느껴졌다.

그 순간. 공작은 두 가지 생각을 동시에 했다. 안 돼. 내가 없으면 어머니를 보호할 사람이 없어. 적어도 그는, 어머니보다 오래 살아야 했다. 그러나 동시에, 그는 차라리 저 연약한 손이 그를 떠밀어 버리기를 바랐다.

원망에 가득 찬 눈동자를 떠올린 그는 허망하게 웃었다. 하긴. 그 여자에게 자신은 그가 보는 알레이시아, 아버지, 이 둘을 합친 거나 마찬가지겠지. 어쩌면 더한 악마일지도······.

목걸이를 움켜쥔 채, 그는 어머니를 데리고 여기서 벗어나고 싶다고, 어린 시절부터 몇십 번이나 한 생각을 다시 떠올렸다. 그러나 이 지옥은 그의 어머니를 인질로 잡고 놓아주지 않았다. 이 나라는 커녕 그는 이 도시조차 제대로 벗어날 수가 없었다.

몸이 약한 어머니는 정원조차 산책하기 힘들었다. 벗어나려고 발버둥을 치면 칠수록 그는 더욱 수렁으로 끌어들여졌다.

'어머니.'

절망에 휩싸여 에르기 공작은 머리를 기대고 눈을 감았다. 문득 눈꺼풀 아래로 은발 머리 여자가 떠올랐다.

라스타.

그 여자가 황후가 되기 전, 그의 조언은 틀린 건 아니었다. 계산 적으로 올바른 조언을 한 것이지만, 어쨌든. 그러나 그 여자가 황후가 된 후, 그는 올바른 조언을 해주지 않았다. 하지만 단 한 번. 그 여자가 황후가 된 뒤, 그는 단 한 번 진지하게 고민한 적이 있었다. 올바른 조언과 그릇된 조언 사이에서.

그리고…… 결국 그는 그릇된 조언을 해주었다.

지금 생각하면 그는, 그 순간 과거의 진창에 남는 길을 스스로 선택한 것 같기도 했다.

'지옥에서 만나면 내 머리카락을 쥐어뜯으려 하겠지. 아니, 머리를 쥐어뜯으려고 할지도…….'

그때 머리 위에서 새소리가 났다. 고개를 들자 새 한 마리가 그의 앞으로 날아와 다리를 치켜들었다. 다리에 매달린 종이를 떼어 보니, 하인리가 보낸 편지였다.

방금 생각했는데. 소비에슈 황제라면 널 도울 수 있을지도 몰라.

"!"

동대제국과 서대제국이 동시에 연합을 출범시키기로 합의를 봤어. 어느 나라를 포함시킬지는 아직 논의 중이지만. 집안일 때문에 동대제국에 한번 가기는 해야 하는데, 생각해보고 말해. 그때 데려가줄 수 있으니까.

32

행복

소비에슈 황제가 날 어떻게 도울 수 있다고……. 에르기 공작은 생각을 하다가 멈칫했다.

하인리가 무얼 얘기하는지 알 것 같았다. 소비에슈 황제가 데리고 있는 그 치료 마법사. 그 마법사 얘기를 하는 게 분명했다. 그 치료 마법사의 실력이 이전의 치료 마법사들보다 훨씬 뛰어나다지. 아직은 유명하지 않지만, 알음알음 소문이 나고 있었다. 결정적으로, 그 마법사는 궁전에 소속되어 황명을 들었다.

아무리 치료 마법사라도 사람 한 명에게 며칠 내내 연거푸 신성력을 퍼부으며 돌보는 건 몹시 어려운 일. 국가에 소속되지 않은 치료 마법사는 절대로 그런 의뢰는 받아들이지 않을 것이다. 그러나 궁전에 소속된 치료 마법사는 황명이 있다면 그런 어려운 일을 해줄 수도 있었다.

치료 마법사가 옆에서 계속 케어를 해준다면, 정원조차 제대로 돌아다니지 못하는 그의 어머니도 이 나라를 벗어날 수 있을지도 몰랐고. 하지만…….

'말도 안 되지.'

에르기 공작은 씁쓸하게 웃고서 편지를 손안에서 구겼다. 소비에슈 황제가 그를 돕는다고? 당연히 그러지 않을 것이다. 소중한 치료 마법사를 원수에게 보낼 리가 있나. 일반적인 관계라도 그런 배려를 할 가능성이 극히 낮은데. 심지어 그는 항구 문제로 소비에슈 황제와 트러블까지 일으켰다. 소비에슈 황제는 절대로 그를 도와주지 않을 터. 이건 상식이나 다름없었다.

'그보다 집안일이라니? 정식으로 연합을 세울 때 일을 말하는 건가?'

제국 연합을 발효시키는 자체는 이미 양국 모두가 합의를 했고, 화이트 몬드에서도 연합 가입에 긍정적인 신호를 보내고 있다. 하긴. 화이트 몬드는 꼭 연합에 들어오고 싶어 하니, 긍정적인 신호라 표현하기도 뭐하지만……. 어쨌든 여기에 관련해서 룁트 쪽의 의견도 물어보고자, 나는 카프멘 대공을 불렀다.

"이번에 연합이 세워지면 반발로 다른 나라들이 룁트와의 교역에 참여하는 걸 거절할지도 모릅니다."

지금은 내가 그들의 참여를 막고 있는 것이지만, 참여를 막지 않을 때는 월대륙 연합에 소속된 나라들 측에서 거리를 둘 수도 있다.

"물론 그 기간이 길진 않을 거예요. 그러니 너무 걱정하지 않아도…… 대공?"

"……."

"대공?"

"……."

"카프멘 대공."

그런데 웬일이지? 평소라면 제 의견을 바로바로, 아니, 한발 앞서서 낼 사람인데. 오늘은 그가 좀 멍했다. 자꾸 대화의 흐름에서 벗어나 혼자 넋을 놓치기 일쑤고. 평소답지 않은데.

"괜찮아요?"

걱정이 되어서 거듭 묻다가, 슬쩍 달력을 확인하고서 덧붙였다.

"몸이 좋지 않은 거라면 꼭 지금 해야 할 필요는 없어요."

서두를수록 좋긴 하지만 한시가 급한 사안은 아니니까. 아직 연합이 발효된 것도 아니고.

"괜찮습니다."

그러나 방금 전까지 넋을 놓고 있었으면서, 카프멘 대공은 덤덤히 대답했다.

'괜찮지 않아 보이는데.'

그러다 카프멘 대공의 시선이 마스타스를 향하는 순간. 마스타스가 움찔하고, 카프멘 대공은 슬픈 표정을 지었다. 저것도 한두 번이 아니었다. 카프멘 대공이 가끔씩 마스타스를 쳐다보고서 저런 이상한 표정을 짓는 것.

평소 카프멘 대공은 속마음 읽는 걸 들키지 않기 위해서 일부러 더 신경 써서 행동하는데. 오늘은 왜 저러지? 혹시 두 사람 사이에 무슨 일이라도 있었나? 게다가 언제나 당당한 마스타스는 왜 오늘 따라 저렇게 기죽은 것처럼 굴까? 평소에는 누가 자기를 몇 번이고 쳐다보면 눈을 부릅뜨고 창을 꺼내 드는데. 물론 카프멘 대공에게 창을 꺼내 들면 국가 문제로 비화하니 그럴 수는 없겠지만.

결국 카프멘 대공이 나간 후, 나는 마스타스에게 물어보았다.

"마스타스 양. 카프멘 대공과 무슨 일이 있던 건가요?"

마스타스는 걱정스러운 얼굴로 고개를 젓고서 오히려 자기가 되물었다.

"아니요. 황후 폐하, 혹시 제가 대공께 뭔가 실수라도 한 걸까요?"

"눈에 띄는 실수는 없었어요, 마스타스 양."

"자꾸 절 힐긋거리시던데……."

"괜찮을 거예요."

그렇게 말을 섞고 나니, 어느새 내가 마스타스를 위로하는 모양새였다. 결국 카프멘이 왜 그랬는지 아는 사람은 아무도 없었다.

'서대제국이 월대륙 연합에서 빠져나오는 게 마음에 안 드는 걸까. 장기적으로 보면 륍트에 도움이 안 된다 생각해서?'

카프멘은 무거운 걸음으로 황후의 방을 빠져나왔다. 머릿속이 복잡했다. 나비에 황후가 심각한 이야기를 한다는 걸 알았지만, 도

저히 거기에 집중할 수가 없었다.

교역에 관한 이야기를 하다가도 이따금 떠오르는 나비에 황후의 걱정. 코샤르 경이 행복하기만 빌자. 코샤르 경이랑 나는 인연이 아니야. 코샤르 경은 샬렛 공주님이랑 잘살 거야. 마스타스란 시녀에게서 들리는 괴로운 다짐……. 게다가 가끔 오며 가며 들리는 샬렛 공주의 속마음까지.

샬렛 공주 역시도 이 관계를 몹시 불안해하는 중이었다. 공주는 코샤르와 마스타스가 좋아하는 걸 이미 짐작한 후, 자신의 결혼 생활이 코샤르 때문에 엉망이 되진 않을까 염려했다. 사랑 없는 결혼을 한다고 해서 그 결혼이 불행하길 바라는 사람은 없는 법이니까.

물론 코샤르는 정말로 샬렛에게 충실할 생각이지만, 상대의 속마음을 읽지 못하는 샬렛은 불안할 수밖에 없었다. 게다가 카프멘은 사람의 진심이 얼마나 수시로 바뀌는지 알고 있었다. 코샤르가 지금은 진심으로 샬렛에게 충실할 마음을 하고서 마스타스를 떠났지만, 언제 어떻게 변할지 그건 코샤르 본인조차도 모를 일.

'이 얽힌 관계를 깰 수 있는 건 나뿐이겠지.'

카프멘은 힘없이 걸어가다가 도중에 멈추어 서서 커다란 나무 아래를 바라보았다. 그가 사랑에 괴로워하고 허덕일 때마다 앉아 있던 나무였다. 최근에는 샬렛 공주가 여기에 앉아 엉뚱한 상상을 해 그를 기겁하게 만들었고.

그래, 괴롭고 괴로운 마음을 숨긴 채 바로 여기에서…….

"대공님. 괜찮으십니까?"

카프멘 대공이 우두커니 서서 나무만 보고 있자, 데리고 다니는 종자가 의아한 목소리로 물었다.

"오늘 회의가 만족스럽지 않으신 모양입니다?"

"아니, 그런 게 아니다."

카프멘은 무표정하게 대답하고서 지시했다.

"일전의 그 검은 백합."

"예."

"그걸 다시 사 오너라."

샬렛 공주는 좋아하는 백과사전을 끌어안은 채 창문에 머리를 기댔다. 그러자 유리창을 통해 바깥의 차가운 기운이 이마에 전해졌다.

"차갑네……."

나비에 황후의 마법이 꼭 이런 능력이라고 했던가. 그의 아버지는 나비에 황후가 인위적인 마법사라고 말하면서, 비법을 눈치껏 알아내라고 연신 편지를 보내왔다. 그뿐만이 아니었다. 아버지는 샬렛과 코샤르의 결혼 덕에, 화이트 몬드가 제국 연합에 자연스럽게 합류할 수 있게 되었다고 몹시 기뻐하고 있었다.

샬렛은 이 모든 게 다 피로해졌다. 모든 사람들이 다 자신과 코샤르의 결혼을 기뻐한다. 당사자 두 사람만을 제외하고. 이렇게 아이러니한 일이 있을까?

그때, 시녀가 목소리를 낮춘 채 샬렛에게 알려주었다.

"공주님. 지금 밖에 카프멘 대공이 찾아왔어요."

"카프멘 대공이?"

"네. 커다란 꽃다발을 들고서 문 앞에 서 있어요."

시녀들은 샬렛 공주가 요 며칠 우울한 게 카프멘 대공 때문이라고 생각하고 있었다. 그럴 만도 했다. 결혼하기 싫다면서 중얼거리다가 대공을 쫓아가더니, 갑자기 커다란 꽃다발을 들고 나타났으니까.

"들어오라고 할까요?"

그러나 샬렛은 쉬이 대답하지 못하고서 망설였다. 들어와봤자 별수 있나, 하는 생각 때문에.

'카프멘 대공도 나를 짝사랑하잖아. 내가 그를 받아줄 것처럼 굴면, 결국 아파하는 사람만 하나 더 생기는 거 아니야?'

"공주님?"

그러나 서로를 애절하게 바라보던 마스타스와 코샤르를 떠올리자, 샬렛의 입술은 저절로 열렸다.

"들어오라고 해."

자신은 정당한 정략결혼을 하려는 것뿐인데. 마스타스와 코샤르가 서로를 사랑하며 그리워하자 졸지에 연인을 떼어놓으려 하는 방해꾼 같은 입장이 되어버렸다. 그게 싫어서였다.

이윽고 문이 열리자 카프멘 대공이 안으로 들어왔다. 놀라울 정도로 샬렛이 좋아하는 모습을 하고서. 사막 나라의 이국적인 의상, 섹시한 머리카락, 무심한 듯 처연한 눈동자, 넓은 어깨, 커다란 손, 그 손으로 쥔 꽃다발까지.

"오늘은 무슨 일로 온 건가요?"

샬렛은 아까까지의 우울한 감정을 감추고서 웃었다. 항상 생각하는 거지만, 이 남자는 신기할 정도로 늘 자신이 원하는 모습을 맞추어주었다. 이렇게까지 잘 맞을 수 있나 싶을 정도로 완벽하게.

"오늘도 오다가 주운 건 아니죠?"

샬렛이 손가락으로 꽃다발을 가리키며 농담하자, 카프멘 대공은 한 걸음 한 걸음 가까이 다가와 두 걸음 앞에 멈추어 섰다. 그러고는 진중한 얼굴로 꽃다발을 내밀며 말했다.

"지난번에도, 이번에도, 주운 적은 없습니다."

샬렛은 얼결에 꽃다발을 안아 들었다. 그걸 본 카프멘 대공의 입가에 미소가 어렸다.

"그대가 결혼하기 전에, 제 진심을 전하고 싶어서 왔습니다."

"!"

"사랑합니다, 샬렛 공주."

그 미소는 곧 고백으로 변해 샬렛을 깜짝 놀라게 했다. 몸을 갑자기 움직이자 샬렛이 옆에 잘 놓아둔 백과사전이 탁자 아래로 뚝 떨어지며 퍽 소리를 냈다.

샬렛은 카프멘을 가만히 바라보았다. 그는 눈을 피하지 않았다. 유심히, 평생 앞만 바라보겠다는 듯 곧은 시선을 던질 뿐. 샬렛은 그 눈동자가 마음에 들어서, 꽃다발을 끌어안고서 속삭였다.

"사실 알고 있었어요. 대공이 날 사랑하는 거."

짙은 향기가 코를 마비시키고 폐로 들어왔다. 달콤한 향에 취해 샬렛은 눈을 감았다. 이 달고 고혹적인 향기가 아까까지의 불쾌하고 걱정스러운 마음을 싹 눌러주었다.

그 모습을 카프멘은 어두운 눈동자로 바라보며 진심으로 맹세했다.

'내가 그대를 사랑하지 않는단 걸 평생 그대가 모르게 하겠습니다. 그래서 결국, 진짜 사랑을 받는 이보다 그대가 더 행복할 수 있게 만들겠습니다.'

샬렛 공주가 좋아하는 모습을 보자 가슴에 알싸하게 죄책감이 퍼져갔다. 이런 감정을 억지로 누르고서, 카프멘은 눈을 내리깔았다. 그는 평생 이 죄책감을 이고 가야 할 것이다. 그 혼자서. 샬렛을 속이는 대가로서.

"공주님께서도 제게 마음이 있진 않으십니까?"

"나는……."

"전 공주님께서도 제게 마음이 있다 여겼습니다."

카프멘이 무거운 목소리로 속삭이자, 샬렛은 검은 백합을 끌어안은 채 눈을 들어 올렸다. 두 사람의 눈동자가 허공에서 부딪쳤다. 온전히 자신만을 바라보는 눈동자를 보며 샬렛은 확신했다.

'코샤르 경은 다른 사람을 사랑하잖아. 나와 결혼해봤자 그도 나도, 코샤르 경과 사귀는 황후 폐하의 시녀도 불행해질 뿐이야. 나한텐 이 남자야. 내가 이 남자와 결혼하는 게, 모두에게 좋은 선택이야.'

"카프멘 대공."

"말씀하시지요."

"그대는 날 얼마큼 사랑하나요?"

"······기준을 알기 힘들군요."

"그대는 나비에 황후님과 우정이 깊죠. 두 사람이 뤼트와의 교역을 주도해 성공시켰을 정도로요."

카프멘은 샬렛이 묻고 싶은 질문을 한발 앞서 들었다. 대답하기 어려운 질문이었다. 그러나 그는 대답을 미리 준비해두었다.

"날 사랑하면 나비에 황후님과 멀어질 수도 있어요. 그래도 괜찮아요?"

"괜찮습니다."

"카프멘 대공과 결혼하시겠다고요?"

카프멘 대공이 돌아간 후. 샬렛은 자신의 시녀들을 불러다가, 남편감을 바꾸리란 각오를 말했다. 시녀들은 깜짝 놀라서 서로서로 얼굴을 쳐다보았다.

"힘들겠지?"

"아직 결혼을 한 것도 아니고 약혼식을 정식으로 한 것도 아니니 힘들건 없지만······."

"나비에 폐하께서 불쾌해하지 않으실까요?"

"이 결혼으로 주고받게 될 것들······ 그런 것들이 있잖아요. 전하께서 많이 기대하고 계시던데, 괜찮을지 모르겠어요."

시녀들은 현실적으로 이야기해주었다. 샬렛은 한숨을 내쉬었다.

"알아."

아버지가 매일같이 편지를 보내 닦달하는데, 모를 리가 없었다.

"그런데도 결혼을 깨실 건가요?"

샬렛은 책상 위에 어둡게 피어난 검은 백합을 바라보면서, 백과사전을 끌어안았다.

"물론 머리를 써야지."

"머리를 쓰다니요?"

"카프멘 대공이 날 사랑한다 해도, 코샤르 경에게 다른 연인이 없었더라면 내가 이런 결정을 하진 않았을 거잖아."

"그런가요?"

"그런 거야. 내가 이 결혼을 깨는 건 네 사람 모두를 위한 건데, 당연히 혼자서 무게를 뒤집어쓸 수는 없어. 안 그래? 그건 내가 너무 밑지잖아."

"그렇지요……."

시녀들은 불안해서 샬렛 공주를 쳐다보았으나, 이미 샬렛은 자기만의 생각에 깊게 빠져 있었다.

"공주님. 이상한 생각 하시는 건 아니시죠?"

"아니야. 방법을 찾고 있어."

"방법이라니요?"

"내가 결혼을 거부하는 걸 모두가 인정할 수밖에 없는 방법. 그리고 나와 코샤르 경이 결혼을 거부하는 걸 모두가 납득할 만한 방법."

"그런 게 있을까요?"

연합을 만드는 일로 오전 내내 회의를 거듭하고서 한숨 돌리기 위해 집무실에 들렀을 때였다.

"샬렛 공주가 결혼을 깨고 싶단 말을 전했다고?"

부관이 예상하지 못한 뜻밖의 소식을 전해주었다. 나는 깜짝 놀라서 부관에게 거듭 물었다.

"정말인가?"

"예, 황후 폐하."

"어째서?"

먼저 청혼을 한 건 샬렛 공주 쪽이지 않았던가? 그래서 오빠도 마스타스를 두고 샬렛과 결혼하려 한 거고…….

부관의 표정이 어두워지는 걸 보니, 샬렛 공주가 거절 사유로 내민 이유가 그리 달갑진 않은 모양이다.

"괜찮으니 말해봐요."

"샬렛 공주님께서는, 코샤르 경이 다른 여자를 사랑하고 있단 걸 알게 되었다 하십니다. 다른 여자를 사랑하는 남자와는 결혼을 하고 싶지 않으시다고……."

샬렛 공주가 마스타스와 오빠의 사이에 대해 알게 되었구나.

저절로 무거운 한숨이 나왔다.

"그렇군요."

부관이 내게 물었다.

"어떻게 하시겠습니까, 황후 폐하?"

내게 어떻게 해야 하느냐고 물어도…… 애초에 이 결혼에 내 목
소리를 내지 않았으니. 게다가 남편이 다른 여자를 사랑하는 게 어
떤 기분인지 아는데, 샬렛에게 정략결혼을 위해 참으라 할 수도 없
지 않나.

"깰 거라면 빨리 깨는 게 낫겠지요."

"이쁘다 이쁘다, 어찌 이렇게 이쁜 자식이 있냐 했더니 하루는
안 이쁘게 굴기로 작정이라도 한 게야?"

화이트 몬드의 왕이 버럭 고함을 질렀으나, 앞에 선 샬렛 공주는
눈 하나 깜짝하지 않았다. 결혼을 물리겠단 선언을 한 후 이 일을
의논하기 위해 화이트 몬드로 온 공주는, 오히려 입을 꾹 다물고서
고집스러운 표정을 지었다.

그 다부진 얼굴에 왕은 어이구 어이구 소리를 냈다.

"네가 지금 뭘 한 건지 알고 있니?"

"알아요."

"알면서 그런 짓을 해?"

"아니까 그런 짓을 한 거예요."

"아니, 넌 아무것도 모른다!"

왕은 주먹으로 자기 가슴을 팡팡 두드렸다.

"지금 트로비 공작이 동대제국 황제 대리가 됐어. 네가 코샤르와
결혼하면, 장차 네 아이들이 동대제국 황제가 될 수도 있었단 말이

다! 그런데 어떻게 이런 기회를…… 아이고!"

"태어날지도 모를 아이들을 위해서, 그 아이들에게 올지 안 올지도 모를 기회를 잡자고 제가 불행해질 수는 없잖아요. 아버지는 제가 불행했으면 좋겠어요?"

샬렛 공주가 도끼눈을 뜨자 왕은 입을 다물었다. 당연히 그건 아니었으니까. 그런 대답은 홧김에라도 할 수 없었다. 왕도 부모인데, 당연히 샬렛이 행복하기를 바랐다.

다만 왕이 생각하기에, 정략결혼으로 얻을 수 있는 최고의 행복은 최고로 높은 자리에 오르는 것일 뿐. 귀족이라면 남자든 여자든 정략결혼을 피해 가기 힘든데. 이왕이면 높은 사람과 하는 게 낫지 않나?

약소국의 왕으로서 여기저기 늘 굽신거려야 했던 그는, 자신감 넘치고 영리한 딸만큼은 절대로 그러지 않았기를 원했던 것이다. 그는 자신이 열 번 허리를 굽혀서 샬렛이 한 번 허리 굽힐 일을 줄일 수 있다면, 그것만으로도 뿌듯했다. 그런데 혼자서 무엇이든지 잘한다고, 영리하다고 그저 믿고 믿었던 딸이…….

"그럼. 넌 카프멘 대공과 결혼하면 행복해질 수 있단 게냐? 카프멘 대공도 코샤르처럼 다른 여자를 사랑할지 아닐지 어떻게 알고?"

"대공은 절 사랑해요."

"그나마 다행이구나."

왕은 한숨을 내쉬었다. 그러나 말은 다행이라 하면서도 표정은 전혀 다행이 아니었다. 걱정으로 가득한 주름살을 보자, 샬렛은 미안한 마음이 들어서 얼른 아버지에게 다가갔다.

"아버지, 만약 카프멘 대공과 결혼하는 게 나라에 손해라면 내가 이러진 않았을 거예요. 하지만 카프멘 대공과 결혼하는 건 코샤르 경과 결혼하는 것만큼 나라에 이득이 돼요."

"이득이라니? 어디가? 륍트는 화대륙에 있어서 교류도 많이 없는 나라인데 어디서?"

"교류는 한번 트기 시작하면 계속 늘어나겠죠. 게다가 제가 카프멘 대공과 결혼하면, 륍트와의 거래에 있어서 다른 나라들보다 우리나라가 훨씬 앞서 나갈 수 있잖아요?"

"……."

"어쩌면 나중엔 서대제국 이상으로요. 아버지, 카프멘 대공은 나비에 님과의 우정을 위해 서대제국에 많은 이득을 주고 있어요. 그런데 내가 카프멘 대공과 결혼하면 누구를 더 가까이하고 싶겠어요?"

"……우리?"

"그렇죠! 어차피 서대제국엔 항구가 없어서 우리의 도움을 받아야 하는데, 제가 카프멘 대공과 결혼까지 하잖아요? 그럼 최소한 교역 문제에서는 우리가 오히려 더욱 앞선 위치에 서게 돼요."

왕이 '말은 잘하는구나' 하는 표정으로 샬렛을 쳐다보았다. 물론 교역 쪽에서는 맞는 말이었다. 교역 쪽에서는. 하지만 왕이 보기엔, 륍트와의 교역에서 좋은 위치를 차지하는 것보단 동대제국의 미래 황제 자리를 꿰차는 게 여전히 150배는 더 좋게 여겨졌다.

"어쨌든 결혼을 깨는 이유가 코샤르 경의 여자 문제라는 걸 확실하게 해두었으니, 황후 폐하도 무작정 제 탓을 하진 못할 거예요.

황후 폐하부터가 이미 그 문제로 골치를 썩은 분이시잖아요. 오히려 제 편을 들어주실걸요?"

"그럴까?"

"그럼요. 하지만 무작정 코샤르 경 탓만 하는 것도 안 돼요. 그러면 황후 폐하가 기분이 상하실 테니까, 제 과실도 인정해야죠."

"네가 무슨 잘못을 했다고!"

"아깐 다 제 잘못이라면서요?"

"그거야 내가 하는 말이고! 남들은 네게 절대 그런 말 못 한다!"

왕이 씩씩거리자, 샬렛 공주는 한숨을 내쉬고서 설명을 이었다.

"국제 관계에서 누가 무조건 남 탓만 해요? 게다가 강대국을 상대로."

"그럴까?"

'아버지는 평상시에는 이렇지 않은데, 내 안전과 관련되면 너무 흥분하신다니까.'

"그럼요. 결혼을 일방적으로 깬 건 여기서도 사과해야죠. 코샤르 경이 그 여자랑 결혼 후에 계속 만나는 것도 아니고, 안 만나겠다는데도 못 믿겠다고 깬 거잖아요. 이 점을 사과하면서, 더욱 립트와 서대제국의 중개 역할에 힘쓰겠다고 해야죠. 그러면 숙이는 입장이 되어도 하던 일은 자연스럽게 계속할 수 있으니까요."

왕은 멋대로 일을 벌인 공주를 혼내고 싶은 마음과, 내 새끼 똑똑하다고 칭찬하고 싶은 충동 사이에서 갈피를 잡지 못했다. 그사이. 말을 마친 샬렛 공주는 주위를 획획 둘러보고서 목소리를 낮추어 아버지에게 당부했다.

"근데 제가 이런 얘기를 했단 건 다른 사람들한텐 말하지 말아요. 알았죠?"

카프멘 대공은 자신을 사랑해서 꽃다발 하나 들고 돌진해 왔는데. 이쪽은 이런저런 계산을 하고 받아들였단 걸 알게 되면 그가 서운해할지도 모른다.

샬렛 공주는 카프멘을 서운하게 만들고 싶지 않았다. 게다가 자신이 머리를 빙빙 굴린다는 것 역시 시녀들에게조차 들키고 싶지 않았다. 비장의 수는 여기저기 남겨둘수록 좋으니까.

왕은 눈을 반짝거리는 공주를 보며 한숨을 내쉬었다. 샬렛 공주는 옥좌 손잡이에 걸터앉으면서, 조금 섭섭한 목소리로 중얼거렸다.

"어쨌든 코샤르 경은 내가 스스로 물러나쳤으니 지금쯤 아주 기뻐 죽겠네요."

"내가 이번에도 네 발목을 잡았구나."

샬렛 공주가 화이트 몬드로 떠난 다음 날. 오빠가 날 찾아와 한 말이다. 무거운 표정, 먹먹해진 눈동자, 힘없이 내려간 입꼬리. 이젠 걸리는 일 없이 마스타스와 이루어지게 되었는데도 오빠는 전혀 기뻐 보이지 않았다.

"오빠가 내 발목을 잡다니. 무슨 말도 안 되는 소리야."

나는 얼른 다가가 손을 잡고서 오빠를 위로했다.

"그런 소리는 하지도 말아."

"하지만 난······."

"애초에 꼭 샬렛 공주와 결혼하지 않아도 될 일이었어. 그리고 이건 샬렛 공주가 자기 나름대로 생각을 하고 내린 결정이야. 자신을 보호하기 위해서. 오빠가 미안해할 필요 없어."

"······."

그러나 아무리 위로의 말을 해도 오빠는 기운이 나지 않는 모양이다. 차라리 어머니가 곁에 있었더라면 나았을 것을. 아버지가 황제 대리 역할을 수행하게 되면서, 어머니는 곁에 있어달란 요청을 받고 며칠 전 동대제국으로 갔다. 이 탓에 하필 지금은 오빠를 위로할 수 있는 게 나밖에 없는데, 내가 도움이 되지 않고 있다니······.

"정말로 괜찮아. 응?"

게다가 멍한 건 오빠뿐만이 아니었다. 오빠가 나간 후에는 마스타스가 넋을 놓았다. 가끔씩 창밖을 바라보다가, 가끔씩 바닥을 바라보다가, 가끔씩 턱에 꼭 힘을 주고서 눈을 감는 마스타스는, 오빠가 자기를 자책하듯 자기를 자책하는 게 분명했다.

"마스타스 양. 이 일은 마스타스 양 때문이 아니에요."

나는 마스타스에게도 오빠에게 한 말을 거듭 말해주었다. 샬렛은 자신을 위해서 결혼을 물린 거고, 오빠와 샬렛의 결혼은 필수적인 게 아니었다고. 마스타스는 누구에게도 미안해하지 않아도 된다고. 그래도 마스타스는 기운을 찾지 못했고, 그렇게 아슬아슬한 가운데에도 새롭게 출범시킬 연합에 대한 토론이 계속되었다.

대부분은 토론하는 것만으로도 즐거운 그런 화제가 계속되었으나, 화이트 몬드에 관해서는 조금 날 선 대립이 있었다. 샬렛 공주가 국혼을 물리자 한 일에 자존심이 상한 우리 측 대신 몇몇이, 연합에 화이트 몬드를 끼지 말자고 주장해서.

"도움이 되면 넣고 안 되면 빼는 거죠."

하인리는 오히려 수월하게 생각하지만.

그러나 결국 상의 끝에 화이트 몬드는 그대로 두기로 결정했다. 연합에 참여하기로 한 카프멘이, 륍트를 대표해서 의견을 냈기 때문이다. 화이트 몬드도 넣는 게 낫겠다고. 갑자기 그가 화이트 몬드를 두둔하고 나오는 게 이상하긴 했지만, 어쨌든 나로서는 그의 지지가 고마웠다. 서대제국 대신들의 자존심이 상할까 봐 강력하게 주장하지 못했을 뿐, 화이트 몬드는 계속 데리고 가고 싶었으니까. 아무래도 가장 가까운 항구를 보유한 나라이고…….

그렇다고 이대로 넘어갈 수는 없어서, 대신, 결혼을 물린 일로 화이트 몬드와의 사이에서 몇 가지 우리 측에 유리한 조항을 넣는 데 성공했다.

그리고 한 달에 가까운 의논 후. 마침내 연합을 발효시킬 날짜가 다가왔다.

연합에 서명을 하기 위해서 나와 하인리는 동대제국에 직접 가게 되었다. 막판까지도 중간 지대에서 만날지 어쩔지 말이 많았지만, 결국 이렇게 결정한 건 소비에슈의 건강 때문이었다. 동대제국에서 '소비에슈 황제께서 멀리까지 갈 수 없는 상태이니 양해를 구합니다'라고 대놓고 나와서.

지금까지는 친한 나라가 아니었으나, 이제는 수많은 나라 중 우리 두 나라가 가장 가까운 나라가 될 터인데. 처음부터 삐걱거릴 필요는 없으니까.

어쨌든 서명식 때에는 대신관도 올 계획이었고, 오래간만에 좋은 일로 모이는 만큼 함께 가는 대신들의 얼굴빛도 밝았다.

"이 짐은 챙길까요, 황후 폐하?"

"아 이건······."

"꼭 챙겨야 해요, 황후 폐하! 서명식 후에는 분명히 파티가 있을 거라고요! 기쁜 날에 파티가 빠질 리가 없어요! 파티하면 황후 폐하! 동대제국에 황후 폐하의 화려한 모습을 보여주어야지요!"

"파티가 열리더라도 축제 파티가 아닌데, 이건 너무 과하지 않을까요?"

특히 로라와 주베르 백작 부인은 이번에 동대제국에 가는 걸 금의환향으로 여기는 듯, 이참에 우리가 머리부터 발끝까지 힘을 주고 가길 원했다. 동대제국 귀족들에게 '나 잘 산다!'는 걸 보여줄 수 있도록. 덕택에 나와 시녀들은 여행 가방을 챙기느라 바빴다.

"이게 뭐가 과해요? 하나도 안 과해요, 황후 폐하."

"황후 폐하는 화려할수록 더 잘 어울려요."

"그럼요!"

"전에는 제가 얼마나 속상했는지 아세요?"

하긴. 전에 마지막으로 참석한 동대제국 파티는 라스타의 결혼식 연회였지. 이후에 재판 때에도 가긴 했지만, 비공식적으로 간 거라서…… 몰래 간 건 아니니 내가 다녀갔다는 건 다들 알겠지만, 제대로 귀족들과 교류를 하고 오진 않았다. 결정적으로 파티도 아니었고. 돌이켜 생각해보니, 과연. 로라와 주베르 백작 부인이 이번에는 힘을 줘서 차려입어야 한다고 주장할 만도 하구나.

"좋아요. 그러면 힘을 줘보도록 해요."

결국 내가 두 사람에게 넘어가자, 조용히 지켜보던 로즈까지 만세를 불렀다.

"커다란 보석으로 장식한 왕관을 쓰고 한 걸음 한 걸음 걸어갈 때마다 빛을 받아서 반짝거리는 드레스를 입어야 해요!"

"……누가 봐도 동대제국을 의식하고 차려입은 걸로 보일 텐데요."

"그러면 뭐 어때요!"

어색하게 웃는 사이, 이미 시녀들은 가장 화려한 드레스를 꺼내서 가져오고 있었다. 그 모습을 보며 웃고 떠들다가, 카이가 '우엉우엉' 하는 소리에 얼른 요람으로 갔다.

아까 잠들어 있더니. 카이는 그새 잠에서 깨어 벌레 인형을 안고 있었다. 벌레 인형은, 진짜 벌레는 아니고, 팔뚝 정도 되는 굵기의 포동포동하고 길쭉한 솜 뭉텅이다. 거기에 눈알 두 개를 달아뒀는데 맥켄나가 직접 만든 인형이라고.

"카이. 일어났어?"

두 손을 뻗어 아기를 안아 들자, 카이는 이상한 소리를 내면서 웃었다. 요즘은 이렇게 내가 안아줄 때마다 옹알이를 한다. 귀여워.

그러고 있자니 주베르 백작 부인이 다가오며 깔깔 웃었다.

"소비에슈 폐하께서 우리 황녀님 황자님을 보고 깜짝 놀라겠네요."

'설마'라고 말하고 싶지만…… 놀라긴 할 것 같아. 카이를 보면 하인리를 너무 닮아서. 라리를 보면 나를 너무 닮아서. 그 뒤에 그가 어떤 감정을 느낄지는 모르겠지만. 물론 자세히 보면 라리는 날 닮은 얼굴에 하인리를 닮은 성격이라는 걸 알겠지만, 소비에슈가 그렇게까지 아기를 살펴볼 시간이 있을까?

마침내 여행 준비도 끝나서, 나는 안락하고 편안하고 넓은 마차에 올라탔다. 맞은편에는 하인리가 앉아 있었고, 우리의 양옆에는 간이용 아기 요람을 설치해두었다. 요람 안에는 아기 둘이 나란히 누워 있고.

마차가 출발하자 아주 미약한 진동이 느껴졌지만, 아기들이 깨지 않고 잘 정도로 흔들림은 거의 없었다.

그 고요하고 평화로운 분위기 속에서, 나는 가져온 책을 무릎 위에 펼쳐 놓고 읽다가 이상한 기분을 느꼈다.

1년 전. 정확히 1년 전은 아니지만 하여튼 그쯤. 소비에슈에게 잡힐까 봐 조마조마한 상태로 하인리와 둘이 꼭 붙어서 말 하나를 타고 서대제국에 들어왔지. 그런데 이제는 넷이 되어서 동대제국에 당당하게 협약을 하러 간다. 당시의 나는 이렇게 될 거란 생각을 하긴 했을까?

마침 라리가 요람 사이로 작은 발바닥을 내밀었다. 조그만 발바닥을 손가락으로 간지럽히자, 아기는 작은 목소리로 희한하게 웃었다. 그 웃는 소리를 따라 웃다가, 나는 고개를 들었다. 하인리에게도 그날을 기억하는지 물어보고 싶어서.

그런데 하인리는 의외로 심각한 표정이었다.

"하인리?"

나보다 더욱 아기들에게 푹 빠져서 라리와 카이를 정신없이 보고 있을 줄 알았더니.

"왜 그래요?"

내가 묻자, 하인리는 퍼뜩 놀라서 손을 저었다.

"아. 아닙니다. 에르기 생각이 나서요."

에르기 공작?

그러고 보니 에르기 공작. 내가 동대제국에서 탈출할 때 도움을 주었지. 좀 유쾌하지 못한 방식이었지만.

"에르기 공작은 어떻게 지내나요?"

이름을 듣고 나니 잘 지내나 궁금해진다. 물에 젖은 수달 꼴로 블루 보헤안에 돌아갔다는 로라의 말 이후. 그에 대한 소식을 들은 적이 없는데.

하인리와 편지를 주고받는 건 알지만…… 그러나 잘 지내지 못하는 걸까? 하인리는 쓸쓸하게 웃으며 중얼거렸다.

"과거에 남아 있습니다. 계속."

더 자세히 물어보고 싶지만 물어보지 않았다. 하인리의 표정 때문에. 게다가 이건 하인리 개인의 일이 아니다. 그의 친구인 에르기에 관한 일이지. 에르기 공작이 이 자리에 없는데. 그와 관련한 무거운 이야기를 꼬치꼬치 캐묻는 건 실례겠지.

결국 질문하는 대신, 나는 요람에 누운 라리의 발바닥만 간질였다. 마차가 덜컹거리면서 창문 너머로 아늑한 향이 풍겨왔다.

마차 여행은 놀라울 정도로 평화롭다. 그 사이 나는 하인리에게 기사단 이야기를 했고.

"랑드레 자작이 동대제국에 돌아간 뒤, 내 기사가 되어줄 사람들이 필요해요."

"따로 생각해둔 사람들은 있습니까, 퀸?"

카이의 버릇에 대해 이야기를 했고.

"카이가 자꾸 자기 발이나 라리 발을 먹으려 해요."

"카이는 퀸의 성격을 닮았잖아요. 하하, 혹시 퀸도⋯⋯ 미안합니다. 농담이니까 정색하지 말아요."

라리의 버릇에 대해 이야기를 했고.

"라리가 자꾸 카이를 때리는데, 더 크기 전에 말려야 하지 않을까요?"

"원래 형제자매는 치고받고 크는 거죠. 저도 아주 어릴 땐 형을 때렸지만 잘 컸잖아요."

"……그대 때문이군요."

"!"

내 생일에 관해서도 이야기했다.

"퀸, 이번 생일에는 뭘 가지고 싶습니까?"

"그대가 내 방에서 쫓아낸 퀸퀸을 돌려받고 싶군요."

퀸퀸은 에인젤이 선물한 새에게 내가 붙여준 이름이다. 선물한 사람이 에인젤인 건 별로지만, 그래도 하인리를 닮은 게 귀여워서 그런 이름을 붙여준 건데. 안 그래도 퀸퀸을 싫어하던 하인리는 내가 그 이름을 붙여주자 질투심이 아예 폭발했고, 그 때문에 퀸퀸은 내 응접실에서 같은 층 가장 끝방으로 거처를 옮겼다.

내 방의 주인은 나이니, 사실 하인리가 내 방에서 새를 키우는 데 간섭하는 건 월권행위이다. 하지만 내가 바람이라도 난 것처럼 충격을 받아서 매일같이 퀸퀸을 모함해대니, 듣기 피곤할 지경이어서 보낼 수밖에 없었다.

"자꾸 그러면 나도 퀸을 닮은 새를 키울 겁니다."

"잘됐네요. 퀸퀸과 친구 시켜주면 되겠어요."

"퀸……."

그렇게 웃고 떠드는 사이, 마침내 마차는 동대제국의 국경을 넘고, 몇 개의 도시와 영지를 지나 수도의 성문 안으로 들어갔다. 성문 안에 들어가자 익숙한 거리가 보였다. 그 광경을 바라보다가, 나는 라리를 약간 들어 올려서 아이에게 창밖을 보여주었다.

"아가, 보여? 예쁜 곳이지?"

마차가 성문 안에 들어갈 즈음에는 조금 기분이 이상해졌다.

소비에슈가 마중을 나왔을까? 내가 지금 동대제국의 황후라면, 서대제국의 황제 부부를 마중하러 나갈 것이다. 첫 연합이기도 하니까. 하지만 소비에슈는 공개적으로 몸 상태가 좋지 않아서…….

소비에슈가 라리와 카이를 보았을 때 어떤 반응을 보일지도 좀 궁금한데. 이상하게도 그걸 또 보고 싶진 않다.

하지만 내 기분과 상관없이 마차는 완전히 멈추었고 마침내 문이 열렸다. 표정을 관리하고서 마차 밖으로 나가자, 많은 대신과 궁인들이 나와 있는 게 보였다.

보통은 이 정도로까지는 예의를 차리지 않는데. 첫 연합의 출범을 축하하기 위해서 많이 나와 있는 것 같았다. 아는 얼굴들도 많고…… 모르는 얼굴들도 많구나. 시간이 그만큼 흘렀단 거겠지. 재빨리 눈으로 사람들을 훑으니, 다행이라 해야 할지 아쉽다고 해야 할지 소비에슈는 보이지 않았다. 대신 아버지가 다가왔다.

"장인어른."

나보다 한발 앞서 하인리가 아버지에게 다가가자, 아버지는 어색하게 웃으면서 하인리와 인사를 나누었다. 그 다정해 보이는 모습에, 동대제국 대신들은 놀라서 서로를 쳐다보았다. 하긴. 이 사람들은 하인리가 아버지와 어머니에게 어떻게 대하는지 처음 보는구나.

"아버지."

"나비에."

하인리와 인사를 나눈 후, 나 역시 아버지에게 다가가 가볍게 포옹했다. 아버지는 내 등을 몇 번 두드리고서 내 얼굴을 유심히 살폈다.

"세상에. 왜 이리 수척해졌어?"

"……그건 아니에요, 아버지."

진짜인데. 아버지는 믿지 않는 얼굴이다.

사실 수척해진 건 하인리다. 에인젤에게 잡혀 있던 기간에 마음고생을 많이 했는지, 살이 많이 빠져서. 잘 먹인다고 잘 먹이고 있는데 빠진 살은 아직 다 돌아오지 않았다.

하긴. 그는 퀸의 모습으로 자주 날아다니니까. 그 작은 날개로 하늘을 날아다니는 건 운동이 많이 될 거야. 이런. 아버지가 또다시 울려고 하잖아. 나는 황급히 손수건을 꺼내 아버지에게 내밀었다.

"체면을 지키세요, 아버지."

체면을 지키라고 말한 게 서운하신가. 눈에 띄게 시무룩해진 아버지는, 작게 투덜거리면서 내가 준 손수건으로 눈시울을 찔끔찔끔 닦았다.

"여전한 것 같아서 다행이구나."

그러다가 내 어깨 너머를 보고는 눈이 커다래지더니 손수건을 든 손이 툭 아래로 내려갔다. 이윽고 아버지의 입이 눈보다 더 커졌다. 뭘 보고 저러시지? 덩달아 뒤를 돌아보자, 시녀들이 마차에서 아기 둘을 안아서 내리고 있었다.

"저 천사들이……."

아아. 그래. 아버지는 아기들을 처음 보시지.

구경을 나온 대신들도 수군거리기 시작한다.

"아버지 손주들이에요."

라리를 받아 들어서 아버지에게 건네자, 사람들이 수군거리는 소리는 웅성거리는 소리로 변했다. 라리 얼굴이 멀리서도 보이나?

"황후 폐하와 똑같이 생겼어……."

"저렇게 닮을 수가 있나."

"하인리 황제의 피는 어디로 간 거야?"

"저쪽으로 갔군요. 저쪽을 봐요."

"세상에."

사람들이 소곤거리는 소리를 듣자 웃음이 나온다. 라리를 보면 반응이 다들 한결같아서 재밌다니까.

그러거나 말거나 아버지는 라리를 안고서 감격에 차 있었다. 잠시 후, 라리를 하인리에게 건네고 이번에는 카이를 받아서 아버지에게 건네자, 아버지는 눈동자가 그렁그렁해졌다. 그러고는 한참 카이를 들여다보다가, 내게로 고개를 돌리며 말했다.

"둘 다 널 닮았구나, 나비에."

그 말을 듣는데 어쩐지 기분이 좋아졌다. 그러다가 문득 이상한 느낌이 들어 고개를 돌렸다.

'착각인가?'

하지만 내가 쳐다본 곳에는 수많은 사람들이 모여 있을 뿐. 달리 이상한 점이 없었다. 다들 날 쳐다보고 있지만 그거야 다른 곳도 마찬가지고…… 그래. 이상한 느낌이 들 리가 없지.

결국 그냥 느낌이겠거니, 생각하고서 고개를 돌리다가, 퍼뜩 떠오른 생각에 나는 다시 아까의 그 장소를 보았다. 그러자 이번에는 한 사람이 눈에 들어왔다. 얼굴의 반을 가리는 정복 모자를 쓴 기사가.

눈이 마주쳤다고 생각되는 순간. 그 사람이 몸을 돌렸다.

'소비에슈?'

'나비에.'

소비에슈 황제는 급히 몸을 돌렸다. 다행히 사람들이 가득 모여 있는 데다 다들 나비에 황후의 아이들을 보느라 정신이 없어서, 고개를 급히 돌려버리는 정복 차림의 기사를 아무도 주목하지 않았다.

소비에슈는 빠른 걸음으로 사람들 사이를 빠져나왔다. 커다란 복도 위를 마른 발자국이 지나갔다. 한참을 걷고 걸어서 아무도 없는 곳까지 간 소비에슈는 그곳에서야 멈추어 섰다. 높게 올라온 수목 사이. 그는 그곳에 주저앉아 모자를 벗고서 두 손으로 자신의 머리를 감쌌다.

하인리 황제가 미웠다. 죽도록 미웠다. 그가 그토록 원했던 모습이 거기에 있었다. 자신을 닮은 아기를 안고 있는 나비에, 행복한 미소, 온화하고 따뜻한 공기. 그가 꿈꿔온 모습이 바로 그곳에 있었다.

"나비에……."

소비에슈는 주먹으로 자기 가슴을 두드리다가 소리 없이 울음을 터트렸다.

언젠가는 이 상처도 아물 날이 올까? 언젠가는 나비에를 생각할 때, 오늘을 생각할 때, 잘 사니 그걸로 다행이야, 웃을 수 있는 날이 올까? 잘 살아서 다행이야. 너는 행복해서 다행이야.

하지만 지금은 눈물이 멈추지 않는다. 그는 시간을 돌리고 싶었다. 제발 시간을 돌리고 싶었다.

"신이시여."

아버지는 좀 더 곁에 있고 싶어 했지만, 해야 할 일이 많아서 어쩔 수 없이 나중을 기약하고 돌아갔고, 나는 방으로 가서 챙겨 온 물품들을 하녀들이 방에 정리하는 동안, 아기들을 데리고 놀아주었다.

모든 정리가 대충 끝난 후에는, 요람 안에서 그새 몸을 뒤집고는 주위를 요리조리 살피는 라리를 안아 올렸다. 라리는 요람에서 빠져나온 게 기쁜지 두 손을 흔들면서 까마귀 같은 소리를 냈다. 나는 아이의 작은 코를 아주 살짝 콕 누르고서 당부했다.

"라리. 여기서는 새로 변해서 날아다니면 안 돼. 알았어?"

"……."

"알았지? 정말이야. 만약 또 새로 변해서 날아다니면⋯⋯."

"날아다니면? 뒤는 뭡니까, 퀸?"

깜짝이야. 라리에게 경고를 다 끝내지 못했는데. 뒤에서 하인리가 두 손으로 나를 감싸 안는다. 라리는 동시에 엄마와 아빠에게 안기자 기쁜지 더욱 괴상한 소리를 냈다. 그 소리를 들은 카이는 자기만 또 빼놓았다고 요람 안에서 우엉우엉 울어댔다. 아까까지 잠들어 있었으면서.

하인리는 카이를 안아 들면서 다시 물었다.

"날아다니면, 뒷말이 뭐였습니까, 퀸?"

"날아다니면 엉덩이를 팡팡 할 거예요."

"라리는 아가인데요?"

"아빠로 시범을 보여줘야죠."

"⋯⋯아빠는 갑자기 왜 혼나는 겁니까, 퀸?"

"저번에 라리를 데리고서 그 둥지에 올라간 거. 내가 모를 거라 생각해요?"

내가 말하는 '그 둥지'는 밤의 방 뒤로 난 평원에 하인리가 설치해둔 둥지다. 보석을 덕지덕지 붙여둔 그 반짝거리는 높은 둥지.

맥켄나에게 들어보니, 새대가리 종족 아가들이 높은 둥지를 좋아하는 건 맞지만 라리는 아직 그럴 나이가 아니라고 했지. 그런데도 하인리는 라리가 그 둥지를 좋아하는 것 같자 신이 나서 데리고 다닌다. 몰래 갔지만 다 알고 있다. 간 횟수와 시간대까지. 그 점을 지목하는 거다.

하인리는 내가 알고 있던 걸 몰랐나. 몹시 찔리는 표정으로 입을 뻐끔거리다가 괜히 라리에게 훈수를 두었다.

"엄마 말을 잘 들어야 돼, 공주님."

라리는 그저 방긋방긋 웃기만 했지만, 그 웃는 얼굴을 보자 하인리는 금세 녹아내려서 내게 말했다.

"라리가 알겠대요, 퀸."

그러고는 무어라고 더 말을 하려는데. 누군가 문밖에서 노크를 했다. 랑드레 자작이 세워놓고 간 기사가 방문자가 누구인지 알려주었다.

"황후 폐하. 에벨리 양이 황후 폐하를 뵙고 싶어 합니다."

나는 얼른 라리를 요람에 내려놓았다. 에벨리가 왔다고?

에벨리가 자신을 기피하는 걸 알기에, 하인리는 눈치껏 옆문으로 빠져나갔다. 옆문이라고 해서 밖으로 이어진 문은 아니고. 침실로 이어진 문이다. 어쨌든 하인리가 나간 걸 본 후, 나는 복도와 응접실 사이의 문을 직접 열었다. 그러자 문앞에 우두커니 선 에벨리가 보였다.

"황후 폐하!"

오랜만에 만난 에벨리는 활짝 웃으면서 세 걸음 앞으로 왔다. 두 손을 뒤로 보내고서. 그러고는 쑥스러워하면서도 얼른 예법에 맞게 제대로 인사를 올렸다. 궁정에서 지내는 동안 많이 연습을 했는지, 이제는 제법 자세가 좋았다.

"그렇게까지 안 해도 괜찮은데."

"그래도요."

히히 부끄러워하며 웃는 모습이 사랑스러웠다. 행복해 보이고.

잘 지내고 있구나, 에벨리.

에벨리를 시작으로 약속이라도 한 듯 옛 친구들이 찾아왔다. 시녀였던 이들, 시녀는 아니지만 친하게 지낸 이들, 아주 절친한 건 아니지만 주기적으로 교류한 이들……. 다들 밝은 얼굴이었고, 지난번과 달리 눈치를 보지도 않았다. 하지만 그중에서도 가장 반가운 사람은 역시 엘리자 백작 부인이었다.

"이젠 아프지 않고 지내셔서 다행이에요."

사람들이 나간 후. 엘리자 백작 부인은 일부러 홀로 남기를 기다렸다가 날 보며 말했다. 내가 가장 힘든 시절. 엘리자 백작 부인이 날 많이 위로해주었지. 황후의 어머니란 이유 때문에 오히려 황궁에 잘 오지 못하는 어머니를 대신해서 엘리자 백작 부인이 나를 꼭 안아주었고. 그 생각이 난다.

엘리자 백작 부인이 떠나고 가장 마지막으로 찾아온 건 아르티나 경이었다.

"아르티나 경……."

"잘 지내셨습니까, 황후 폐하."

아르티나 경은 오랜만에 만나도 그대로였다. 단호하고 딱딱한 목소리, 절도 있는 자세, 칼 같은 눈동자까지. 하지만 이 모든 게 다 그리웠다. 힘든 시절, 엘리자 백작 부인이 따뜻하게 날 위로해주었다면, 아르티나 경은 차갑지만 굳센 기둥처럼 날 지지해주었으니.

"그대는? 잘 지냈나요?"

"부모님과 갈등이 있었습니다."

깜짝이야. 아르티나 경이 집안일을 얘기하는 사람은 아닌데. 갑자기 부모님과 싸운 이야기를 해서 놀랐다.

"이런."

"제가 황후 폐하를 따라 서대제국에 가겠다 해서 그럽니다."

이번에도 나는 더욱 놀랐다. 무어라 말을 해야 할지 알기 힘들어서. 결국 당황해서 아르티나 경을 쳐다보다가 황급히 물었다.

"하지만 아르티나 경은 장녀잖아요? 가문을 이어야……."

"그래서 싸웠습니다."

"!"

"이제 여기서 할 수 있는 건 다 했습니다. 가문은 동생이 이으면 됩니다. 동생이 둘입니다. 둘 중 하나는 이을 능력이 될 겁니다. 전 황후 폐하를 따라가고 싶습니다."

선언 같은 말에 놀랍기도 하고, 눈가는 괜히 뜨거워졌다. 나는 싫을 리가 없다. 아르티나 경이 옆에 있다니. 절대로 싫을 수가 없지. 하지만 나 때문에 아르티나 경이 가문을 잇지 않는다니.

"더 잘 생각해봐요."

아르티나 경을 소중하게 생각하기에 내 욕심을 위해서 무작정 데려갈 수가 없었다. 그러나 아르티나 경은 딱 잘라 거절했다.

"충분히 생각한 결과입니다."

올 만한 사람들이 모두 다 다녀간 후, 나와 하인리는 라리와 카이의 배가 빵빵하도록 먹이고 아기들을 재웠다.

나는 하인리가 커다란 새의 모습으로 작은 새로 변한 라리와 카이를 품은 걸 뿌듯하게 바라보다가, 창문으로 걸어가 커튼을 걷었다. 창밖을 보자 밤하늘에 펼쳐진 별이 보였다. 떠나기 전, 내가 보던 별과 같은 별이. 작년에도 보았던 그 풍경에는 변한 게 하나도 없다. 그때에는 서궁 창문에서 별을 보았고 지금은 남궁 창문에서 별을 보는 거니까, 사실 따지자면 조금은 달라져 있긴 하겠지만…… 느끼기에는 그대로였다.

그러나 1년이 조금 넘는 사이, 너무나 많은 일이 있었지. 그 생각을 하고 나자 기분이 묘해진다.

잠시 더 하늘을 보자 웃음이 나왔다. 저 하늘 너머로 황금빛 커다란 새가 날아올 것 같아서. 다리에는 편지를 묶고. 하지만…… 그럴 리는 없겠지. 뒤를 돌아보자 다시 웃음이 나온다.

그래. 지금 그 새는 저기서 새끼를 품고 자고 있으니까.

창문을 닫고 커튼을 친 다음, 나는 하인리에게 다가가 정신없이 잠든 퀸의 이마 위에 입을 맞추었다. 잠든 척이라도 했던 건가. 그 순간, 하인리가 눈을 반짝 떴다. 보라색 눈이 나와 마주치자, 이윽고 길게 휘어졌다.

새로운 연합의 역사적인 첫걸음은 대회의실에서 하게 되었다.

절차는 이렇다. 일단, 커다란 탁자에 둘러앉아 미리 수백 번 검토한 조항을 다시 한번 확인. 이후 그 조항 밑에 각자의 서명. 그 종이를 옆 사람에게 건네서 다시 서명. 또 옆 사람에게 건네서 서명. 그렇게 이 자리에 모인 모든 사람이 서명한 서류는 각각 한 부씩 나누어 가지게 되는데, 최종적으로는 대신관이 그걸 전달받아서 그 위에 자신의 서명을 한다.

깃털 펜을 잉크병에 넣었다 떼는 순간. 펜촉에서 까만 잉크가 한 방울 흘러나오는 순간. 하얀 종이 위에 내 이름을 적어넣는 순간. 쉽다면 쉬운 절차이지만, 나는 그 순간순간이 뿌듯했다.

"모두 고생 많으셨습니다. 이제 제국 연합이 공식적으로 출범하였으니, 이익 증대뿐만이 아니라 책임감 역시도 가지고서 행동하여주길 바랍니다."

서명식이 끝난 후에는 뿌듯한 마음이 점차 내려가면서, 다른 걱정이 좀 들긴 했지만.

나는 제국 연합에 소속된 첫 번째 기사단에 대한 항목을 펼쳐보았다. 그곳 1기사단 기사단장직으로 들어가 있는 이름은 코샤르. 오빠다.

'괜찮을까…….'

자신을 연합 소속 기사로 넣어달라 요청한 건 오빠였다. 아버지가 동대제국의 황제 대리가 된 이상, 후계자인 오빠가 서대제국의 기사 자리에 있으면 입장이 미묘해진다고. 그렇지만 초대 금의기사인지라 그 자리를 완전히 돌려주는 건 하인리에게 실례인 것 같으니, 금의기사 자리에 따라오는 연금만 반납하고 이름은 가진 채 1기사단 기사단장직으로 가겠다는 것이다. 어차피 금의기사 자체가 명예직이니 구구절절 맞는 말이고 괜찮은 의견이긴 한데…….

'정말로 위치 때문에 연합 소속이 되겠단 걸까?'

위치를 생각한다면 차라리 이제는 몸을 좀 사리는 게 맞지 않나? 위치 때문이 아니라 혹시…….

"나비에 님."

순간 들려온 목소리에, 나는 종이 위 오빠의 이름을 노려보다가 놀라서 고개를 들었다. 어느새 대신관이 가까이 다가와 있었다. 나 가신 게 아닌가?

"괜찮으시다면 제게 시간을 좀 내어주시겠습니까?"

"전 괜찮지만……."

하인리를 쳐다보자, 하인리는 내 손을 한 번 꼭 쥐었다 놓고서 웃었다.

"나가서 기다리겠습니다, 퀸."

고개를 끄덕이자 그가 나간다. 대신관은 그 모습을 유심히 바라 보았다. 사람들이 모두가 빠져나가자, 단 두 사람만 남은 대회의실 은 너무나 넓었다.

"무슨 일인가요?"

나는 그제야 이제 괜찮겠지 싶어서 대신관에게 물었다. 대신관 이 사람들이 다 나가길 기다릴 정도면 정말로 둘이서만 해야 할 얘 기인 것 같아서. 질문을 던지고 나니 갑자기 조금 긴장도 되었다. 많이 중요한 일인가?

"행복하십니까?"

그러나 대신관이 한 말은 내가 한 예상과 방향이 달랐다. 놀라서 눈에 힘이 들어갔다. 행복하냐고?

대신관은 다시 물었다.

"행복하십니까, 나비에 님?"

"물론입니다."

의외이긴 하지만 쉬운 질문이어서, 나는 웃으면서 대답했다. 그러자 대신관의 입가에 미소가 올라왔다. 나와 하인리가 결혼 승인을 요청할 때. 그때 짓던 '이건 또 무슨 소동이야?' 하는 표정과는 달랐다.

"그러면 됐습니다."

"더 중요한 이야기를 물어볼 거라 생각했는데요."

"이게 가장 중요하지요."

"……."

"모든 아이들이 사랑스럽고, 사랑스럽지 않은 아이가 한 명이라도 있겠냐마는. 아무래도 나비에 님은 어린 시절부터 보아와서 영 신경이 쓰입니다."

"대신관님. ……고맙습니다. 전에도. 지금도."

대신관이 따뜻하게 웃는다. 그 미소를 보자 내 마음 한편도 따뜻해졌다.

밖으로 나오자 하인리가 기둥에 기대어 서서 날 기다리고 있다가, 내가 나오는 걸 발견하자 바로 다가왔다.

"난 퀸이 대신관님과 나란히 있으면 불안해요."

"대신관님은 또 왜요?"

……설마 대신관님과 함께 있는 것까지 질투하는 건 아니겠지?

가자미눈을 뜨고 보자, 하인리는 내 귀에 대고 속삭였다.

"퀸이 정말로 천사가 되어버릴까 봐요."

그의 과한 발언에 소름이 돋아서 치를 떨며 쳐다보았으나, 맑은 미소를 보자 결국 미소가 흘러나왔다. 하인리는 더욱 활짝 웃고서 내 손을 꼭 잡았다.

"그런데 퀸. 대신관님이 왜 남으라 했던 겁니까?"

"……비밀이에요."

"너무해요. 연합 수장 자리에 앉자마자 벌써부터 비밀이라니."

뭐래, 저 능청은? 비밀을 가장 많이 만든 사람이 누군데 저래?

"퀸. 나중에 바쁘다고 얼굴도 안 보여주고, 그러는 건 아니죠?"

"바쁘면 어쩔 수 없잖아요."

"퀸……."

"농담이에요."

나는 사람들이 없는 걸 주도면밀하게 확인한 다음, 얼른 그의 입술 끝에 입을 맞추고 떨어졌다. 그러고서 혼자 속도를 높여서 걸어가자, 잠시 뒤에서 소리 없이 있던 하인리가 곧 "퀸!" 하고 부르면서 쫄쫄 쫓아왔다.

저절로 입꼬리가 올라갔다.

― 모든 아이들이 사랑스럽고, 사랑스럽지 않은 아이가 한 명이라도 있겠냐마는. 아무래도 나비에 님은 어린 시절부터 보아와서 영 신경이 쓰입니다.

대신관은 아직도 대회의실에 남아 있었다. 그는 자신이 나비에에게 한 말을 떠올렸다. 이건 거짓이 아니었다. 그는 나비에가 행복하기를 바랐다. 진심으로.

그리고…… 대신관은 한숨을 내쉬었다. 멍청한 짓을 해서 화가 났지만. 사실 지금도 좀 화는 나지만. 대신관은 소비에슈 역시 아픔을 잊고 지내기를 바랐다. 그 역시 어린 시절부터 보아온 아이이기에. 하지만 소비에슈에게 상처를 받았던 나비에에겐 일부러 그에 관련된 이야기는 하지 않은 것이었다.

대신관이 대회의실 밖으로 나오자, 대기하고 있던 수행사제가 가까이 다가왔다.

"소비에슈 님은?"

"지금도 상태가 좋지 않으신 모양입니다."

수행사제는 주위를 둘러보더니 사람들이 없는 걸 확인하고서 속삭였다.

"카를 후작님이 말씀해주시기를, 나비에 님 일행을 몰래 구경하러 갔다 온 후 좀 더 상태가……."

"이런."

"저녁 즈음에 다시 물어봐주실 수 있는지 묻는데요."

"그래."

대신관은 무겁게 고개를 끄덕였다.

"몇 번을 기다리더라도 얼굴은 한번 보고 가야지."

"그럼 우선 방에 돌아가 쉬시겠습니까?"

그 어두워진 안색을 본 수행사제가 대신관이 걱정이 되어 물었다. 대신관은 정정하고 건강하지만 나이가 많았다. 안 그래도 많은 업무에 치여서 평소에도 제대로 건강을 살피지 못하는데. 이번에는 긴 여행길까지 올랐다 보니 몸 상태가 걱정이 되었다. 그러나 대신관은 고개를 젓고서 허공 한편에 삐죽이 올라온 탑을 바라보았다.

"저기로 가보자."

"저기요?"

"밝은 곳에서 다친 사람은 상처가 잘 보이지. 하지만 어두운 곳에서 다쳤다고, 상처와 고통이 어찌 덜하겠느냐. 잘 보이지 않을 뿐."

대신관은 몇 개월 전, 동대제국에서부터 올라온 보고를 떠올리고서 혀를 찼다.

"당시엔 너무 화가 나서 저분과는 제대로 대화조차 해보지 못했지. 그게 새삼 마음이 쓰이는구나."

"그…… 소비에슈 황제를 속여먹은 노예 출신 황후 말입니까?"

"아니, 라스타 님 말이다."

"!"

"조용히 가보자. 좋은 곳에 갈 수 있도록 기도라도 드려야겠다."

소비에슈라면 무슨 핑계를 대서든 한번 아기를 보러 올 거라 생각했는데. 의외로 그는 나타나지 않았다. 저녁부터 연합이 발효된 걸 축하하는 연회가 열리는데, 준비를 하면서 물어보니 소비에슈는 거기에도 나오지 않는다고.

"왕관 써야 해요, 왕관. 번쩍이는 왕관!"

"드레스 어디 갔죠? 하인리 폐하의 특제 드레스! 보석 가루 붙여서 빛 받으면 반짝거리는 그거요!"

하지만 시녀들은 오히려 그래서 다행이라 여기는 눈치였다. 봐봤자 불편할 관계니까.

나 역시도 소비에슈에 관해서는 입도 뻥긋하지 않았고, 이후로 나와 시녀들은 드레스를 입고 머리를 매만지느라 분주하게 굴었다. 주베르 백작 부인은 크림색 드레스를, 로라는 분홍색 드레스를, 나는 금색 드레스를 입었다. 카이와 라리에게도 비슷하게 생긴 노란색 옷을 입혀주었다.

"아 진짜 귀여워요!"

로라는 아가들이 같은 옷을 입자 꺅 작게 비명을 질렀다.

그럴 만도 하지. 내 새끼라 그런 게 아니라, 이 아이 둘은 정말로 사랑스러우니까. 같은 옷을 입으니, 얼굴이 달라도 쌍둥이 느낌이 나고.

잠시 뒤, 준비를 마쳤을 즈음 시간을 맞추어 하인리가 들어왔다. 하인리 역시 평소보다 좀 더 번쩍거리는 예복 차림이었다.

나는 하인리에게 라리와 카이를 보여주기 위해서 얼른 돌아보았다. 그가 "퀸" 부르면서 들어오다가, 내 금색 드레스를 보고는 황홀한 표정을 짓는 바람에 말을 멈추어야 했지만.

"……드레스가 제일 마음에 드나 봐요?"

"아닙니다, 퀸. 그럴 리가요."

"아닌 게 아닌데."

"눈이 부셔서요. 덜 부신 쪽부터 본 거죠."

"말은."

"예쁩니까?"

흘겨보면서 웃다가 로라를 발견했다. 로라는 얼음이 되어서 자기 팔을 비비고 있었다. 그러다 나와 눈이 마주치자, 로라는 허둥지둥 자리를 비켰다. 다시 하인리를 흘겨보자, 하인리는 뻔뻔하게 웃으면서 다가왔다.

"이제 눈부신 데 좀 적응이 됐나. 내 부인이 잘 보이네요."

연회장에 갈 때는 하인리가 라리를 들고 내가 카이를 들었다.

예전에 소비에슈의 에스코트를 받아 내려갔던 계단. 홀로 내려가는 계단 위쪽에 서서 나는 잠시 아래를 내려다보았다. 소비에슈가 여기에서 날 놔두고 라스타에게 가버렸지. 사람들은 날 가엾다는 듯 보았고.

1년이 지나, 지금 나는 다시 그 자리에 있다. 하지만 이젠 날 동정 어린 눈길로 보는 사람은 없었다. 쳐다만 보아도 깨져버릴, 그런 유리처럼 보는 사람도 없었다. 바이올린 소리만이 허공을 기분 좋게 지나갔다.

"내려갈까요, 퀸?"

"그래요."

한 손에는 아기를 들고 다른 한 손으로는 하인리를 잡고 계단을

천천히 내려가자, 엘리자 백작 부인이 어색할 틈 없이 바로 다가와
주었다.

"세상에, 정말로 사랑스러운 아가님입니다."

한때 내 시녀였던 친구들도 우르르 다가왔다.

"황자님 이름이 카이사였지요?"

"맞아요. 보통은 카이라 불러요."

"아유 볼 좀 봐. 황자님, 까꿍이에요."

사람들의 관심이 자신에게 몰리는 게 좋은가. 카이가 평소보다
더 환하게 웃는다. 우리 카이는 관심이 자기에게 쏠리는 걸 좋아하
는구나.

"황후 폐하, 황자님을 한번 안아봐도 괜찮을까요?"

"그럼요."

그러나 그들이 볼 수 있는 건 카이뿐이었다. 그들은 카이를 보면
서 라리 쪽도 힐긋거렸지만, 하인리가 라리를 안고 거만하게 턱을
들고 있으니 그쪽으로는 제대로 말을 걸지 못했다.

'하인리…… 왜 저렇게 턱을 들고 있는 거야?'

웃음이 나오려는 걸 참기 위해 일부러 다른 곳을 보다가, 나는
화이트 몬드의 왕을 발견했다. 서명을 할 때에도 좀 의기소침해 있
더니. 왕은 오늘도 시무룩해 있었다.

'샬렛 공주가 결혼을 깬 일 때문에 저리겠지.'

이미 그 일을 핑계 삼아서 서대제국에 몇 가지 유리한 안건을 집
어넣긴 했지만, 그래도 눈치가 보이나 봐. 먼저 가서 말을 걸까? 내
가 먼저 말을 걸면 서대제국 귀족들이 섭섭해하려나?

잠시 생각하는 사이. 의외의 사람이 주춤주춤 다가왔다. 투아니아 공작이었다.

"황후 폐하. 건강하신 모습을 뵈니 무척 기쁩니다."

투아니아 공작이 다가오자 시녀들은 바로 조용해졌다. 나는 그의 인사를 받으며 의외라 생각했다. 투아니아 공작 부인과 가깝게 지내긴 했지만 투아니아 공작과는 그리 교분이 없어서. 그런데도 여기에 왔다는 건…….

'니안에 관해 물어보려는 거겠지.'

잘 사냐고 물으면 아주 잘 산다고 대답해주어야겠지?

"황후 폐하. 혹시 제 부인은……."

그러나 투아니아 공작이 입을 여는 순간.

"100명의 사람이 거짓말을 해도 그 사람이 하는 말만 믿는 애인을 만나 행복하게 지내고 있습니다."

한발 앞서 랑드레 자작이 먼저 답해버렸다. 투아니아 공작은 랑드레 자작을 보자 표정이 싸늘해져서 물었다.

"그게 자넨가."

"예."

시녀들은 부채로 입가를 가리고서 재밌어하는 눈짓을 교환했다. 권력을 가진 전 남편과 무력을 가진 현재의 애인. 이 두 사람이 부딪치는 게 재밌다는 듯이.

그러나 재밌어하는 주위의 분위기와 달리 투아니아 공작과 랑드레 자작 사이는 냉랭하고 살벌했다. 나는 둘을 살피다가 눈치껏 뒤로 물러났다.

좋은 날 좋은 일로 오랜 친구들을 만나는 건 즐거운 일이다. 하지만 재미있는 것도 세 시간이 지나자 조금 힘들어졌다. 아무래도 다들 너무 오랜만에 만나다 보니, 계속 같은 말을 반복해서 하고 들어서 그렇다. 결국, 나는 잠시 쉬기 위해서 라리만 데리고 밖으로 나왔다.

카이와 하인리도 데리고 나오려 했지만, 오늘따라 급격히 거만해진 하인리가 카이를 안고 여기저기 돌아다니며 거들먹거리는 걸 본 후 일부러 두고 나왔다. 지금 하인리는 제 새끼를 자랑하기 위해 여기저기 돌아다니는 수달 같았다. 그게 또 귀엽긴 하지만…….

"아가, 우리 둘이서 바람 쐴까요?"

어쨌든 하인리는 두고. 나는 오늘따라 유난히 점잖은 척 구는 라리만 포대기로 꽁꽁 싸매고 밖으로 나왔다. 바람이나 좀 쐬자 싶어서. 그러나 나오고 나니 문득 이곳에서 보낸 내 어린 시절이 떠올라서, 나는 어릴 적 자주 가던 곳을 돌아다니며 라리에게 하나하나 설명해주었다.

"아가. 엄마는 어릴 때 여기에 자주 왔어. 여기 보여? 엄마가 가장 좋아하던 나무야."

내 말을 이해할 리 없는데도 라리는 손을 뻗어서 내가 가리킨 나무를 잡으려 했다.

"엄마는 생각할 게 있으면 여기를 돌아다녔어. 여름이 되면 이쪽부터 이쪽까지 하얀 꽃이 피거든."

나중에 라리와 카이가 좀 자랐을 때, 그때에도 동대제국에 한번 데려올 기회가 있을까?

"여긴 엄마가 아빠랑 처음 산책한 곳이야. 그리고 여긴⋯⋯."

그런데 라리에게 설명을 해주면서 손가락으로 분수대를 가리켰는데. 그 분수대 앞에 낯익은 사람이 서 있었다.

소비에슈. 화려하게 치장한 다른 귀족들과 달리 편안한 복장을 한 소비에슈였다. 그도 산책하던 중이었나. 그 역시 나를 발견한 게 의외인지, 우두커니 선 채 멍하니 내 쪽을 보고 있었다. 나는 분수대를 가리켰던 손을 천천히 내렸다. 영문 모를 얼굴로 라리가 내 목에 얼굴을 기댔다.

우리는 잠시 서로를 말없이 쳐다보았다. 곤혹스러웠다. 설마 이런 상황에서 마주칠 줄이야. 난 소비에슈에게 잘못한 게 없지만, 당혹스러운 기분을 잘못한 사람만 느끼는 건 아니니까.

소비에슈의 시선이 나와 라리 사이를 빠르게 오가더니, 그가 아랫입술을 깨물었다.

"몸은?"

"괜찮아?"

우리는 동시에 말을 꺼냈고 동시에 입을 다물었다.

소비에슈는 머뭇거리다가 먼저 대답했다.

"많이 괜찮아졌어."

"내가 들은 상태와는 좀 다른데."

"……괜찮을 걸로 하지. 그편이 서로 신경 쓰이지 않을 테니."

신경 쓰이지 않는 것치고는 라리에게서 눈을 못 떼는데.

"그래도 기억이 돌아와 다행이네."

주륵 아래로 흘러내리는 라리를 다시 보듬어 올리면서 말하자 소비에슈가 흠칫했다. 나를 보는 눈빛이 '그걸 어떻게 알았어?'라고 묻는 듯했다.

"말투."

내가 대답하자 소비에슈는 쓰게 웃었다.

"서대제국의 황녀는 내가 사랑한 여자를 많이 닮았군."

"!"

"그 아이에겐 늘 웃을 일만 가득하기를."

자꾸 소비에슈를 힐긋거리는 라리를, 나는 내 품에 더욱 꼭 붙여 안고서 돌아섰다. 그러자 소비에슈가 뒤에서 말했다.

"더 있다 가지그래. 자리는 내가 피하지. 난 언제든 여길 볼 수 있으니."

됐다고 말할까. 잠시 생각하다가 나는 마음을 바꿔서 고개를 끄덕였다. 이번은 그의 말이 옳았으니까. 난 서대제국으로 가면 또 언제 여기에 올지 모르지만 소비에슈는 매일 여길 볼 수 있으니.

잠시 바스락바스락 마른 나뭇잎 부서지는 소리가 났다. 그러다 아무 소리가 들리지 않게 되었을 즈음. 나는 천천히 뒤돌았다. 분수대 앞에 소비에슈는 보이지 않았다. 대신 환상처럼, 과거의 나와 하인리, 소비에슈가 보였다.

떠나기 전날. 나는 책상 앞에서 펜을 들었다 놓길 반복했다. 그때마다 까만 잉크가 새어 나와서 몇 번이나 종이를 바꾸었는지 모른다. 생각은 1초에도 수십 번 바뀌었다.

"황후 폐하? 준비가 다 끝났답니다."

그러는 사이 어느새 떠날 준비가 되었나 보다. 주베르 백작 부인의 목소리가 밖에서 들려왔다. 소리를 듣고 시계를 보니 세상에. 세 시간을 여기서 이러고 있었다. 옆을 보자 구긴 종이 뭉치가 한가득했고.

"황후 폐하?"

"잠시만요."

결국 마음을 정했다. 시간이 얼마 없어진 순간 꼭 하고 싶은 것. 그게 내가 원하는 걸 테니. 깃털펜을 빠르게 움직이자, 종이에서 기분 좋은 사각사각 소리가 들려왔다. 나는 세 시간을 고민한 편지를 5분 안에 완성하고서 밖으로 나갔다.

"황후 폐하. 주베르 백작 부인 때문에 해야 할 일이 있는데 급하게 나가시는 건 아니지요?"

내가 방 밖으로 나가자 로라가 걱정스럽게 물었다. 주베르 백작 부인이 로라를 흘겨보았지만 그래도 로라는 꿋꿋했다.

"아니에요."

이후 마차에 타려는데, 아버지와 어머니가 찾아왔다.

"나비에. 내가 눈치껏 아버지 놔두고 자주 갈게. 걱정 말거라."

어머니는 나를 보자 꼭 끌어안고서 귀에 대고 속삭였다. 아버지
는 이미 다 들으신 모양이지만.

이후 나는 아버지와도 작별 인사를 나누었고, 하인리 역시 아버
지와 어머니에게 다가가서 친근하게 다음에 또 만날 걸 기약했다.
나는 하인리가 인사를 끝내길 기다렸다가 아버지에게 아까 급하게
완성한 서신을 내밀었다. 아버지는 서신을 받아 들고서 어리둥절
해서 물었다.

"이게 무엇이니, 나비에?"

"나비에가? 이걸? 나에게?"

"예, 폐하."

소비에슈의 질문에 트로비 공작이 대답했다. 소비에슈는 손을 뻗
어 편지를 건네받았다. 평범한 하얀 봉투였다. 격식을 갖추었지만
아무런 꾸밈도 없는 그런 봉투. 심지어 밀봉도 되어 있지 않았다.

안에서 편지지를 꺼내자, 조금도 비뚤어지지 않은 단정한 글씨
체가 나타났다. 소비에슈가 편지를 읽는 동안, 트로비 공작과 카를
후작은 서로 눈짓을 주고받았다.

마침내 소비에슈가 편지를 접었다. 트로비 공작은 자신의 딸이
무슨 편지를 써둔 건지 궁금했지만 굳이 내용을 묻지 않았다. 카를
후작 역시 내용이 궁금하지만 묻지 않았다.

하지만 두 사람 다 궁금해졌다. 무슨 말을 써두었기에 소비에슈

황제가 편지를 읽은 후 한참 동안 허공만 보고 있는 걸까?

설마 또 환상을 보고 계신가? 지켜보던 트로비 공작과 카를 후작이 불안해질 즈음. 소비에슈는 맥없이 일어나 밖으로 나갔다. 하염없이 걸어간 그는 분수대 앞에서 멈춰 섰다. 뒷짐을 지고 선 채, 그는 계속해 올라가고 떨어지고 부서지는 물줄기를 바라보았다.

행복하게 잘 살란 말은 못 하겠어. 하지만 무탈하게 좋은 황제가 되기를.

소비에슈는 뒷짐을 지고 눈을 감았다.

'이제야 나는 내가 오만했단 걸 깨닫는다. 나라를 통치하듯 내가 너희의 인생까지 통치할 수는 없는 법이었는데.'

이혼을 요청했을 때. 이미 나비에를 되찾을 길은 없었다. 그걸 알면서도 놓지 못한 미련은 끝없이 자신의 살을 갉아먹었다. 그리고 후회를 한답시고 더욱 후회할 일을 만들어갔다. 그래서는 안 됐는데.

"폐하."

카를 후작이 뒤에서 그를 불렀으나, 소비에슈는 돌아보지 않고 부서지는 분수대에 시선을 고정한 채 중얼거렸다.

"내가 멍청했구나, 카를 후작."

"폐하……."

"나비에를 되찾을 길은 예전에 사라졌지만, 상황을 이렇게 악화시키지 않을 기회는 계속 있었는데. 1년 전부터 날 늘 최악의 선택지만 고르고 있구나."

카를 후작의 눈동자가 흔들렸다.

소비에슈는 무겁게 한숨을 내쉬고서 돌아섰다.

"하지만 이 사실에 절망하진 않겠다. 그것 역시 최악의 선택지일 테니."

"폐하……."

"아무리 후회하고 후회해도 이 후회를 버릴 수 없다면 안고서 앞으로 나아가야겠지. 그래야 훗날에는 이 순간을 떠올리면서 후회하지 않을 테니."

가자, 말을 꺼낸 소비에슈가 앞서 걸어가자, 카를 후작은 눈가에 고인 눈물을 닦고서 뒤를 따랐다.

돌아가는 길. 흔들리는 마차 위에서 하인리는 사람들이 얼마나 우리 아기들을 좋아하는지, 우리 아기들이 얼마나 빛이 났는지, 누가 우리 아기들을 어떻게 칭찬했는지, 하나하나 이야기하느라 정신이 없었다.

나도 처음에는 덩달아 기분 좋게 들었다. 우리 아기들이 칭찬을 들었다는데, 기쁘지 않을 리가 없으니까. 그러나 점차 아기들 칭찬보다 다른 데 더 신경이 쏠렸다. 하인리. 하인리는 어떻게 저런 말을 다 기억하는 거지?

어쨌든 누가 우리 아이들에 관해 무슨 얘기를 어떻게 했다더라, 하는 이야기를 며칠간 내내 하다 보니 어느새 마차는 서대제국에 도착했다.

마차에서 내려서 주위를 둘러보자 놀랍게도 '집에 돌아왔다'
는 생각이 들었다. 오랜만에 동대제국 수도를 보았을 때도 기뻤지
만…… 이젠 확실하게 여기가 내 집이 되었구나.

"퀸?"

한 손으로 라리를 꼭 안으면서, 나는 다른 한 손으로 하인리의
손을 쥐었다. 하인리는 고개를 기웃하면서도 깍지 낀 우리 손을 들
어 올려 내 손등 위에 입을 맞추며 웃었다.

"집에 도착했네요, 하인리."

나도 덩달아 그를 보며 웃었다.

아침 식사를 마친 후 일정을 정리하기 위해 나는 잠시 내 방 책
상에 앉았다. 그런데 부관이 올린 이번 달 필수 일정과 내가 개인
적으로 짠 일정, 그 외 챙겨야 할 행사 등을 정리하다 보니, 내 생일
표시가 눈에 들어왔다.

얼마 남지 않았구나.

그걸 보자 괜히 벅찬 마음이 든다. 이제 모든 게 안정되었구나
싶어서. 연합 일, 나랏일, 내 가정을 지키는 일……. 앞으로는 모든
걸 더 열심히 해야지.

잃어버릴 뻔했기에 이 일상이 얼마나 소중한지 새삼 느껴진다.
신년제는 이미 지났지만 내게는 오늘이 신년제 같았다.

'이젠 모든 게 평화로워질 거야.'

나는 뿌듯하게 달력을 다시 제자리에 돌려놓았다. 그리고 요람 사이로 삐져나온 라리의 손을 원위치 시켜주고, 카이의 입에서는 발을 빼내주었다. 벌레 인형도 하나씩 안겨주고, 차례로 이마 위에 입을 맞추었다.

나와 하인리를 닮은 아기들을 보자 마음에 눈이 쌓인 듯 묵직하고 뿌듯했다. 사람과 사람의 사랑이 생명을 창조해냈다니. 이건 그 자체로 기적이 아닐까.

"기분이 좋아 보입니다, 퀸."

그 감탄사가 얼굴에까지 드러났다. 이후 국무회의에 참석할 준비를 하는데, 하인리가 날 보자마자 다가와 속삭였다.

"역시 어제 내가 리본을 두르고 있던 게 마음에 들었던 거죠, 퀸?"

"사랑에 형태가 있다면 사람의 모습은 아닐까, 그런 생각을 하고 있었어요."

내가 차갑게 말하자 맥켄나가 서류를 챙겨주다 말고서 낄낄 웃었다.

"하인리 폐하께서는 사랑에 형태가 있다면 다이아나 금이라 생각하실 걸요?"

"그래요?"

하인리는 질색하며 손을 저었다.

"아닙니다. 사랑에 형태가 있다면, 부인. 바로 그대겠죠."

하인리가 말을 끝내자마자 맥켄나가 파란새로 '팡' 변해 황급히 먼발치로 날아가더니, 열심히 털을 고르기 시작했다. 소름이 돋나 봐. 그 모습이 귀여워서 웃음을 참고 고개를 젓고 있자니, 유님이 밖에서 외쳤다.

"황제 폐하, 황후 폐하. 코샤르 경이 두 분 폐하를 뵙고 싶어 합니다."

오빠가?

오빠가 무슨 일로 이 시간에, 생각하자마자 하인리가 들어와도 좋단 표시로 작은 종을 흔들었다.

잠시 후. 문이 열리며 오빠가 들어왔다. 여전히 어두운 얼굴로. 오빠를 보자 아까까지의 깃털 같은 마음이 무거워졌다. 여전히 표정이 좋지 않은 걸 보니, 오빠는 아직도 샬렛 공주 일로 의기소침한 건가. 신경 쓸 필요 없다는데도.

"무슨 일입니까, 형님?"

하인리도 그런 걸 눈치챘는지 다정하게 오빠를 부르고서 먼저 다가가 눈을 맞추었다. 그러나 오빠의 입에서 나온 말은 뜻밖의 이별이었다.

"연합에 소속된 기사로서, 동서 연합의 위명을 위해 상시천을 소탕하러 가겠습니다."

나는 놀라서 시선을 한군데에 두지 못하다가, 뒤늦게 바닥에 떨어진 맥켄나의 옷을 발견했다. 천장 부근을 쳐다보니 맥켄나가 가고일 상 위에 앉은 채 부리를 멍하니 벌리고 있었다. 다행……이라고 해야 할지, 오빠는 지금 바닥에 떨어져 있는 남성용 의상은 신경 쓰이지 않은 모양이지만.

"형님."

그사이, 맥켄나가 어떤 상태인지 모르는 하인리는 먼저 나서서 오빠의 손을 잡았다.

"갑자기 왜 그런 결정을 한 겁니까? 혹시 샬렛 공주와 마스타스와의 일 때문이라면 정말로 괜찮습니다. 그 일로 우리가 손해 본 건 없는걸요."

그러나 오빠는 확고했다.

"폐하. 제가 도움이 될 수 있는 건 이 길뿐입니다. 어차피 새로 출범한 연합이니 눈에 보이는 가시적인 성과가 필요할 테고. 다행히 상시천을 상대하는 일은 제게는 쉬운 일. 기쁜 마음으로 다녀오겠습니다. 나비에. 부디 잘 다녀오라고 웃으면서 배웅해줘."

오빠가 나간 후. 맥켄나는 천장에서 피르르 날아오더니, 항의하듯 하인리의 머리 위를 한 바퀴 휭휭 돌았다. 그러나 하인리가 눈도 깜짝하지 않자, 얼른 자기 옷을 부리로 물고 국무회의실 안쪽에 딸린 작은 방으로 날아갔다. 잠시 뒤 옷을 챙겨 입고 나온 맥켄나는 하인리를 한번 째려보고서 내게 질문을 던졌다.

"어떻게 하실 겁니까, 황후 폐하?"

"이 문제는……."

그러나 내가 대답하기 전, 하인리가 먼저 나섰다.

"맥켄나. 내 부인 앞에서 옷 벗었다 갈아입었다 하지 마."

맥켄나가 황당해서 쳐다보았으나, 그러거나 말거나 하인리는 당당하게 요구했다.

"그러는 거 아니야."

나는 투닥대려는 하인리와 맥켄나를 말리기 위해 손을 뻗어서,

둘을 세 발자국씩 떨어트려놓았다. 그리고 두 사람을 진정시킨 다음 의견을 말했다.

"오빠가 가고 싶다고 하면 가라고 할 거예요."

맥켄나가 놀라서 나를 쳐다보았다.

"예?"

"진심이십니까?"

그렇게 의외인가? 몇 시간 전에는 맥켄나가 저러더니. 마스타스도 눈을 커다랗게 뜨고 내게 묻는다. 나는 임신 기간 내내 마시지 못했던 커피를 한잔 가득 채워 입으로 가져가며 고개를 끄덕였다.

마스타스의 눈동자가 흔들렸다.

"하, 하지만 황후 폐하. 위험합니다. 코샤르 경은 연약해서 그런 험악한 도적 무리와는……."

아직 환상에서 안 깨어났구나, 마스타스. 로라가 비웃잖아.

나는 커피잔을 내려놓고서, 내내 마스타스가 간직한 환상에 처음으로 반박했다.

"오빠보단 차라리 상시천 수장이 연약해요, 마스타스 양."

그러나 마스타스는 고개를 가로젓고서, 슬픈 눈동자로 힘없이 말했다.

"그건 황후 폐하께서 코샤르 경과 남매니까 그렇게 보이는 겁니다. 폐하, 저도 제 오빠는 세상에서 제일 튼튼하고, 사막에 놔둬도 잘 살 것 같고 그렇게 보이는걸요."

무슨 소리야……. 그것도 사실이잖아, 마스타스. 에이프린 경은 무인도 한가운데 떨어져도 잘 살 사람이란 건 모두가 아는데.

로라는 다시 참지 못하고 풋 웃다가, 나와 마스타스가 동시에 쳐다보자 심각한 표정을 짓고서 사과했다.

"비웃은 건 아니에요. 어쩔 수 없이 튀어나오는 그런 웃음?"

마스타스가 눈에 띄게 시무룩해져서, 나는 마스타스의 옆자리로 옮겨 앉아 어깨를 끌어안았다.

"마스타스 양. 오빠는 정말로 강해요. 그리고 옛날부터 오빠는 심란할 때마다 상시천을 상대로 화를 풀었어요. 이번에도 그 연장선일 뿐이니, 정리할 겸 보내주는 게 나아요."

마스타스는 괴로운 표정을 짓고서 고개를 끄덕였다.

오빠가 떠날 때도, 마스타스는 의연하게 배웅했다.

그러나 일주일 뒤. 동대제국에서 아르티나 경이 찾아오자, 마스타스는 아르티나 경에게 뜬금없이 대련을 신청했다. 그러고는 전투 직후 창을 바닥에 꽂아놓고서 내게 한쪽 무릎을 꿇고 외쳤다.

"황후 폐하. 부족한 절 측근 시녀로 삼고, 폐하를 모시는 영광을 주셔서 감사합니다!"

뜬금없는 칭송에 나는 놀라서 눈썹을 치켜올렸다. 아르티나 경도 검을 챙기다가 미간을 찡그렸다. 다른 시녀들 역시 무슨 일인가 싶어 웅성웅성했다.

"일어나요, 마스타스 양."

나는 마스타스를 일으켜 세우려 했다. 그러나 마스타스는 일어나는 대신 굳은 목소리로 말을 이어갔다.

"황후 폐하께서 오신 이후, 저 마스타스는 기사임을 뒤로하고 황후 폐하의 여자로서 살아왔습니다. 그러나 이젠 지하 기사단의 일원으로 다시 돌아가고자 합니다."

주위가 순식간에 조용해졌다. 나도 마스타스에게서 손을 떼고 한 걸음 뒤로 물러났다. 무조건 일으켜 세워서 될 일이 아니구나.

마스타스는 한 손으로 창을 쥐고, 다른 한 손으로 드레스 자락을 쥔 채 울면서 내게 청했다.

"지하 기사단의 단장으로서, 제국 연합 기사단장 코샤르 경의 상시천 소탕을 돕고 싶습니다. 윤허해주십시오, 폐하."

"늘 건강하시길. 조만간 좋은 소식 들고 달려오겠습니다."

마스타스는 내게 인사를 건넨 뒤 고개를 돌려 로라를 보았다. 마스타스와 많이 친해진 로라는 아침부터 내내 우느라 얼굴이 빨개져 있었다.

"로라. 하나하나 다 물어봐서 귀찮았을 텐데. 많이 알려주고 도와줘서 고마워."

마스타스가 로라를 안고서 인사했지만, 로라는 더 펑펑 울었다. 대답조차 하지 못할 정도로. 대신 로즈가 옆에서 눈시울을 닦으며 타박했다.

"귀찮은 질문에 대답해준 건 나였어요, 마스타스 양."

마스타스는 로라를 놓고서 로즈를 보며 활짝 웃었다.

"듣고 보니 그러네요, 선배님. 선배님한테도 감사했습니다."

이윽고 마스타스는 주베르 백작 부인에게도 부탁했다.

"황후 폐하의 힘이 되어주세요, 백작 부인."

주베르 백작 부인은 한숨을 내쉬었다.

"그건 당연한 일이고. 마스타스 양은 이왕 이렇게 간 김에 아주 제대로 전공을 세우고 돌아와요."

마스타스는 호탕하게 웃음을 터트렸다.

"당연합니다. 그건 쉽죠."

"코샤르 경도 꼭 잡고."

덧붙인 주베르 백작 부인의 말에는 얼굴이 벌게졌지만. 그래도 부정하진 않는구나, 마스타스.

"출발할 시간입니다, 마스타스 경."

그러고 있자니 마스타스와 비슷한 디자인의 제복을 입은 기사가 다가와 알렸다. 당연하다는 듯 그 기사는 마스타스를 '경'이라 불렀고, 마스타스는 고개를 끄덕이고서 커다란 백마 위에 올라탔다.

"출발한다!"

이윽고 마스타스가 명령하자, 칼같이 열을 맞추어 서 있던 기사단이 동시에 이동을 시작했다. 마스타스는 말 위에 앉아 내 쪽을 마지막으로 한 번 더 바라본 후, 웃어 보이고서 고삐를 휘둘렀다. 마스타스가 탄 말이 가장 앞으로 나아가며 등 뒤로 망토가 펄럭이자, 내내 울고 있던 로라가 감탄했다.

"잘 어울리네요."

기사의 제복을 입고 말을 탄 마스타스의 모습. 나도 오늘 처음 보았다. 하지만 그 모습은 지금까지 본 마스타스의 어떤 모습보다 가장 편안해 보였다. 그 덕에 나 역시 불안한 마음이 가신다. 마스타스는 잘해낼 거야. 무탈하게. 안전히. 그리고 돌아올 때는…… 오빠와 마스타스 둘 다 괜한 마음의 짐을 좀 내려놓고 오기를.

'마스타스는 대단하구나.'

마스타스가 떠난 후, 르베티는 괜히 멍해졌다. 르베티는 마차 창문에 머리를 기댄 채, 거리를 바쁘게 돌아다니는 사람들을 쳐다보았다. 모두가 바쁘게 돌아다니고 있었다. 다들 자신이 뭘 해야 하는지 제대로 알고 있는 모습이었고. 심지어 어린아이들조차, 자기가 뭘 원하는지 제대로 알고서 부모를 졸라댔다.

'난? 난 뭘 하고 있지?'

르베티는 시선을 내려 자신의 손을 보았다. 원하는 건 많았다. 림웰 영지를 지키는 것. 그곳 사람들에게 좋은 영주가 되는 것. 어머니를 보살피는 것. 오빠가 남긴 유일한 핏줄 안을 지켜주는 것.

하지만…….

마스타스는 창 한 자루와 부하들을 이끌고 싸움터로 달려갔다. 나비에 황후는 이젠 제국 연합의 수장이 되었고, 현재 모든 나라를 통틀어 가장 영향력 있는 사람이 되었다. 주베르 백작 부인과 아르티나 경은 나비에 황후를 지키기 위해 동대제국에서 서대제국으로 건너왔다. 로라 역시 늘 밝고 쾌활하지만, 놀라울 정도로 앞만 보며 달려가는 타입이었다. 단 한 번도 자신의 선택에 흔들림이 없었고.

'나만 멈춰 있는 것 같아.'

짧은 기간이지만, 르베티 역시 좋은 영주가 되겠다는 꿈을 가지고 트로비 공작을 따라다니면서 여러 가지를 배운 적이 있다. 그러나 에르기 공작이 원수인 걸 알게 된 후, 복수도 공부도 제대로 하지 못했다. 이전에는 눈치채지 못했는데. 마스타스가 결정을 내리자마자 떠나는 걸 보자, 새삼 그걸 깨닫고 말았다.

"도착했습니다."

르베티는 마차 밖으로 나와 마차 삯을 마부에게 건넸다. 마차가 떠나자, 르베티는 홀로 커다란 저택 앞에 서서 커다란 건물을 올려다보았다. 나비에 황후가 수도 외곽 지역에 마련해준 저택은 이제 막 성인이 된 사람과 조그만 어린아이 둘이 살기에는 너무나 넓었다.

커다란 저택 안으로 들어가자, 르베티는 하녀에게 외투를 벗어 건네며 물었다.

"안은?"

"방에 그냥 우두커니 앉아 있으세요."

르베티는 바로 안의 방으로 들어갔다. 문 닫히는 소리가 나자, 창문 앞 바닥에 우두커니 앉아 있던 안이 천천히 고개를 돌렸다. 두려운 얼굴로.

그러나 르베티의 얼굴을 알아보자 대번에 활짝 웃으면서 달려왔다. 뒤뚱뒤뚱 달려오다 철퍼덕 넘어져도, 안은 또 벌떡 일어나 달려왔다. 하지만 막상 다가와서는 말도 하지 못하고 안기지도 못하고 우물거리기만 했다. 자신이 반가워해도 될지 모르겠단 듯. 르베티 는 아이의 머리카락을 쓰다듬다가 괜히 눈시울이 찡해졌다.

"넌 왜 말을 안 해?"

"……"

"고모가 무서워?"

르베티가 묻자, 안이 절대로 아니란 듯 고개를 마구 저었다. 르 베티는 입술을 깨물고 안을 끌어안았다.

요즘은 밝고 맑게 자라는 라리와 카이를 보면서 가끔씩 후회되 었다. 안은 라스타가 아닌데. 왜 이 애를 미워했을까. 사랑하진 못 하더라도 미워하진 말걸. 이 아이도 라리와 카이처럼 웃으면서 걱 정 없이 자랐어야 하는 아이인데, 내가 이 아이를 지키지 못해서 안은 이렇게 커버린 게 아닐까.

그리고 무엄하지만 한 번씩 생각하게 되고 만다. 라리와 카이처 럼 이 아이도 천사 같은 아이인데. 대체 어떤 차이가, 태어날 때부 터 라리와 카이는 고귀한 황족으로, 이 아이는 태어날 때부터 천 대받는 노예로 만든 걸까. 태어날 때부터 귀한 사람과 아닌 사람 을 구분 짓는 건 과연 옳은 걸까. 이 아이는 라스타의 얼굴조차 모 르고 컸는데. 그런데도 이 아이는 라스타의 죄를 짊어져야 하는 걸까.

'라스타도 자기 부모님 때문에 노예가 된 거라 했지……'

어린 시절. 요리사가 만들어준 간식을 먹으면서 나비에 황후의 초상화를 닦을 때, 이쪽을 넋 놓고 쳐다보던 동그란 눈이 떠오른다.

그때는 예의 없다 여겼던 그 시선이, 지금 안의 겁먹은 눈동자와 겹쳐지자 르베티는 기억에 혼란이 왔다. 그 시선은 정말 예의 없던 시선이었을까. 그 애는 그냥 배가 고팠던 건 아니었을까…….

그때, 하녀가 문을 노크했다.

"림웰 자작님. 자작님께 소포가 왔습니다."

"안. 전에 사준 장난감 가지고 놀고 있어. 이따가 책 읽어줄게."

르베티는 안의 머리를 쓰다듬고서 아이를 두고 밖으로 나갔다. 하녀가 작은 상자를 건넸다.

"누가 보냈어?"

"모르겠습니다. 이름이 적혀 있지도 않고, 심부름꾼도 말해주지 않아서요."

르베티는 상자를 받고서 자신의 방으로 가 탁자 위에 상자를 올려두고 뜯었다. 안에서 나온 건 구두 한 쌍이었다.

"이건…….."

자신이 에르기 공작을 밀려고 했을 때, 소리를 내지 않기 위해 벗어두고 간 그 신발. 르베티는 잠시 멍한 기분으로 그 신발을 바라보았다.

"떠나겠다고?"

아침 식사를 하기 전이었다. 꼭 하고 싶은 말이 있다며 찾아온 르베티는 뜻밖의 말을 꺼냈다.

"영주가 되는 방법을 공부하고 가겠다더니?"

떠날 아이라 생각은 했지만 너무 이르지 않나? 내가 놀라서 묻자, 로라도 눈을 동그랗게 뜨고 외쳤다.

"아니, 마스타스 간 지 얼마나 됐다고 너까지 가?"

르베티는 머뭇거렸다. 이런 이야기를 해도 될지 모르겠다는 듯. 그러다가 힘없이 입을 열었다.

"저…… 사람들이 수군거리는 걸 들은 적 있어요. 에르기 공작이 그런 짓을 한 게, 어쩌면 무슨 원한이 있어서일 수도 있다고."

르베티는 무릎 위에 손을 두고서 주먹을 꽉 쥐었다. 에르기 공작에 관해 이야기만 해도 화가 치민다는 듯이.

"폐하. 저, 그 사람이 잠깐 여기 왔을 때요. 폐하께서 신년제에 갔을 때. 그때 그 사람이 혼자 계단에 앉아 있는 걸 봤어요. 그런데 그 사람, 별로 행복해 보이지 않았어요."

"!"

"전 복수가 나쁘다 생각하진 않아요. 그 사람에게 복수할 기회가 생긴다면 언제든 할 거예요. 하지만…… 복수를 하기 위해 절 망치진 않을 거예요."

르베티는 커다란 눈으로 나를 바라보며 다부지게 말했다.

"그 사람 따위보다 제가 훨씬 소중하니까요."

"르베티……."

"복수는 제 인생의 목표도 아니에요. 제 목표는 좋은 영주가 되어서 행복하게 사는 거거든요. 그러니까…… 복수는 제가 행복해지고도 힘이 남으면, 그때 할 거예요."

로라가 옆에서 물었다.

"좋은 생각이긴 한데, 그게 떠나는 거랑 무슨 상관이야?"

기껏 친해지자마자 떠난다고 하니, 서운한 목소리였다. 르베티
는 미안한 미소를 지었다.

"미안해, 로라. 기껏 도와주시기로 했는데 죄송합니다, 폐하. 하
지만 여기에 있으면…… 어쨌든 하인리 폐하는 에르기 공작님과
친구잖아요. 증오를 내려놓기가 힘들어요."

그 말을 듣자 로라는 시무룩해져서 입을 다물었다. 르베티는 손
을 뻗어 로라의 손을 잡았다.

"그래서 약속보단 이르지만, 이제 림웰로 돌아가길 청합니다, 황
후 폐하."

오빠가 떠나갔고, 마스타스가 떠나갔고, 르베티도 떠나갔다.

르베티를 배웅해준 후. 묘한 기분이 들어서, 나는 요람에 누운
채 칭얼거리는 두 아이를 번갈아 바라보았다.

동대제국에 있을 때, 친구들과의 연이은 작별에 몹시 힘들었던
적이 있지. 그때의 상실감은 아직도 생생하다. 이곳에 와서 안정을
찾은 후 이젠 모든 게 그대로, 이 상태로 쭉 갈 거라 여겼는데……
그건 아니구나. 하긴. 내가 필사적으로 내 살길을 찾았듯, 다들 자
기 길을 찾고 있을 테니.

"라리. 카이. 소중한 내 아가들."

이름이 불리는데도 아기들은 자느라 정신없다. 통통한 뺨을 한 번씩 쓸어보는데, 문득 벌써 서운해졌다.

"너희도 언젠간 내 품을 떠나겠지?"

새삼 아버지와 어머니가 대단하게 여겨진다. 쉬지 않고 돌아다니는 아들. 남들보다 일찍 품을 떠난 딸. 자식 둘이 다 이런데, 얼마나 섭섭하셨을까. 어떻게 그런 내색을 단 한 번도 안 하셨을까.

— 구!

그때 창밖에서 내가 사랑하는 퀸의 목소리가 들려왔다. 돌아보자 퀸이 창틀에 서서 웃고 있었다. 눈이 마주치자 퀸은 바로 날아와 요람을 움켜쥐고 섰다.

그 순간 카이가 눈을 반짝 뜨더니, 새의 모습인 자기 아빠를 용케도 알아보고 우엉우엉 소리를 냈다. 라리는 그러거나 말거나 벌레 인형만 끌어안고 자고 있고.

두 아기를 보는 퀸의 눈매가 길게 휘어지더니 만족스러운 '구구' 소리가 나왔다. 잠시 춤까지 추려던 하인리는, 그건 아니다 싶은지 눈 깜빡할 사이 사람의 모습으로 변해 날 뒤에서 끌어안았다.

"퀸."

허리 양쪽으로 그의 손이 들어오고, 그 손은 나를 단단하게 그의 몸에 고정시켰다. 나는 그의 팔 위에 내 손을 올리고, 그 상태로 몸을 뒤로 기대며 고개를 들었다.

"퀸."

하인리는 내 이마에 입을 맞추더니, 그 상태에서 입술을 아주 살짝만 뗀 채로 속삭였다.

"미리 외로워하지 말아요. 아이들이 커서 떠나도 난 언제나 퀸 곁에 있을 거니까. 영원히."

"……다 들었어요?"

"사랑스러웠어요."

"……"

꼭 이런 걸 듣는다니까. 슬쩍 흘겨보자, 하인리는 웃음을 터트리면서 구겨진 내 이마 위로, 눈꺼풀 위로 다시 입을 맞추었다. 그의 입술이 여기저기 닿는 감촉을 느끼면서 나는 편안하게 눈을 감았다.

"어릴 때, 난 형이 답답했어요."

지쳐서 힘없이 쓰러져 있자니, 하인리가 내 머리카락을 만지작거리면서 갑자기 이야기를 시작했다. 나는 그의 무릎을 베고 누운 채 눈을 감고서 그의 목소리를 들었다.

"내가 볼 땐 너무 쉬운 건데. 그걸 못하는 형이 그렇게 답답할 수가 없더라고요. 검술, 마법, 승마, 춤…… 모든 게 다요."

"자랑하는 건가요?"

하인리는 나지막하게 웃었다.

"잘난 맛에 좀 취하기도 했죠. 하지만 그래도 형을 좋아했습니다."

"……"

"그래서 형을 돕기로 했습니다. 어쨌든 왕세자는 형이었으니까요. 나라를 위해서, 형을 위해서, 부모님을 위해서 형을 돕기로 결심했죠."

하인리의 목소리가 읊조리듯 낮아졌다.

"하지만 실패했고, 형은 마력의 상당 부분을…… 잃었습니다."

고요한 옛날 이야기가 갑자기 비극이 되었다. 나는 놀라서 눈을 번쩍 뜨고 하인리를 쳐다보았다. 그는 나를 보고 있지 않았다. 과거의 어딘가를 바라보듯, 허공을 보고 있었다.

"마력 감소 현상은 그럼……."

"첫 시험 모델이 형이었던 셈이죠."

"!"

"그때 이후 형 얼굴을 볼 수가 없었어요. 형도, 아버지도, 어머니도. 아무도 날 탓하지 않아서, 그게 더욱 고통스러웠죠."

"하인리……."

"그 일은 아는 사람 몇만 아는 비밀로 묻혔어요. 하지만 죄책감을 감당할 수 없어서, 여기저기 떠돌기 시작했죠. 에르기는 그때 만났습니다."

나는 얼른 몸을 일으켜서 그와 눈을 맞추었다. 그가 우는 것 같아서. 그러나 하인리는 울고 있지 않았다. 슬픈 표정도 아니었다.

"그때 알았죠. 나 같은 놈이 하나는 아니구나."

"……."

"퀸. 부인. 나비에."

하인리의 이마가 내 어깨에 닿는다. 그는 부드럽게 자기 이마를 문지르다가 내 볼에 입을 맞추고 두 손으로 나를 끌어당겼다. 그렇게 완전히 날 자신의 품 안에 넣고서, 그가 만족스럽게 속삭였다.

"퀸. 난 그대가 있어서 행복해졌습니다. 순간순간의 즐거움이 아니라, 온몸이 다 차오르는 행복을 알았어요."

"나도 그대가 있어서 행복해졌어요, 하인리."

"내가 없어도 퀸은 행복해졌을 겁니다."

"왜 그렇게 생각해요?"

"그대는 그렇게 나아가는 사람이니까."

"내가요?"

"퀸, 그대는 얼음이지만 태양이죠. 하지만 난 열기인데도 저 바닥에 지는 그림자 같습니다. 그대가 밝을수록 나는 더 잘 보이지만, 그대가 밝을수록 내가 얼마나 어두운지 알게 돼요."

"하인리……."

"그래서 기쁩니다. 그대가 찾아낸 사람이 나라서. 그대가 걸어가는 길에 내가 함께할 수 있어서. 행복합니다. 완전하게 행복해요."

고개를 돌리자 눈동자가 코앞에 보인다. 내가 사랑하는 보라색 눈동자는 빛과 물이 섞여 보석처럼 반짝이고 있었다.

하인리는 알까? 그는 보석을 사랑하지만, 진짜로 아름다운 보석은 자신에게 있다는 걸?

손을 뻗어 그의 눈동자 주위를 훑자, 보랏빛 눈동자 옆에 고여 있던 눈물 한 방울이 옆으로 흘러내렸다. 그걸 보자 마음이 아파와 입을 맞추려는 순간, 삑삑 아기새 우는 소리가 끼어들었다. 황급히 옷을 걸치고서 침실로 나가자, 라리와 카이가 한 둥지 안에서 나뭇가지 하나를 두고서 작은 부리로 싸워대고 있었다.

저 나뭇가지는 대체 어디서 난 거야?

"뭐 하는 거야."

하인리는 혀를 차면서 라리를 안아 들었고, 나도 카이를 안아 들었다. 나와 하인리가 각자 안아 들자마자, 라리와 카이는 대번에 나뭇가지를 놓았고, 둘이 싸울 정도로 탐을 내던 나뭇가지는 둥지 위로 툭 버려져 굴렀다.

"너희는 배 속에 있을 때부터 그랬어. 아빠랑 엄마가 사랑하는 꼴을 못 봐."

하인리는 라리의 등을 토닥이면서 괜히 씩씩거리는 시늉을 했다. 그 모습을 보자 웃음이 나왔다.

잠시 후. 우리는 라리와 카이를 부부 침실로 데려와 각자 무릎 위에 앉혀놓고, 서로 어깨를 기대고 앉았다. 잠깐 깨서 싸우던 아이들은 다시 또 순한 천사 새가 되어 새근새근 잠들었다. 오르락내리락하는 아기새들의 통통한 배를 보다가, 나는 고개를 돌려 하인리를 살폈다. 혹시 그가 지금도 우는지 보려고.

하인리는 들릴 듯 말 듯한 목소리로 자장가를 부르고 있었다. 그러다 내 시선을 느꼈는지, 고개를 돌리면서 눈웃음을 짓는다. 그 모습을 보자 가슴에 쌀가루를 쏟는 느낌이 들었다.

하인리가 아까 그랬지. 자기는 내가 있어서 온몸이 다 차는 행복을 느낀다고. 그는 언제쯤 인정할까, 나 역시 그렇단 걸.

아기새 두 마리가 파랑새 뒤를 졸졸 쫓아다니고, 파랑새는 날 듯 말 듯 일부러 깡충거리면서 앞서간다. 그때마다 꽁지 털이 좌우로 움직이면, 아기새들은 신이 나서 그 뒤를 덩달아 깡충깡충 뛰었다.

다들 날갯짓은 하는 시늉만 하는데, 그 모습이…….

'사랑스러워.'

나는 그 모습을 지켜보면서 연신 웃어댔다. 시선을 뗄 수가 없었다. 물론 시선을 못 떼는 이유가 귀여워서만은 아니다. 혹시라도 넘어질까 봐. 여기서 넘어져봐야 다치지도 않겠지만, 그래도 혹시 모르니까.

"맥켄나가 애들을 잘 보네요."

그러고 있자니, 뒤에서 목소리가 들려왔다. 고개를 돌리자, 하인리가 도시락을 들고 덩굴을 옆으로 치우며 걸어오고 있었다. 허리를 약간 숙이고서 아치 형태로 어우러진 식물 사이를 빠져나온 하인리의 머리카락에는 꽃잎이 여기저기 붙어 있었다.

"봄이 되니 내 남편이 피었네요."

가까이 다가오기를 기다렸다가, 나는 그가 곁에 오자마자 손을 뻗어서 꽃잎을 떼주었다. 하인리는 도시락 통을 옆에 두더니, 내 옆에 앉아 자연스럽게 볼에 키스했다.

"이런 말을 하다니. 내가 겨울엔 이쁘지 않았나 봅니다?"

"기억이 잘 안 나요. 정말 덜 예뻐서 그랬나."

"……."

"농담이에요. 뭘 그렇게 시무룩해하지?"

하인리의 뺨을 어루만지면서 볼에 입을 맞추자, 쪽 소리보다 빽 소리가 더 크게 난다. 나는 뒤늦게 맥켄나가 여기 있었던 걸 떠올리고서 황급히 고개를 돌렸다. 어느새 아기새 둘이 부리를 헤 벌리고 이쪽을 보고 있었다. 맥켄나는 엉덩이가 이쪽을 향한 상태고…….

'좀 미안해지는데.'

왁자지껄 떠들면서 국무회의실로 가는 내내 맥켄나는 툴툴거렸다.

"제발 제 앞에서 두 분 다 좀 덜 붙어 있도록 해주세요. 두 분이 알콩달콩 신혼처럼 보내면 제 투혼도 같이 끓어오르거든요."

"네가 자리를 피하면 되잖아?"

"뭔 소립니다, 폐하. 자리엔 제가 먼저 와 있었는데."

"뭔 소리야. 내가 본 건 열심히 꼬리를 흔들면서 춤추던 파랑새뿐인데."

그러나 하인리는 눈도 깜짝하지 않았고, 덕택에 맥켄나는 더 열이 받아서 씩씩거렸다.

"누가 꼬리를 흔들었다고!"

"그러니까. 내가 본 게 개였던가 새였던가."

"폐하!"

결국 듣고 있다가 내가 나서서 말렸다.

"두 사람 다 그만."

어떻게 시간이 지나도 매일 같이 티격태격이야? 저 둘이 라리와 카이 앞에서 매일 저럴까 걱정이다. 그 모습을 라리와 카이가 닮기라도 하면…… 안 돼. 성자가 한 예언도 있으니, 라리와 카이는 꼭 사이가 좋아야 하는데.

그런데 무슨 일이지? 국무회의실 앞에 가보니 재상이 서 있었다. 급한 일인지 발까지 동동 구르면서. 우리를 보자 그는 이제야 살았단 얼굴로 외쳤다.

"두 분 폐하. 큰일입니다."

하인리는 턱으로 문을 가리켰다.

"들어가서 얘기하지."

정말로 급한 듯, 회의실 안으로 들어가자마자 재상은 황급히 보고했다.

"좀 조용하나 싶더니. 월대륙 연합에서 제대로 머리를 썼습니다!"

에인젤은 휘파람을 불면서 책을 한 장 넘겼다. 즐겁고 산뜻한 표정이었다. 반면, 앞에 선 부하는 안절부절못하고 내내 몸을 이리저리 움직였다.

"좀 가만히 있지. 정신 사나운데."

에인젤이 타박하자 부하는 자기 두 손을 꼭 쥐고서 물었다.

"걱정되니 그러지요. 단장님은 걱정 안 되십니까?"

에인젤은 쳐다보지도 않고서 되물었다.

"뭐가 걱정되는데?"

"제국 연합이요."

팔랑, 에인젤은 다시 책을 한 장 넘겼다. 대화를 하면서도 정신은 책에 집중하는 게 분명했다. 부하는 책을 뺏어 던져버리고 싶은 충동을 누르며 말했다.

"얼음 마법사들을 모조리 고용해버리다니. 누가 봐도 서대제국을 노린 티가 나잖습니까……."

"왜. 모를 수도 있지."

"설마요. 나비에 황후나 하인리 황제가 모를 리가 없잖습니까."

"나비에 황후가 알아줬으면 좋겠는데. 화내겠지?"

나비에 황후가 화를 내겠냐고? 화는 내가 난다, 내가! 에인젤의 다정한 목소리에 부하는 화가 나서 항의했다.

"왜 그렇게 태연하신 겁니까? 그렇게 여유롭게 굴다가 연합이 반토막 났는데요! 왜 아직도 혼자 너그러우신 건데요?"

에인젤은 책을 탁 덮고서 웃었다. 부하는 그제야 시무룩해져서 다시 말을 조심히 했다.

"죄송합니다. 무서워서 간이 자꾸 붓습니다……."

"간이 부었다니 다행이네. 앞으로 좀 무서운 일을 해야 될 건데. 아주 용감하게 나아가겠어."

"무서운 일이라니요?"

"제국 연합 소속 기사와 지하 기사단이 상시천을 몰아내고 있다며. 가서 숟가락 얹고 와."

부하는 얼굴이 하얗게 질려서 더듬더듬 물었다.

"그 '피의 손'이랑 '미친기사' 사이에 가서요? 숟가락 내밀다가 손 잘릴 텐데요?"

"조심해서 잘 내밀면 돼. 다녀와."

빙그레 웃은 에인젤이 다시 책을 펼치자, 부하는 억울해서 따졌다.

"단장님은 뭐 하시구요? 단장님이 직접 숟가락 들고 가시는 게 제일 안전하지 않습니까?"

"난 갈 데가 있어서."

"어딜요?"

"뢰트."

내가 말을 하자마자 하인리와 맥켄나, 재상, 모두 다 당황한 얼굴로 서로를 마주 쳐다보았다. 그 사이에서 나는 홀로 태연히 차를 홀짝 마셨다. 저렇게 놀랄 필요까지야 있나?

하인리는 당황해서 말렸다.

"퀸. 뢰트에 직접 가겠다니. 위험합니다. 말도 안 돼요."

"교역 초기이니만큼 최대한 실패 사례를 줄여야 해요."

"그래도 그렇지, 퀸이 왜 직접 갑니까. 사람이 몇인데요!"

"내가 가는 게 가장 나으니까요. 내가 시작한 일이고. 내가 주도

한 일이고. 내가 맡고 있는 일이고."

내 말이 끝나자마자 재상과 맥켄나, 하인리 모두 조용해졌다.

그럴 수밖에. 뤼트와 교역을 트긴 했지만, 아직 우리는 뤼트 쪽에서 어떤 물품을 가장 좋아하는지, 월대륙 사람들은 뤼트의 어떤 물품을 가장 좋아하는지 제대로 알지 못한다. 시범 무역 횟수가 너무 적어서. 그래서 배를 띄울 때마다, 전에 보내지 않았던 다양한 물품들을 보내보고 있지만, 그렇다고 무작정 시험적인 물품만 보낼 수는 없는 노릇 아닌가. 그러다 큰 손해가 한 번이라도 나면 아직 자리 잡지 않은 무역에는 치명적이니까.

그래서 늘 필수적으로 보내는 제일 안정적인 교역품이 바로 과일이었다. 뤼트의 사람들이 월대륙에서만 나는 과일에 특히 관심을 보여서. 하지만 과일은 쉽게 상하기에, 이 물품을 신선하게 운반하기 위해서 우리는 늘 얼음 마법사들을 고용해 해결했다.

그런데 재상이 전해주길, 그 마법사 대다수를 이번에 월대륙 연합이 고용해 데려가버렸단다. 연합 쪽에서 주장하기로는 언 상태를 오랫동안 유지해야 하는 뭘 발굴해서 그렇다는데. 그거야 정말 '눈 가리고 아웅'이고. 누가 봐도 뤼트와의 교역에 찬물을 뿌리려는 시도였다.

얼음 마법사를 소유하고서 이쪽과 손을 잡기로 한 상단도 하나 있긴 한데, 심지어 이 상단조차 월대륙 연합의 압박을 견디기 힘들다면서 슬그머니 발을 빼버렸고. 그러니 또 다른 얼음 마법사인 내가 직접 뤼트에 가보겠다는 거다.

재상은 눈치를 보다가 물었다.

"동대제국에 부탁해보면 어떨까요?"

하인리는 잠시 재상을 쏘아보았으나, 곧 억지로 표정을 풀고서 동의했다.

"맞습니다, 퀸. 동대제국에 부탁하는 게 어떨까요? 거기엔 소속된 얼음 마법사가 몇 명 있지 않습니까?"

"있겠지요."

내가 순순히 긍정하자, 재상은 내가 설득에 넘어온다고 생각했는지 다시 말을 이었다.

"그러면 동대제국 도움을 받으면……."

나는 차를 탁 소리가 나게 내려놓았다. 재상은 조용해져서 내 눈치를 살폈다.

"아버지와 동대제국 황제는 바보가 아니에요."

"예?"

나는 한숨을 내쉬고서 설명했다.

"이번에 도움을 받으면, 어떤 방식으로 교역이 이루어지는지, 어떤 이들과 교역을 하고 있는지, 어떤 이들이 새로운 루트에 관심을 보이는지 전부 살펴두었다가 독자적인 교역로를 만들려 할 겁니다."

"아."

"아직은 그렇게 둘 수 없죠. 그러니 직접 간답니다. 어차피 한 번은 가볼 생각이기도 했고."

직접 눈으로 본 것과 무역상들에게 이야기를 듣는 건 다르니까.

준비는 빠르게 진행되었다. 우선 카프멘 대공을 통해서 내가 방문하겠다는 전갈을 보냈고, 이후 뤼트에 가게 될 일행을 정했다. 대대적으로 '내가 저 나라에 간다'고 여기저기 홍보하는 공식적인 방문은 아니기에, 일행은 너무 요란스럽지 않으면서도 실속 있도록 꾸렸다.

그렇게 며칠에 걸친 준비를 한 후 배를 타기 위해 항구로 갔다. 그때까지는 사실 나도 속으로 계속 마음이 휙휙 바뀌었다. '역시 내가 가는 건 별로인가? 아니야, 그래도 직접 가는 게 낫지. ……아닌가?' 이런 식으로.

그러나 커다란 무역선을 보자마자 직접 오길 잘했단 생각부터 들었다. 하인리는 커다란 배를 보자 역시 더 말렸어야 한다고 생각한 눈치지만.

"배가…… 너무 큽니다, 퀸."

"그러니 더 안전하겠지요."

"차라리 우리 둘이 같이 가면 안 됩니까?"

"둘 다 나라를 비우잔 건가요?"

"걱정이 되어서 그래요. 우리 라리랑 카이도 엄마 보고 싶다고 맨날 울 텐데."

"괜찮아요. 언젠간 라리랑 카이도 내 말 안 듣고 멋대로 다닐 테니까."

다 크면.

"……"

"아니에요?"

내가 돌아보면서 묻자, 하인리는 '이게 아닌데' 하는 표정으로 떨떠름하게 대답했다.

"그런가요?"

"그럴걸요."

한숨을 내쉰 하인리는 결국 시무룩해져서 제안했다.

"식사라도 함께하고 가요."

우리는 신분을 감추고서, 해산물을 위주로 판매하는 근처의 커다란 식당에 들어갔다. 그런데 음식을 주문하고서 기다리는 사이, 옆자리에서 수군거리는 소리가 들려왔다.

"정말이야? 아니, 이 구역으로는 원래 바다괴물들이 나타나지 않잖아?"

"그래. 수룡이 멀지 않은 곳에 버티고 있잖나. 웬만하면 용 눈치를 보느라 사고를 안 칠 텐데."

"그러니까 괴현상이란 게지. 달리 괴현상인가?"

"이변이 생기려나……."

"에이, 난 헛소문이라는 데 오늘 식삿값을 걸겠네."

수룡하니 돌시가 생각나네. 여전히 파랑새를 찾아다니려나. 파랑새 파랑새 노래를 불러도 찾기 어려우니 그 후부터 영 나타나질 않고 있는데.

"퀸. 바닷길이 험한 모양인데, 역시 지금이라도 마음을 바꾸는
건……."

"교역은 어떡하구요."

"이번에는 과일을 교역품에서 빼는 게 어떨까요?"

"현재 가장 반응이 좋은 건 과일이었어요."

게다가 제대로 가져갈 수만 있다면 투자 대비 수익 역시도 제일
크고.

하인리는 시무룩해서 앞의 바닷가재를 헤집었다.

"걱정인데……."

"걱정 말아요. 랑드레 자작, 아르티나 경, 카프멘 대공까지 다 같
이 가잖아요."

"셋 다 마음에 안 듭니다, 퀸."

"……."

셋 다 근처에 앉아 있단 걸 하인리가 신경 써서 말했으면 좋겠
다. 나는 어색하게 웃고서 모른 척 포크를 집었다. 우리의 대화를
다 듣고 있었던지, 카프멘 대공이 몸을 약간 하인리 쪽으로 기울이
며 알려주었다.

"저런 소문은 대륙 간 항해가 잦은 항구에서 늘 도는 이야기니
염려하지 않으셔도 됩니다."

그리고 몇 시간 후. 나는 호위들과 함께 커다란 배에 올랐다. 늘
무역선을 타고 오가는 이들 외에도, 이번에는 나와 내 호위들, 하
녀, 하인, 담당 대신과 그 일행들이 함께 올랐다.

“와!”

시녀들 중 유일하게 날 따라온 로라는 배 난간을 잡자마자 신이
나서 외쳤다.

“저거 보세요, 나비에 폐하!”

이윽고 배가 출발하자, 로라는 더욱 신이 나서 갑판 여기저기를
뛰어다녔다.

“로라, 조심해요.”

처음에는 로라를 말렸지만, 나중에는 나 역시도 거기에 휩쓸리
고 말았다. 파란 바다 위로 하얀 거품이 시원하게 쏟아지고 짠맛
나는 바람이 사방에서 몰아치는 느낌은 생전 처음 느껴보는 것이
라 신기해서……

“폐하, 폐하는 배 타본 적 있으세요?”

“나도 유람용 배 외엔 처음이에요.”

“저도요!”

로라는 난간을 붙잡고서 해맑게 외쳤다.

“다들 같이 왔으면 재밌었을 텐데, 아쉬워요! 주베르 백작 부인
이랑 로즈 양이랑 마스타스……”

그 해맑은 목소리는 곧 시무룩해졌지만. 아직 로라는 마스타스
가 그리운가 보구나.

“염려 말아요, 로라 양. 마스타스 양이 잘 지내고 있다고 계속 편
지를 보내잖아요. 좋은 소식……도 계속 들려오고.”

마스타스는 건강하고, 마스타스를 상대한 도적들이 ‘쑹쑹’ 잘려
나가고 있단 소식이니까…… 좋은 소식이겠지? 하지만 참. 옆에 있

을 땐 그냥 어리바리한 시녀 같더니. 기사로서의 마스타스는 정말 대단하구나. 소문만 들으면 내가 아는 그 마스타스가 아닌 것 같아.

서너 시간 정도가 지나자, 처음에는 껑충껑충 뛰어다니던 로라도 점차 조용해지더니 나중에는 벽에 기대서 '우욱 우욱' 소리를 냈다. 멀미가 심한 것 같았다. 하지만 나는 가엾은 로라의 등을 두드려줄 수가 없었다. 지금 등을 두드려주면 같이 토할 것 같아서. 결국 억지로 위엄을 지키다가, 나는 더 견디지 못하고 갑판에 나와서 일부러 바다를 쳐다보며 들끓는 속을 달랬다.

"황후 폐하."

그러고 있자니 카프멘이 다가왔다. 그 소리에 내가 그쪽으로 고개를 돌리는 순간. 머리에 고정시켜둔 핀이 바닷바람에 밀려나면서, 머리가 마구 헝클어졌다. 순식간에 눈앞에 카프멘이 사라지면서 내 머리카락만 보였다. 당황해서 머리카락을 두 손으로 모아 쥐고 앞을 보자, 카프멘은 입술을 깨물고 웃고 있었다.

"……죄송합니다. 놀라서."

내가 허망하게 쳐다보자 그는 얼른 사과했다.

"황후 폐하의 머리카락도 바람에 흔들리긴 하는군요."

몹시 민망한 기분에 나는 일부러 정색을 했으나, 곧 표정을 풀었다. 어차피 카프멘은 이런 내 마음까지 알 거잖아.

거봐. 이 생각을 하자마자 카프멘이 다시 턱에 힘을 꽉 주고 웃고 있다. 내가 차갑게 흘겨보자 그는 시선을 피하더니 괜히 헛기침을 했다. 그래도 여전히 웃고 있고.

"무슨 일로 온 건가요?"

내가 질문을 던지자, 카프멘의 입가에 그제야 미소가 사라졌다. 하지만 그것도 잠시. 다시 그는 미약하게 웃고서 내게 물었다.

"제가 결혼을 한다면…… 어떨 것 같습니까?"

그런데 그가 한 말은 전혀 의외였다. 갑자기 왜 결혼 얘기를?

"결혼하나요? 뤼트 사람과? 아니면 이쪽?"

내가 묻자 카프멘 대공은 표정이 어두워졌다.

"황후 폐하께서도 아는 사람일 수도 있습니다."

"내가 아는 사람?"

내가 아는 사람이라면…… 많지. 많아서 짐작이 가지 않는다.

"누구인가요?"

결국 대놓고 묻자, 카프멘 대공의 얼굴이 더욱 어두워졌다.

도대체 누구기에? 나와 사이가 나쁜 사람인가?

"그 사람은……."

그런데 카프멘 대공이 무어라 말하려는 순간. 바로 앞에서 커다란 무언가가 위로 치솟아 오르며 사방으로 물이 튀었다. 그 바람에 내가 미끄러지는 걸 카프멘 대공이 황급히 팔을 잡아주었다. 동시에 그는 자신 역시 기둥을 잡았다. 그가 나를 꽉 붙잡자마자 배가 거세게 흔들리더니, 바다에서 작은 물고기 몇백 마리가 위로 뛰어올랐다.

"황후 폐하!"

랑드레 자작과 아르티나 경이 가까이 달려오면서 동시에 날 향해 손을 뻗었다. 그들을 보는 순간, 어딘가에서 우지끈 소리가 났다. 그리고 정신을 차렸을 때, 나는 카프멘 대공과 함께 배 밖으로 튕겨 나가고 있었다.

환상은 때로는 이제는 다 잊었다 생각한 지독하게 달거나, 시리도록 쓴 과거를 보여주기도 한다. 소비에슈는 반듯한 자세로 서서 벽에 걸린 초상화를 바라보았다. 이 초상화에 그려진 사람은 전대 황후, 그의 어머니였다. 나무 향이 날 것 같은 따뜻한 갈색 머리카락, 거울 속에 비친 자신의 것과 같은 회색 눈동자, 거만하고 당당한 인상이지만 자주 울어서 부은 눈가.

소비에슈는 어머니를 바라보다가 눈을 감았다. 누군가 머릿속에서 태엽을 감아주듯, 먼 과거의 환상이 다시 아른아른 그를 잠식해 가는 걸 느낄 수 있었다.

주위에서 들려오는 무도곡 소리가 경쾌하다. 소비에슈는 천천히 눈을 떴다. 어둡던 주위가 빛으로 가득 차더니, 순식간에 온갖 색색의 드레스 자락이 사방에 넓게 펼쳐졌다 옆으로 쓸려 갔다 돌아오길 반복했다.

소비에슈는 가만히 서서 주위를 두리번거렸다. 환상을 볼 때는 차라리 가만히 있는 게 제일 낫다는 걸 이제는 알고 있었다. 주위의 수많은 이들이 화사하게 차려입고서 춤을 추며 웃고 떠든다 하더라도.

'파티? 연회인가?'

"저걸 봐요."

그때 옆에서 누군가 목소리를 낮추어 속삭였다. 소비에슈는 오른쪽을 쳐다보았다. 이제는 이름도 기억나지 않는 귀부인 두 명이 서 있었다. 그중 금발의 귀부인이 부채로 입가를 가린 채, 팔짱을 끼고서 한쪽에게 말했다.

"폐하께서 저 여자에게서 눈을 떼지 못하는군요. 저 여자가 누구였죠?"

그러자 붉은 머리 귀부인이 네 번 눈동자를 움직이더니 안타까워하는 표정을 지었다.

"크롬 공국에서 온 알레이시아 양일 거예요. ……또 황후 폐하만 안타깝게 되었네요."

소비에슈는 그 귀부인이 쳐다본 방향을 따라 시선을 옮겼다. 한쪽에는 건강하고 젊은 그의 아버지가 가장 상석에 다리를 꼬고 앉아 술을 마시고 있었다. 아버지의 시선은 한곳에 붙박여 있고, 입꼬리는 올라가 있다. 그 옆에는 풍성한 올림머리를 한 붉은 머리의 미인이 황제에게 기댄 채, 어딘가를 쳐다보고 있었다.

'소피아 백작 부인.'

이번에는 제대로 이름이 기억났다. 소비에슈는 주먹을 꽉 쥐고서, 그 여자가 쳐다보는 또 다른 상석을 보았다. 그곳엔 가장 화려한 차림을 하고 가장 고귀한 자리에 앉은, 그러나 지금 이 순간 많은 이들이 가장 동정하는 사람이 앉아 있었다. 그의 어머니가.

소비에슈는 마지막으로 아버지가 넋을 놓고 바라보는 곳…… 아까 금발의 귀부인이 가리킨 곳을 쳐다보았다. 무대 중앙. 한 기사와 손을 맞잡은 여자가 춤을 추고 있었다. 금을 녹여서 만든 것처럼 화사한 금발에 바다처럼 파란 눈동자를 가진 여자는, 춤을 추는 사람들 중 단연 돋보였다. 소비에슈는 입술을 깨물었다.

'알레이시아……'

"아, 재미있었어."

알레이시아는 맑게 웃으면서 베란다로 나갔다. 이마와 목덜미가 땀에 젖을 정도로 신나게 춤을 춘 덕에 몹시 즐거웠다. 이렇게 가볍고 신나게 노는 분위기는 딱딱하고 보수적인 크롬 공국에서는 참으로 드문 일이어서 더욱 재미있었다.

"나도 이 나라 사람이면 좋았을걸."

알레이시아는 툴툴거리면서 드레스 단추에 말려 들어간 머리카락을 잡아당겼다. 그러나 머리카락이 빠지는 순간, 진주 단추가 같이 뜯어지면서 바닥을 굴러갔다.

"으, 또 떨어졌어."

알레이시아는 단추를 주우려 했다. 그러나 한발 앞서 다른 사람이 먼저 단추를 주워주었다. 상대가 허리를 숙이는 바람에 알레이시아는 앞에 선 남자가 누구인지 알아보지 못하고 가볍게 인사부터 건넸다.

"고마워요."

그러나 상대가 허리를 드는 순간. 알레이시아는 몹시 놀라서 말문이 막혔다.

"이걸."

상대는 새까만 머리카락과 까만 눈동자를 가진 아름다운 남자. 동대제국의 황제. 이 세상에서 가장 드높은 남자, 오시스 황제였다.

"가, 감사합니다."

알레이시아는 얼떨떨해서 두 손으로 단추를 받아 들었다.

크롬 공국의 군주는 누구에게도 고개를 숙이지 않는다. 하물며 허리를 숙이다니. 절대로 있을 수 없는 일이었다. 그런데 동대제국의 황제……?

알레이시아는 어쩔 줄 몰라 허둥거렸다. 그러고 있자니 낮은 웃음소리가 들렸다.

'바보처럼 보였을 거야.'

알레이시아는 자신을 탓하며 눈을 질끈 감았다. 그러고는 속으로 몇 번이나 '나는 바보인가' 중얼거리다가 슬그머니 눈을 떴다. 오시스 황제는 여전히 앞에 있었다. 그 까만 눈동자로 이쪽을 응시한 채. 어두운 눈동자와 마주치는 순간, 알레이시아는 사람들이 오시스 황제에 대해 떠들던 걸 떠올렸다.

악마와 거래한 황제. 사람들은 그를 두고 이렇게 떠들었다. 그는 악마와 거래해서 아름다움과 능력을 얻었다고 했다. 그 때문에 그와 눈이 마주친 여자들은 모두 다 심장을 뺏긴다고. 알레이시아는 그 소문을 들었을 때 개소리라고 생각했다.

'그냥 생 바람둥이란 걸 뭘 그렇게 돌려 말해?'

그러나 오시스 황제의 얼굴을 보자, 알레이시아는 정말일 수도 있다고 생각했다. 그는 이렇게 아름다운 남자가 존재할 수 있다는 걸 단 한 번도 생각해본 적이 없었다. 눈이 마주치는 순간. 알레이시아는 자신이 이미 악마에 홀렸다는 걸 깨달았다.

침대 위에서 처음으로 오시스 황제의 벗은 몸을 본 날, 알레이시아는 알싸한 죄책감을 느꼈다. 그러나 조각처럼 아름다운 황제를 보며, 자신의 발등 위에 키스를 퍼붓는 그를 보며, 알레이시아는 그 죄책감을 옆으로 밀어두었다.

'어차피 이 남자는 바람둥이잖아.'

알레이시아는 자신 역시 이 남자의 옆에서 오래가지 못하리라 여겼다.

'내가 아니어도 이 남자는 다른 여자를 계속 사랑했을 거야.'

황후에 대한 죄책감을 옆으로 밀어내면서, 알레이시아는 이 남자와 짧고 강렬한 불같은 사랑을 나누기로 결심했다. 계속 옆에 있을 수는 없겠지만, 있는 동안 온 힘을 다해 그를 사랑하고 사랑받기로.

눈이 내리는 날. 알레이시아는 오시스 황제를 깜짝 놀라게 해주기 위해서 몰래 선물을 들고서 그를 찾아갔다. 그곳에서 처음으로 황제를 많이 닮은 어린 소년을 보았다. 다른 점이 있다면 그 소년은 황제보다 좀 더 따뜻한 인상이고 눈동자가 회색이라는 것. 하지만 누가 보아도 황제의 아들이란 걸 알아볼 수 있을 정도였다. 그 옆에는 황제의 아들보다 조금 더 어린 여자아이가 눈을 동그랗게 뜨고서 황제를 올려다보고 있었다.

"오늘 폐하랑 비슷하게 생긴 동물을 봤어요."

여자아이가 뱉은 말에 황제는 커다랗게 웃음을 터트렸다.

"까마귀라거나 그런 건가?"

"아니어요. 그 동물은 여기가 이렇게, 이렇게, 이렇게, 생겼어요."

"?"

"그리고 여기가 이렇게, 이렇게, 이래요. 뭔지 아시겠어요?"

알레이시아는 여자아이가 하는 말을 전혀 알아듣지 못했다. 오시스 황제도 전혀 모르겠는지 고개를 기웃했다.

"음. 전혀 모르겠는데."

"폐하는 폐하인데 그걸 왜 몰라요?"

당돌한 말에 황제가 시무룩한 표정을 지었다.

"그러는 너도 이름을 몰라서 '이렇게 이렇게' 이 말밖에 안 하고 있지 않느냐."

"전 아직 어려서 그래요. 제가 폐하의 나이라면 분명 이름을 똑부러지게 알았을 거예요.”

“그래?”

“그럼요!”

“그러면 음. 네가 내 나이가 되면 내게 알려다오. 그러면 되겠다.”

황제가 손가락을 내밀자 여자아이는 손가락을 마주 걸더니, 찰싹 황제의 손등을 치며 외쳤다.

“약속!”

그걸 본 황제는 웃으면서 뒤로 넘어갔다. 알레이시아는 나무 뒤에 숨어서, 처음 보는 황제의 다양한 표정을 넋을 놓고 구경했다.

이젤 앞에 앉은 채, 알레이시아는 황제의 표정을 그려보려고 시도했다. 하지만 잘되지 않았다. 창문을 열어둔 터라 찬바람만 거세게 들어올 뿐. 알레이시아는 붓을 내려놓고서 결국 두 손을 입가에 대고 ‘하하’ 불었다.

그때, 이쪽으로 걸어오던 황제가 그걸 보더니 다가와서 망토를 벗어 어깨에 덮어주었다. 알레이시아는 두 손을 모아 쥔 채 황제를 쳐다보았다.

“감기 걸릴 텐데.”

“여기에 폐하를 넣고 싶었습니다.”

“난 여기에 있는데, 군이 거기까지 넣을 필요가 있느냐.”

“여기 있는 폐하는…… 곧 사라지실 테니까. 여기에 넣어서 가고 싶어서요."

알레이시아가 종이 위에 손바닥을 얹자, 오시스 황제는 차갑게 웃더니 알레이시아를 망토로 감싼 채 안아 올렸다.

"따뜻한 곳에서 하거라. 벽난로 있는 곳에서. 창문도 닫아두고."

황제는 그 상태로 알레이시아를 안고서 방으로 데려다주었다. 사람들이 수군거리면서 쳐다보거나 말거나 조금도 개의치 않았다.

알레이시아는 황제의 가슴에 한쪽 뺨을 댔다. 그의 심장 소리를 듣고 싶어서. 막상 두터운 옷 탓에 황제에게서는 심장 소리가 들리지 않았으나, 그래도 알레이시아는 좋았다. 따뜻했으니까.

그러다가 알레이시아는 황제의 품 안에서 한 소년을 보았다. 전에 본 황제의 아들이었다. 그 아들이 충격받은 눈으로 이쪽을 보고 있었다. 눈동자에 또렷한 혐오가 보였다. 사랑하는 사람을 닮았지만 다른 여자가 준 회색 눈동자가 이쪽을 보며 소리 없이 비난했다. 그 눈길을 받으며 알레이시아는 멍하니 중얼거렸다.

"폐하의 품은 다정하네요."

어느 날. 알레이시아는 황제가 빌려주었던 목도리에 자신이 좋아하는 향수를 뿌려서 방을 나섰다. 황제의 목에 이걸 감아주고서, '제가 폐하의 곁에 있다고 생각해주세요'라 말할 생각이었다. 알레이시아는 괜히 부끄러운 마음이 들어서 배시시 웃었다.

'내가 이런 말을 하는 걸 알면 공국에 있는 친구들이 뒤집어질

거야.'

그런데 어디선가 울음소리가 들려왔다. 알레이시아는 걸음을 멈추고서 우는 소리가 들리는 쪽으로 가보았다. 그곳에서 황후가 울고 있었다. 그리고 그 앞, 어머니의 무릎에 얼굴을 파묻고 있는 어린 소년…… 황태자다.

"울지 마세요, 어머니."

황후를 따라 우는 소년은 자신의 어머니를 몹시 사랑하는 것처럼 보였다. 알레이시아는 두 사람의 모습을 잠시 바라보다가, 언젠가 자신도 황제와 자신을 나누어 닮은 그런 아이를 가지게 되려나, 생각했다.

'그건 좀 어색한데.'

그런데 머쓱해진 기분에 돌아서려는 순간, 황태자의 음침한 목소리가 들려왔다.

"제가 황제가 되면 어머니를 아프게 한 사람들, 그 누구도 용서하지 않을 거예요. 아버지를 포함해 그 누구도."

알레이시아는 우뚝 멈춰 서서 소년을 돌아보았다. 당황스러웠다. 아버지 앞에서 그토록 순종적으로 웃고 있던 아이가, 뒤에서 저런 말을 한다고?

그사이에도 소년은 어머니의 무릎을 안은 채 눈을 매섭게 빛내며 말을 이어갔다.

"소피아 백작 부인, 알레이시아, 그런 정부들 모두 다 감옥에 가둬놓고 죽지도 살지도 못하게 하겠어요. 그러니 어머니, 제발 울지 마세요. 어머니가 울면 제가 속상해요."

알레이시아는 심장이 차갑게 얼어붙는 느낌을 받았다. 저 아이는 황태자였고, 장차 막대한 권력을 쥘 아이였다. 그런 아이가 하는 말은 그냥 어린아이의 치기로 웃으며 흘려들을 수 없었다. 게다가 자기 아버지에게 복수의 칼을 가는 아이라면 충분히 자신에게도 칼을 들이밀 수 있다. 황제의 아이는 저 애 하나뿐. 정말로 저 애는, 미래에 자신을 죽일 수도 있는 것이다.

그때, 아이가 이쪽을 쳐다보았다. 그러고는 놀란 표정을 짓더니, 이윽고 혐오스럽단 듯 인상을 썼다. 알레이시아는 사랑하는 남자를 꼭 닮은 얼굴을 하고서, 자신을 사랑하지 않는 눈동자로 저런 시선을 보내는 아이가 그 순간 몹시 미워졌다.

아이의 시선을 따라 황후도 고개를 돌렸다. 황후와 아이의 눈동자가 놀랍도록 닮은 걸 보자 알레이시아는 정말로 둘이 싫어졌다. 무척이나 많이. 말도 섞기 싫다는 듯 소년은 휙 고개를 돌려버렸다.

알레이시아는 그 모습을 잠시 보다가 화가 나서 그쪽으로 다가갔다. 저 건방진 애에게 왜 자기한테 그따위로 말하냐고 퍼붓고 싶었다. 네 아버지는 나와 연애하기 전부터도 이미 수많은 여자들과 염문을 뿌리고 다녔는데, 왜 나만 그렇게 미워하냐고 따질 생각이었다. 그러나 가까이 가기 전, 황후가 차갑게 경고했다.

"그 이상 다가오면 위협으로 간주하고 감옥에 가두겠다. 멈추어라."

알레이시아는 우뚝 멈춰 섰다. 보이지 않았는데. 정말로 근처에 기사 몇 사람이 이쪽을 주시하고 있었다. 알레이시아는 더 다가가지 않았다. 하지만 이대로 물러나기에는 화가 나 견딜 수가 없어서,

결국 빙그레 웃고서 악담을 퍼부었다.

"예쁜 황태자님. 내가 네 동생을 만들어줄게."

소년이 획 이쪽을 쳐다보았다. 미쳤냐는 눈. 그걸 보자 알레이시
아는 아까의 더러운 기분이 조금 나아져서 더욱 활짝 웃으며 황후
에게도 말했다.

"그거 아세요, 황후 폐하? 어린아이는 빨리 죽는대요."

"!"

"황제 폐하께도 황태자 전하의 동생이 서넛쯤 더 있는 게 좋을
거예요."

'황제가 된 후에 날 감옥에 가둔다고? 아직 한참 남았단다, 꼬마
야. 사실 난 네가 황제가 되기 전에 이미 이 나라를 떠날 가능성이
더 높고.'

다음 날. 알레이시아는 황태자와 황후에게 한 방을 먹인 게 시원
해 늦잠을 잤다. 그 시각. 자신을 노려보기만 하던 그 힘없는 황태
자가 아버지에게 이쪽 방향을 가리키면서 울고 있단 걸 모른 채.

저 여자예요! 저 여자가 어머니에게 낙태약을 섞은 쿠키를 선물
했어요! 실수로 제가 그걸 먹었어요, 아버지.

"폐하?"

소비에슈는 눈을 떴다. 카를 후작이 그의 앞에 걱정스러운 표정
으로 서 있었다.

"또 환상을 보신 겁니까?"

카를 후작의 질문에 소비에슈는 눈두덩이를 눌렀다.

"그래. 잠시. 불쾌한 걸 보았군. 그런데 이 시간엔 웬일이지?"

"좋지 못한 소식입니다."

"좋지 못한 소식이라니?"

소비에슈는 시계를 확인하고서 초상화에서 등을 돌렸다. 아주 잠시 환상을 보았다 생각했는데. 벌써 세 시간이 훌쩍 지나 있었고 이미 밖은 어두웠다. 그만 침실에 돌아가야 했다.

"나비에 님께서…… 실종되셨다 합니다."

그러나 카를 후작의 무거운 목소리에 복도를 나아가던 걸음이 멈추었다. 소비에슈는 굳은 채 돌아섰다.

"누가 실종돼?"

33
에르기 공작의 과거

근처에서 새소리가 들려온다. 등은 따뜻하고, 눈을 감았는데도 앞이 하얗다. 하인리가 곁에 있구나. 여긴 그의 품이야. 나는 눈을 뜨기 전에 먼저 웃음을 흘리고서 천천히 눈을 떴다. 이 장난꾸러기 가 또 뭘 하고 있는 거야?

그러나 눈을 뜨자마자, 깃털 안에 잠긴 듯 포근한 느낌이 싹 사라졌다. 그 자리를 당혹스러운 기분이 빠르게 채웠다.

'여긴 어디지?'

앞에 있는 사람은 카프멘 대공이었다. 내가 벌떡 일어나자, 몸 위에 덮여 있던 재킷이 떨어진다. 대공의 재킷?

"여긴⋯⋯?"

나는 주위를 둘러보다가 더욱 놀라서 입을 벌렸다.

"동굴?"

인공 동굴이 아니라 진짜 동굴이었다. 위쪽으로 커다란 구멍이 뚫려 있고, 그곳에서 들어온 햇살이 바닥에 원을 만드는 동굴. 내가 누운 지점은 그 경계선 부근 안쪽인데, 더 안쪽의 햇살이 닿지 않는 동굴 가장자리는 거의 아무것도 보이지 않았다.

"여기가 어딘가요?"

"바다에 빠진 건 생각나십니까?"

"배에서 떨어진 건 생각나는데…… 그다음은."

생각나는 게 없다. 나는 고개를 저었다. 사실 가장 잘 기억나는 건 이쪽으로 손을 뻗던 랑드레 자작과 아르티나 경 정도였다. 날아가는 날 보며 기겁하던 그 눈동자들. 맙소사. 날았다니. 무슨 일이 벌어진 거야?

"배가 바다에 사는 커다란 무언가와 부딪친 것 같습니다."

"이런 일이 자주 있나요?"

"보통은 바다 생물들이 다 피해 갑니다."

카프멘은 설명을 하다 말고 표정이 심각해져서 사과했다.

"죄송합니다. 제 탓입니다."

"갑자기 대공 탓이라니요?"

"항구 식당. 사람들이 이상하단 얘길 하고 있었는데. 제가 괜찮다고 하지 않았습니까."

"그게 왜 대공 탓인가요. 나 역시 괜찮을 거라 생각했고, 선장도 괜찮다고 판단을 내렸고, 담당 대신도 괜찮을 거라 했는데."

따지자면 모두의 실책이지.

거듭 괜찮다 말하고서 자리에서 일어나자, 햇빛이 들어오는 쪽에 피워둔 모닥불이 보였다. 그걸 보며 나는 다시 물었다.

"여기가 어딘가요?"

이 질문은 꽤 여러 번 하는 거 같은데. 하지만 제대로 대답을 들은 게 없다 보니 결국 다시 묻고 만 것이다.

"저도 정확한 위치는 모르겠습니다."

나는 조심조심 동굴 가장자리의 어두운 쪽을 돌아보았다. 혹시 여기가 동굴 가장자리가 아닐 수도 있으니까. 그러다 카프멘 대공의 대답을 듣고 깜짝 놀라 되물었다.

"모른다니요?"

"이쪽으로."

내가 기겁해서 묻자, 카프멘이 앞장서서 걸어갔다. 나는 불안해져서 뒤를 따랐다. 어두컴컴한 동굴이 길게 이어져 있을까 봐 걱정했지만 다행히 그건 아니었다. 햇빛이 들지 않는 어두운 쪽에 희미하게 빗금처럼 하얀 줄이 있는데, 거기가 끝인 것 같다.

카프멘 대공이 그 줄 부근을 손으로 더듬거리다 밀자, 그곳이 동굴 문 역할을 하는 듯 빛이 커지더니 새하얀 백사장이 나타났다.

"여긴……?"

햇볕을 받아서 연한 금색으로 은은히 반짝이는 백사장은 동화책에 나올 것처럼 아름다웠다. 아름답긴 한데…… 나는 백사장을 걸어 다니면서 주위를 둘러보다가 더욱 놀라 입을 다물지 못했다. 주위는 온통 바다였다. 뒤쪽으로는 수풀과 절벽이 가득하고.

"사람이 살지 않는 섬 같습니다."

카프멘의 무거운 목소리가 내 걱정에 탕탕 망치를 휘둘렀다.

카프멘 대공은 가장 높은 곳에 자신의 하얀 재킷을 걸어두었고, 나는 그사이 넓은 백사장에 도움을 청하는 글씨를 커다랗게 써두었다.

"이걸로 구조될 수 있을까요?"

"그러기를 바라야겠지요."

"……."

"황후 폐하와 제가 동시에 사라졌으니, 아마 철저하게 수색할 겁니다. 염려 마십시오."

나는 한숨을 내쉬고서 털썩 백사장에 앉았다. 이렇게 앉았다간 드레스가 엉망이 되고 구겨지겠지만. 지금 이 와중에 드레스는 문제도 되지 않았다. 이후에 갈아입을 옷이 없다는 게 더욱 곤란할 뿐. 우리는 여기에 얼마나 오래 머물러야 할까?

그사이, 카프멘 대공은 바지를 걷었다.

"그대는 지금 뭐 하는 건가요?"

"그래도 뭘 좀 먹어야지요."

먹을 게 없지 않냐고 물어보려는 순간. 카프멘 대공이 바다 쪽으로 다가갔다.

"조심해요!"

나는 멍하니 앉아 있다가 그가 진짜로 바다에 들어가자 놀라서 외쳤다. 저러다 바다에 휩쓸려 가는 거 아니야?

"염려 놓으십시오!"

그러나 대공은 속 편하게 대답하고는, 허리를 숙여서 바다 안쪽을 뚫어져라 보았다. ……괜찮은 건가?

그 모습을 좀 미덥지 않게 바라보다가, 나는 사건의 시작이나 다름없던 그것. 멀쩡하던 바다에서 갑자기 튀어나온 그것을 떠올렸다. 아직도 그게 괴물인지 동물인지 통 구분이 안 갔다. 게다가 물고기 떼는 왜 동시에 치솟아 올랐던 걸까?

원인을 알 수 없으니 걱정된다. 혹시 그 현상이 항구 쪽에서 문제가 되려나? 그렇다면 화이트 몬드 쪽에서 알려야 할 텐데……. 샬렛 공주 일로 사이가 애매해졌지만, 어쨌든 같은 연합 소속이기도 하고. 샬렛 공주와는 개인적으로 여전히 가깝기도 하니까.

그 순간, 풍덩 소리가 났다. 나는 그 소리에 퍼뜩 정신이 들었다. 아니, 이럴 때가 아니잖아. 그 일은 나중에. 지금 중요한 건 무사히 이 섬에서 나가는 거다. 카프멘은 바다 안에 들어갔는지 보이지 않았지만, 나는 말없이 일어나 주위를 돌아다니며 나뭇가지를 주워 왔다. 만약을 대비해서 카프멘은 모닥불을 동굴 안쪽에 설치해두었는데, 거기에 넣을 땔감들이었다.

"그러지 않으셔도 됩니다."

그러고 있자니 바다에 들어갔던 카프멘이 물고기를 들고 나타났다. 물고기들이 이미 약간 익은 상태인 걸 보니 그의 특기인 전기 마법으로 잡은 모양이었다.

"혼자 가만히 있을 수는 없잖아요."

"혼자 해도 됩니다. 쉬십시오."

카프멘은 그렇게 말하고는 넓은 나무 판을 구한 뒤, 그 위에서 죽은 물고기들을 손질한 후 좀 더 바삭하게 구워냈다. 그 능숙한 모습을 구경하자 그래도 며칠은 버틸 수 있지 않을까, 조금 용기가 솟는다.

잠시 뒤, 우리는 나란히 앉아 구운 생선을 먹었다.

"소스가 있었다면 좋았을 텐데요. 아니면 최소한 레몬즙이라도."

이제 와 새삼 알게 된 건데, 카프멘 대공은 의외로 입맛이 까다로웠다. 모닥불 앞에 엉거주춤 앉아서 손가락으로 가시를 하나하나 발라 가며 먹는지라 어떻게 해도 기품이 느껴지진 않지만.

'나도 마찬가지겠지?'

내 생각을 읽었나 보다. 카프멘이 가시를 바르다 말고서 날 쳐다본다. 내가 머쓱하게 웃자 카프멘은 따라 웃고서 말했다.

"괜찮습니다. 황후 폐하는 생선을 두 손으로 뜯어 먹어도 기품 있습니다."

……놀리는 것 같은데.

내가 슬쩍 째려보자, 카프멘은 시선을 내리고서 괜히 바쁜 척 손을 움직였다. 그걸 타박하고 싶었지만, 일단 민망하니까 화제를 바꾸자. 그러면서 나는 슬쩍 구운 생선을 내려놓고서 손을 뒤로 감추었다. 그 움직임을 느낀 건가. 카프멘은 눈을 내리뜬 채 생선에 집중하는 척하면서 입꼬리를 슬그머니 올렸다.

"낮에 하려던 말은 무엇이었나요?"

내가 화제를 바꾸자마자 입꼬리는 도로 내려갔지만.

"제가 어디까지 말했었습니까?"

"누구랑 결혼한다고."

"……."

"대공?"

왜 대답을 안 하지?

"나중에."

"나중에?"

"섬에서 나갈 때 알려드리겠습니다."

왜 저렇게까지 대답을 뒤로 미루는 거지? 설마…….

"그렇게 나와 사이 나쁜 사람인가요?"

내가 들으면 충격받을 정도로?

카프멘은 웃음을 터트렸으나, 나는 진짜로 불안해졌다. 나랑 사이 나쁜 사람이 누가 있더라?

몹시 곤란한 상황이다.

'……옷이 없어.'

남은 생선을 얼려두고, 나뭇가지를 더 주워다가 쌓아놓고, 잠자리를 조금이라도 더 편하게 하느라 나는 동굴 안을 조금씩 정리했다. 야행 경험이 있는 카프멘이 척척 나서서 일을 했지만 가만히 있기 뭐하니 쫓아다니며 도운 것이다. 그 탓에 환경은 점차 나아졌으나, 내 옷은 점점 더 엉망이 되어버렸다.

'어쩌지?'

난처해서 둘러보는데 갑자기 박쥐 몇 마리가 동시에 날아갔다.

"아!"

나는 깜짝 놀라서 뒤로 물러나다가 넘어졌다. 그때 지익 소리가 났다. 그 꺼림칙한 소리가 무슨 소리인가 알아내기도 전에 카프멘이 놀라서 달려왔다.

"괜찮으십니까?"

그러고는 황급히 나를 살피다가 한 손으로 입가를 가리고 몸을 돌렸다. 왜 저러지? 나는 덩달아 당황해서 내 몸을 살피다 발견했다. 넘어질 때 동굴 벽에서 튀어나온 뾰족한 돌에 걸린 건지 치마가 길게 찢어져 있는 걸.

'안 그래도 한 벌뿐인 옷인데!'

발목까지 내려오는 길이의 치마가 지금은 허벅지 중간까지 찢어져 있었다.

"어떠십니까?"

"좀 크긴 한데…… 괜찮아요."

결국 카프멘이 내게 자기 바지를 양보해주었다. 카프멘이 원체 키가 크다 보니 바지는 내게 너무 길었지만, 지금은 크다고 투덜거릴 처지가 아니었다. 내가 바지를 적당한 길이에서 묶고 있자, 카프멘은 커다란 과일을 들고 다가왔다.

"이걸."

다가오는 카프멘은 아까 내 찢어진 치마보다 다리가 더 많이 드러나 있어서, 나는 최대한 그쪽을 보지 않고 과일을 받아 들었다.

"고마워요."

카프멘이 자기는 옷 안에 바지가 한 겹 더 있다고, 괜찮다면 겉에 입는 바지를 주겠다고 하기에 고맙다고 받았는데. 안에 입는 바지가 저렇게 짧은 줄은 몰랐지.

"과일을 딸 때 보니까 저쪽으로 깊지 않은 호수가 있었습니다. 혹시 씻고 싶으시다면 망을 봐드리겠습니다."

"어차피 아무도 없는데."

"혹시 모르니까요."

달빛 아래 호수에서 목욕하는 건 처음이다. 여기에는 입욕제도, 물에 띄우는 꽃잎도 없고 시중을 들어주는 시녀도 없으며 물은 몹시 차갑다. 이 모든 게 처음이라, 나는 차가운 물을 찰방찰방 튀기면서 주위를 둘러보았다. 부엉이 소리가 들려오고 멀리서 풀벌레 소리도 들려온다. 풍경이 아름다워 무섭진 않지만…….

그때 푸드덕 새 날아가는 소리가 났다.

'하인리?'

반사적으로 고개를 들자 새들이 줄지어 날아가고 있었다. 어쩌면 당연한 일이지만…… 하인리가 아니다. 나는 시무룩해져서 고개를 내렸다.

'돌아갈 수 있겠지?'

'여기서 계속 사는 것도 좋을지도.'

카프멘은 멀지 않은 곳에서 물소리가 날 때마다 아무 일 없구나, 안심하면서도 생각했다. 그냥 이대로 시간이 멈춰도 좋을 것 같다고. 아무도 없는 곳. 눈치 볼 사람도 없고, 얽매이는 관습도 규칙도 규율도 없는 곳에서 자신의 두 손으로 사랑하는 사람을 보호하면서 이곳에서 사는 것도 좋을 것 같았다. 자신이 준 과일을 먹고, 자신이 잡아준 생선을 먹고, 자신이 만들어준 잠자리에서 잠이 들고. 이런 순간 하나하나가 그의 가슴에 별처럼 남았다.

'이기적인 거겠지.'

하지만 지금 떠오른 이 별들이 모여 별자리가 되면…… 살아가는 내내 바라볼 수 있지 않을까. 그의 마음에 떠서, 나침반처럼 방향을 알려주지 않을까?

그건 좋았다.

"카프멘 대공?"

"……."

"카프멘 대공. 거기 있는 거 맞나요?"

"……."

망을 보고 있겠다더니? 대답이 없다.

"대공!"

약간 소리를 높여서 외치자, 그제야 카프멘이 대답했다.

"여기 있습니다."

나는 얼른 옷을 마저 입고서 소리가 들려온 쪽으로 갔다.

"뭐 하고 있나요?"

뭘 하기에 불러도 대답이 없어?

카프멘은 커다란 바위에 앉은 채 허공을 향해 귀를 기울이고 있
었다.

"무슨 소리가 난 것 같습니다."

"소리?"

"예. 못 듣던 소리인데……."

카프멘이 눈살을 찌푸리며 바위에서 내려서는 걸 보니, 무슨 소
리인지 잘 모르겠나 보다. 나는 높은 절벽 부근에 카프멘이 매달아
둔 제복을 떠올리고서 물었다.

"혹시 누가 우리 구조 신호를 보고 온 건 아닐까요?"

"그럴 수도 있습니다."

"그럼 그쪽으로 가봐요."

"제 손을."

카프멘은 순순히 긍정하고서 손을 내밀었다.

해변가로 나가자 놀랍게도 바로 커다란 배가 보였다. 아직은 먼 발치에 있는 배는. 그러나 정확히 이쪽을 향해 오고 있다. 정말로 누군가 우리의 구조 표시를 발견하고 이곳으로 오는 것이다.

"신호를 봤나 봐요!"

내가 외치자, 카프멘도 웃으면서 절벽을 보았다. 절벽에는 여전히 그의 재킷이 걸려 있었다.

"다행이에요."

나는 가슴에 손을 얹고서 안도했다. 정말 이대로 여기서 평생 살까 걱정했는데. 이제 살았구나.

조난 당일, 카프멘과 나는 둘이서 섬 변두리를 둘러보았고, 여기가 뚝 떨어진 섬이란 확신을 얻었다. 육지와 이어지지 않고, 헤엄을 쳐서 근처 육지로 갈 수도 없는 그런 섬. 여긴 정말로 덩그러니 고립된 섬이었던 것이다. 사람들이 여기에 오긴 오는지, 어느 위치에 있는지, 우리는 그런 것조차 알기 힘들었다.

"대공 덕에 무사히 돌아가네요."

그래도 지금이라도 돌아가니 기뻐서, 나는 카프멘 대공을 향해 웃으며 감사를 전했다. 그런데…… 어째서? 돌아가는 게 좋지 않나? 카프멘 대공은 슬픈 표정이었다.

"대공?"

돌아가게 되었는데 왜 저런 표정을?

"혹시…… 돌아가기 싫은가요? 돌아가서 해야 한단 결혼이 하기 싫은 결혼이라든가?"

시원스레 말하지 않기에 내가 싫어하는 사람과 결혼하는 건가, 생각했는데. 무인도에서 나가기 싫을 정도로, 말도 하기 싫을 정도로 안 좋아하는 사람과 결혼하는 걸 수도 있겠다는 생각이 이제야 든다.

그러나 카프멘은 고개를 저었다.

"그런 건 아닙니다."

"표정이 좋지 않아요."

말을 하자마자 그는 부드럽게 웃으며 둘러댔다.

"놀랐을 뿐입니다."

미심쩍은데. 그렇다기엔 아까 표정이 너무 어두웠어.

커다란 배에서는 작은 나룻배를 내렸고, 그 안에 탄 사람은 우리 쪽을 향해 노를 저어 왔다. 그 모습을 바라보면서, 나는 카프멘에게 좀 더 이와 관련된 질문을 하는 게 옳은 건지 모른 척해주는 게 옳은 건지 고민했다.

그러나 나룻배에 탄 사람이 가까이 온 순간.

"어라."

방금 전까지 떠올랐던 의문이 순식간에 싹 사라졌다.

"여기서 뭘 하고 있습니까, 두 분?"

다가온 사람은 에인젤이었다. 월대륙 연합의 에인젤.

"그대는 왜 여기에······."

멍하니 중얼거리다 눈이 마주치자, 그가 활짝 웃으면서 자신의 제복 문양을 손가락으로 가리켰다.

"조난자 구조는 저희 기사단의 주요 임무 중 하나입니다."

내 얼굴에 쏟아지는 게 바닷바람인지 시선인지 둘 다 따가워 구분이 가지 않는다. 갑판 위에서 괜히 까끌한 밧줄을 만지작거리다가, 나는 심호흡을 하고서 슬쩍 돌아보았다. 고개를 돌리자마자 이쪽을 곁눈질하던 그림자 기사단 기사들이 동시에 시선을 피했다.

이질적인 하얀 제복들을 보고 있자니 한숨이 나온다. 그나마 다행인 건 그림자 기사단 4기사단 기사들 역시 내가 자기들 배에 타고 있다는 데 나만큼 당황한 눈치란 거 정도.

"이런 우연도 있다니. 신기하지 않습니까?"

아. 당황하지 않은 사람이 한 명 있긴 하구나. 4기사단 단장 에인젤. 선실에서 나오자마자 곧장 내 쪽으로 다가온 그는 남들보다 유독 눈부시게 하얀 제복 차림이었다.

"이것도 운명이란 거겠지요."

"……."

"이런. 저와 황후 폐하 사이에 놓여진 운명을 인정하기 싫으신 모양입니다."

"그러네요. 그런 게 있다면 잘라버리고 싶군요."

"카프멘 대공을 헐벗기고 노는 데 제가 방해해서 그러십니까?"

정말로 미운 사람. 부채로 입을 세 번만 찰싹 찰싹 찰싹 때리고 싶다. 하지만 그러진 않는다. 어쨌든 그 덕에 섬에서 빠져나오긴 했으니까.

"우리 사막 나라 대공님은? 충견처럼 옆에서 떠나질 않더니, 어디 갔습니까?"

"옷 갈아입으러 갔어요."

카프멘 대공이 화대륙 왕족이라지만, 그래도 왕족인데 충견이라니. 말하는 거 좀 봐. 나는 에인젤을 흘겨보지만, 에인젤은 그래도 즐겁게 웃었다. 이 상황이 정말로 재밌기만 한 듯.

"그런데 고귀한 황후 폐하께서는 왜 그 조그만 섬에 조난되어 있던 겁니까?"

"바다에 빠졌어요."

"물론 날아가다가 지쳐서 쉬고 있던 건 아니었겠지요. 황후 폐하께서는 새가 아니니까."

……여우 같으니라고. 내가 흘겨보자, 에인젤은 사냥감을 앞둔 여우가 기뻐서 껑충거리는 듯 또 웃었다.

"황후 폐하는 새라면 무슨 새일까요? 역시 백조일까요?"

"글쎄요. 여우 정도는 한입에 삼킬 수 있는 넓적부리황새?"

"아하. 듣고 보니 좀 닮은 것도 같습니다."

세 번이 뭐야. 부채로 열세 번은 찰싹찰싹 입을 두드려주고 싶네.

"목표 지점은 화대륙이었겠죠?"

내가 냉담하게 쳐다보았으나 그래도 에인젤은 태연했다. 그러다가 달칵 소리가 나더니, 카프멘 대공이 들어간 선실 문이 열리며 대공이 나왔다. 대공은 그림자 기사단 제복 차림이었다. 제복도 잘 어울리는구나, 감탄하고 있자니 에인젤이 옆에서 이죽거렸다.

"먹이가 옷을 다 갈아입은 모양입니다, 황새님."

그림자 기사단 사이에서 저녁 식사를 한 후, 나는 최대한 식당 안에 머무르려 시도했다. 손님이니까. 그러나 내가 껴 있자 기사들도 어색해하고 나 역시도 어색했다. 이대로는 식당 안의 모든 사람들이 체할 분위기라, 결국 나는 먼저 몸을 일으켜서 갑판으로 나왔다.

그사이 이미 태양은 구름 뒤로 들어갔고 하늘은 짙은 남색으로 변해 있었다. 사이사이로 유달리 커다란 별들이 반짝이고……

"도움을 입은 처지에 이런 말을 해도 될지 모르겠지만…… 저자, 조심하는 게 좋겠습니다."

그러고 있자니 내가 식당에서 나올 때 따라 나온 카프멘 대공이 낮은 목소리로 알려주었다. 이 배에는 온통 4기사단 기사들인 탓인가. 주위에 아무도 없는데도 그의 목소리는 들릴 듯 말 듯 아주 작았다.

"에인젤 경이 무슨 생각을 하는지 알겠나요?"

"……그대로 전해드릴까요, 조금 돌려서 전해드릴까요?"

"?"

무슨 생각을 하고 있기에?

"그대로 전해줘요."

"나비에 님이 왜 화대륙에 가고 있을까, 룁트의 대공과 함께 있으니 뤼프트로 가는 거겠지, 역시 얼음 마법사들이 부족해서 직접 나서신 건가, 오늘은 날 안 얼려주시나, 눈이 신비로워, 그런데 정말 넓적부리황새인가…… 정도."

말을 전해준 카프멘이 미간을 살짝 찡그리고서 덧붙였다.

"마지막은 저도 무슨 뜻인지 모르겠습니다."

그때, 멀지 않은 곳에서 "똑똑." 하는 목소리가 들리더니, 작은 접시를 든 에인젤이 나타났다. 접시 위에 청포도를 올린 채 다가온 그는 내 앞에 접시를 내밀었다.

"후식을 안 가지고 가서서."

친절한 시늉을 잘 내는군요, 라고 말하고 싶지만 아직은 에인젤이 날 구해준 걸 기억하자.

"고마워요."

결국 순순히 그의 친절을 받아들이자, 에인젤은 내게 포도를 건네고는 자연스럽게 내 옆으로 와서 나란히 섰다. 그러고는 다른 한 손으로 갑판을 잡은 채 넓은 밤바다를 내려다보며 말했다.

"바다에 두 사람이 빠져서 둘 다 멀쩡히 살아난 건 정말 천운입니다. 죽거나, 살더라도 해적에게 건져져 평생 허드렛일을 하면서 살 수도 있거든요."

비꼬는 거라 생각했는데. 아닌가? 아까 장난을 칠 때보다 한결 진지해진 목소리였다.

그림자 기사단은 바다 쪽으로도 자주 다니나?

하지만 그것도 잠시. 눈이 마주치자, 그는 언제 진지한 목소리를 냈냐는 듯 눈꼬리가 길게 휘어지도록 웃었다.

어쨌든 그 말을 듣고 나니 배가 바다를 스치며 내는 찰박거리는 소리가 조금 소름 돋는다. 나는 대답 대신 새까만 바다를 바라보았다.

새까만 바다를 향해 알레이시아는 울면서 소리쳤다.

"살려주세요!"

주위는 온통 까맸다. 바다도 하늘도.

빛이라고는 하늘 위에 떠오른 달과 별뿐. 그러나 고귀한 달과 별은 저희끼리만 서로를 밝힐 뿐, 이 아래로 도움이 될 빛은 한 점 내려주지 않는다. 찰박거리는 소리가 없었더라면 여기가 바다란 것도 모를 정도였다.

"살려주세요! 누가 좀!"

알레이시아는 나룻배를 꽉 잡고서 다시 소리쳤다. 눈물이 왈칵 솟아 나왔다.

"어머니, 아버지."

황궁에서의 꿈같던 나날들은 황후에게 낙태약 섞인 쿠키를 먹이려 했단 오명으로 깨어졌다. 아니라고 외쳐보지만 편을 들어주는 사람은 아무도 없었다. 결국 추방되어서 크롬 공국으로, 부모님이 있는 집으로 돌아가는 수밖에.

"네가 가문에 먹칠을 했구나."

울면서 돌아온 자식에게 부모님은 차갑게 비난했다. 그 태도에 충격을 받았지만, 그것도 잠시. 며칠 뒤, 생각하니 안 되었다 싶은 지 부모님은 부드러운 태도로 감싸주었다. 오시스 황제와 가증스러운 황후, 동대제국의 귀족들, 작은 악마나 다름없는 어린 황태자를 실컷 욕해주었다. 하지만 이 일이 국가 간의 문제로 비화되는 건 곤란하니, 이런 일로 오해가 생겨서 안타깝다는 편지를 적자고 했다.

"그런 오해를 계속 사고 있을 수는 없잖니."

"제 편지를…… 폐하께서 받아주실까요?"

"안 보내는 것보단 나을 거야."

"게다가 동대제국 황후에게 낙태약을 먹이려다가 쫓겨났단 소문이라도 돌면, 여기 사교계에서도 네 입장이 난처해져."

그 말을 듣고서 알레이시아는 편지를 썼다.

억울하다, 자신은 그저 사랑을 했을 뿐이다, 낙태약을 넣은 음식에 대해서는 몰랐다, 황태자와 말을 섞은 적도 없는데 어떻게 황태자가 자신이 황후에게 준 음식을 먹었겠나, 황후가 자신이 준 음식을 받을 리도 없고, 그걸 받아서 황태자에게 줄 리도 없다 등등.

편지를 다 쓰고 나니, 알레이시아는 황궁에서 지낼 때의 즐겁던 추억이 떠올라 더욱 슬퍼져 엉엉 또 울었다.

"이걸 마시거라."

그게 안쓰러웠나. 아버지가 따뜻한 초콜릿을 가져다주었다. 잔에서 지독하리만큼 단 냄새가 나는 컵을 받고서 알레이시아는 홀짝거리며 다짐했다.

"이젠 동대제국엔 발도 안 들일 거예요, 아버지."

"……그래."

"두 분을 실망시켜드려서 죄송해요."

"그래."

알레이시아는 초콜릿을 마시고서 눈물을 닦았다. 단 걸 먹자 조금 기운이 났다.

"누가 뭐라고 해도 우린 널 믿는단다."

아버지는 두 팔을 벌려 꼭 안아주었다.

"넌 그런 짓을 할 애는 아니야."

그 다정한 목소리를 듣고 있자 깊은 잠이 몰려왔다. 너무 울어서 그런가 봐. 내일 일어나면 오늘 일은 다 잊어야지. 거기서 있던 일다 잊어버리자. 앞으론 착하게 살 거야. 괜히 남의 가정에 얽히는 일 따위, 절대로 하지 말자. 자신을 노려보던 원망 가득한 소년의 눈동자를, 알레이시아는 기억 밖으로 밀어내고서 잠이 들었다. 그리고 일어났을 땐 이미 바다 한가운데였다.

"날 믿는다면서."

알레이시아는 두 손으로 얼굴을 감싸고 울음을 터트렸다. 하지도 않은 일을 덮어쓰고 쫓겨날 때도 슬펐지만, 부모님이 자신을 버렸단 생각에 더욱 슬펐다.

'이대로 물에 빠져 죽거나 물을 못 마셔 죽거나 둘 중 하나일까.'

어느 쪽이든 두렵다. 근처에서 들리는 풍덩 물 튀기는 소리조차. 알레이시아는 몇 시간을 연거푸 울다가 동이 틀 때쯤 해가 솟는 걸 보면서 가까스로 잠이 들었다. 그리고 깊은 잠 속에 빠져들어 가면서 다짐했다. 만약 살아난다면, 그땐 아무에게도 이용당하고 살지 않겠어.

그리고 눈을 떴을 때. 알레이시아는 커다란 배 위, 바닥에 누워 있었다. 벌떡 일어나서 주위를 둘러보자 하늘 한가운데 뜬 해가 보였다. 주위에는 험악한 인상을 한 채 온몸에 칼자국이 가득한 낯선 사람들뿐.

펄럭거리는 소리가 들려 고개를 들자, 저 위로 까만 해적기가 보였다. 공포에 질린 알레이시아에게 꼬질꼬질한 소년이 다가와 커다란 빗자루를 건넸다.

"일어났음 일해. 여기부터 저기까지 다 쓸고, 그다음엔 물걸레로 닦고, 그다음엔 다시 마른걸레로 닦아."

"2년이나 됐는데도 넌 여전히 쓸모가 없구나."

소년인 줄 알았던 아이는 그저 제대로 먹지 못해 못 자란 것뿐이었다. 아이는 2년 사이에 키가 쑥 커서 청년이 되었고, 잔소리도 그만큼 늘어났다. 알레이시아는 자신보다 반년 먼저 해적선에 구조된 청년을 쏘아보았다.

"방해할 거면 닥쳐줄래?"

"늘어난 건 욕하는 솜씨밖에 없어."

"혼자 힘으로 닥치기 힘들면 내가 닥치도록 도와줄까?"

알레이시아가 손에 든 커다란 부엌칼을 흔들자, 청년은 낄낄 웃으면서 옆으로 몸을 피했다. 알레이시아는 짜증스럽게 몸을 확 돌렸다. 해야 할 일이 산더미인데 왜 또 방해야? 그러다가 얼핏 이상한 걸 본 게 떠올라, 알레이시아는 다시 몸을 돌려서 청년의 허리춤을 보았다. 역시. 잘못 본 게 아니다. 청년의 허리춤에 못 보던 무기가 있었다.

"그거 뭐야?"

"단도."

"알아. 그걸 왜 네가 가지고 있어?"

"오늘부턴 나도 데려가준다고 해서."

"해적질에?"

청년이 씩 웃더니 단도 위를 통통 두드렸다.

"농담이고. 그냥 위협용으로 찬 거야."

"싸우는 건 아니지?"

"싸우진 않는데, 싸우는 시늉을 할지도 몰라."

"무슨 소리야?"

"해군 대장이랑 만난대."

알레이시아는 얼굴이 파래졌다. 해적들 사이에서 지내는 사이, 원치 않아도 여러 가지 이 바닥 소문을 들었다. 블루 보헤안의 해군 대장은 칼처럼 매섭고 차가운 성정이라 잡히는 족족 해적들을 목매달아 처형한다 했는데. 그런 사람과 만나는 데 따라간다고?

"넌 싸움도 못 하는 게 가서 뭐 하려고! 가지 마!"

"그냥 서 있기만 하는 거라니까?"

"서 있는 게 갑판 위가 될지 교수형대 위가 될지 네가 어떻게 알고!"

"해군 대장이라 해서 항상 우리랑 싸우는 건 아니래. 가끔씩 교류도 하나 봐."

"귀족들은 못 믿을 족속들이야!"

알레이시아가 말리지만, 청년은 말을 듣지 않았다. 그리고 다음 날. 알레이시아는 청년이 혼자서 달아났단 이야기를 들었다.

며칠 후, 청년은 목에 하얀 줄을 걸고서 교수형대 위에 서 있었고, 그 앞에는 '악명 높은 해적단의 3인자'라는 간판이 세워져 있었다. 알레이시아는 장을 보러 나왔다가 그 광경을 보고서 멍해졌다.

"멍청한 놈."

같이 장을 보러 나온 해적이 옆에서 혀를 찼다. 그 해적은 청년을 데리고 다니면서 이것저것 해적 생활을 가르쳐주었는데, 이 때문에 지금 상황이 영 탐탁지 않은 눈치였다. 알레이시아는 그 해적의 팔을 잡고 흔들었다.

"왜, 왜 쟤가 갑자기 3인자가 됐어요? 네? 저 해군 대장은 저 말을 믿는대요? 보기에도 멍청해 보이는데, 3인자란 말을 믿는대요?"

"안 믿겠지. 근데 클로디아 왕제가 해적 소탕이 잘 되나 확인하러 왔으니, 해군 대장도 적당히 우리한테 속아주는 거야. 죽이고 나면 그게 앞에서 3인자인지 끝에서 3인자인지 알 도리가 있나."

"말도 안 돼!"

"선장은 아끼는 부하들을 죽일 순 없으니 그냥 저놈을 보내는 거고."

알레이시아는 얼굴이 창백해졌다. 혼자 달아난 게 아니었어?

그 순간. 툭 소리가 나면서 청년의 발밑이 꺼졌다. 버둥거리는 청년을 보다가 알레이시아는 공포에 질려 비명을 삼켰다.

힘들지만 그래도 살아남아서 다행이야. 죽은 것보단 사는 게 낫지. 난 네가 살아나서 기뻐. 알레이시아가 울 때마다 옆에서 과일이나 과자를 챙겨주던 청년이, 이제는 갑판 위 생선처럼 파닥거리고 있었다. 그 모습을 해군 대장이라는 이와 왕족이 따분하게 바라보았다.

"달아나."

그때. 해적이 입술을 거의 움직이지 않고서 작게 말했다. 알레이시아는 놀라서 옆을 보았다. 해적은 일부러 옆을 쳐다보지 않고서 다시 말했다.

"저놈이 부탁했어. 순순히 죽을 테니, 자기 꼴 나기 전에 너 좀 빼내달라고."

"나, 나는……."

"악착같이 살아남으래. 저놈 유언이야."

알레이시아는 눈물을 글썽이면서 교수형대를 보았다. 청년은 아직도 버둥거리고 있었다.

"해적질을 하니 저 꼴이 나는 거지."

"사회가 한층 깨끗해지겠구만."

사람들은 손가락으로 청년을 가리키며 쯧쯧거린다.

아니야. 쟤도 나처럼 그냥 구출되어서 거기 잡혀 있던 거야. 알레이시아는 고함을 지르고 싶었지만, 입술을 꾹 깨물고 주먹만 쥐었다. 말을 하는 순간. 해적과 한패가 되어서 저기에 같이 목이 걸릴지도 몰랐다.

"가."

그러고 있자니, 해적이 알레이시아를 슬쩍 밀어냈다.

"못 본 척해주는 것도 잠깐이야."

알레이시아는 얼결에 사람들을 헤치고서 앞으로 앞으로 걸어갔다. 그러나 그 방향은 청년이 있는 쪽이었다. 해적이 뒤에서 "저런 미친!" 하고 욕을 뱉었다.

"왜 그 방향으로 가는 거야!"

그러나 알레이시아는 청년을 한번 보아야겠단 생각 외엔 들지 않았다. 그렇게 계속 앞으로 걸어가자, 마침내 교수형대가 코앞에 다가왔다. 눈이 마주치는 순간. 청년의 펄떡거리던 몸이 축 늘어졌다.

"으…… 으아아아아!"

알레이시아는 교수형대를 잡은 채 비명을 지르며 해군 대장을 노려보았다. 그 원한 가득한 눈빛을 본 해군 대장은 상황을 바로 눈치채고 벌떡 일어났다. 논란의 여지를 없애기 위해, 그는 병사들에게 '저 여자를 끌어내'라는 눈짓을 보냈다. 상황을 파악한 부하들은 달려들어 알레이시아를 붙잡았다.

"놔! 놓으라고!"

알레이시아는 발버둥 쳤으나, 병사들의 힘을 이기기 어려웠다.

그 순간.

"잠시."

해군 대장의 옆에 무료하게 앉아 있던 왕족이 손을 들었다. 그 말이 떨어지자마자 병사들은 알레이시아를 놓았다.

"뭐야?"

"무슨 일이야?"

사람들이 웅성거렸다.

그때, 바람이 불면서 밧줄에 매달린 청년의 몸이 흔들렸다. 몸이 한 바퀴를 돌면서 알레이시아는 죽은 청년의 눈과 다시 마주쳤다. 순간, 죽은 청년의 목소리가 알레이시아를 뒤덮었다.

― 악착같이 살아남아.

알레이시아는 병사들을 뿌리치고 왕족의 앞으로 달려가 외쳤다.

"해적들에게 납치되어 있었습니다, 도와주세요!"

립트의 항구에서 월대륙 사람들의 옷차림은 몹시 눈에 띨 수밖에 없었다. 화대륙과 월대륙의 복식이 머리부터 발끝까지 다른 탓이었다. 게다가 그 눈에 띄는 복장을 하고서 분위기까지 유달리 어수선하니, 항구를 지나다니는 이들은 전부 다 서대제국 일행을 힐긋대며 수군거렸다. 그 관심은 립트의 병사들이 카프멘의 종자에게 급한 전갈을 받고 뛰어와 합류하자 더욱 커졌다.

"무슨 일이야?"

"몰라. 월대륙과 무역을 하니 어쩌니 하더니, 그 치들인가?"

"문제가 생긴 모양인데?"

"그럴 줄 알았지. 월대륙 사람들을 어찌 믿나."

"아니, 그런 분위기가 아니야. 저 사람들 좀 봐. 울고 있잖아."

그러나 막 배에서 내린 이들에게는, 누가 자기들을 힐긋거리는지 아닌지는 문제도 아니었다. 황후가 사라졌다. 룁트의 왕족과 함께. 그들은 머리가 새하얗게 질려서, 다른 데에는 생각을 팔 겨를도 없었다.

"그러면 등록된 조난자가 없단 말입니까?"

"이 근처에는요? 여자 하나 남자 하나. 꼭 그 구성이 아니어도 됩니다."

"우리 같은 이대륙 사람인데. 딱 보기에도 눈에 띄는 분이에요."

"둘 다? 아니, 한 명은 여기 사람이고."

그렇게 한참을 돌아다닌 후. 흩어졌던 동대제국 교역단은 모두 침울한 얼굴로 한자리에 모였다.

"소득이 있습니까?"

아르티나 경이 무거운 얼굴로 묻자 랑드레 자작은 고개를 저었다. 로라는 두 손으로 얼굴을 감싸고 비명을 질렀다.

"말도 안 돼! 그렇게 이상한 현상이 벌어졌는데, 우리 배만 흔들렸다고요? 다른 조난자가 왜 없어요? 우리 폐, 아니, 나비에 님이랑 카프멘 대공이 아니어도 조난자가 분명 더 있을 텐데!"

맞은편에 선 카프멘 대공의 종자는 시무룩하게 알려주었다.

"월대륙과 화대륙 사이를 오가는 배 자체가 드뭅니다. 그러니 말이 안 될 일은 아닙니다."

다리에 힘이 풀린 로라는 주저앉아서 허망하게 중얼거렸다.

"이럴 수가……. 그래도 말이 안 돼요."

다급해진 담당 대신은 선장에게 물었다.

"다시 배를 띄워 그 주위를 살펴야 하지 않겠소? 그 주위에 섬이라거나, 그런 곳은 없소?"

선장은 침통하게 대답했다.

"구조선은 물론 보낼 겁니다. 다만……."

"다만 뭐? 말을 하게."

"교역품들은 어떻게 할까요? 얼음으로 얼려두긴 했지만 신선하게 유지해야 하는 물품이 많아서, 계속 여기에 둘 수는 없을 텐데요."

몇 시간에 걸친 의논 결과, 담당 대신은 월대륙에 전서조를 급히 보냈다. 이후 자세한 사안을 알리기 위해 서대제국으로 돌아갈 사람, 항구에 남을 사람, 구조대에 합류할 사람, 근처 항구에 가볼 사람, 수도로 갈 사람 등으로 일행을 나누었다.

"바다 도료를 바르고 타셨으니, 물에 빠지진 않으셨을 겁니다."

"네. 화대륙 육지에 도착한다면 무슨 수를 써서든 여기 항구로 오실 겁니다. 만약 항구에서 만나지 못한다면 수도로 오실 테고요."

"카프멘 대공도 함께 있으니……."

"카프멘 대공이 곁에 없을 수도 있, 죄송합니다."

각자 맡은 역할에 따라 헤어지는 길. 수도로 가게 된 로라는 항구에 남기로 한 아르티나에게 매달리며 훌쩍였다.

"아르티나 경, 나도 여기에 같이 있는 게 낫지 않을까요? 황후 폐하는 여기로 오실 것 같은데요."

"로라 양. 황후 폐하께서 바로 수도로 가게 된다면, 낯선 곳이니 누구보다 로라 양을 보고 싶어 하실 겁니다."

나와 카프멘 대공을 배 밖으로 던져버렸던 바다는 지금은 너무나 조용하고 잔잔하다. 바닷새가 머리 위에서 내는 끼룩 소리는 평화롭기까지 했다. 어쩌면 맞은편에 앉아 태연히 차를 마시는 저 4기사단장 때문에 더욱 평화롭게 보이는 것 같기도 하고…….

"갑자기 배 밖에서 무언가가 튀어 올랐다……. 하면 그게 무엇인지는 못 보셨습니까?"

"커다란 다리 같았어요. 사람의 다리 형태는 아니었는데."

"대왕오징어 같은 거였습니까?"

"주위로 하얗게 물살이 같이 튄 데다, 뒤이어 작은 물고기들이 무수히 뛰어올라서. 정확히 뭐였는지 모르겠어요."

어쨌든 왜 조난당했느냐는 에인젤의 질문에는 솔직하게 대답해 주었다. 바다에서 일어나는 일이라면 연합 간에 눈치 싸움을 벌일 일은 아니니. 내 설명을 들은 에인젤은 고개를 끄덕이더니 뒤를 돌아보며 부하에게 물었다.

"받아 적었어?"

부하는 빠르게 손을 놀리더니 펜을 내려놓고서 대답했다.

"예."

에인젤은 다시 카프멘 대공에게 물었다.

"대공께서도 같은 걸 보았습니까?"

대공은 무표정한 가운데 입술 끝만 살짝 올렸다.

"난 제대로 본 게 없습니다."

"갑판에 나와 있었다면서요?"

"정신이 다른 데 팔려서."

"어디에 팔렸는데요?"

"……"

카프멘 대공은 대답 대신 에인젤의 부하가 가져다준 차를 한 모금 마셨다. 그걸 본 에인젤은 눈을 가늘게 뜨더니 미묘하게 웃었다. 그 모습이 좀 기분 나쁜가. 카프멘 대공의 미간 사이가 약간 구겨졌다. 아. 어쩌면 에인젤이 기분 나쁜 생각을 해서인지도.

"어쨌든 나비에 폐하께선 뭘 보긴 봤지만 제대로 못 보았고. 카프멘 대공께선 아예 본 것도 없고. 별로 도움이 안 되시네요, 두 분 다."

이 인간은 생각만 기분 나쁘게 하지 않는구나. 생각한 걸 굳이 또 밖으로 표현을 하네. 나는 부채를 만지작거렸다. 저자의 입을 때리고 싶어. 다섯 때쯤.

에인젤을 만날 때마다 내가 이토록 폭력적인 사람이었나 생각하게 된다. 그 생각이 우습나. 카프멘 대공이 에인젤을 냉랭하게 쳐다보다가 갑자기 풋 웃음을 터뜨렸다. 그걸 본 에인젤이 눈을 가늘게 뜨는 바람에, 나는 저 비상한 여우가 이번엔 또 뭘 알아낼까 싶어서 얼른 끼어들었다.

"에인젤 경은 뢰트에 왜 가는 건가요?"

다행히 돌린 화제가 효과가 있었다. 에인젤은 카프멘 대공에게서 시선을 떼더니 나를 보고서 의외란 듯 물었다.

"제가 뢰트에 가는 건 어떻게 아셨습니까?"

"내가 화대륙에 가는 걸 알면서도 아무 말을 하지 않으니까."

"?"

"월대륙에 데려다줄 수 없어서 미안하다던가, 시간이 좀 걸릴 거라던가, 그런 말들. 그렇다면 그대의 목적지도 나와 같단 뜻이겠지요."

에인젤의 표정이 밝아졌다.

"황후 폐하는 다른 길로 와도 늘 저와 같은 데 도달하시는군요."

……칭찬이야?

뢰트까지 가는 뱃길은 하루 이틀로 부족하다. 그리고 내겐 갈아입을 옷이 없고. 이 말은, 나 역시도 4기사단 복장을 입어야 한단 뜻이었다.

옷을 갈아입기 전. 나는 하얀 제복을 두 손에 들고서 두 종류의 자존심 사이에서 갈등했다. 냄새나는 옷에서 최대한 냄새를 빼고 입을 것이냐. 적의 옷을 얻어 입을 것이냐.

"황후 폐하?"

고민하는 시간이 생각보다 길었나. 카프멘 대공이 선실 밖에서 문을 두드리고 나를 불렀다. 내가 옷을 갈아입으러 들어가서 계속 나오지 않으니 걱정이 된 모양이었다.

"곧 나갈게요."

결국 나는 4기사단 제복 차림을 선택한 뒤, 옷을 갈아입고서 거울 앞에 서서 모습을 비추어 보았다.

'어색해.'

행진 때 동대제국 근위기사 제복을 입은 적은 있다. 하지만 초국적 기사단 제복이라니…….

괜찮아. 난 실리를 쫓는 거야. 이 와중에 여기 제복을 입기 싫다고 냄새나는 옷을 입는 게 더 이상해. 벌거벗고 지내면 더욱더 이상하고.

그렇게 스스로에게 다짐하듯 연거푸 말한 후에야 나는 문을 열고 밖으로 나갔다.

'이 사람들이!'

문 앞에 몰려 있는 4기사단을 보자마자 다시 선실로 돌아가 문을 닫아야 했지만.

'저기 모여서 뭐 하는 거야?'

내가 문고리를 잡고 씩씩거리자, 문 너머에서 에인젤이 웃어 댔다.

"죄송합니다, 황후 폐하. 황후 폐하께서 우리 제복을 입는 게 다들 신기한 모양입니다."

그렇다고 선실 앞에 다 같이 몰려 있으면 어쩌자는 거야? 기사들이 몰려들어도 기사단장인 자기가 쫓아내야 하지 않아?

정말로 얄미운 사람.

"황후 폐하?"

그가 불러도 내가 나가지 않고 버티자, 에인젤은 웃음기 섞인 목소리로 다시 설득했다.

"다들 물러나라 할 테니 나오시지요. 계속 거기 계실 수는 없을 텐데요."

사흘. 어쩌면 나흘. 바람이 몹시 거세서 배가 크게 흔들리긴 했지만, 그래도 전반적으로 무탈한 항해다. 날 볼 때마다 능글맞게 놀려대는 에인젤을 제외하면.

"제복이 잘 어울리십니다, 황후 폐하. 이쪽으로 오셔도 잘 어울리실 듯한데. 어떻게, 생각이 좀 있으신지?"

"내가 거기 가더라도 제복을 입을 일은 없을 텐데."

"왜 그리 생각하십니까?"

"난 그대에게 명령을 내리는 위치일 테니."

"!"

"그쪽 수장 자리라거나."

"생각해보니 황후 폐하의 명령을 받는 것도 즐거운 일이겠군요.

월대륙 수장 자리를 노리신다면, 이 에인젤은 황후 폐하께 한 표를 던지겠습니다."

……저게 여우인지 능구렁이인지, 누구라도 인정하는 연합 수장의 최측근이면서.

어쨌든 대체로 잔잔한 항해 끝에 마침내 육지가 보이기 시작해서, 맨눈으로는 육지를 볼 수 없지만 망원경을 통해 보면 긴 대륙이 보일 정도까지 가까워졌다.

"저기인가요?"

갑판에 서서 항구를 보다가, 나는 카프멘 대공에게 망원경을 건네며 물었다.

"네."

카프멘은 망원경을 받고서 잠깐 살피는가 싶더니, 망원경을 내리고서 대답했다. 그러고는 내 쪽을 보며 웃었다.

"저곳이 제 고향입니다."

얼마 지나지 않아 망원경을 들지 않아도 보일 정도로 항구가 가까워졌다. 참 놀랍지. 그 이국적인 광경을 보자, 이 와중에도 가슴이 벅차올랐다.

"그대 고향은 무척 활기찬 곳이네요."

"늘 꿈꿨습니다. 황후 폐하께 제 고향을 보여드리는 걸요."

"하긴. 그대는 뤼트와의 무역을 성사시키려 아주 고생을 많이 했지요."

"……"

"이렇게라도 와서 좋네요."

"저도 좋습니다. 좋은 분과 와서 더욱."

좋다는 사람치고는 표정이……? 그 하기 싫은 결혼 때문인가. 항구가 보이지 않을 때보다 오히려 안색이 어둡다. 나는 슬쩍 그의 눈치를 살폈다. 그러나 카프멘 대공은 아무 말도 하지 않았다. 내 의문을 들었을 텐데도.

말하기 싫은 부분이구나. 더 묻지 말자.

대신 나는 망원경을 만지작거리면서 앞의 경치를 넋 놓고 바라보았다. 처음으로 보게 된 화대륙의 나라. 이상한 기분……. 심장이 뛰었다. 하인리에게 뛸 때와는 다른 방향으로.

'언젠가 하인리와 함께 올 수도 있을까?'

마침내 배가 닻을 내리고 커다란 선체는 항구에 가까이 붙었다. 항구와 배 사이에는 다리가 내려졌다. 배에서 내려와 오랜만에 육지를 밟고 서자 몸이 출렁이는 이상한 느낌이 들었다. 그게 신기하지만, 나는 신기하지 않은 척 어깨를 펴고 턱을 들었다. 비록 4기사단 제복을 입고 있지만 그래도 위엄을 잃으면 안 되니까.

"웃지 마요."

하지만 위엄을 잃지 않으려고 해도 카프멘 대공이 옆에서 저렇게 웃어대면…….

"모른 척해요."

"늘 모른 척하고 있습니다."

"웃는 게 보이잖아요."

"옆을 보고 웃을까요?"

나는 카프멘 대공을 흘겨보았으나, 주위의 광경에 정신을 바로 빼앗기고 말았다. 경치를 둘러보느라 정신이 없어서 누군가를 흘겨볼 시간도 아까웠다.

날씨는 서대륙보다 훨씬 더운 거 같아. 이게 계절 탓인지 원래의 기후인진 모르겠지만.

"4계절 내내 덥습니다."

"그래서 대공의 옷이 그렇게……."

노출이 많은 거구나.

"예. 하지만 햇볕이 강할 땐 오히려 살이 드러나지 않게 입기도 합니다."

"똑똑."

그런데 대공과 립트에 대해 얘기하고 있자니 옆에서 에인젤이 노크하는 시늉을 목으로 냈다. 말을 멈추고 돌아보자 그가 친절한 투로 물었다.

"황후 폐하께서는 이제 어디로 가십니까? 수도로?"

아니라고 해봐야 믿지도 않겠지. 아니라고 해봐야 행선지를 감출 수도 없을 테고.

"근처 항구에 일행이 있나 찾아본 뒤에 수도로 갈 생각이에요."

솔직하게 대답하자, 에인젤은 고개를 끄덕거리며 말했다.

"그럴 거라 생각했습니다."

그러고는 잠시 한 박자를 쉬더니 눈웃음을 지으면서 물었다.

"저도 수도에 볼일이 있습니다. 괜찮으시다면 같이 가시겠습니까?"

아주 예상하지 못한 질문은 아니었다. 에인젤은 목적지가 륍트이고, 내 목적지가 륍트란 것도 알고 있고, 카프멘이 륍트의 대공이란 것도 알고 있으니. 하지만 허락해도 될까? 그가 무슨 목적으로 륍트에 가는 걸까? 같이 가는 게 우리에게 도움이 될까 해로울까.

이젠 더는 한배를 탄 처지가 아니다 보니 바로 대답하기가 어렵다. 나는 대답을 미루고서 카프멘 대공을 쳐다보았다. 지금 이 상황에서 카프멘 대공만큼 에인젤의 목적을 잘 아는 사람은 없으니까. 그라면 에인젤이 무슨 뜻으로 같이 가자고 하는지, 같이 가도 될지 판단하기 쉽겠지.

내 눈길을 받은 카프멘 대공은 바로 대답하지 않았다. 에인젤을 물끄러미 쳐다볼 뿐. 그러다가 내 쪽을 보며 물었다.

"황후 폐하께서 배 밖에 떨어지셨다고?"

맥켄나는 전서조가 보내온 편지를 읽다가 버럭 되물었다. 그러나 대답할 사람은 없었다. 이 편지를 가지고 온 전서조는 같은 일족이 아니기에, 그저 기진맥진해져서 풀썩 엎어질 뿐이었다.

"아이고!"

맥켄나는 두 손으로 자기 입을 가리고 펄쩍 뛰었다.

"이를 어째!"

그는 서둘러 하인리의 집무실로 달려갔다. 그러나 하인리는 집무실에 없었다.

"폐하께서는?"

묻고 물어서 가보니 하인리는 아기들을 데리고 보물방에 있었다.

"폐하!"

맥켄나가 허둥지둥 달려가자, 하인리는 아기들에게 보물을 자랑하다가 환한 얼굴로 돌아보았다.

"맥켄나. 이걸 봐. 우리 라리가 취향이 날 닮았어."

방금 전 받은 소식과 대비되게 밝은 얼굴이었다. 그걸 본 맥켄나는 더욱 속이 타서 벙벙 뛰었다.

"황녀님이 폐하와 취향만 닮았을까요. 그리고 지금 그게 문제가 아닙니다."

"왜?"

카이가 보석을 입에 물고서 깨물려고 하자, 하인리는 카이의 입에서 보석을 빼내면서 물었다.

"무슨 일인데 그래?"

"이걸 좀 보십시오."

맥켄나는 편지를 내밀었고, 하인리는 의아한 얼굴로 편지를 받아 들었다.

그 순간. 맥켄나는 아까의 놀라운 마음이 싹 가시면서 무서워졌다. 맥켄나는 본능에 따라서 다섯 발자국 뒤로 물러났다. 그사이, 하인리의 눈동자는 편지 위에서 몇 번 빠르게 움직였다. 그러다가 어느 한 지점에서 우뚝 멈추었다. 그 모습이 공포 연극의 한 장면처럼 보여서 맥켄나는 마른침을 꿀꺽 삼켰다.

천천히. 아주 천천히 하인리가 고개를 들었다.

"누가, 바다에 빠졌다고?"

동공이 커다래진 보라색 눈동자와 마주치는 순간. 맥켄나는 속으로 '큰일이다'라고 생각했다.

맥켄나가 "황후 폐하요"라고 대답을 하기도 전. 하인리는 눈 깜짝할 사이 크기가 줄어들었다. 잠시 망토 아래에 사라진 몸뚱이는 금빛 깃털을 가진 커다란 새가 되어 나타나더니, 두 발로 위풍당당하게 뛰어가다가 문을 향해 비행했다. 그 뒤를 아기새들이 좋다고 종종 따라갔다.

"아이구 폐하!"

맥케나는 황급히 달려가 두 팔을 뻗었다.

"잠시만요!"

무엄을 무릅쓰고서 맥켄나는 새로 변한 하인리를 꽉 안았다. 분노한 하인리는 맥켄나의 품 안에서 마구 날개를 퍼덕거렸다.

"아이고 폐하, 발톱! 좀! 아야!"

맥켄나의 얼굴에 빨간 줄 몇 개를 그은 후에야, 하인리는 씩씩거리면서 사람의 몸으로 변했다.

"어이구!"

졸지에 벌거벗은 하인리를 끌어안게 된 맥켄나는 치를 떨며 뒤로 물러났다.

"어우 흉해라! 내 눈!"

"왜 막는 거지?"

그사이. 가까이 다가온 아기새들이 작은 날개를 펼치고서 발밑에서 빽빽거렸다. 아기새들은 이 상황이 그저 즐겁고 신나 보였다. 하인리는 허리를 굽혀서 아기새들을 한 품에 안았다.

"왜 막는 건지 몰라서 물으십니까? 아시잖아요."

"……"

"그렇게 가셔서 뭐 하시려구요. 직접 화대륙에 가시려구요? 바다 위를 돌아다니면서 황후 폐하를 찾으시려구요?"

맥켄나가 타박하는 사이, 하인리는 말없이 아기새들만 얼렀다. 카이는 눈치껏 하인리의 손가락을 깨물었다.

"폐하. 지금 폐하는 책임을 부모님과 형님에게 미뤄두고서 자유롭게 행동할 수 있는 왕자님이 아니잖아요."

"알아."

"알기만 하시면 안 되죠. 행동도 하셔야죠."

맥켄나는 한숨을 내쉬었다.

"상황이 상황이니 이성을 붙잡고 있기 어려우시겠지만요. 그래도 이럴 때일수록 폐하는 중심을 지키셔야 합니다."

목소리에는 진심 어린 걱정이 가득했다. 라리는 아빠와 삼촌의 눈치를 보다가 슬쩍 발을 들어서 카이를 걸어찼다. 하인리는 분노한 카이가 라리의 발을 깨물고 더욱 대노한 라리가 카이의 머리를 날개로 내려치는 모습을 물끄러미 바라보며, 애써 들끓는 마음을 달랬다.

"네 말이 맞다. 소식은? 전서조로 전해졌나?"

"예."

"그러면 다른 일행은 화대륙에 도착했단 걸 테고. 제대로 된 소식을 전해야 할 테니, 일행 중 일부는 다시 돌아오겠군. 책임은 그때 따지고."

'책임'이란 말을 꺼낼 때 하인리의 표정이 유독 서늘했다. 하지만 맥켄나는 차마 그 부분까지는 무어라고 말리지 못했다.

하인리는 잠시 생각하다가 명령했다.

"크로우를 불러와."

잠시 뒤. 하인리는 옷을 갖추어 입고 집무실로 갔고, 크로우 역시 그쪽으로 불려 왔다. 불려 온 크로우는 아직 상황을 듣지 못해서 의아한 얼굴이었다. 그러자 의문에 가득 찬 얼굴은, 하인리가 짧게 상황을 설명하자 창백하게 굳었다.

"하면 저는……."

"화이트 몬드에서 뤼트로 가는 항해길. 그 사이를 잘 살펴보아라. 혹시 외딴 섬은 없는지, 사람이 사는 섬이라면 최근 구조된 조난자가 없는지. 그러다 퀸을 찾거든 상황에 따라 네가 판단해. 소식을 가지고 내게 돌아올지, 퀸 곁에서 호위를 할지."

"화대륙에 온 것도 이렇게 여행하는 것도 신기하네요."

"그렇습니까?"

"게다가 동행은 언제 뒤를 때릴지 모를 사람이라니."

내가 웃으면서 말하자 카프멘 대공은 덩달아 조용히 웃었다. 하지만 그러면서도 눈으로는 멀지 않은 곳에 선 에인젤을 살폈다.

이를 눈치 챘나. 에인젤은 앞서 걸어가다가 멈칫하더니, 돌아보며 내게 물었다.

"나비에 님. 일부러 들으라고 하신 말씀이지요?"

"아닙니다. 하지만 들어도 상관없다고 생각했어요."

에인젤은 '에구구' 괜히 약한 소리를 냈다.

지금으로부터 세 시간 전. 수도에 볼일이 있으니 같이 가자는 에인젤의 제안에, 나는 그러자고 대답했다. 어차피 목적지가 같다면 굳이 따로 갈 필요가 없다고 생각해서.

그리고 이 상황인 것이다. 원래는 길을 떠나기 앞서서 항구에서 내 일행을 찾아보았는데. 아무도 만나지 못해서…….

"사실 항구 쪽에 누군가 남아 있으리라 여겼는데. 의외네요."

"길이 엇갈린 모양입니다. 계획이 엇갈렸거나."

나는 말 머리를 쓰다듬으면서 오른쪽에서 왼쪽까지 경치를 모두 다 눈에 담았다.

하인리는 며칠 후면 내 편지를 받게 될까? 혹시라도 내가 물에 빠진 사실을 그가 듣게 되었다면, 무사히 뤼트에 도착했단 이 소식 역시도 금세 들을 수 있기를.

그리고 나중에. 나중에 집에 돌아가면, 이 이야기를 하인리와 아기들에게 들려주고 싶다. 끝없이 펼쳐진 사막, 그 위를 유유히 걸어 다니는 신기한 동물들, 커다란 양산을 하인에게 들리고서 양산만큼 커다란 의자에 앉은 채 이동하는 사람들, 그 의자를 운반하는 하인들……. 이 모든 것들을.

하지만 결국 시선은 천사의 이름과 얼굴을 가진 은발 여우에게서 멈추었다. 따로 가는 것보단 같이 가는 게 상대도 꿍꿍이를 더 만들지 못할 거라 여겼지. 그래서 제안을 받아들이긴 했는데. 과연 이건 옳은 선택일까?

야영을 하게 될까 봐 걱정했지만 해가 지기 전에 우리는 항구 근처의 다른 도시에 무사히 들어갔다. 이곳에서는 특이하게도 여행객들이 여관에서 지내기보다는 집을 빌려서 지내는 경우가 많다고 해서, 처음에는 여관을 잡으려던 에인젤도 카프멘에게 그 설명을 듣고는 넓고 호화로운 저택 하나를 빌렸다. 모래색으로 된 넓은 저택으로, 돌을 깎아서 만든 건물 외벽이 놀라울 정도로 섬세한 곳이었다. 문이 거의 없다는 점 역시도 신기하고.

'단 하루만 머물기에는 정말 매력적인 공간이야.'

늦은 밤. 나는 옥상으로 올라가 까만 하늘을 쳐다보았다. 하인리도 지금 하늘을 보고 있을까? 날 그리워하면서?

"황후 폐하."

그때 상념을 뚫고 뒤에서 목소리가 들려왔다. 카프멘 대공이었다. 나는 얼른 손을 내리고 그쪽으로 돌아보았다.

"잠시 함께해도?"

"물론입니다."

언제 뤼트의 복식으로 갈아입은 거지?

카프멘 대공이 저벅저벅 걸어오더니 곁에 나란히 섰다.

평소에도 뤼트의 복식을 자주 입긴 하지만, 약간 월대륙 식과 섞어서 입더니. 오늘은 철저하게 뤼트 식으로 입었구나. 덕분에 그의 상체가 드러난 살로 휑했다. 눈을 둘 곳이 없어서 나는 황급히 시선을 옆으로 두었다. 멀쩡한 남의 나라 복식을 두고 민망하게 보는 건 실례일 테지만, 아직은 정면을 볼 용기가 없었다.

"괜찮습니다. 저보단 용기가 있으시니."

"……생각에 대고 대답하지 말아요."

카프멘 대공이 나지막하게 웃었다.

"정말입니다."

"용기를 내고 싶은데 못 낼 일이라도 있나 봐요?"

"예. 사실 아주 쉬운 건데. 잘 안 되는군요."

"결혼 얘기?"

"!"

"하기 싫은데도 꼭 해야 할 정도로, 그대에게 도움이 되는 결혼인가요?"

카프멘 대공은 쓰게 웃었다. 그러고는 돌로 된 난간을 툭툭 두드려보다가 혼잣말처럼 중얼거렸다.

"이것 보십시오. 대답도 못 하지 않습니까."

"그대가 누구와 결혼하든, 나는 어차피 알게 됩니다."

"최대한 느리게 아시길 바랍니다."

"그대가 누구와 결혼하든, 우리 사이의 우정은 변하지 않아요."

카프멘 대공은 대답 대신 입꼬리만 어색하게 올렸다. 문득 카프멘 대공에게 그의 결혼 상대가 누구인지 계속 물어보아야 하는 건가, 망설여졌다. 그걸 원해서 이렇게 자꾸 그와 관련된 이야기를 하는 걸까?

"아닙니다."

"아니군요. ……생각에 대고 대답하지 말라니까."

내가 슬쩍 째려보자 카프멘 대공은 나지막하게 웃더니 주위를 둘러보았다. 아무도 없었다. 저 아래로 불침번 경비를 서는 4기사단 소속 기사의 정수리가 보일 뿐. 그러나 우리가 조용하게 대화를 나누면 들릴 만한 거리는 아니다.

그런데 왜 갑자기 주위를 살피지? 아. 혹시?

"에인젤 경에 대해 내게 알려주고 싶은 게 있나요?"

그래서 주위를 확인한 건가?

"예."

맞구나. 나는 안심해서 얼른 물었다.

"무엇인가요?"

에인젤의 알 수 없는 속내는 내내 상대하는 사람을 피로하게 했다. 여기로 오는 내내, 그는 누구보다 친절하고 산뜻하게 굴었다. 하지만 좁아지는 우리에 사람을 가두어 사람들 앞에 전시하고, 새가 된 하인리를 우리에 넣어 복도에 걸어두고, 내게 한편이 되고 싶다면서 뒤에선 동대제국에 손을 내미는 그런 자 아닌가. 겉으로 친절하다고 해서 절대로 믿을 수는 없지.

"모르겠습니다."

그런데 돌아온 대답은 의외였다.

"모르겠다니요?"

"말 그대로입니다. 무슨 생각을 하는지 모르겠습니다."

"생각을 읽을 수가 없단……?"

"그건 아닙니다."

생각은 읽을 수 있는데 무슨 생각인지 모르겠다니? 그게 무슨 뜻이지?

"그자는 지금까지 제가 만난 사람 중 가장 쓸데없는 생각을 많이 합니다. 심지어 정반대되는 생각도 자주 하다 보니, 그중에 뭐가 진심인지 들으면서도 알 수가 없습니다."

"그 말은……."

"머리를 빨리 굴리느라 그런 건지, 의식적으로 그런 건지, 원래 그런 성격인지는 모릅니다. 하지만 어느 쪽이든 경계해야 합니다. 늘."

"왜 룁트에 가는지는 생각하지 않던가요?"

"그 부분에 대해서는 단 한 번도 생각하지 않았습니다."

긴 여행 끝에 마침내 우리는 룁트의 수도에 도착했다. 룁트의 수도는 멀리서 볼 때부터 감탄이 터져나오는 아름다운 도시지만, 이번에는 이전의 도시들을 구경하듯 수도를 구경할 수가 없었다. 헤어진 일행들을 찾아야 해서. 이 탓에 나는 카프멘 대공과 함께 곧장 성 안으로 들어갔다.

"이쪽으로."

성 안에 들어가자 카프멘 대공은 곧장 방문객들을 안내하는 궁인을 찾아 물었다.

"월대륙에서 온 손님들은 어디에 있지?"

"그분들은 성 부근에 있는 저택을 빌려서, 거기에 거주하고 있습니다."

밤중에 불려나온 궁인은 카프멘 대공을 보고 몹시 놀라면서도 얼른 대답했다. 그리고 말을 마치자마자 펄쩍 뛰면서 뒤늦게 소리를 높였다.

"대공께서 월대륙 황후와 물에 빠졌단 이야기를 듣고 얼마나 놀랐는지 모릅니다!"

카프멘이 헛기침을 하고서 눈으로 나를 가리키자, 궁인은 '월대륙 황후'가 나란 걸 눈치채고서 사색이 되어 인사했다.

"죄송합니다, 월대륙 황후님. 호위들과 같은 제복 차림으로 계시기에."

항구에 도착한 후. 에인젤과 카프멘 대공은 내가 갈아입을 옷을 구해주었다. 하지만 전부 다 노출이 너무 심해서……. 다른 옷을 찾아보았지만 여기는 남자 옷이나 여자 옷이나 노출이 심했다. 결국 용기가 나지 않아 계속 제복 차림으로 있었는데. 그 탓에 궁인이 날 기사로 착각한 모양이었다.

"괜찮네."

이후 그 궁인이 우리 일행이 어디 있는지 자세한 설명을 해주어서, 나는 카프멘 대공과 함께 다시 궁을 나섰다. 물론 륍트의 황후, 이모나에게도 사람을 보내서 미리 양해를 구했다. 늦은 시간이라 지금 인사를 하기엔 예의가 아닌 듯하니, 내일 날이 밝은 후 인사를 하고 싶다고. 그러고서 밖으로 나오자 이미 소식을 듣고 달려온 로라가 궁전 문 앞에서 나를 맞이해주었다.

"황후 폐하!"

펄쩍 뛰면서 달려온 로라를 끌어안고 있자, 며칠 간의 불안한 마음이 싹 가신다.

"황후 폐하, 저, 황후 폐하, 갑자기 휭 하고 날아가셨다고 들어서, 전 선실에 있느라 못 봤는데, 듣고서 진짜, 진짜 많이 놀라가지고……."

로라는 엉엉 우느라 말이 뚝뚝 끊어졌지만, 무슨 말을 하고 싶은지 이해하지 못할 정도는 아니었다.

나는 로라를 품에 안고서 같이 나오려는 눈물을 참았다. 오는 내내 그저 경치에 감탄하고 신기하다고 감탄하고 이런 곳이 있다고 감탄했는데. 나도 모르는 불안한 마음이 있긴 있었나 봐.

"보내주신 서신 받았어요. 잘 이해는 안 갔지만요."

한참 만에야 로라는 눈가를 닦으면서 나를 놓고 부끄럽단 듯이 웃으며 물었다.

"뜬금없이 4기사단이랑 같이 온다니, 그게 무슨 뜻인가요?"

대답을 해주려다가 나는 문득 깨달았다. 에인젤. 그자가 어느 순간부터 보이지 않았다. 4기사단 기사들은 계속 같이 있는데.

어디 갔지?

"이렇게 늦은 시간에 알현을 허락해주셔서 감사합니다, 위대한 이모나시여."

길고 푹신한 의자에 옆으로 걸터앉은 이모나는, 한쪽 무릎을 굽히고 앉은 눈앞의 월대륙 사내를 물끄러미 바라보았다. 불빛을 받아 적색으로도 금색으로도 보이는 은발, 미소를 머금은 눈, 호의에 가득한 다정한 입술. 무척이나 아름다운 얼굴. 이국적인 미인의 모습을 보자, 이모나는 기분이 좋아져서 너그럽게 대답했다.

"이제 월대륙과 우리는 깊은 동맹 관계이니, 이런 배려는 충분히 해줄 수 있지. 그래, 월대륙의 기사는 날 무슨 일로 보자고 하였나?"

"우선 말씀을 드리기에 앞서, 제가 카프멘 대공을 구할 수 있던 일이 천운이었음을 알려드립니다."

"그래. 그대가 카프멘을 구했단 이야기는 들었네. 월대륙의 황후도. 감사를 전하지. 아. 혹시 그대가 원하는 건 그에 대한 대가인가?"

"지금 립트는 서대제국과 독점 교역을 하고 있다고 알고 있습니다."

"그렇지."

대답을 한 이모나는, 에인젤이 말을 꺼내기도 전부터 표정이 묘해졌다. 그가 하고 싶을 말이 무엇인지 바로 파악한 것처럼.

"그대는 나비에 황후를 구했지만, 나비에 황후의 아군은 아닌 모양이로군."

"경쟁 관계에 있다고 볼 수 있지요."

에인젤은 굳이 부정하는 대신 솔직하게 말하고서 한 발짝 이모나에게 가까이 다가갔다.

"하나의 세력이 모든 걸 차지하게 되면 여러 가지로 좋지 않다고 생각하지 않으십니까, 이모나?"

"흠."

"고인 물은 썩기 마련이고, 한곳에만 주어진 힘은 부패하기 마련입니다. 게다가 서대제국과만 교역을 하게 된다면, 서대제국에서 이후 폭리를 취하더라도 제대로 대응하기 어렵지요."

"그러니 그대 쪽과도 교역을 함께하자?"

"예."

"하지만 그대는 나비에 황후의 경쟁 관계라면서. 독점이 위험하다면, 나비에 황후와 사이가 좋은 다른 나라를 상대하는 게 나을 텐데."

"나비에 황후는 월대륙 내에서 지대한 영향력을 가지고 있습니다. 나비에 황후와 사이가 좋은 나라와 교역을 해봤자, 결국 나비에 황후의 손아래에 있게 되니 별 쓸모가 없습니다. 그러니…… 어떠십니까?"

에인젤은 빙그레 웃고서 미리 만들어 온 서류를, 이모나의 부하가 든 커다란 쟁반에 올려두었다.

"읽어보시지요."

알고 보니 '이모트'라 불리는 뤼프트의 왕은 현재 자리를 비운 상태라 했다. 이 때문에 다음 날 점심 식사는 이모나와 나, 단둘이서만 하게 되었다. 사실 '단둘'이라고 하기에도 애매하긴 하지. 멀지 않은 곳에서 이름 모를 악기를 든 아름다운 사람들이 잔잔한 음악을 계속 연주하고 있으니.

"늘 궁금했지요. 월대륙이 어떤 곳인가. 월대륙의 황후님을 뵈니, 어떤 곳일지 짐작이 가는군요."

이모나는 뤼프트의 특산품이라는 짙은 녹색 술을 따른 후, 잔을 약간 들어 보이면서 우아하게 웃었다. 마주 웃으면서 나도 그 행동을 따라 했다. 하지만 웃는 건 겉모습뿐. 속으로까지 웃진 못하겠다.

'보통내기가 아니로군.'

어떤 곳일지 짐작이 간다 하면서 그 짐작에 대해선 말하지 않잖아? 저런 식으로 표현하면 내가 어떻게 보일지 의식하느라 상대에게 휩쓸려버리기 쉽지. 사람을 다루는 데 아주 일가견이 있구나.

"밤중에 날 찾아온 그 남자와는 분위기가 많이 다르군요."

그러고 있자니 이모나가 더욱 능구렁이 같은 말을 한다.

속으로만 감탄하다가 나는 이모나를 쳐다보았다. 밤중에 찾아온 남자? 묘한 뉘앙스였다. 일부러 놀리는 듯한. 하지만 정말 그런 뜻일 리는 없고……. 눈이 마주치자 이모나가 웃음을 터트렸다. 보석을 엮어 만든 머리 장식 아래로 휘어진 눈이 누군가를 연상시켰다.

에인젤.

어제 갑자기 사라졌다 했더니. 여기로 온 건가. 나 몰래 와서 속닥거리고 같다면, 내가 들어서 좋을 얘기는 아니었겠네.

습관적으로 혀를 찰 뻔했지만 그러진 않았다. 대신, 나는 잔을 내려놓으면서 최대한 의미심장해 보이도록 물었다.

"이모나께선 월대륙이 어느 쪽 분위기이길 바라나요? 나 같은 분위기? 아니면…… 어제 본 그 남자 같은 분위기?"

이모나는 잠깐 눈썹을 치켜세웠으나, 곧 입꼬리를 올리며 되물었다.

"선택할 수 있는 건가요?"

"이모나가 우리를 선택할까요?"

더운 날씨에 완전히 짓눌린 부하가 빠른 속도로 부채질을 하며 물었다.

"글쎄."

에인젤은 태연히 대답하면서, 허리를 숙여 그의 키만큼 높게 자란 꽃을 보았다.

"이 꽃 이름이 뭐지?"

"지금 꽃이 문젭니까? 나비에 황후가 이모나와 만나고 있다는데요?"

부하는 끙 소리를 내며 이마를 짚었다.

"지금 무슨 말씀을 하고 있을지……. 보나 마나 단장님이 한 말은 죄다 헛소리이니 듣지 말라 하고 있겠죠?"

그러나 부하가 옆에서 걱정하거나 말거나, 에인젤은 휘파람을 불면서 아예 커다란 꽃의 높이를 쟀다.

"이걸 나비에 님에게 선물하면 어떤 반응을 보이시려나."

"그 꽃으로 단장님을 후려치려 하실걸요."

"……."

"살살요. ……애정을 담아서요."

에인젤이 무섭게 바라보자 부하는 얼른 기가 죽어서 말을 바꾸었다. 하지만 별개로 걱정은 여전히 가시지 않아서, 다시 에인젤을 채근했다.

"나비에 황후는 충분히 룁트를 압박할 힘이 있잖아요."

"그렇지."

"독과점을 막으려다 아예 교역 자체가 엎어질 수도 있지 않을까요?"

"그럴 수도 있지."

"그럼 안 되잖아요."

"뭐가 안 돼. 교역이 엎어지건 안 엎어지건 우리는 어차피 그대론데."

에인젤의 말에 부하는 고개를 기웃했다.

듣고 보니 그러네. 하긴. 홧김에 교역을 엎어봐야 교역에서 이득을 보던 나라들에게만 안 좋을 뿐. 옆에서 침만 흘리던 월대륙 연합에는 아무 영향이 없긴 했다. 월대륙 연합과 제국 연합 사이야 어차피 나쁘고······.

"뭘 걱정해. 어차피 독과점은 서대제국에 좋은 거지, 뢰트 쪽에 선 안 좋은 게 맞잖아."

나비에 황후는 뢰트를 압박할 힘이 있지만, 그런 식으로 시작된 관계는 장기적으로 좋지 않다. 게다가 독과점을 고집하면, 뢰트의 입장을 전혀 고려하지 않는 사람으로 보일 터. 이 모든 걸 순식간에 계산해낸 에인젤은 빙그레 웃고서 돌아섰다.

"우리 황후님이 고민 좀 하시겠는데."

"어? 이거 꽃 가져가신다더니요? 안 가져가세요?"

카프멘은 뒷짐을 진 채, 정원에서 유유히 홀로 산책 중인 남자를 바라보았다.

에인젤. 월대륙 연합의 4기사단 단장. 여기로 오는 내내 쓸데없는 생각만 하는 것 같더니. 언제 저런 일을 꾸민 건지, 지금 생각해도 시기가 짐작이 가지 않는다.

카프멘은 몸을 돌려 나비에와 이모나가 식사하는 곳 근처로 갔다. 어쨌든 저자가 무슨 꿍꿍이인지 드디어 알았으니, 나비에 황후에게 저 속내를 알려주어야 했다.

밖에서 좀 기다릴 생각도 했으나, 마침 나비에가 식사를 마치고 밖으로 나왔다. 카프멘은 다행이라 여기며 가까이 다가가려다, 머릿속에 쏟아지듯 들어오는 수많은 생각에 걸음을 주춤했다.

'이런.'

나비에 황후의 머릿속은 아까 에인젤이 말한 고민으로 가득했다. 이런 상황에서는 그가 다가가봐야 오히려 그 고민을 더욱 복잡하게 만들 게 분명하다. 카프멘은 머뭇거리다가 우선 그 자리를 벗어났다.

그러고 있자니 문득 동대제국에서의 일이 떠올랐다. 그때도 누군가의 생각을 피해 굳이 자리를 비킨 적이 있었다. 에르기 공작. 그와 특별한 교분은 없던 남자. 하지만 일방적으로 그의 기억에 남은 남자.

'그쪽도 상황이 복잡한 듯하던데. 지금은 좀 괜찮아졌나 모르겠군.'

카프멘은 당시 에르기 공작이 되새기던 그의 과거를 덩달아 떠올렸다.

이성을 찾은 알레이시아는 뒤늦게 공포에 질렸다. 해군 대장은 해적과 거래하는 사이였다. 그는 자신이 가짜 해적을 처형했다는 걸 숨기기 위해 이쪽을 해적으로 몰 거고, 왕족은 당연히 해군 대장의 말을 믿겠지. 설령 해군 대장이 나서지 않더라도, 저 왕족이 이쪽의 말을 믿어줄 리는 없었다. 이런 변명이 통한다면, 해적들이 잡힐 때마다 '나는 포로예요!'라고 주장할 테니.

'나도 저기에 목이 매달릴 거야.'

알레이시아는 낯빛이 해쓱하게 질렸다. 얼결에 자폭해버린 것이나 다름없었다.

"죄송합니다, 클로디아 왕제님."

해군 대장이 얼른 왕족에게 사과했다.

"저 여자도 해적입니다. 얼른 잡아들이겠습니다."

사과를 하면서도 해군 대장은 부하들에게 차갑게 눈짓했다. 얼른 저걸 치워, 하는 눈짓. 부하들보다 먼저 그 신호를 알아듣고서 알레이시아는 좌절했다.

그러나 왕족은 차갑게 같은 말만 되풀이했다.

"'잠시'라고 했다."

아주 잠깐, 해군 대장의 표정이 일그러졌다. 하지만 그는 곧 웃는 미소를 만들어냈다. 그사이. 알레이시아는 저 '클로디아 왕제'란 남자가 자신의 얼굴을 샅샅이 살피는 걸 느꼈다.

'내 얼굴에 관심이 있는 건가?'

자신도 귀족이지만, 이미 귀족이니 왕족이니 하는 이들에게 학을 뗀 알레이시아는 저 왕제가 자신의 얼굴에 반한 게 분명하다고 생각했다. 이전이라면 놀라고 기뻤겠지만 지금은 그런 마음이 들지는 않았다. 왕족들이 '반한다'는 건 자신이 생각하는 '반한다'보다 좀 더 가벼운 무게라는 걸 알기에.

내 얼굴이 마음에 들어? 그럼 날 구해! 당장!

대신 알레이시아는 속으로 외쳤다.

그 명령을 듣기라도 하듯 클로디아 대공이 말했다.

"가엾군. 해적은 아닌 것 같은데. 그렇지?"

대답이 정해진 클로디아 왕제의 질문에 해군 대장이 못 먹을 걸 먹은 얼굴로 웃었다.

"그럼요. 제 눈에도 그렇게 보입니다."

왕제는 고개를 끄덕이고서 일어났다.

"저 여자를 내게 보내라."

옷을 갈아입고 깨끗하게 씻은 알레이시아를 보며 해군 대장의 하녀 둘은 짓궂게 키득거렸다.

"해적질을 하고 다녀도 얼굴 반반하니 바로 용서받는구만."

"동료가 죽는데 자기 살겠다고 거짓말하는 꼴을 봐."

"왕제님도 참 너무하시지. 왕제비께서 집에 계신데, 뭐 하러 이런 범죄자를."

그들의 모욕을 한 귀로 흘려듣다가, '왕제비' 부분에서 알레이시아는 속으로 한탄했다. 아내가 있는 남자구나. 이번에도. 첫 단추를 잘못 끼운 건가. 아니면 아내 있는 왕족들은 대부분 양심이 없는 건가. 궁금해질 지경이었다.

이후 마차에 올라타고 왕제의 저택으로 가는 내내 알레이시아는 자신이 어떻게 처신해야 하는지 고민했다. 자신의 진짜 정체를 밝힐까? 차라리 그렇게 하면 이쪽이 귀족이고, 진짜로 해적들에게 잡혔단 걸 알 테니……

'안 돼.'

자신이 살아 있단 걸 알게 되면 부모님이나 크롬 공국 군주가 어떻게 나올지 모른다. 다들 동대제국 눈치를 보고 있으니. 그렇다고 또다시 아내 있는 남자의 곁에 있긴 싫었다. 하지만…… 무작정 도망치는 것 역시 여의치 않긴 마찬가지. 신분이 없으니 혼자 도망가서 살 방도도 막막하다. 일자리를 구하려고 해도 자신의 신분은 증명할 수 있어야 하는데.

'납작 엎드려서 지내자. 눈치껏 없는 것처럼 지내자. 그러면 나한테 관심이 식을 때쯤, 새로운 신분과 돈을 좀 챙겨줄지도 몰라.'

그래. 자존심을 굽히더라도 무조건 살아남을 것이다. 끝까지.

그러나 왕제를 따라 그의 저택으로 가고, 그곳에서 소비에슈 황태자 또래의 소년을 보는 순간. 알레이시아는 본능적으로 공포에 질렸다.

지금 이 꼴이 난 건 모두 다 소비에슈 황태자 때문이었다. 그 어린 소년이 울면서 자신에게 누명을 씌워서. 이번에도 같은 일이 반복되지 않을까? 상황이 더 나빠지는 건 아닐까? 알레이시아는 두려워서 아예 저택 입구에 선 채 들어가지도 못했다. 어린 소년이지만, 알레이시아의 눈에는 지옥 입구를 지키고 선 수문장처럼 보였다.

"에르기."

그때. 여기까지 오는 내내 아무 말도 하지 않던 왕제가 소년을 부르느라 처음으로 목소리를 냈다. 하얗고 털이 풍성한 고양이를 안고 있던 소년은, 아버지가 부르자 순순히 다가와 물었다.

"이 레이디는 누구인가요, 아버지?"

그 목소리에는 적의가 없었다. 오히려 조그만 아이가 다 큰 청년 귀족들 말투를 흉내 내는 게 몹시 귀여워 보이기까지 했다.

왕제는 알레이시아에게 소리 없이 눈짓했다.

'이름을 말하라는 건가?'

2년 동안 눈칫밥만 먹고 살아서 감이 좋아진 알레이시아는, 대번에 왕제의 의도를 눈치채고서 얼른 나섰다. 최대한 온화한 목소리로 대답했다.

"알레이시아입니다, 도련님."

"아름다운 이름이군요, 레이디."

다가온 소년이 작은 손을 뻗었다. 알레이시아가 소년의 손에 얼결에 자신의 손을 올리자, 소년은 귀족 남자들이 하듯 그 위에 가볍게 입을 맞추고 뗐다. 2년 동안의 고된 허드렛일로 알레이시아의 손은 이전처럼 곱지 않았고, 거칠고 헤진 수세미 같았다. 그런데도 소년은 전혀 개의치 않았다.

그제야 알레이시아는 소년이 작은 천사처럼 생겼단 걸 깨달았다. 갈색과 금색이 섞인 곱슬머리가 이마 위로 귀엽게 내려오고, 그 아래로 드러난 초록색 눈동자는 아주 커다랗고 귀여웠다. 온순한 눈매와 통통한 뺨. 이 모든 분위기가 소년이 어떻게 자라왔는지를 한눈에 보여주었다.

소년은 그림책 속에 나오는 모든 소녀들의 첫사랑 같은 얼굴이었다. 왕제 역시 그런 아들이 자랑스러운지 애정에 가득 찬 눈길을 소년에게 보냈다. 알레이시아는 저 왕제가 아들을 보는 눈길이, 오시스 황제가 아들과 손을 잡고 선 조그만 여자아이를 보는 눈길과 비슷하단 걸 눈치챘다.

"에르기."

"네, 아버지."

"알레이시아 양은 해적들에게 포로로 잡혀서, 많이 힘들게 지냈단다."

"아……."

해적 이야기를 듣자 소년의 표정이 우울해졌다. 동정심에 가득한 얼굴. 알레이시아는 조금 안심했다. 이렇게 착한 아이니까, 소비에슈 황태자처럼 그런 거짓말을 하진 않을 거야. 내가 자기 아버지의 정부가 되면 저렇게 고운 눈길로 날 보진 않겠지만, 그래도 거짓말로 누명을 씌울 아이는 아닐 거야.

'미안해.'

알레이시아는 소년에게 사과를 하다가 자기도 모르게 울음을 터트렸다. 그 표정을 본 소년은 눈을 휘둥그렇게 뜨더니 품 안에서 손수건을 꺼내 내밀었다.

"마음껏 우세요, 레이디. 그대가 더 아프지 않을 때까지. 제가 곁에서 늘 눈물을 닦아드리겠습니다."

애기 같은 얼굴과 전혀 어울리지 않는 말투. 알레이시아는 손수건을 받아 들다가 자신도 모르게 웃음을 터트렸다. 그걸 본 소년이 덩달아 따라 웃었다.

그 순간. 어째서일까. 원망스러운 눈길로 이쪽을 보던 또 다른 어린 소년이 생각났다. 알레이시아는 속으로 다짐했다.

절대로. 절대로 네겐 그런 상처를 주지 않을게. 난 그냥 살려고 온 거야. 그러니까, 살길을 찾으면 바로 떠날게. 그러니 나중에 진실을 알더라도⋯⋯. 조금만. 조금만 날 덜 미워해줘.

왕제가 내게 반한 게 맞나?

알레이시아가 자신의 확신에 의문을 가진 건, 그로부터 일주일이 지나서였다. 알레이시아는 '에르기'란 이름의 소년과 함께 하얀 고양이를 데리고 놀아주다가, 이상한 생각이 들어서 왕제의 방문을 쳐다보았다.

굳게 닫힌 문. 알레이시아는 아직 그 너머로 들어가보지 못했다. 아니, 왕제와 따로 대화조차 하지 못했다. 알레이시아는 이 집 안에서 정말로 손님처럼 지내고 있었다. 알레이시아가 고개를 기웃하자 에르기가 물었다.

"왜 그러나요, 레이디?"

"아니. 아니야."

"고민이 있다면 내게 말해요."

"고민은 아니고. 이상한 게 있는데."

"무엇인가요?"

"넌 말투가⋯⋯ 왜 그렇게 혼자 세월을 앞서가니?"

에르기는 눈을 동그랗게 떴다.

"제 말투가 이상한가요? 다른 영애들은 어른스럽고 듬직하다던
데요."

네가 말하는 그 영애들도 다들 꼬꼬마 애기들이니 그렇지…….
알레이시아는 속으로 하하 어색하게 웃었다. 그냥 어린아이의 허
세 같은 건가? 하긴. 그렇더라도 귀엽긴 했다.

"어머니를 위해서입니다."

그러나 기대하지 않은 대답이 들려왔다. 질문을 던지면서도 딱
히 이유가 있어서 저런 말투는 아닐 거라 생각했는데. 아이는 의외
로 제대로 대답했다.

"어머니는 날 아가처럼 취급합니다. 이만큼이나 컸는데. 난 어머
니에게 힘이 되어드리고 싶어요."

그래서 저런 말투를 쓰는 건가. 하지만 무슨 말투를 써도 아가는
아가인데. 알레이시아는 속으로 풋 웃다가, 뒤늦게 깨달았다. 그러
고 보니 왕제의 부인. 그때 해군 대장의 하녀들은 분명 부인이 있
다 말했고, 이 아이도 자기 어머니가 곁에 있는 것처럼 말하는데.
단 한 번도 여기서 본 적이 없었다.

"알레이시아 양."

가까이서 들려온 목소리에 알레이시아는 놀라서 고양이를 놓쳤
다. 하얀 고양이가 풀쩍 에르기의 품으로 파고들었다.

"네?"

알레이시아는 얼른 벌떡 일어났다. 어느새 온 거지? 집사가 앞에 서 있었다.

"왜 그러세요?"

"왕제님께서 할 말이 있으니, 응접실로 오라 하십니다."

드디어.

알레이시아는 마른침을 삼켰다. 이제야 왕제가 본색을 드러내려나 보다. 분명 정부가 되라고 요구하겠지. 그럴 수 없다고 하면 쫓겨날까?

그러나 응접실에 가보니 그런 분위기가 아니었다.

'뭐지?'

왕제는 빳빳한 제복 차림으로 창문 앞에 칼처럼 서 있고, 창문은 활짝 열려 있었다. 응접실 중앙에는 이젤이 놓여 있는데, 특이하게도 그 위 그림을 천으로 덮어 가려두었다. 집사는 그 이젤 옆에 한 손을 구부린 채 서 있고.

'저건 또 뭐고?'

어리둥절해 있는 알레이시아에게 황제는 별다른 설명을 하지 않았다. 대신 집사에게 눈짓했다. 그러자 신호를 받은 집사가 얼른 그림을 덮은 천을 치웠다. 그림이 드러난 순간. 알레이시아는 놀라서 눈을 휘둥그렇게 떴다.

'저 사람……?'

그림에 그려진 여자는 자신과 몹시 닮은 얼굴이었다.

"마님의 초상화입니다."

집사가 설명했다.

"왕제비……님?"

알레이시아는 조심스럽게 물었다. 왕제비. 에르기의 어머니. 분명 있는데 집 안에 흔적이 없는 그 사람. 동일인이라 착각할 정도는 아니지만, 사촌이나 자매라고는 우겨볼 만큼 닮았다.

'그래서 처음에 내 얼굴을 그렇게 빤히 쳐다봤구나.'

알레이시아는 왕제의 눈치를 살폈다.

내 얼굴과 왕제비의 얼굴이 닮은 게 저 사람이 날 구한 이유인가? 닮은 얼굴을 어디에 사용하고 싶어서?

그러나 왕제는 끝까지 말을 하지 않았다. 대신 집사가 이번에도 설명했다.

"왕제님께서, 시키는 일을 해낸다면 새 신분과 정착 비용을 준다 하십니다."

"새 신분……!"

그 말은. 이제는 크롬 공국의 알레이시아나 해적의 포로 알레이시아가 아니라, 다른 알레이시아로 죽을 걱정 없이 살아갈 수 있단 뜻인가?

"정, 정말이세요?"

"이리 앉으시지요. 얘기가 깁니다. 설명해드리겠습니다."

"왕제비님은 부모를 일찍 여의고 먼 친척 집에서 지내다가, 나중에는 시골 별장에서 홀로 지내게 되셨습니다. 몸이 너무 약하셨거든요. 요양 겸 사람도 피할 겸, 사교계 데뷔조차 하지 않고 지내셨습니다."

"아……."

"왕제님께선 일 때문에 그 근처로 갔다가 비를 피해 그 별장에 가게 되셨지요. 그곳에서 두 분은 사랑에 빠졌고, 결국 결혼 후 왕제비님은 이곳으로 옮겨 오셨습니다."

"그렇군요."

"하지만 여기에 온 후 몸이 더 약해지신 데다, 원체 사람 만나는 걸 싫어하는 분이셔서……."

알레이시아는 방으로 돌아와 집사가 해준 이야기를 머릿속에서 정리했다.

몸이 아주 약한 데다가 사람들을 싫어하는 탓에, 결혼식 이후로도 왕제비는 저택 안에서 조용히 살았다고 한다. 사실 결혼 직후에는 지금만큼 몸이 약한 건 아니었으나, 젊고 건강한 동생을 견제한 왕은 왕제비가 병약하고 가문도 한미한 걸 오히려 마음에 들어 해 이 상황을 방치했다고. 그러나 시간이 지나면서 왕제비는 정말로 건강이 급속히 나빠졌고, 이제는 저택 밖은커녕 방 밖으로 나오기조차 힘들 정도가 되었다.

문제는 그 즈음해서 왕비와 왕이 크게 다투고, 화가 난 왕비가 모국으로 돌아가버리면서 터졌다. 왕비가 돌아오기 전까지는 다른 사람이 사교계를 이끌어야 하는데, 왕자와 공주는 사교계 데뷔는커녕 사교계가 뭔지도 모를 어린아이들이고, 다음 순서인 왕제비는 저택에 틀어박혀 나오지 않는 것이다.

몇 년간 사교계가 방치되다시피 하자, 감히 왕비에게 화를 낼 수 없던 귀족들은 상대적으로 힘이 약한, 게다가 힘이 되어줄 친정이 없는 왕제비에게 불만을 드러냈다.

이런 상황에서, 몇 년째 블루 보헤안과 은근한 기싸움을 해온 서왕국이 귀한 손님을 보내 화해의 분위기를 일구겠다고 나섰다. 왕제가 원하는 건 서왕국 귀빈을 접대하는 자리에 알레이시아가 나가서 '몸이 약한' 왕제비 흉내를 내며 적당히 참석만 해주고 가는 것.

"대화를 할 필요도 춤을 출 필요도 없다 하십니다. 마님이 병약하신 거야 모두 알고 있으니, 그냥 참석했단 정도만요."

집사가 말하길, 왕제는 이번 자리에 왕제비가 얼굴을 비춘다면, 이후로 몇 년은 귀족들이 잠잠해질 거라 생각한다고.

'괜찮을까?'

알레이시아는 초조하게 창문 밖을 바라보았다. 왕제비의 얼굴을 아는 몇 안 되는 사람에게는 왕제가 양해를 구해둘 테니 괜찮다지만…… 그래도 누군가의 흉내를 내다니.

그때. 바람이 불면서 나뭇잎에서 스스스스 하는 소리가 났다. 반이 부러진 나뭇가지가 바람에 흔들렸다. 그 모습이 죽은 청년. 해적의 죄를 덮어쓰고 죽은 그 청년처럼 보였다.

'해야 돼.'

오싹해진 알레이시아는 주먹을 꽉 쥐었다.

'살아남을 거야.'

서왕국에서 귀한 손님이 왔다는 그날.

"파티는 일주일 동안 계속됩니다. 알레이시아 양은 그냥 왕제님 옆에만 있다 오시면 됩니다. 왕제님께서 적당히 머물다 적당한 때 나오실 테니까요."

마차에 타려는 알레이시아에게 집사가 다시 한번 당부했다. 알레이시아는 고개를 끄덕이다가 문 앞에 선 에르기를 보았다. 에르기는 고양이를 안은 채 이쪽을 멍하니 보고 있었다.

'내가 왕제비님처럼 꾸며서 그렇구나.'

알레이시아가 웃으면서 손을 흔들자, 에르기는 고양이의 발을 잡고서 같이 인사하는 시늉을 해주었다. 알레이시아는 마차 안에 타서 호흡을 가다듬었다.

"잘할게요."

마차가 덜커덩덜커덩 이동하는 사이, 알레이시아는 작은 목소리로 왕제에게 다짐했다.

"……."

왕제는 대답하지 않았다. 언제나 그렇듯.

알레이시아는 씁쓸하게 웃었다.

'뭘 보고서 이 사람이 나한테 반했다 생각했던 건가 몰라. 아예 나와 말 섞기조차 싫어하는 사람인데.'

마침내 마차가 멈추어 섰다.

최고급 향수와 감미로운 음악으로 가득 찬 홀 안에 2년 만에 들어서는 순간. 알레이시아는 옛 향수에 사로잡혔다. 잘할 수 있을까, 긴장했던 마음은 순식간에 사라지고, 연회장 안 모든 사람들의 눈길을 사로잡던 매력적인 자신감이 밖으로 나왔다.

"클로디아 왕제님과 왕제비님 드십니다."

기사가 소리를 높이자, 홀 안의 사람들이 모두 다 이곳으로 시선을 던졌다. 알레이시아는 당당하게 가슴을 펴고서 우아한 미소를 띤 채 화려함 속으로 걸어 들어갔다.

최대한 왕제비와 비슷하게 꾸미기 위해서 거의 다섯 시간 가까이 공을 들였는데. 막상 연회장 안에 머무른 시간은 10분 정도가 고작이었다. 아직까지 귓가를 맴도는 미뉴에트의 소리에 취해, 알레이시아는 마차 창가에 머리를 기댔다. 옛날 일이, 평화롭던 과거가, 엄하지만 상냥하던 부모님이 떠올랐다. 다정하던 친구들도.

그때, 왕제가 물었다.

"원래 귀족이냐."

이곳에 온 후 처음으로 건 말이라, 알레이시아는 놀라서 얼결에 진실을 털어놓았다.

"네."

나중에야 아차 싶었지만 이미 털어놓은 후였다. 알레이시아는 걱정했다. 혹시 어디 귀족인지 물어보면 어쩌지?

그러나 왕제는 더 묻지 않았다.

"그런데도 출신을 밝히지 않고 버티다니. 너도 꽤 기구하게 살아온 모양이로구나."

왕제는 그 말을 끝으로 다시 창밖만 바라보았다. 알레이시아는 왕제의 옆모습, 돌처럼 단단한 옆모습을 보다가 실제 왕제비가 어떤 사람인지 궁금해졌다. 에르기는 어머니 이야기를 자주 하지만, 에르기 속 왕제비는 거의 사람이 아닌 수준으로 미화되어 있어서 어떤 모습인지 알기가 어려우니까.

'오시스 황제와 얽히지 않았더라면…… 나도 이렇게 평화롭게 살았을 텐데.'

새삼 생각하니 옛날 일이 원망스럽다. 2년 만에 다시 맛본 귀족의 삶은 안락하고 달콤해서, 알레이시아는 애써 창밖을 쳐다보며 마음을 진정시키려 애썼다.

"도련님은 왜 파티에 가지 않아?"

다음 날. 두 번째 파티에 갈 준비를 하다가 알레이시아는 에르기에게 물어보았다.

에르기는 어깨를 으쓱했다.

"사람들이 많은 데 가면 건강이 상하잖아요."

알레이시아는 소년을 샅샅이 살폈다. 안색이 창백하지만 몸이 약해 보이진 않았다.

"대대로 내려오는 병이 있어요."

에르기는 다시 한번 태연하게 말했다.

"그래서 아버지가 사람 많은 덴 가지 말라고 해요."

"아……."

알레이시아는 어색하게 고개를 끄덕이며 생각했다. 혹시 왕제비와 같은 병인가? 그러고 보니 왕제비도 부모를 일찍 여의었다 했다. 먼 친척들 사이를 전전했단 걸 보면 가까운 친척도 없던 모양이고.

'위험한 병인지도……. 가엾어라.'

하지만 본인은 심각하게 생각하지 않는지, 에르기는 활짝 웃으면서 말했다.

"게다가 어차피 내 또래는 거의 안 왔다던데요."

"맞아. 거의 안 왔어."

"거봐요."

"아. 딱 한 명 있었는데."

"누구요?"

또래라고 하니 신경이 쓰이는지 에르기가 얼른 물었다.

"서왕국에서 왔다는 귀한 손님."

"손님?"

"그중에 도련님 또래가 한 명 있었어."

"어떤 앤데요? 여자애예요 남자애예요?"

"거기 둘째 왕자님이래. 근데 나도 얼핏 보기만 해서. 자세히는 못 봤어."

알레이시아는 스치듯 본 소년을 떠올렸다. 연한 금발 머리카락과 신비로운 보라색 눈동자를 지닌 소년이었다. 사람들 사이에서 혼자 반짝반짝 빛나서, 소년 근처를 지나갈 때면 모두들 입을 벌리고 소년을 쳐다보았다. 하지만 쪼끄만 게 벌써부터 분위기가 거만해서, 온몸으로 이 자리가 지루하단 걸 드러내고 있었지.

"네가 훨씬 멋져."

알레이시아가 확신을 가지고 덧붙인 말에, 에르기는 고개를 기웃하면서도 천사처럼 웃었다.

"만나보고 싶네요. 어떤 앤가."

"왕제비님께서 이젠 많이 건강해진 것 같으니 다행입니다."

"이렇게 재밌는 분일 줄은 상상도 하지 못했어요. 그동안은 왜 사람들을 만나지 않으셨던 건가요?"

"지금부터라도 종종 우리를 불러주세요."

"연회를 여는 게 힘드시면 저택으로 불러주셔도 괜찮아요."

하루 이틀 파티가 계속될수록 사람들은 단 10분씩만 모습을 드러냈다가 감쪽같이 떠나버리는 신비로운 왕제비에게 푹 빠졌다.

알레이시아는 병약한 왕제비 흉내를 내는 게 쉽다는 걸 알게 되었다. 집사가 설명한 것처럼, 사람들은 정말로 왕제비에 대해 아무것도 몰랐다. 왕은 알고 있지만, 애초에 이 일은 왕이 모른 척해주기에 가능한 것이고. 왕제 역시도 단순히 얼굴이 닮아서 데려온 해적의 포로가 생각보다 일을 제대로 처리하자 만족스러운 듯, 집으로 돌아가는 마차에서 처음으로 칭찬을 해주었다.

"잘해주고 있다. 그래도 혹시 의심하는 사람이 있을까 염려했는데. 그런 사람도 없고."

"아! 감사합니다!"

"서왕국의 즈멘시아 공작 부부가 특히 많이 칭찬하더군."

즈멘시아 공작 부부라면…… 알레이시아는 호랑이 같은 인상의 부부를 떠올렸다. 공작 부인 쪽도 무서운 인상이지만, 공작 쪽은 정말로 많이 무서워 보였다.

어쩌면 그 공작이 자기 나라 어린 왕자를 순간순간 무섭게 쳐다보아서 그런 걸지도 모르고. 도대체 그 어린애한테 뭐 그리 억하심정이 있어서 그렇게 노려본 건진 모르겠지만.

하여튼 그렇게 까다로워 보이는 사람들까지도 자신을 좋아한다고 말하자, 알레이시아는 기분이 붕 떴다. 마차가 거의 저택에 다도착했을 무렵. 알레이시아는 여기에 용기를 가지고서 조심스럽게 왕제에게 물어보았다.

"저…… 왕제님."

"왜 그러지?"

왕제가 나가려다가 다시 의자에 앉으며 물었다. 이전에는 본체만체했을 텐데. 많이 발전한 태도였다. 그 모습에 용기를 가지고서, 알레이시아는 기어 들어가는 목소리로 물었다.

"지금처럼 꼭, 아주 꼭 필요한 일에만 왕제비님 대역을 하고, 평소엔 일을 도우면서…… 이렇게 지내면 안 될까요?"

알레이시아는 왕제가 바로 '안 된다'고 말할 줄 알았다. 그냥 못

먹는 감이라도 찔러보잔 식으로 제안한 것이니. 그러나 의외로 왕제는 잠깐 생각에 잠겨 있다가 부정도 긍정도 아닌 애매한 대답을 내놓았다.

"생각해보지."

"정말요?"

알레이시아는 깜짝 놀라 다시 물었다. 그러나 왕제는 대답 대신 이번에는 밖으로 쌩하니 나가버렸다. 마차에 남은 채 알레이시아는 발을 동동 구르며 주먹을 쥐었다. 만약 여기서 왕제비 대역을 하면서 살 수 있다면…… 제발! 제발 그럴 수 있기를!

"싫어요!"

그러나 복병은 알레이시아를 잘 따르던 어린 소년에게서 시작되었다. 다른 사람은 몰라도 에르기는 자신을 편들리라 여겼던 알레이시아는 깜짝 놀라서 소년을 쳐다보았다. 에르기는 울상을 짓고서 거듭 자기 아버지에게 단호하게 말했다.

"레이디 알레이시아는 좋은 사람이지만, 어머니가 여기 멀쩡히 계시잖아요. 그런데 레이디 알레이시아에게 대역을 시키다니요. 싫어요, 아버지."

"대역이랄 것도 없다. 지금처럼 꼭 얼굴을 비추어야 할 때, 1년에 한두 번이면 돼."

"싫어요!"

"이번엔 반대하지 않았잖니."

"찬성하지도 않았어요! 사람들이 어머니를 두고 수군거린다니까, 한 번이라 생각하고 참은 거고요!"

"알레이시아 양이 대역을 해준다면 어머니를 두고 수군거릴 사람은 없다."

"하지만 그건 이미 어머니가 아니잖아요!"

애정 표현이 많진 않아도 늘 신뢰와 미소를 가지고 대하던 부자가 처음으로 언성을 높여서 싸웠다. 알레이시아는 한구석에 서서 초조하게 에르기와 왕제를 번갈아 쳐다보았다. 왕제는 아들을 설득하다가 머리가 아픈지 손을 저었다.

"이건 너 같은 아이와 의논할 일이 아니야. 네게 괜한 얘기를 했군. 나가거라."

에르기는 고양이를 안은 채 아버지와 알레이시아를 번갈아 쳐다보았다. 알레이시아는 에르기의 눈동자 속에서, 익숙한 그림자를 보았다. 소비에슈 황태자의 눈동자. 원망 가득한 시선. 알레이시아는 자기도 모르게 한 발짝을 내디뎠다.

"도련님."

그러나 에르기는 휙 돌아서서 다른 곳으로 가버렸다. 멀어지는 뒷모습을 보다가, 알레이시아는 왕제를 돌아보았다. 왕제는 심각한 얼굴로 팔짱을 낀 채 생각에 잠겨 있었다.

"왕제님. 저……."

"방으로 가 있어라."

알레이시아는 우물쭈물 머뭇거리다가 방으로 돌아왔다. 왕제는 다음 날에도 대답을 해주지 않았다. 에르기는 알레이시아를 피해 다니는지, 아예 모습을 보이지 않았다.

그 상태에서 알레이시아는 다시 파티에 갔다. 그곳에 있자니, 즈멘시아 공작 부부가 알레이시아에게 다가왔고, 알레이시아는 얼른 어지러운 마음을 감추고서 웃는 낯으로 부부를 상대했다. 10분은 쏜살같이 지나갔고, 마침내 다시 집에 돌아갈 시간이 되었다. 왕제비에서 해적의 포로였다가 구출된 '가엾은 알레이시아'로.

"오늘도 돌아갈 건가요?"

공작 부인이 웃으면서 물었다. 그렇다고 대답하려다가, 알레이시아는 그 사람을 한 번, 왕제를 한 번, 빠르게 번갈아 보았다. 그리고…….

"사실…… 집 안에 절 많이 닮은 해적 포로가 있어요. 남편이 구해 온 여자 포로예요. 그런데 남편이 너무 그 여자에게 관심을 가지는 것 같아서요. 가엾어서 데리고 있긴 한데, 자꾸 신경이 쓰이네요."

이모나와 둘이서 대화를 나누고 나니 마음이 더 복잡해지네. 하긴. 복잡해진 건 마음만이 아니다. 앞으로 교역 문제도 좀 복잡해질 것 같다.

'카프멘 대공과 상대할 때는 이런 걱정을 할 필요가 없었는데…….'

어쩔 수 없지. 카프멘 대공은 교역 상대국을 찾기 위해 전국을 떠돌며 고생을 했기에, 같이 처음부터 노력해준 내게 독점 교역권을 주는 걸 전혀 싫어하지 않았지만. 이모나는 그 과정을 겪지 않았잖아.

게다가 그 사람은 일반 왕족이 아니라 통치자이다. 첫 교역을 시작한 상대국에게 굳이 손해를 감수하면서까지 독점권을 주어야 할까, 망설일 수도 있어. 입장이 전혀 다르니. 실리와 의리. 둘 중 어느 쪽을 좇아야 할지에 대한 고민은 모든 통치자들이 의외로 자주 겪는 것이지.

그때. 멀지 않은 곳에 카프멘 대공이 보였다. 그는 벤치에 앉아 별을 보고 있었다. 손가락으로는 하나하나 하늘을 짚어보고. 뭐 하는 거지? 그러다 내가 다가가자, 카프멘 대공은 손가락을 내려놓으며 내가 묻기도 전에 먼저 털어놓았다.

"옛날 일을 떠올리던 중이었습니다."

"카프멘 대공의 어린 시절 말인가요?"

잘 상상이 가지 않는데.

아. 자기 일이 아닌가 보다. 카프멘 대공의 입꼬리가 미묘하게 올라가는 걸 보니.

"저도 그때 어리긴 했겠지요."

"다른 사람의 어린 시절이군요."

"네."

"누구 일인지는……."

"비밀로 하겠습니다. 그 사람을 위해서."

"그래요."

내가 가까이 다가가자, 카프멘 대공은 벤치에서 일어나더니 그곳을 가리켰다.

"여기 앉으시지요."

"곧 갈 거라."

고개를 젓자, 그는 나를 한번 보더니 하늘을 한번. 다시 나를 보더니 하늘을 한번 보았다. 무언가를 기억하려는 듯. 그러더니 바닥을 쳐다보며 갑자기 툭 말을 뱉었다.

"샬렛 공주님에게 청혼하였습니다."

그는 덤덤하게 말했으나 나는 놀랐다.

"정말인가요?"

카프멘은 내 쪽을 쳐다보지도 않고서 고개를 끄덕였다.

"예."

나는 할 말을 찾지 못해서 잠시 말을 잇지 못했다. 샬렛 공주와 카프멘 대공. 이 조합은 전혀 생각해보지 못했는데. 예상하지 못한 상대다. 게다가…….

"대공. 괜찮나요?"

나는 떨떠름한 내색을 최대한 감추고서 질문했다. 질문할 수밖에 없었다. 배, 섬, 오는 길에 들른 저택, 그리고 여기까지 오는 내내 카프멘은 결혼 생각을 하며 힘들어했으니. 며칠 내내 표정이 안 좋을 정도인 걸 보면, 분명 하기 싫은 결혼일 거라 생각했는데.

혹시…… 그가 샬렛 공주와 결혼하는 게 다른 어떤 이유가 있나? 정략결혼일 리는 없다. 정략결혼은 오히려 온갖 조건이 오고 가느라 연애결혼보다 더 까다로운걸. 그러나 륍트와 화이트 몬드 사이에서는 그런 게 오고 갈 어떤 조짐도 없었다.

카프멘은 입술을 달싹였다. 설명을 해줄 것처럼. 그러나 몇 번 그러다가 그는 딱 잘라 선을 그었다.

"제가 원해서 하는 결혼입니다. 황후 폐하께서 신경 쓰실 일이 아닙니다."

내가 오지랖을 부린다 여긴 걸까.

"……물론 그렇겠지요."

민망한 기분에 나는 어색하게 대답하고서 자리에서 일어섰다.

시무룩하게 멀어지는 뒷모습을 보자, 더 부드러운 말로 선을 그을 수는 없었나 자책하게 된다. 카프멘은 점점 멀어지는 옷자락을 보다가, 그 길로 곧장 이모나가 있는 곳으로 찾아갔다.

"주무시고 계신가."

"아직 안 주무시지만…… 내일 찾아오시지요."

"일단 왔다고 말은 전하게."

카프멘이 이모나의 방 앞을 지키고 선 호위에게 지시하자, 호위는 고개를 끄덕이고서 방 안으로 들어갔다. 잠시 뒤. 호위는 나와서 문을 열어주었다.

"들어오라 하십니다."

방 안에 들어가자, 제일 먼저 휜히 뚫린 한쪽 벽이 보였다.

화대륙, 그중에서도 뤼트의 궁전 내부는 월대륙과 차이가 많이 나는 편이었다. 이곳의 바닥은 값비싼 돌로 되어 있고, 한쪽 벽은 탁 트여 있어서 달빛을 받으면 바닥 전체가 은은하게 빛나는 구조였다.

그리고 이모나는 그 벽이 없는 쪽 바닥에 앉아, 하프와 비슷하게 생긴 이곳의 전통악기를 안고 있었다.

"이모나."

카프멘이 인사를 올리자 이모나는 장난스럽게 놀렸다.

"오랫동안 나가 있더니. 자세가 흐트러졌구나."

"드릴 말이 있습니다."

"은근슬쩍 하기 싫은 말도 피하게 되었고."

"……."

"농담이다. 말해보아라."

이모나는 악기를 내려놓고서 카프멘 쪽으로 돌아앉았다.

"사랑하는 여자가 생겼습니다."

카프멘의 말에 이모나는 웃음을 터트렸다.

"좋은 소식인데. 누구지?"

"월대륙 화이트 몬드의 샬렛 공주입니다."

"화이트 몬드라면……."

"예. 그곳의 항구를 빌려 무역을 진행하고 있습니다."

"오며 가며 사랑에 빠진 건가? 어떤 사람인지 궁금해지는데."

"제가 샬렛 공주에게 반하는 바람에, 샬렛 공주의 원래 혼담이 깨어졌습니다."

"이런. 경쟁자까지 있었어?"

이모나는 더욱 재밌어했다. 돌처럼 무뚝뚝한 카프멘이 심각한 삼각관계에 빠졌던 게 그저 흥미롭게 여겨지는 눈치였다.

"원래 샬렛 공주는 나비에 황후님의 오빠와 혼인하려던 사이입니다."

카프멘이 뒷말을 붙이자, 그제야 이모나의 입가에서 웃음기가 가셨다. 인상을 찡그리진 않았지만, 이모나는 '곤란한데' 하는 표정으로 턱을 괴었다.

"눈치를 보느라 아직 결혼을 공식화하지 못하였습니다. 하지만 결혼이 공식화되면, 제 입장이 많이 난처해질 것입니다. 탓하는 사람은 없겠지만 좋지 않게 보는 사람은 있을 겁니다."

"남의 혼담을 깰 정도면 그 정도 각오는 해야지."

"각오는 되어 있습니다. 다만, 이 와중에 립트가 동대륙 연합과 교역을 시작한다면 월대륙에서 제 입지가 아주 우스워질 겁니다."

"……."

"제가 샬렛 공주와 결혼을 한다면, 화이트 몬드 쪽을 이용해서도 서대제국의 독과점 현장을 충분히 견제할 수 있습니다. 이를 염두에 두고, 이번 일을 너그럽게 판단해주시길 바랍니다."

카프멘은 또박또박 제 할 말을 다 하고서 이모나에게 다시 한번 인사를 올렸다. 나가겠단 표시였다. 그 모습을 지켜보다가 이모나는 턱을 괴고 있던 팔을 내리면서 놀렸다.

"넌 옛날부터 그랬지. 속내를 감추는 게 정말 형편없어."

카프멘은 반응하지 않았으나, 이모나는 미소를 띠고서 한 번 더

찔렀다.

"아가야. 좋아하는 사람이 샬렛 공주는 맞는 거냐."

'역시 그 수밖에 없는가.'

밤새 머리를 굴린 탓에 눈꺼풀이 무겁다. 하지만 마음은 반대로 한결 가라앉았다.

'이모나를 협박할 수는 없으니, 에인젤을 협박해야지.'

에인젤이 게임을 좋아하니, 그걸 이용해서 그를 쫓아내야겠어. 그런데 내가 옷을 제대로 차려입기도 전에 기사가 밖에서 알려 왔다.

"황후 폐하. 4기사단장이 찾아왔습니다."

에인젤이? 이 시간에?

힐긋 시계를 보았다. 새벽. 시계를 안 봐도 창밖만 봐도 어둡다 는 걸 알 수 있는 새벽. 그런데 이 시간에 왔다고? 무슨 꿍꿍이로? 대책을 세우자마자 설마 한 건을 더 터트리러 왔나······.

"들여보내라."

불안하지만 내보낼 수는 없기에, 일단 가벼운 의상을 입은 후 들 어오게 했다. 문제가 있다면 그게 뭔지 보아야 해결 방법도 찾을 수 있을 테니.

그런데······ 무슨 일이지? 방으로 들어온 에인젤이 평소보다 더 화사하게 웃고 있었다. 입에서 꽃이 피어났나. 여기는 여름 날씨인데 혼자 봄이다.

아아, 무슨 일이 있긴 하네. 이모나를 제대로 뒤흔들어놓았으니.

"방금 전 이모나를 만나고 왔습니다."

역시. 이모나가 결국 그에게 긍정적인 대답을 해준 건가. 아니, 그보다 방금 전? 방금 전 만나고 왔다고? 시계를 다시 확인했다. 새벽인데. 이 시간을 새벽이라 여기는 건 나만의 기준이었나? 에인젤이 이 시각에 날 만나러 온 것도 의외인데, 그 전에 이모나까지 만나고 왔다니. 륍트에서는 하루를 더 빨리 시작하는 건지도 모르겠다.

"이번에도 나비에 님이 승리를 하셨더군요."

그런데 에인젤이 뒤이어 한 말이 이상했다. 승리라니? 비꼬는 건가?

인상을 찡그리고 그를 쳐다보았다. 에인젤은 이제는 가슴 위에 손을 올린 채 연극조로 한탄하고 있었다.

"다시 패배했으니, 저는 또 한동안 나비에 님께 사로잡혀 있게 생겼습니다."

무슨 소리야?

"전 지는 데 익숙하지 않아서요. 한번 지고 나면 며칠은 끙끙 앓습니다."

"헛소리."

"네, 헛소리를 들으면서요. 패배를 안겨준 사람이 꿈에 나타나 헛소리를 계속하죠."

"내가 그대 꿈에 나타나 헛소리를 한단 말인가?"

지금 '헛소리 하는 건 내가 아니라 너' 이런 걸 돌려 표현하는 거 같은데?

"그런데 나비에 님. 지금까지 너무 자연스러워 눈치채지 못했습니다만……."

"?"

"어쩔 땐 막 말을 놓으시고. 어쩔 땐 격식을 갖추어 말씀해주는데. 기준이 있는 겁니까?"

에인젤은 떠났지만 그가 남기고 간 말은 여전히 남았다. 내가 자기를 이겼다……. 이번에도 내가 승리를 하였다? 그 승리가 무언지 오히려 내가 더 궁금한데.

'혹시 카프멘이……?'

확인해보자. 나는 얼른 밖으로 나가 카프멘 대공의 거처로 찾아갔다.

"이 시간에 가시려구요?"

"그래. 룁트에선 이 시간에 다니는 모양이더라."

기사는 고개를 기웃하면서도 내가 확신을 가지고 말하자 순순히 앞서 걸어갔다. 이모나도 그렇고 에인젤도 그렇고. 카프멘 역시 룁트 사람이고 고향에 돌아왔으니, 지금쯤 멀쩡히 깨어 있을 거야. 나도 룁트에 왔으니 룁트의 방식을 따라야지.

"……죄송합니다. 이 시간에 찾아오실 줄은 몰라서."

아니었나.

카프멘 대공의 방문을 두드리자 그가 비척비척 걸어 나오는데, 누가 봐도 잠에 취한 얼굴이다. 단정하던 머리에도 새집이 지어졌고. 삐죽 올라온 그의 머리카락을 쳐다보자, 대공은 조금 낯이 붉어져 말했다.

"잠시 안에서 기다려주시겠습니까?"

카프멘이 들어가자 나와 함께 온 기사가 '거봐요'란 시선을 보낸다.

"나도 립트엔 처음 와서 그렇다."

민망한 기분을 감추기 위해서 나는 정색을 하고서 응접실로 들어갔다. 응접실에서 잠시 기다리자, 대공이 가벼운 가운 차림으로 갈아입고 나왔다. 머리카락은 잘 눌러둔 채.

"미안해요. 립트는 사람들이 새벽에 활동을 시작한다 생각했어요."

"그런 사람은 이모나뿐입니다."

아. 이모나가 특이한 경우였구나. 그래도 카프멘은 대충 내가 무슨 이유로 이 시간에 찾아온 건지 알겠지.

어색하게 웃고 있자니, 그가 따라 웃었다.

"이해했습니다. 오해하실 만했군요."

"내가 왜 이 시간에 여기에 왔는지 알아냈다면, 내가 무슨 이유로 여기에 왔는지도 알아냈겠군요?"

그러나 눈 깜짝할 사이 카프멘은 미소째 굳었다. 나는 그의 표정을 살피며 물었다.

"이모나는 분명 4기사단 단장에게 흔들리고 있었어요. 그런데 갑자기 마음을 바꾸었죠. 그대와 관련이 있나요?"

있나 보다. 바로 대답하지 못하는 걸 보니.

그는 머뭇거리다가 딱딱한 목소리로 말했다.

"오해하지 마십시오. 제게 유리한 방향을 선택했을 뿐입니다."

"나도 고맙다 말하러 온 거 아닌데."

"!"

"에인젤을 꺾을 방법은 내게도 있었어요. 혹시 그대가 나선 거라면, 헛수고였단 말을 하러 온 겁니다."

이렇게 말해두면, 그가 무슨 말로 이모나를 설득했든 여차할 경우 발을 빼게 하기 쉽겠지.

나비에 황후가 나간 뒤. 혼자 남은 카프멘은 씁쓸하게 웃었다. 방 안에 있을 때 나비에 황후의 속마음이 평소보다 가라앉아 있던 것도, 문이 닫힌 뒤 '이런! 이것도 들을 텐데!'라고 깜짝 놀라 한탄하는 것도, 그 와중에도 내내 표정에 변화가 없단 점조차 지독하게 사랑스러워 가슴이 시렸다.

"처음에 약을 먹지 않았더라면 좋았을걸."

카프멘은 공허하게 중얼거렸다. 하인리 황제가 나비에 황후를 만난 것과 그가 나비에 황후를 만난 건 사실 거의 비슷한 시기였는데. 그러나 하인리 황제는 그때부터 자기 마음을 잘 알고서 조심스럽게 다가갔고, 그는 자기 마음이 약 때문이라 생각하고서 피할 길을 찾아 떠나갔다. 그때 정반대의 길로 떠난 게 어쩌면 지금의 결과를 만들지 않았을까.

창문 밖으로 다시 그리운 속마음이 들려왔다. 카프멘은 기둥 가까이 다가가 등을 기대고 서서 눈을 감았다.

하인리는 지금쯤 뭘 하고 있을까. 내가 무사하단 소식은 들었나. 보고 싶어. 너무 걱정하지 말아야 할 텐데…….

이렇게 듣기 좋고 괴로운 말이 있을까.

날씨가 화창한 날. 사람들은 저마다 소풍 바구니를 들고서 밖으로 나들이를 나갔다. 일을 하느라 놀러 나갈 수 없는 사람들도, 오늘은 가게 문을 활짝 열고서 햇빛을 듬뿍 받아들였다.

넓게 펼쳐진 초록 들판 위에서 어린 여자아이도 제 엄마의 손을 잡은 채 들에 핀 꽃들을 꺾으며 놀고 있었다. 그러다 아이가 갑자기 하늘을 가리키며 외쳤다.

"엄마, 저거 봐요!"

여자는 아이에게 만들어줄 화관을 꿰느라 그쪽을 쳐다보지 못하고서 물었다.

"왜? 저기 뭐가 있는데?"

"독수리요!"

"독수리? 우와. 멋있겠네."

"금색이에요!"

"정말 멋지겠네."

여자는 입으로만 감탄을 하면서 부지런히 손을 움직였다. 엄마가 다른 방향을 보는 걸 모른 채 아이는 깡총거리면서 다시 외쳤다.

"근데 그 독수리가 참새한테 쫓기고 있어요!"

순진한 말에 여자가 웃음을 터트렸다.

"독수리가 참새한테?"

"웅! 조그만 새가 독수리를 이겨요! 독수리가 도망가!"

아이들 상상력은 참 풍부해. 여자는 다 만든 화관을 아이의 머리에 씌워주며 아이가 열심히 가리키는 방향을 덩달아 쳐다보았다. 나중에 오늘 일을 기억해뒀다가, 아이가 크면 놀려줘야지.

"!"

그러다 여자는 깜짝 놀라 화관을 떨어트렸다. 정말이었다. 정말로 커다란 금색 독수리가 꽁지가 빠져라 앞서 날아가고, 그 뒤를 조그만 파랑새가 '째째째째째' 하는 이상한 소리를 내며 쫓고 있었다.

"참새가 제일 센 새인가요?"

아이가 해맑게 웃으면서 묻는 질문에, 여자는 당황해서 눈을 비볐다. 작은 파랑새가 서대제국 황제의 최측근 맥켄나란 것도, 작은 파랑새에게 쫓기는 커다란 금색 독수리가 서대제국의 황제란 것도, 이 사이 좋은 모녀가 알 방법은 없었다.

"세상에. 정말인가요?"

공작 부인이 화난 얼굴로 묻자, 알레이시아는 힘없이 고개를 끄덕였다.

"가엾은 사람을 쫓아내지도 못하겠고…… 이래저래 골치가 아프네요."

"왕제님도 참 너무하시지. 세상에 그런 일이 있나."

옆에 있던 블루 보헤안의 귀족이 말을 걸지도 않았는데도 불쑥 대화에 끼어들었다.

"그러고 보니 저도 들었습니다. 왕제님이 이번 순방 때 웬 해적 포로 하나를 구해냈다고."

"세상에."

"반해서 구해주신 걸까요?"

"너무하는군. 그러면 왕제비님 입장이 난처해지지 않습니까."

"실망입니다."

이어서 사람들이 하나둘 수군거리기 시작했다. 알레이시아가 10분이 지나도 돌아오지 않자, 왕제는 몇 분이 지나고 이쪽으로 다가왔다. 가까이 온 왕제는 사람들이 떠들어대는 소리를 뒤늦게 듣고 깜짝 놀랐다. 그러나 이미 한두 명이 그런 이야기를 떠드는 게 아니었다. 알레이시아는 왕제의 허리를 감싸며 다정하게 물었다.

"사람들이 이야기하는 거 다 들었지요, 당신? 나와 닮은 여자가 있다 해서, 그 여자한테 흔들리거나 하면 안 됩니다?"

왕제의 표정이 싸늘하게 굳었다. 한여름의 더위에도 녹지 않을 그런 얼음처럼.

"어느 날, 내가 아닌 다른 여자가 나타나 왕제비라 주장한다거나, 내가 공식석상에 나오지 않는다면……."

"설마 그런 일이 있겠습니까. 말도 안 되지요. 염려 마세요, 왕제비님."

"가엾으신 분."

마차를 타고 돌아오는 길. 요 며칠 내내 밝았던 마차 안은 싸늘한 정적에 휩싸였다. 알레이시아는 왕제의 눈치를 살폈다. 그러다가 중간쯤 왔을 즈음.

"대역은 더 이상 필요 없다."

왕제가 차갑게 딱 잘라 말했다.

"짐을 싸서 떠나."

"지금요?"

"내일 날이 밝자마자 가라."

"싫어요."

알레이시아는 여기서 순순히 떠난다면 이도 저도 되지 않는단 걸 알았다. 왕제는 새로운 신분을 줄 리 없고, 오히려 비밀을 감추기 위해 해코지를 하려 들 수도 있었다. 부모님이 한 짓을 생판 남이 과연 하지 못할까?

"싫다니."

왕제가 차갑게 물었다. 알레이시아는 마차 손잡이를 꽉 붙잡고서 단호하게 말했다.

"만약 이대로 쫓아낸다면, 파티에서 만난 사람들을 찾아다니면서 말할 거예요. 왕제님이 해적의 포로에게 반해 아내를 쫓아냈다고."

"사람들이 믿어줄 성싶으냐."

"전하도 왕제님도, 모두 다 날 며칠이나 그대로 두었어요. 내 얼굴을 본 사람이 하나둘이 아니에요. 믿어줄 사람이 과연 아예 없을까요?"

마차가 멈추었다. 왕제는 주먹을 쥐고서 알레이시아를 노려보았다. 당장이라도 분노에 차서 쓰러질 것 같은 표정이었다. 알레이시아는 먼저 마차 밖으로 나갔다.

"다 아버지 탓이에요!"

이 이야기를 들은 에르기는 울면서 항의했다.

"당장 사람들에게 일이 어떻게 된 건지 밝히세요!"

그러나 왕제는 바로 그러겠다고 하지 못했다.

"사람들이 우리를 비웃을 거다. 블루 보헤안뿐만 아니라, 온갖 나라가 우리를 조롱하겠지."

"그게 어머니보다 더 중요해요?"

"어머니의 체면도 같이 상해!"

그날 저녁. 알레이시아는 에르기를 찾아갔다. 둘이서 고양이와 놀던 그 장소로. 에르기는 거기서 혼자 훌쩍거리다가 알레이시아를 보자 굳은 얼굴로 일어섰다.

"왜 왔어요? 여기 오지 마세요."

"하고 싶은 말이 있어서, 도련님."

"난 없어요."

"일단 이야기를 들어줘. 응?"

에르기는 말없이 일어나서 떠나려 했다.

"전에 그거. 내 얘기야."

알레이시아는 황급히 그를 불렀다.

예전에 알레이시아는, 동화책 이야기를 하듯 에르기에게 동대제국 황실 이야기를 해준 적이 있었다. 그곳이 얼마나 화려한지. 얼마나 아름다운지. 하루에 금과 은을 장난감처럼 얼마나 쏟아내는지.

에르기가 인상을 찡그리고 쳐다보자, 알레이시아는 아까 에르기가 앉아 있던 그 자리에 앉았다. 이윽고 입에서 잊고 살았던 잊고 싶었던 2년 전의 일들이 흘러나왔다. 해적을 만난 일, 죄 없이 죽은 청년 이야기 등. 알레이시아는 그야말로 모든 일들을 이야기했다. 이야기를 마쳤을 때. 알레이시아는 얼굴이 눈물로 흠뻑 젖어 있었다.

"살고 싶어서 그래. 살고 싶어서."

"그걸 왜 꼭 내 어머니 이름으로 살아야 하는데요?"

"아니야. 절대 그런 게 아니야. 집 안에선 없는 사람처럼 지낼게.

정말로. 그러다 아주 가끔씩, 그냥 일을 하듯 왕제비 역할만 수행하고 올게. 네게도 도움이 될 수 있어. 완벽한 왕제비 역할을 수행할 수 있어."

"제 어머니는 그냥 제 어머니라 어머니인 거지, 완벽할 필요도, 남들이 칭송할 필요도 없어요. 레이디 알레이시아는 무슨 수를 써도 내 어머니가 될 수 없어요."

에르기가 돌아서서 달려갔다. 알레이시아는 에르기를 쫓아가면서 계속 '잠시만! 잠시만!' 외치다, 결국 에르기의 방문 앞까지 쫓아왔다. 알레이시아는 숨을 헐떡이며 다리를 짚고 허리를 숙인 채 물었다.

"우리 계속 사이좋았잖아. 나도 네게 잘했고, 너도 내게 잘했잖아. 그런데 어떻게 막판에 네가 이래? 네가…… 그렇게 무섭게 반대하지 않으면 나도 홧김에 그런 말은 안 했어!"

"그러는 레이디는, 내가 계속 잘 대해주었는데, 마지막에 반대했단 이유만으로 어떻게 이렇게 나와요?"

"!"

"아버지가 뭐라 하건, 내가 내일 직접 연회장에 나가 진실을 밝힐 겁니다. 떠날 기회를 줄게요. 남들이 뭐라 하기 전에, 오늘 짐을 싸서 나가요. 그러면 나쁜 꼴 안 보고 갈 수 있을 겁니다."

황후 폐하를 음해하려 했다! 잡아! 천둥처럼 외치던 목소리. 안

락한 침실에서 끌어내던 우악스러운 병사들. 무서운 사람이라면서 쯧쯧 혀를 차던 귀족들. 사람들의 손가락질. '널 믿는다'면서 마지막까지 좋은 얼굴만 하던 부모님의 배신. 새까만 바다. 그곳에서 홀로 깨어난 공포. 보이지도 않는 저 바다 아래에서 물을 튀기던 이름 모를 물고기들. 차가운 밤바람. 망망대해 위에서 죽어가던 공포. 얼어붙은 손을 녹이지도 못한 채 하루 종일 쉴 틈도 없이 일하던 해적선에서의 2년. 결국 목이 매달려 죽은 청년……

방 안을 서성이던 알레이시아는 창틀을 잡고서야 멈추어 섰다.

'순순히 당하지 않아.'

알레이시아는 쾅 창틀을 주먹으로 내려치고 눈에 힘을 주었다.

'절대로.'

알레이시아는 번들거리는 눈으로 주위를 둘러보다가 다시 창가로 걸어가 아래를 내려다보았다. 높지 않다. 알레이시아는 예전에 해적 선장이 붙잡힐 위기에 처하자 사용한 방법을 떠올렸다. 그 방법을 응용하면……

그때. 누군가 문을 두드렸다. 알레이시아는 얼굴을 두 손으로 꾹꾹 눌러서 표정을 가다듬고 물었다.

"누구세요?"

돌아오는 대답이 없었다. 누구지?

알레이시아는 문을 열려다가 주춤했다. 동대제국에 있을 적, 궁전 침실에 있다가 갑자기 끌려나온 일이 떠오른 탓이다.

혹시 그때처럼……?

"누구세요?"

알레이시아는 바로 문을 여는 대신 문가에 귀를 대고 물었다. 이번에도 대답이 없었다.

"문을 여시오. 마님께서 찾으시니."

한참 만에야 낮은 목소리가 들려왔다.

마님…… 왕제비!

"잠시만요."

알레이시아는 문을 열지 않았다. 대신, 높이를 확인한 후 근처의 나무로 뛰어내렸다. 순식간에 몸이 바닥에 떨어졌다. 나뭇잎에 걸려 옷이 약간 찢어졌지만, 다친 곳은 없었다. 알레이시아는 얼른 손바닥을 털고 바닥에서 일어섰다.

'잘됐네. 일을 더 극적으로 만들 수 있겠어.'

"도련님, 집에 불이 났습니다! 나가시지요!"

집사가 황급히 그를 깨웠다. 울다가 지쳐 잠들었던 에르기는 놀라서 벌떡 일어났다.

"불이라니?"

집 안이 소란스럽긴 하지만 불이 난 것 같진 않은데.

"진짜 불이 났어?"

"큰불은 아닙니다. 하지만 혹시 모르니 자리를 피해 있는 게 낫겠습니다."

"어. 어."

에르기는 침대 옆에서 잠들어 있던 고양이를 챙겨 뚜껑 달린 바구니 안에 넣었다.

"어머니는?"

"마님은 본관에 거주하지 않으시니 괜찮을 겁니다. 그쪽으로는 더 가까운 뒷문이 있고요."

"응."

빠져나오기 전. 에르기는 알레이시아가 있는 방 쪽을 쳐다보았다. 알레이시아도 빠져나왔냐고 물어볼까?

"……."

"도련님?"

"가자."

그러나 에르기는 묻지 않았다. 대신 집사를 따라 밖으로 나왔다. 밖으로 나온 에르기를 집사가 마차로 안내했다.

"안에서 기다리시지요. 불길이 완전히 잡히면 알려드리겠습니다."

"불은 왜 난 거야?"

"또 얼빠진 하인 하나가 실수를 했겠지요."

에르기는 걱정스럽게 저택을 바라보았다. 한쪽에 까맣게 연기가 올라오고 있었다. 사람들은 불을 끄느라 마차 주위에 거의 없었고.

에르기는 마차 안에서 꾸벅꾸벅 졸았다. 그렇게 시간이 얼마나 지났나. 마차 밖에서 속삭이는 소리가 들려왔다.

"마님이 그럼 알레이시아 양한테 간 거야?"

"그런 소동이 있었다는데, 가실 수밖에 없겠지."

"염치없긴. 자기가 직접 가서 사과를 해야지, 마님이 직접 오게 해?"

"그 공간엔 마님이 도련님과 주인어른만 들이시잖아. 우리도 못 오게 하시는데, 자기를 흉내 내는 사람을 들이고 싶진 않으셨겠지."

에르기는 놀라서 창문을 열었다. 그러나 수군거리던 사람들은 보이지 않았다. 밖으로 나왔지만 돌아다니는 이들은 너무나 많고, 주위에 선 이들은 아무도 없다.

'어머니가 알레이시아 양과 있다고?'

그러나 에르기는 이미 무서운 소리를 들어버렸다. 게다가 불이 난 곳은…… 자세히 보니 손님용 방 부근. 가족과 하인들은 거의 사용하지 않는 쪽에 뚝 떨어져 있는 곳이다. 에르기는 놀라서 심장이 쿵덕거렸다. 아까 알레이시아가 무사히 빠져나왔냐고 물을 기회가 있었지만, 그는 일부러 묻지 않았다. 그게 지금 와 새삼 후회되었다.

에르기는 주위를 둘러보았다. 아무도 없다. 자신만 여기에 뚝 나와 있고 나머지는 모두 불을 끄기 위해 바쁘게 저택 안에서 돌아다닌다. 그걸 보자 더욱 공포심이 솟았다. 저 안에 혹시 어머니가 있으면 어쩌지? 그런데 아무도 모르고서 어머니를 안 구했으면 어쩌지?

저택에 불이 난 상황에서, 태연히 왕제비가 알레이시아의 방에 갔단 이야기를 하는 사람이 있단 건 분명 이상한 일이었다. 하지만 에르기는 그런 걸 따지기엔 너무 어렸다. 어른스러운 말투를 사용하더라도 아직 그는 사람을 그렇게까지 의심하지 못했다. 게다가 공포가 아이를 더욱 이성적이지 못하게 만들었다.

'어머니가 저 안에 있으면……!'

에르기는 공포에 질려 결국 저택 안으로 들어갔다.

"도련님, 저리로 가세요! 위험해요!"

커다란 물통을 든 호위가 뛰어가면서 말했으나, 에르기는 우두커니 서서 알레이시아의 방을 쳐다보았다. 그때 에르기의 눈에 자신이 어머니에게 만들어준 인형이 보였다. 휠체어에 앉을 때. 늘 데리고 있어달라고 어설프게 천을 꼬아 만든 인형. 그 인형이 창틀 끝에 아슬아슬하게 걸쳐져 있었다.

"어머니!"

그걸 본 에르기는 정신이 나가 다급히 그쪽으로 뛰어갔다. 근처에서 물을 퍼붓던 병사가 놀라서 에르기를 잡으려 했으나, 아이는 눈 깜짝할 사이 쏙 저택 안으로 들어가버렸다. 저택에는 고용인들이 많지만, 모든 고용인들이 전속력으로 뛰어다녀도 서로를 잡기 힘들 정도로 정원이 너무 넓고 큰 탓이었다.

에르기는 본능적으로 불길을 피해 달렸다. 알레이시아가 머무는 방 앞으로 곧장. 그곳은 유독 불길이 심했다. 하지만 어머니를 찾는 아이는 공포심도 잊고 달려가 문을 열었다.

"어머니!"

그러나 방 안에는 아무도 없었다. 창틀에 걸쳐져 있던 인형이 홀로 의자 위에 예쁘게 앉아 이쪽을 보고 있을 뿐.

누가 여기 옮겨둔 거지? 에르기는 방 안으로 걸어가 인형을 집었다. 다시 주위를 둘러보지만, 방 안엔 역시 아무도 없었다. 하지만 이게 중요하진 않다. 지금은 떠나야 한다. 화장대며 커튼 한쪽에 어느새 불이 붙었다. 앞이 제대로 보이지 않을 정도로. 게다가 한번 불길을 인식하고 나자 목이 뜨겁고 계속 기침이 났다.

그래도 어머니가 여기 없어서 다행이야. 왔다가 바로 가셨나 봐. 별실로 가셨다면 바로 다른 곳으로 피하셨을 거야.

안심해서 돌아서는 순간. 불길에 약해진 마루가 우지끈 부러졌다. 에르기는 그걸 피하려다 비틀 넘어졌고, 그 위로 불에 탄 문짝이 '기이이익' 스산한 소리를 내며 빠르게 기울었다.

불붙은 문에 깔리기 직전.

"안 돼!"

누군가 그를 확 몸으로 덮으며 굴렀다.

파티를 늦게까지 즐긴 후, 즈멘시아 공작 부부는 야시장 구경을 가기 위해 궁전을 잠시 떠났다.

"클로디아 왕제의 저택에 불이 났다고?"

그러나 얼마 가지 않아 들려온 무서운 소식에 일행은 걸음을 돌려 저택으로 갔다. 정원이 하도 넓기에 저택 밖으로까지 피해가 번지진 않았으나, 그 담벼락 주위로 사람들이 몰려 있었다.

"세상에."

즈멘시아 공작 부인은 놀라서 저택을 쳐다보았다. 저택 한쪽은 멀쩡한데 한쪽에서 짙은 회색 연기가 피어오르고 있었다.

"도와주어라."

공작 부인이 뒤를 돌아보며 명령하자, 함께 온 심부름꾼과 기사들이 서둘러 담 안으로 들어가 저택 쪽으로 달려갔다. 호위까지 모두 다 불을 끄러 동원된 탓인지 막아서는 사람은 없었다. 즈멘시아 공작 부인도 얼른 마차를 몰고 안쪽으로 갔다.

"왕제비가 위험하면 내가 데려가야겠다."

저택 부근으로 가자 덩그러니 마차 한 대가 놓여 있었다. 즈멘시아 공작 부인은 혹시 그 안에 왕제비와 어린 공자가 있을까 봐, 얼른 자신의 마차에서 내려 다가갔다. 그러나 안에는 바구니 하나가 있고 거기서 고양이 울음소리가 들려올 뿐. 아무도 없었다.

그때. 더 안쪽에서 웅성이는 소리가 났다. 즈멘시아 공작 부인이 그곳으로 가려 하자, 함께 있는 호위들이 막았다.

"더 이상 가면 위험합니다, 공작 부인."

"저쪽은 불길이 오지도 않았는데."

"바람과 섞여 갑자기 불길이 강해질 수도 있습니다. 그러니 구경꾼들도 담벼락 너머에서만 보고 있는 겁니다."

"그래도 왕제비가 안에 있다면 도와야지."

남편이 해적 포로에게 빠진 것 같다고 걱정하던 모습이 떠올라, 공작 부인은 따끔하게 말하고서 더 안으로 걸어갔다.

그러나 공작 부인이 걸어가기 전에 누군가 비틀비틀 안쪽에서 걸어 나왔다. 많이 다친 사람이었는데, 희한하게도 그 사람이 걸어올 때마다 공작가의 고용인들은 겁에 질려 뒤로 주춤주춤 물러나고 있었다. 당장 나서서 부축하는 게 아니라.

블로 보헤안 사람들이 이상한 건가, 여기 고용인들이 이상한 건가. 공작 부인은 혀를 차면서 자신이 도와주려 다가가다가, 놀라서 눈을 부릅떴다. 비틀비틀 걸어 나온 건 왕제비였다. 얼굴 한쪽이 완전히 그을린 왕제비. 그리고 품 안에 안겨 있는 건 기절한 어린 소년이다. 소년의 품 안에도 타다 만 인형이 안겨 있었다. 공작 부인을 본 왕제비가 울면서 소년을 내밀었다.

"공작 부인. 내가, 내가 내 아들을 구해냈어요."

공작 부인은 왜 사람들이 왕제비를 돕지 않고 피했는지 알아차렸다. 그 모습은…… 몹시도 기괴하고 무서웠다. 사람이 사람을 구한 모습이 이처럼 섬뜩할 수 있을까. 연회장 안에서 밝은 봄볕 같던 왕제비는, 지금은 광기에 찬 것처럼 보였다.

그때. 소년이 기절한 채 안고 있던 인형이 툭 바닥에 떨어졌다. 인형은 히죽 웃고 있었다.

34
실체에는 관심이 없다

놀라움이 가시자 즈멘시아 공작 부인은 분노했다. 사람이 이렇게 많이 다쳤는데 멀찍이서 쳐다보고만 있다니. 이게 사람이 할 짓들인가?

물론 지금 왕제비의 모습이 많이 무섭긴 했다. 하지만 그거야 상황이 상황이다 보니 어쩔 수 없는 일이었다. 저런 불더미 속에서 사람을 구해내다 보면 표정이 일그러질 수도 있고, 분위기가 무서워질 수도 있는 건데.

"몹쓸 사람들."

즈멘시아 공작 부인은 차갑게 호통치고서 호위들에게 지시했다.

"왕제비를 모시거라."

그러나 호위들이 왕제비에게 다가가자, 왕제비는 소년을 꼭 끌어안고 뒤로 주춤 물러났다.

"가엾어라."

얼마나 겁에 질려 있으면……. 그 모습을 보자 즈멘시아 공작 부인은 아까의 꺼림칙하던 마음이 완전히 사그라들었다. 대신 왕제비가 더욱 가엾게 여겨졌다. 얼마나 무서우면 사람이 곁에 누가 오기만 해도 저렇게 덜덜 떨까.

"얼른 모시거라."

다시 한번 명령한 그녀는 직접 왕제비에게 다가가서 옷이 더러워지는 것도 개의치 않고 왕제비를 감쌌다.

"자, 왕제비님. 이제 괜찮아요. 얼른 안전한 곳으로 가시지요."

언니 같은 목소리에 그제야 왕제비가 울음을 터트렸다.

"자자. 얼른."

즈멘시아 공작 부인은 왕제비가 마차에 타는 걸 돕고 아이는 자신이 안아 들었다. 그 과정에서 소름 끼치는 인형이 사람들의 발에 밟혔지만 누구도 신경 쓰지 않았다.

왕제 저택의 고용인들은 그 광경을 쳐다보며 '어쩌지?' 하는 시선을 서로 주고받았다. 그들은 공작 부인이 챙겨 가는 사람이 진짜 왕제비가 아니란 걸 알았다. 또한 왕제의 묵인 하에 알레이시아가 왕제비 흉내를 냈던 것도 알았다.

이런 상황이다 보니 여기서 '그 사람은 마님이 아닙니다.' 하고 나서기가 곤란했다. 진실을 밝힌다면 이런 일을 벌인 왕제의 명예가 실추되니까. 고용인인 그들로서는 왕제가 진실을 지킬지 명예를 지킬지 짐작하기 어려웠다. 왕제가 이 자리에 있다면 차라리 딱 결론을 내려줄 텐데. 하필 왕제는 자리를 비운 상태였다.

결국 사람들이 머뭇거리는 사이. 공작 부인과 왕제비, 에르기를 태운 마차가 움직이기 시작했다.

"그게 무슨 소리야? 누가 누굴 데려가?"

사건이 벌어지는 그 시각. 왕제는 궁전 안에 있었다. 알레이시아를 파티에서 빼내기 위해서 연회 도중 집으로 빨리 떠났으나, 이후 홀로 궁전에 돌아온 것이었다. 알레이시아가 외국 귀빈들 앞에서 자신을 왕제비라고 말해버린 이 사태를 어떻게 처리할지 왕과 의논하기 위해서.

그가 독단적으로 벌인 일이라면 모를까. 왕 역시 가짜 왕제비가 돌아다니는 걸 며칠이나 모른 척 눈을 감아준 상황이었다. 혼자 판단을 내리긴 어려웠다. 그런데 뜬금없이 전해진 이런 소식이라니.

심부름꾼은 송구한 얼굴로 고개를 숙였다.

"서왕국의 즈멘시아 공작 부인께서 알레이시아 양을……."

"그 여자가 왜!"

괜히 내가 왔다. 다른 사람더러 오라 할걸. 심부름꾼은 서슬 퍼런 왕제의 호통과 말없이 살벌하게 쳐다보는 왕의 시선이 무서워 더욱 머리를 조아렸다.

"저택에 불이 나서……."

"그 얘긴 들었다."

저택에 화재가 일어난 이야기는 이 심부름꾼이 도착하기 몇 분

전, 앞서 출발한 심부름꾼이 전한 상태였다.

"알레이시아 양이 도련님을 구했습니다."

내내 무섭던 왕제의 표정이 그 말에 처음으로 흔들렸다.

"에르기를 구하다니?"

"도련님께서 알레이시아 양에게 갔던 모양입니다."

"그 아이가 거길 왜?"

"모르겠습니다. 내내 같이 어울려 노셨으니, 이번에도 놀러 가신 게 아닐까요?"

"그럴 리가. 알레이시아가 대역을 계속하겠다 말한 후로 사이가 갑자기 나빠졌는데."

"도련님께서 기절하셔서…… 정확한 이유는 모릅니다. 어쨌든 도련님이 그 방에 가셔서 위험에 빠졌어요. 그걸 알레이시아 양이 구했습니다. 그 과정에서 좀. 그……."

"말하라."

"알레이시아 양이 큰 부상을 입었고요."

"큰 부상이라니?"

"그냥 얼핏 봐도 큰 부상이었습니다. 얼굴 한쪽이……."

심부름꾼이 말끝을 흐렸다. 즈멘시아 공작 부인이 바로 알레이시아를 챙겨 떠났기에, 그는 가짜 왕제비의 상태가 어떤지 정확히 몰랐다. 심부름꾼이 온 이래 내내 침묵을 지키던 왕이 그제야 입을 열었다.

"곤란해지겠구나, 클로디아. 즈멘시아 공작가는 서왕국에서도 명망이 높은데. 이젠 빼도 박도 못 하고 그 여자가 왕제비가 되게 생겼는걸."

왕제는 소식을 들은 후에도 바로 성을 나서지 못했다. 어차피 지금 공작가를 찾아가보아야 어떻게 할 도리가 없으니, 아예 대책을 확실하게 세우고 가기 위해서였다. 하지만 이런 일에 어떤 대책을 세울 수 있을까. 결국 지지부진한 말만 주고받다가, 새벽이 거의 다 되어서야 왕제는 즈멘시아 공작이 머무는 임시 저택에 도착했다.

"참으로 빨리도 오십니다."

즈멘시아 공작 부인은 왕제를 보자 차갑게 비꼬았다.

블루 보헤안 내에서라면 감히 왕제에게 이런 언사를 할 이가 없겠으나, 서왕국은 황제국이 아닌 나라 중 가장 강대한 국가. 그녀는 그곳에서도 손꼽히는 공작가의 주인이기에, 왕제는 분노를 꾹 눌러 참고 물었다.

"다친 사람들을 구해주었다고 들었습니다."

"부인과 아드님을 구해준 거지요."

"어디 있습니까?"

즈멘시아 공작 부인이 앞서 걸어가자 왕제는 그 뒤를 따라 걸었다. 그러나 속은 뒤집어지기 직전이었고, 마음은 복잡하고 갑갑했다.

"여깁니다."

즈멘시아 공작 부인이 어느 방 앞에서 멈추고 방문을 직접 똑똑 두드리자, 안에서 탁한 목소리가 들려왔다.

"네, 들어오세요."

안으로 들어간 왕제는 눈을 질끈 감았다. 커다란 침대 위 알레이시아가 누워 있었다. 곁에는 서왕국에서 데려온 게 분명한 의사가 진료를 보고 있고, 즈멘시아 공작 부인의 하녀가 옆에서 시중을 들어주고 있었다.

"여보."

알레이시아는 왕제를 발견하자 웃으면서 친근하게 불렀다. 그 힘없고 가엾은 목소리에 즈멘시아 공작 부인이 혀를 찼다.

"아직 아무것도 못 먹었습니다. 배가 많이 고플 거예요."

왕제는 알레이시아 쪽으로 몇 걸음 다가갔다. 알레이시아는 얼굴 한쪽을 붕대로 감싸고 있었다. 왕제가 그 부분을 쳐다보자 의사가 얼른 설명했다.

"치료는 했습니다. 응급처치도 잘 됐고요. 하지만 흉터가 남을 겁니다."

얼굴 반쪽을 저렇게 하고 있으니, 알레이시아는 왕제비와 닮아 보이지 않았다. 적어도 왕제의 눈에는. 그러나 얼굴 반쪽을 저렇게 하고 있으니, 알레이시아는 다른 이들에겐 당연히 왕제비로 여겨지는 듯했다. 그들은 왕제비가 참으로 용감하다며, 자식이 죽을 위기에 처했을 때 구하러 들어가는 건 부모라 한들 절대로 쉽지 않고, 영웅 중의 영웅이라며 입을 모아 칭송했다.

"정말로 용감하고 대단한 분이십니다."

의사의 칭찬도 왕제에겐 들리지 않았다. 그가 아무 말도 하지 않자, 알레이시아는 피곤하다면서 눈을 감았다. 그 모습을 보다가 왕제는 나오지 않는 목소리를 가까스로 끄집어내 즈멘시아 공작 부인에게 물었다.

"사람들이 많이 다녀갔습니까."

"어딜 말인가요. 저택에? 저택이라면 그래요. 다들 담벼락에 다닥다닥 붙어 구경하는 중이죠."

"여기 말입니다."

"여기에도 몇 명 다녀갔지요."

왕제는 눈을 질끈 감았다. 그렇다면 이미 수많은 사람들이 '아이를 구하려다 크게 다친' 왕제비 모습을 보았겠구나. 이를 어쩐단 말인가. 일이 이렇게 된 이상 알레이시아를 쫓아내더라도, 사람들은 왕제가 '아내가 얼굴에 화상을 입으니 버렸다'고 수군거릴 터. 절대로 진실을 받아들이지 않을 것인데.

그때. 누군가 문을 달칵 열고 들어왔다. 들어온 사람은 에르기였다. 의사가 얼른 왕제에게 설명했다.

"다행히 도련님은 다친 곳이 많이 없으시지만……."

그러고서 말을 잇기 직전. 에르기가 곧장 왕제에게 다가와 따졌다.

"사람들한테 말하세요! 저 사람은 제 어머니가 아니라고, 사람들한테 얘기해주세요!"

의사는 그 모습을 안쓰럽다는 듯 보면서 말을 이었다.

"충격을 받으신 모양입니다. 자꾸 어머니 얼굴을 못 알아보고 저런 말을 해요."

"아니에요! 전 충격을 받아서 헛소리 하는 게 아니에요! 아버지, 아버지가 말해요! 저 사람은 가짜고 대역일 뿐이라고!"

그러나 충격을 받아 기절했던 소년이 하는 말을 들어주는 이는 없었다. 더욱이 그 아버지가 소년을 안쓰럽게 쳐다보자, 다들 소년이 정말로 기억에 문제가 생겼거니 생각했다.

에르기는 우두커니 앉아 있었다. 알레이시아가 자신을 구하다니. 생각하면 생각할수록 충격이었다. 믿기지 않는 일이지만, 본 사람이 하나둘이 아니다 보니 부정할 수도 없는 일.

'싫어하는 사람이 날 구하다니⋯⋯.'

게다가 그걸 본 저택 외부의 사람들이 많았다. 그 사람들은 빼도 박도 못 하게 알레이시아를 그의 어머니라 여기고 있었고. 깨어나 그 이야기를 듣자마자 에르기는 사방을 돌아다니면서 아니라고 부정했다. 그러나 사람들은 어린아이의 말보다는 자신들이 본 것을 더욱 잘 믿었다.

"어머니가 사라질지도 몰라."

에르기는 멍하니 중얼거렸다.

구해주었으니 그에 합당한 보답을 해야겠지만, 그게 자기 어머니의 이름을 가져가는 거라면 절대로 안 되는데.

"뭐가?"

그때. 멀지 않은 곳에서 누군가가 물었다. 에르기는 목소리를 무시했다.

"뭐가?"

그러나 질문을 던진 이는 굳이 다시 물어보며 가까이 왔다. 에르기는 그제야 질문을 던진 사람이 자신 또래의 소년이란 걸 알아보았다. 유달리 색이 예쁜 금발과 신기한 보라색 눈동자. 알레이시아가 말한 서왕국 왕자구나. 에르기는 소년을 바로 알아보았다.

"뭐가? 세 번째 묻는 거야."

그사이. 소년은 에르기의 코앞으로 다가와서는 가만히 내려다보며 경고했다. 알레이시아가 한 말처럼 정말로 거만한 태도. 게다가 '한 번만 더 날 무시하면 가만히 안 둔다'는 권위적인 목소리. 어른이 보기엔 그래봐야 애라 귀엽겠지만, 또래인 에르기에겐 위협적으로 느껴지는 분위기였다.

하지만 알레이시아가 이 아이를 거만하다고 표현했기에, 에르기는 소년이 거만하지 않다고 일부러 생각해버리고 웃었다.

"날 걱정해주는 거야? 넌 참 친절하구나."

"······."

그 말에 소년은 눈을 가느스름하게 뜨더니 사냥감을 탐색하는 늑대처럼 에르기의 주위를 이리저리 맴돌았다.

경계심이 많은 애구나. 자신이 기르는 고양이가 처음 주워 왔을 때 꼭 저렇게 행동했던 게 떠올라서, 에르기는 소년이 멋대로 하게 내버려두었다. 말을 걸지도 않고 간섭하지도 않고. 마음껏 살피고 경계심을 누그러뜨리도록.

한참 후, 소년은 만족할 만한 대답을 얻었는지 에르기의 맞은편에 털썩 앉았다. 에르기는 그때서야 물었다.

"넌 왕자인데 왜 여기 있어?"

"왜긴 왜야. 파티 때문에 그렇지."

"아니, 왕자가 왜 공작이랑 같이 왔냐고."

"공작이 내 보호자로 온 거니까."

"아."

"그러는 넌 서왕국 사람이 아닌데 왜 여기 있어? 여긴 서왕국에서 빌린 저택인데."

"몰라."

"공작 부인이 누굴 구해 왔다던데. 그게 너야?"

"몰라."

"아는 게 뭐야?"

"공작 부인이 데려온 왕제비가 내 어머니가 아니란 거."

"!"

"제 아내를 구해주시다니. 어떻게 감사 인사를 해야 할지."

즈멘시아 공작 부부와 왕제, 세 사람이 함께하는 식사 도중. 샐러드를 먹던 왕제가 이제야 생각났단 것처럼 무뚝뚝하게 말했다.

즈멘시아 공작은 웃으면서 겸양했으나, 즈멘시아 공작 부인은 왕제를 차갑게 바라보았다. 그 말투 어디에서도 진심이 느껴지지 않아서였다. 게다가 아내가 크게 다쳐서 침대에 누워 있고 아이는 자기 어머니 얼굴을 알아보지 못할 정도로 충격을 받았는데. 왕제는 그 어디에도 신경을 쓰지 않는 듯했다. 가끔씩 인상을 찡그린 채 허공을 쳐다보기만 할 뿐. 참 독한 사람이구나, 즈멘시아 공작 부인은 속으로 왕제를 욕했다.

그때 투다다닥 하는 소리가 나서, 즈멘시아 공작 부인은 뒤를 돌아보았다. 아치문 너머로 넓은 거실을 두 소년이 뛰어가는 게 보였다. 왕제의 아들과 하인리 왕자였다. 소리를 들은 건지, 왕제도 그쪽을 쳐다보고는 무심하게 칭찬했다.

"왕자님께선 밝은 분인 모양이군요. 움직임이 가볍고 좋으니, 검을 잡으면 실력이 뛰어나실 것 같습니다."

상황이 상황인지라 억지로 뱉은 입 바른 칭찬이지만 사실이기도 했다. 얼핏 보아도 하인리 왕자는 움직임이 날래고 발이 가벼웠다. 팔다리도 길쭉하니 검을 잡기 좋아 보였다.

그러나 자신의 나라 왕자가 칭찬을 들었는데, 즈멘시아 공작은 오히려 차갑게 중얼거렸다.

"어차피 왕위에 오르지도 못할 것을. 둘째는 너무 뛰어나도 그게 흠이지요."

"……."

한때 둘째 왕자였던 왕제는 즈멘시아 공작을 뚫어져라 쳐다보았다. 하지만 즈멘시아 공작은 무슨 생각을 하는지, 하인리 왕자 쪽을 노려보느라 자신이 한 말실수를 눈치채지 못했다.

"저 아저씨가 널 계속 노려보는데?"

"즈멘시아 공작? 놔둬. 원래 날 싫어해."

"왜?"

"형을 좋아하거든."

에르기는 하인리 왕자의 뒤를 졸졸 쫓아가던 걸 멈추고 뒤를 돌아보았다. 그와 시선이 마주치자 즈멘시아 공작이란 자는 그제야 다른 곳을 보았다. 하지만 잠시 보인 그 적의는 노골적이고 뚜렷해서, 생판 남인 에르기마저 느낄 정도였다.

"그래도 그렇지. 왜 저렇게 노려봐? 왕자는 아직 아가잖아."

"아가 아니야."

"어머니가 우리 나이는 아가랬어."

"나는 왕자니까 아니야. 너는 아가가 맞아."

어디서 저런 억지를……. 에르기는 황당해서 쳐다보았으나, 하인리 왕자는 의젓하게 에르기의 고양이 앞에 대고 고양이풀을 흔들었다. 그러다가 시선을 느꼈는지 가볍게 웃으면서 말했다.

"형이 나 때문에 아파. 그래서 저러는 거야. 마음이 아파서. 공작은 형을 좋아하니까."

"형이 아파? 왜?"

"내 잘못 때문에."

그 순간 하인리 왕자의 표정이 변했다. 분명 아직 웃고 있는데 눈빛이 무거워서, 저런 표정을 본 건 태어나 처음이라서, 에르기는 잠시 하인리 왕자를 멍하니 바라보았다. 그러나 에르기의 표정을 본 하인리 왕자는 오히려 에르기의 입에 고양이풀을 물리며 타박했다.

"누가 누굴 동정해? 가짜 왕제비 물리칠 생각부터 해."

"아무도 내 말을 믿지 않아. 다들 내가 충격을 받아서, 어머니가 화상을 입은 데 죄책감이 심해서 이런 거라고 해."

"누가 누구한테 죄책감을 느낀단 거야? 웃기네."

"죄책감이 들긴 해. 어머니한테도. 그 여자한테도."

"그 여자한텐 왜?"

"날 구하려다가 화상을 입은 건 사실이니까. 죄책감 안 드는 건 아버지한테뿐이야. 아버지가 미워."

에르기는 시무룩해져서 고양이만 끌어안고 발치를 내려다보았다.

"내가 생각해봤는데."

"?"

그 모습을 물끄러미 보다가, 갑자기 하인리 왕자가 주위를 둘러보았다. 그러고는 에르기를 구석으로 이끌었다. 왜 그러나 싶어 따라가자, 왕자는 풀숲 뒤에 쪼그리고 앉더니 작은 목소리로 물었다.

"가짜가 불을 질렀을 가능성은 없어?"

"설마. 사람이 어떻게 그래."

"사람은 어떻게든 그래."

에르기는 고개를 저었다.

"그런 건 아닐 거야. ……내 탓이야. 처음부터 내가 알레이시아 양도 빠져나왔는지 집사에게 물었어야 했어. 그러면 집사가 대답을 했을 테고, 확인이라도 했을 테고. 내가 거기까지 갈 일도 없었잖아."

그때 바스락 풀 밟는 소리가 들려와 두 아이는 말을 멈추었다. 다가온 이는 '왕제비'의 시중을 들고 있는 공작 부인의 하녀였다.

"도련님, 왕제비께서 찾으세요."

에르기는 인상을 구긴 채 마지못해 그쪽으로 갔다. 방문 안으로 들어가자, '왕제비'가 침상에 앉아 있다가 두 팔을 벌리며 활짝 웃었다.

"아들. 이리와보련?"

"도련님?"

"……."

"도련님!"

코앞에서 들려온 목소리에 에르기는 상념에서 깨어났다. 집사였다. 기억 속 모습보다 많이 늙은 집사.

"무슨 일이지?"

에르기는 눈가를 누르며 물었다. 과거 일을 떠올리느라 잠시 정신이 나갔나 보다. 과거의 집사와 지금의 집사가 겹쳐 보이다니.

집사가 손바닥을 내밀었다. 그 위에는 하인리가 자주 보내는 전서조가 제 주인처럼 거만하게 앉아 있었다.

집사가 떠난 후. 에르기는 전서조의 다리에서 편지를 꺼내 펼쳤다. 무심하던 눈동자는 내용을 보자마자 커다래졌다.

"나비에 님이 실종됐다고?"

바다에 빠졌으니, 그의 배를 동원해 실종된 부근 바다를 뒤져달란 부탁이 쓰여 있었다.

뢰트에서의 며칠은 빠르게 지나갔다. 이곳의 축제를 구경하고, 이모나가 열어준 연회에 참석하고, 무역 관련한 회의에 들어가고, 신선한 과일의 수요가 가장 많은데 이번처럼 신선 식품을 무역품으로 가져올 수 없는 경우에 관해서도 이야기를 나누었다. 덕택에 아침에 일어나 뛸 좀 하고 나면 눈 깜짝할 사이에 하루가 끝나 있었다.

내가 일행과 헤어진 사이 항구에 남은 아르티나 경과 랑드레 자작도 수도로 돌아왔고, 그렇게 시간이 흘러 뢰트를 떠나기 바로 전날.

"작별 연회를 열어주겠습니다, 나비에 황후."

귀족들을 불러 연회를 열어주겠다는 이모나에게 괜찮다고 사양한 후. 나는 마지막으로 뢰트의 일상을 돌아보기 위해 조용히 옷을 갈아입었다.

"황후 폐하!"

그런데 무슨 일이지? 가지러 갈 게 있다면서 잠시 자리를 비운 로라가 껑충거리면서 뛰어오더니 히히 웃으면서 몸을 꼬았다.

"왜 그러나요? 뒤에 뭘 숨기고 있는데?"

게다가 몸을 꼬면서도 손은 꼭꼭 등 뒤에 두고 있다. 그 점을 지적하자, 로라는 깜짝 놀라면서도 감춘 손을 얼른 앞으로 내밀었다.

"이거 보세요!"

로라가 내민 건 뢰트의 의상이었다. 노출이 많고 화려한 의상. 이모나를 위해 한번 입어볼까 싶었으나, 차마 용기가 나지 않아 입지 못한 의상.

"예쁘네요. 기념으로 가져가려구요?"

"저도 가져갈 건데요, 이건 아니에요. 이건 황후 폐하 드리려구요!"

웃으면서 질문하다가 나는 놀라서 얼른 손을 내저었다.

"난 괜찮아요."

"진짜 잘 어울리실 건데!"

"괜찮아요. 로라 양 입어요."

"저도 입을 거예요. 같이 입어요!"

나는 다시 손을 저었다. 이곳 의상은 아름답고 매력적이지만 월대륙 분위기와 맞지 않았다. 문화를 존중하는 의미에서 꼭 입어야 한다면 모를까, 이모나가 괜찮다고 해준 상황에 굳이 입고 싶진 않았다.

"로라 양만 입어요. 난 괜찮으니."

"그래도 뢰트에 왔으면 뢰트 옷은 한번 입고 가야죠!"

그러나 로라는 쉽게 물러나지 않았다. 옷을 꼭 잡고서 평소보다 반짝거리는 눈으로 계속 졸라대는데…….

"알았어요. 딱 한 번만."

결국 넘어가고 말았다. 내가 사라진 사이에 로라가 얼마나 마음고생을 했는지 들어서. 차마 이런 사소한 일조차 안 된다고 거절하기 힘들었다.

"와!"

"대신 입고 나가진 않을 거예요."

"네!"

"여기서 우리 둘이서만 보는 거예요."

"네! 네!"

저렇게 좋아하는 걸 보니 괜찮겠다 싶기도 하고. 결국 로라와 나는 둘 다 륍트의 의상으로 갈아입었다.

"와! 황후 폐하, 여기 의상 입으니까…… 와아!"

입는 방식이 익숙하지 않아서 서로 옷 입는 걸 도와주는데도 시간을 제법 많이 잡아먹었지만, 그래도 다 입고 나니 좀 재밌긴 했다. 신기하고. 로라는 내가 륍트 의상을 입은 채 거울 앞에 서자 두 손으로 얼굴을 가리고서 키득거렸다.

"놀리지 말아요."

"그런데 정말 잘 어울리세요! 하인리 폐하께서 좋아하실 거 같아요!"

이후 로라는 여기서 사귄 친구들에게도 자기 옷을 보여주겠다면서, 위에 망토를 걸치고 밖으로 나갔다. 나는 혼자 남아서 거울에 내 모습을 비추어보았다. 역시 어색해. 하지만…… 나도 하나 기념으로 가지고 갈까. 내 거 하나 하인리 거 하나.

로라 말이 맞아. 하인리라면 좋아할 것 같기도 한데.

— 구!

그래, 저렇게 울면서. 기쁠 때 나오는 그 춤을 출지도 모른다. 무척 귀엽겠지?

— 구!

그가 보고 싶어서 그런가. 이젠 하인리가 우는 소리까지 환청으로 들린다.

— 구!

아닌가? 진짜 새가 우는 소리인가? 립트에도 하인리처럼 우는 새가 있구나. 아니, 월대륙에도 하인리처럼 우는 새는 있겠지. 내 곁에서 안 울 뿐.

— 구!

그래도 좋다. 그리운 소리가 들려와서.

나는 거울에서 시선을 떼고 몸을 돌려 창가로 다가갔다. 하인리처럼 우는 여기 새는 어떤 모습일까, 생각하면서.

그런데…….

'똑같이 생겼는데?'

창틀에 앉아 있는 새는 울음소리뿐만 아니라 생긴 것도 하인리였다.

'퀸.'

원래 이렇게 생긴 새들은 다 구구 하고 우는 건가? 신기해서 부리를 만지자 눈을 감고 가만히 손길을 받는데, 이런 면까지 하인리를 닮았다.

'순하네.'

머리를 매만지다가 나는 슬쩍 하인리를 닮은 새를 안아 들었다. 그러나 내가 안아 들기 전 새는 뒤로 물러나더니 눈 깜짝할 사이에 사람 모습으로 변하며 타박했다.

"퀸. 설마 아무 새나 이렇게 막 안아주고 그러는 거 아니죠? 퀸의 새는 '퀸'밖에 없단 걸 명심하셔야 합니다."

"하인리?"

일단 반가워서 끌어안다가, 나는 다시 놓고 뒤로 물러나서 한 번 더 얼굴을 살폈다.

"진짜 하인리?"

거듭 묻자, 하인리는 눈웃음을 지으면서 놀렸다.

"가짜 하인리도 있습니까?"

"여긴 어떻게……?"

놀랍기도 하고 반갑기도 해서 그의 얼굴을 마구 매만지고 있자니, 이런. 뒤늦게 하인리가 여기 있으면 안 된다는 데 생각이 미쳤다.

"하인리! 여기 있으면 안 되잖아요?"

"그대가 바다에 빠졌다니까."

"괜찮다고 소식을 전했잖아요? 설마. 못 받았어요?"

"받았습니다. 그래서 정말 괜찮은가 확인하러 왔습니다. 건강한지, 무탈한지, 확인하고 싶어서요."

말을 마친 하인리는 얼굴이 불그스름해진 채 시선을 피하며 중얼거렸다.

"하지만 괜찮아 보이네요. 다행입니다, 퀸."

괜찮아서 다행이라면서 얼굴은 왜 붉히지? 그의 반응을 수상하게 여기다가, 뒤늦게 지금 내 차림이 떠올랐다. 맙소사!

나는 황급히 그를 밀어냈다. 이미 볼 걸 다 본지라, 하인리는 순순히 밀려나면서도 태연하게 웃으며 놀려댔지만.

"뭐 어떱니까. 난 지금 아예 아무것도 안 입었는걸요."

자랑이다. 자랑이야.

혀를 차면서 나는 그의 볼을 가볍게 꼬집었다. 하지만 곧 손을 놓았다. 하인리의 눈동자가 흔들리는 걸 발견해서.

"하인리. 왜 이래요. 울어요?"

왜 이러나 싶어서 두 손으로 뺨을 감싸자, 그는 내 손등 위에 입을 연신 맞추며 속삭였다.

"소식 듣고 미치는 줄 알았습니다. 여기가. 까맣게 타는 느낌이었어요."

그러고는 내 손을 가져다 자기 가슴 위에 올렸다. 부드러운 살이 손바닥에 닿으면서 열기와 심장박동이 생생하게 느껴졌다. 그 상태로 가만히 있다가 나는 고개를 들어 하인리의 눈을 들여다보았다. 약간 물기가 어려서인가. 그의 눈동자가 제비꽃을 우린 차처럼 보였다.

하인리는 내 손으로 자기 얼굴을 감싸더니, 살 냄새를 맡으려는 듯 숨을 깊게 들이마시며 속삭였다.

"그래도 무사하니 됐습니다. 직접 보고 싶었습니다. 눈으로 확인하지 않으면 견딜 수가 없었어요."

한창 하인리와 오래간만에 만난 정을 풀고 있는데. 도중에 문을 두드리는 소리가 났다.

"황후 폐하! 다녀왔어요!"

문을 두드리며 날 부르는 건 로라였다.

"잠시만요!"

나는 얼른 대답하고서 내 목에 달라붙어 있는 하인리를 밀어냈다.

"나중에."

그러고서 하인리를 숨길 만한 곳을 찾는데…… 없어!

이곳은 가구며 방 배치 자체가 개방형이 많다 보니, 몸을 숨길 만한 곳이 없었다. 이모나가 알려주길, 암살자가 숨어드는 걸 막기 위해서 일부러 이런 구조로 만들었다던데. 암살자를 막으려다가 하인리가 숨을 쥐구멍이 막히게 생겼구나.

하인리, 이 얄미운 새는 이 와중에도 혼자 태평하지? 그게 얄미워서 등을 찰싹 치자, 하인리는 웃음을 터트리더니 그제야 새로 변해 창밖으로 날아갔다.

혼자 고고하긴. 멀어지는 새의 꽁지깃을 노려보자니 다시 한번 로라가 "폐하?" 하고 부른다. 이번에는 좀 겁먹은 목소리로. 내가 문을 열어주지 않자 걱정이 된 모양이었다.

"괜찮아요."

나는 얼른 문가로 다가가 문을 열어주었다. 로라는 내 얼굴을 보자 그제야 안심해서 활짝 웃었다. 하지만 잠시 후. 어딘가에 시선이

멎더니 눈동자가 빠르게 흔들렸다.

"로라 양?"

왜 저렇게 당황해하지? 의아해서 이름을 부르자, 로라는 이리저리 눈동자를 굴리더니 눈을 질끈 감으며 둘러댔다.

"저. 생각해보니 뭘 두고 왔어요."

뭘 두고 왔다면서 왜 눈을 저렇게 꽉 감지?

"어디에요?"

"밖에요."

"사람을 시켜서……."

"직접 가고 싶어요!"

"?"

뭘 두고 온 건지, 어디에 두고 왔단 건지 물어볼 사이도 없이 로라는 곧장 뒤돌아 달려갔다. 몹시 부자연스러운 태도……. 수상한데.

"어휴 깜짝이야."

로라는 빠른 걸음으로 복도를 걸어가면서, 나비에 황후의 목에 있던 붉은 자국을 머리에서 최대한 빨리 털어내려 애썼다. 처음 보는 건 아니었다. 저건 살에 입을 맞추면 생기는 자국이고, 예전에도 하인리 황제가 남긴 걸 본 적이 있었다. 문제는…….

'누가 남긴 거지?'

난처한 생각에 로라는 서둘러 손부채질을 했다. 그래. 문제는 이 점이었다. 여기엔 하인리 폐하가 없는데, 누가 감히 서대제국 황후의 목에 저런 자국을 남겼을까.

'막 갈아입었을 때는 분명 없었는데.'

옷 갈아입는 걸 서로 도왔으니 분명하다. 당시에 나비에 황후는 목이 깨끗했다. 그렇다면 잠시 자리를 비운 사이에 누가 다녀간 건가! 누구? 머리를 데굴데굴 굴리던 로라는 깜짝 놀라서 주먹을 불끈 쥐고, 닫힌 문 쪽으로 고개를 돌렸다.

'나비에 님 애인인가? 우와! 어떤 사람이지?'

"무척 잘생긴 사람이었답니다."

하인리가 뤼트 의상을 마음에 들어 하는 눈치였기에, 몇 벌 사서 선물할 생각으로 외출했는데. 도대체 무슨 일인지, 들르는 의상실마다 더 이상 파는 옷이 없다고 했다. 누가 옷을 다 사 갔느냐고 황당해서 묻자, 다들 입을 모아 말하길 '무척 잘생긴 사람'이 사 갔다고.

"그래도 전부 다 사 가진 않았을 텐데."

내가 중얼거리자 카프멘은 의상실 주인에게 한 번 더 묻더니, 다시 내게 전달해주었다.

"전부 다 사 간 게 맞답니다. 치수도 개의치 않고 죄다 사 갔다는군요."

"대체 어떤 사람이 그런 짓을……."

카프멘은 의상실 주인에게 무어라 또 묻더니 갑자기 인상을 찡그렸다.

"대공? 왜 그러나요?"

굳은 표정. 왜 갑자기 그러나 싶어 묻자, 그는 미심쩍어하는 목소리로 대답했다.

"옷을 사 간 사람이 금발에 보라색 눈동자를 가졌다는군요."

그 말을 듣자마자 하인리가 떠올랐다. 설마. 아니겠지? 억지로 머릿속에 든 생각을 털어버리려 노력하지만…… 역시 하인리 같은데.

카프멘 역시 같은 의견인지 작게 중얼거렸다

"걱정이 되어 오셨던 모양입니다."

그 말을 듣는 순간. 내가 륍트 의상을 입고 있는 걸 연신 감탄하며 바라보던 하인리가 떠올랐다. 잘 어울린다고 연신 칭찬해대기에 그냥 하는 말이라 생각했는데.

멍청한 바보 새……!

이마에 한 손을 올리고서 속으로 탓해보지만 하인리가 들을 리없었다.

"다른 생각을 해보는 게 어떨까요."

엉뚱한 카프멘 대공만 들을 뿐.

"미안해요."

맥켄나는 한숨을 내쉬면서 점점 묵직해지는 옷 보따리를 괜히 한 손으로 들었다 내려다보았다.

"이제 충분하지 않을까요?"

그러거나 말거나 앞에 선 하인리는 유유히 걸어가면서 대답했다.

"아직."

"아니, 립트 옷만 평생 입고 살 것도 아니고. 이렇게 많이 가져가서 뭘 얼마나 많이 입으시려구요."

몇 시간 전이라면 순순히 넘어갔겠으나, 지금은 너무 다리도 아프고 날개뼈도 아프고 팔도 아팠다. 맥켄나는 계속 항의했다. 이러지 않으면 여기서 더 살 것 같아서. 하지만 이번에도 하인리는 흐뭇하게 웃으며 대답했다.

"네가 퀸이 이 옷 입은 걸 못 봐서 그래. 퀸이 립트식으로 입으니 음악의 신이 따로 없더라."

"음악은 갑자기 왜 또 나온 겁니까."

"그냥 느낌이 그랬어. 얼마나 사랑스러우시던지."

맥켄나는 고개를 설레설레 저었다. 그나마 한 의상실당 파는 옷이 몇 벌 없어서 다행이지. 아니었다면…… 보따리가 얼마나 컸을까, 하는 상상만으로도 오싹해진다. 게다가 문제는 지금 당장 팔이 무거운 것뿐만이 아니었다.

"폐하. 폐하."

"붉은색도 어울리고. 금색도 어울리고. 푸른색도 어울리고. 어울리는 게 많아도 고르기 힘드네."

"됐고요, 폐하."

"왜."

"산 거야 그렇다 치고. 이거 서대제국까지 운반은 어떻게 하실
겁니까?"

"!"

제대로 국경을 거치지 않고 온 것인지라, 하인리는 다음 날에도
결국 공식적으로 나타나진 않았다. 밤에 몰래 다시 들어와 끊이지
않는 키스를 퍼붓고 갈 뿐.

"옷 사 간 거. 그대죠?"

"어떻게 알았습니까?"

"금발에 보라색 눈을 한 미남이 사 갔다고."

"월대륙 미남은 화대륙에서도 미남인가 보네요."

"……."

하인리는 능청스럽게 웃더니 내 이마에 자기 이마를 비볐다.

"그래도 웬일로 이실직고하네요. 서대제국에 돌아가서 볼 때까
지 비밀로 할 줄 알았는데."

"그렇지 않아도 부탁할 게 있었거든요."

"부탁?"

하인리는 고개를 끄덕이더니 내 귀에 대고 부끄럽다는 듯 속삭

였다.

"옷 좀 배에 태워서 같이 운반해줘요, 퀸. 들고 갈 방법이 없네요."

……진짜 이 맹한 새가?

이모나와 작별 인사를 나눈 후. 나는 다시 타고 온 배에 올랐다.

"다음에 또 만날 길이 있기를."

이모나는 내게 작별 인사를 건네고는 카프멘을 향해서도 다정하게 인사했다.

"아가. 네 마음에도 안식이 찾아오기를."

카프멘이 무릎을 굽히자 이모나는 그의 이마 위에 가볍게 입을 맞추었다. 한번 끌어안았다가 놓는 모습에서, 이모나가 카프멘을 무척 염려하고 걱정한다는 걸 알 수 있었다. 카프멘 역시 이모나에게 많이 의지한다는 것도.

그 모습을 바라보다가 이번에는 멀지 않은 곳에 세워진 배를 쳐다보았다. 에인젤이 타고 온 배다. 이모나는 에인젤의 제안을 거절했지만 그는 아직 떠나지 않았다. 홀로 덩그러니 남은 배는 그 흔적이었다.

들기로는 다른 나라 쪽으로 갔다던데…… 어디로 갔을까? 새 무역 상대국을 찾으러? 어려울 텐데. 하긴. 그 정도로 열정적인 인간이라면 다른 무역로를 뚫을 수도 있겠지만.

"황후 폐하."

그러고 있자니 선장이 다가와 허리를 약간 숙였다.

"이제 출발할 시간입니다."

고개를 끄덕여 허락하자 그가 선원들을 향해 한 손을 번쩍 올렸다. 동시에 하얀 기가 펄럭이며 위로 올라갔다. 그 모습을 보고 있자니 마음이 벅차왔다.

드디어 돌아가는구나. 내 집으로. 무사히!

돌아가는 길은 분위기가 몹시 밝았다. 선원들도 대신들도, 대신들이 데려온 사람들도, 랑드레 자작과 로라, 심지어 아르티나 경까지 모두 다 표정이 환했고, 악사들은 밝고 경쾌한 음악을 연주했다. 이따금 달빛이 환한 밤, 갑판에서 가벼운 간이 무도회를 열기도 했다.

"어어, 황후 폐하, 황후 폐하. 거기로 가시면 안 돼요."

신이 나서 웃고 떠들다가도, 내가 갑판 부근에만 가면 다들 정색하긴 하지만.

"바람을 좀 쐬려구요."

"바람은 여기 있어도 불잖아요."

갑갑하긴 하지만 어쩔 수 없지. 이미 나는 갑판 부근에 서 있다가 황당하게 날아가 실종된 전적이 있으니.

……생각하니 부끄럽다. 허공에서 본 아르티나 경과 랑드레 자작의 놀란 표정이 새삼 떠오르기도 하고. 섬에 조난당했을 당시에

는 앞길이 막막하고 상황이 놀라워서 생각해보지 않았는데. 지금 되새겨보니, 두 사람 다 표정이 장난이 아니었다. 난 아르티나 경이 그렇게 눈을 커다랗게 뜨는 건 처음 봤다.

"저기, 황후 폐하."

그런데 얼마나 이동했을까. 사방이 전부 다 파란 물이라, 여기가 어디쯤인지조차 짐작하기 어려운 곳에 있을 때였다. 로라가 슬며시 내게 다가왔다. 비장한 얼굴과 조심스러운 목소리로.

무슨 말을 하려고?

"황후 폐하께서 마지막에 배에 실은 그 물건들이요."

아. 하인리가 부탁한 옷. 너무 많이 가져가는 것 같아서, 직접 산 게 아닌데도 내가 부끄러워진다. 하지만 무표정을 유지하고서 되물었다.

"그게 왜요?"

"언제 사신 건가요?"

로라의 질문에는 호기심과 정체 모를 감정이 함께 섞여 있었다. 로라는 영리하지. 옷 한 벌을 사기 위해 의상실을 몇 군데나 돌아다닌 내가, 갑자기 옷을 몇 보따리나 가지고 승선하는 게 이상하다는 걸 알아차릴 정도로. 이 점 때문에 물어보는 건가? 하지만 괜찮다. 나 역시 짐을 배에 실으면서 만약을 대비해 이미 카프멘 대공과 말을 맞추어두었으니.

"대공이 도와주었어요."

나는 일부러 카프멘 대공 쪽을 향해 미소를 지으며 대답했다. 카프멘 대공은 멀지 않은 곳에서 책을 읽고 있다가, 내 쪽을 향해 덩달아 웃으며 묵례했다.

"아. 대공님이."

그걸 본 로라를 눈을 가늘게 뜨고서 고개를 끄덕였다. 그런데…… 어째서? 그럴듯한 변명을 했는데도, 어쩐지 더 심각하게 받아들이는 얼굴이었다.

"로라? 왜 그러나요?"

의아해서 쳐다보자 로라는 주먹을 불끈 쥐더니 날 향해 외쳤다.

"전 그래도 폐하 편이에요! 아시죠?"

갑자기 무슨? 영 생뚱맞은 말이라, 무슨 뜻으로 한 말이냐고 물어보려는 찰나.

"해적이다! 해적이야!"

망루에 올라가 망을 보던 선원이 목이 찢어져라 외쳤다. 그러고는 망루에 달린 종을 세게 흔들어대기 시작했다. 고요하던 배 위에 갑자기 시끄러운 종소리가 퍼져 나갔다.

"해적!"

혼자 씩씩하던 로라는 덩달아 그 말을 따라 외치면서 펄쩍 뛰었다. 로라 뿐만이 아니었다. 선원이 외친 '해적' 한 단어와 연달아 울리는 종소리에, 평화롭던 선상 안 분위기가 순식간에 달라졌다. 랑드레 자작과 아르티나 경은 얼른 내 곁으로 와서 로라와 나를 자신들의 몸으로 감쌌다.

로라는 내 팔을 꼭 잡고서 중얼거렸다.

"그런데 해적이 어디 있단 걸까요? 제 눈엔 바다밖에 안 보이는데."

내 눈에도 바다 외엔 안 보였다. 게다가 바다엔 안개도 없었다. 그냥 파랗고 휜한 바다. 커다란 구름이 끼어 있긴 하지만. 도대체 어디에 해적이 있다고?

하지만 그렇게 생각하는 순간. 앞에 있던 안개, 사실 안개인 줄도 몰랐던 안개 사이로 바다에 내려앉은 구름을 뚫고 뾰족한 선미가 나타났다. 이어서 서서히 모습을 드러내는 거대한 배는 신화 속에나 나올 것처럼 그 크기가 위압적이었다.

로라는 순식간에 조용해졌다. 나 역시 멀리서 보아도 느껴지는 거대한 배의 크기에 순간 압도돼서 입을 다물었다. 게다가 서서히 드러난 배의 돛에 그려진 해골 무늬는 오싹할 정도로 두려웠다.

'이게 해적.'

갈 때는 이상한 바다 생명체 때문에 조난을 당했는데. 올 때는 해적에게 걸린다고? 대체 이게 무슨 일인가 모르겠다.

"전투 준비."

그러나 랑드레 자작은 이 와중에도 침착했다. 그는 차분한 목소리로 밑의 기사들에게 지시했고, 기사들 역시 재빠르게 그의 명령을 수행했다. 아르티나 경은 조용히 허리춤에서 검을 아주 약간만 꺼내 손잡이를 꽉 쥐었다.

"무슨 일이 있어도 황후 폐하를 보호해라. 로라 양도."

그사이에도 '철썩 철썩' 무거운 파도를 헤치고, 여러 척의 커다란 선체가 온전히 모습을 드러냈다.

여기서 내가 두려워하면 로라가 더 무서울 거야. 긴장한 걸 감추기 위해 나는 무표정을 유지하고서 가까워지는 배를 쳐다보았다.

그러나 배와 배가 서로의 위치를 확인할 수 있을 정도로 가까워진 그 순간. 어째서? 갑자기 해적선이 머리를 돌렸다.

"어? 돌아가는 거 같은데요?"

로라까지 알아볼 정도로 노골적이게.

"진짜로 돌아가요!"

위풍당당하게 등장했던 거대한 해적선들이 도로 몸을 돌려 가버리자, 로라가 눈을 휘둥그렇게 뜨면서 외쳤다. 다들 영문을 몰라 웅성거리는데 그중 한 명이 입을 열었다.

"아아. 혹시 그 해적일 수도 있겠네요."

"그 해적이라니?"

내가 쳐다보자 랑드레 자작의 기사가 얼른 설명했다.

"해적을 쫓아다니는 해적이 있다고 합니다. 일반 배에는 관심이 전혀 없대요."

"……그럼 해적이 아니지 않나요?"

"일단 해적기는 걸고 있으니까요."

그래도 좀 이상하지 않느냐고 물으려는데, 얼핏 커다란 배 갑판에 어디서 본 듯한 남자가 보였다.

'누구지?'

얼굴은 제대로 보이지 않지만 실루엣이라던가 느낌이…… 에르기 공작?

"황후 폐하, 위험합니다."

그러나 내가 좀 더 자세히 보기 위해 앞으로 나서자, 기사들이 놀라서 말렸다. 결국 나는 기사들을 주렁주렁 달고 서서야 갑판 끝으로 나가는 데 성공했다. 하지만 그쪽에 갔을 땐 갑판에 혼자 유령처럼 서 있던 그 남자는 보이지 않았다. 대신 안개를 뚫고 웅장하게 나왔던 해적선들이, 우리와 거리를 둔 채 길을 안내하기라도 하듯 앞서갈 뿐.

'하인리가 해적과 관련 있단 소문이 돌지 않았나? 그 해적이 에르기 공작이라면……? 아니겠지. 설마.'

잠시 떠오른 생각을 머리를 저어 떨쳐냈다. 그래도 일국의 공작이 해적들과 어울리진 않겠지.

그때, 조용히 나와 같은 방향을 보던 아르티나 경이 입을 열었다.

"소문일 뿐입니다만."

"소문?"

"그 해적을 쫓는 해적들 말입니다. 찾고 있는 해적이 있다 합니다."

"에르기 공작이 해적인가요?"

"퀸…… 나 여기 배웅 나왔는데. 우리 꽤 오랜만에 만났는데. 만나자마자 다른 남자 얘깁니까."

배가 블루 보헤안의 항구에 도착하자 제일 먼저 하인리가 눈에 들어왔다. 출발 날짜를 잘 계산한 듯, 하인리는 단상을 가져다 놓고 거기에 앉아 있다가 배를 대기도 전부터 손을 흔들어 알은척을 했다. 옆에서는 블루 보헤안의 왕이 몹시 부담스럽단 얼굴로 마지못해 웃고 있고.

어쨌든 그렇게 했는데. 내가 만나자마자 질문을 던진 게 서운한가. 하인리는 시무룩한 내색을 감추지 않았다.

"선장. 책임자는 내 단단히 문책할 생각이니, 사건 경위를 제대로 작성해서 보고하라."

그 와중에 화풀이도 엉뚱한 데 해주시고.

"선장 탓이 아니에요. 알잖아요?"

그가 립트에 새로 변해 찾아왔을 때 내가 분명 사건 경위를 아주 샅샅이 알려주었을 텐데? 물론…… 카프멘 대공과 외딴 섬에 고립된 동안, 그의 옷을 입고 그의 하체를 자주 보았단 이야기는 하지 않았다. 그랬다간 하인리가 어떻게 나올지 짐작조차 가지 않아서.

"갑자기 바다에서 그런 이상한 게 튀어나오는데. 선장이 어떻게 하겠어요."

가는 길목에 튀어나와 있던 것도 아니고 도중에 중간에서 퍽 튀어나온 걸.

"그래도 경위는 정확히 파악해야죠. 퀸도 오자마자 에르기 공작이 해적인가부터 파악하려 했잖아요?"

"삐졌어요?"

"예."

그렇게 단호하게 나오면 내가 오히려 할 말이 없어지는데…….
앞서 걸어가는 그를 황당해 쳐다보고 있자니, 하인리가 멈춰 서서 돌아보았다. 그러고는 안 오냐는 듯 날 향해 손을 내민다.

"이게 에스코트예요?"

타박하면서 손을 잡자 그는 가볍게 웃더니 내 손등을 가져다 입을 맞추며 웃었다.

"환영 인사입니다."

륍트에 다녀온 후. 나흘가량은 아기들과 시간을 보내는 데 온전히 투자했다. 아기들 역시 내가 잠시 실종되기라도 했단 걸 아는 듯, 내게 딱 달라붙어 떨어지려 하지 않았다.

닷새째부터는 다시 조금씩 일을 하기 시작해서, 일주일째에는 완전히 이전의 패턴을 찾았다. 그러고 나서 가장 먼저 시작한 건, 바다에서 일어난 그 기묘한 현상. 그 현상을 조사하는 것이었다. 성과도 바로 나타났다. 항구가 있는 영지의 영주들을 모두 불러 모아 물어보니, 의외로 그 현상은 내가 처음 겪는 게 아니었다.

"갑자기 바다에서 치솟은 괴생물체 때문에 배가 흔들린다거나 뒤집힌다거나, 그런 이야기는 몇 번 들었습니다. 최근에요. 하지만 아무래도 그런 류의 괴담은 원래부터 많아서요. 이번에도 괴담이라 생각했습니다."

"진실이라 하더라도 어느 게 괴담이고 어느 게 사실인지 구분하기 어렵습니다."

"그런 괴담이 처음으로 돈 시점은 언제인가?"

"첫 시작을 따지자면 너무 오래 거슬러 올라갑니다. 그야말로

'옛날 옛적에'로 시작하는 이야기들이어서요."

　물론 여전히 그게 괴담일 뿐이라 주장하는 영주들도 있었다. 괴생물체에 관한 사례가 보고되긴 했지만, 조사 결과 실제 사고는 없었다든가 그런 식으로.

　대화가 빠르게 오가는 동안, 나는 작은 지도 위에 괴생물체 이야기가 괴담이라 믿는 영주들의 영지와 어쩌면 괴담이 아닐 수도 있다 주장하는 영주들의 영지를 각각 다른 색깔로 표시했다. 표시를 다 그리고 나니 이윽고 놀라운 사실이 눈에 확 들어왔다.

　"수룡."

　열렬히 말을 주고받던 대신과 영주들은 내가 입을 열자마자 조용해졌다. 하지만 내가 한 말을 다 들은 건 아닌지 의아한 얼굴을 한 사람도 많았다.

　"수룡."

　나는 그들의 얼굴을 찬찬히 살피면서 다시 한번 더 같은 말을 반복했다.

　"수룡……이라니요?"

　내가 출발한 블루 보헤안 항구의 영주가 조심스럽게 물었다.

　나는 작은 지도를 내려놓고, 커다란 지도를 가져오게 해서 탁자 중앙에 펼쳤다. 그리고 그 위에 몇몇 영주들의 항구를 동그라미로 체크한 후, 한 지점을 향해 물길을 그렸다. 그 물길들이 공통적으로 닿는 곳. 그곳은 수룡의 둥지가 있는 곳이었다.

카프멘 대공에게 돌시를 만나보고 싶다 부탁하자, 그는 흔쾌히 수락했다. 그리고 일주일 정도 후. 그는 돌시와 약속을 잡았다고 알려왔다.

돌시는 여전히 그의 파랑새를 찾아다니는 중인데, 그사이에 파랑새가 다시 궁전에 돌아왔을지도 모르니, 그 새를 찾으러 오는 김에 나와 만나주겠다고.

'맥켄나가 이 이야기를 못 들어서 다행이야.'

그리고 돌시가 오기로 한 당일. 돌시는 응접실에서 기다리고, 나는 그쪽으로 가려 할 때였다. 멀쩡히 벌레 인형을 가지고 놀던 카이가 갑자기 '우엉우엉' 울기 시작했다.

"카이?"

거울을 보며 옷매무새를 정돈하다가, 나는 깜짝 놀라서 요람에 허리를 숙였다.

"카이, 왜 그래? 아가. 카이?"

놀라서 허겁지겁 아기를 불러보지만 카이는 계속 '우엉우엉' 울었다. 그러더니 갑자기 새로 변했다가 사람으로 변하길 반복했다.

"카이! 카이?"

오빠가 이상한 증세를 보이자 덩달아 무서워졌는지, 벌레 인형을 움켜쥔 채 이쪽을 빤히 보던 라리도 돌연 '삐악' 울기 시작했다.

"라리. 카이. 착하지?"

애들이 왜 이러는 거지? 우선 계속 사람과 새를 오가는 카이를 안고서 손을 뻗어 라리를 다독거렸다. 다행히 그것만으로도 라리는 침착해져서 울음을 그쳤다. 여전히 눈동자가 포도 알 같았지만.

'어쩌지?'

나는 카이를 안은 채 어떻게 해야 할지 몰라 갈팡질팡했다. 일반적인 아기라면 의사를 부르면 되는데. 카이는 지금 새가 됐다 사람이 되길 반복하고 있었다. 이 와중에 시녀들에게 아이를 맡기고 궁의나 하인리를 부를 수가 없었다. 아니, 궁의도 부를 수 없었다.

"로즈 양!"

결국 나는 문을 닫은 채 로즈에게 맥켄나를 데려와달라 부탁했다.

"무슨 일이 있나요, 황후 폐하?"

"괜찮으니 맥켄나를 좀. 빨리. 서둘러줘요!"

아이가 어디 안 좋은 걸까 봐 몹시 걱정했는데.

"떼를 쓰는 거네요."

맥켄나는 카이를 보자마자 딱 잘라 말했다. 나는 아이를 안고 어르다가 놀라서 되물었다.

"떼를 쓰는 거라고요? 이게?"

"우리 일족 아기들이 엄마 아빠랑 떨어지기 싫을 때 자주 사용하는 방법입니다. 새랑 사람 모습을 오가면서 '이래도 날 두고 갈 거야? 이래도?' 하는 거죠."

"카이는 아직 아기인데. 그런 생각을 한다고요?"

"본능적인 건데요 뭘."

맥켄나는 낄낄 웃더니 카이를 안아 들고서 얼러주었다.

"황자님 떼쟁이네. 황후 폐하 닮아서 점잖은 줄 알았더니."

"……."

"아님 황후 폐하를 닮아서 떼쟁……."

"맥켄나."

"……농담이었습니다, 황후 폐하. 우리가 좀 친해졌다고 생각했어요. 절대 진심으로 황후 폐하가 떼쟁이라고 생각한 건 아닙니다."

"그게 아니라. 지금 1층 가장 큰 응접실에 돌시가 와 있어요."

"예? 그 수룡 말입니까?"

맥켄나는 흠칫 몸을 떨었다. 하지만 내가 왜 돌시를 불렀는지 알기에, 왜 왔냐고 묻진 않았다.

"그, 그런데 그 용 얘기는 왜 저한테……."

"만나기로 한 시간인데, 카이가 이 상태여서 당장 가긴 곤란하잖아요."

"제가 카이를 안고 있겠습니다, 황후 폐하."

"내가 달래는 게 나을 것 같아요. 하인리와 내가 차례로 오랫동안 자리를 비워서 이러는 모양이니까. 잠시 아이들을 달래주고 갈 테니, 그대가 돌시와 잠깐만 같이 있어줄래요?"

맥켄나는 멍하니 나를 보더니 울 것 같은 얼굴로 물었다.

"제가 떼쟁이라고 해서 화나신 거죠?"

은근히 잔인한 분. 분명 화나신 거야.

얼굴은 무표정하지만, 하인리가 그랬다.

— 퀸은 무표정일 때랑 화났을 때랑 표정이 비슷해. 그리고 무표정은 웃음을 참을 때, 웃긴 걸 참을 때, 웃고 싶지만 근엄해 보이고 싶을 때 자주 지어. 언제나 탐구욕을 자극하지. 난 이 세상에 한 명뿐인 퀸 전문가가 되어가고 있어.

탐구욕이 드는 건 모르겠고. 그는 퀸 영역 전문가도 아니니 황후의 행동을 통해 유추할 수밖에 없는데. 아무리 생각해도 수룡의 아귀로 떠미는 이 행동은 화난 행동이 분명했다. 그래도 손님 앞에서 너무 싫은 내색은 하면 안 되겠지. 일단은 용인데. 마지못해 표정 관리를 한 맥켄나는 문 앞에서 똑똑 문을 노크했다.

"들어가겠습니다."

그러자 들어오란 대답 대신 끼이익 저절로 문이 열렸다. 안에서 열었겠거니, 맥켄나는 아무 생각 없이 안으로 들어갔다. 문가에 사람이 없단 걸 깨달았을 때도 그냥 문을 덜 닫았겠거니, 생각했다. 그러고서 무심하게 시선을 돌려 소파 앞에 있을 돌시를 찾았다. 그러나 돌시는 없었다. 대신 창틀에 한 여자가 태양을 등지고 서 있었다.

"!"

맥켄나는 깜짝 놀랐다. 화려한 금색 커튼 사이에 서서 햇빛을 등에 진 여자는 특이하게도 붉은 머리카락이었고, 짧은 칼단발 아래 드러난 목은 길었다.

뒤에서 비추는 게 햇빛인가 광명인가.

하인리가 나비에 황후를 '음악의 신'이라 표현한 기분을, 맥켄나는 짧고 강렬하게 이해했다. 여자를 보는 순간. 맥켄나는 '태양의 신'이란 생각을 떠올렸다. 이렇게 찬란한 분위기를 지닌 사람은 여자 남자 통틀어서 처음이었다.

그 순간. 여자와 눈이 마주쳤다. 맥켄나는 여자의 눈이 태양을 압축시킨 것처럼 화려한 금색이란 걸 알아차렸다. '뭐냐'는 시선을 보내고 있단 것도.

"방, 방을. 방을 잘못 와서. 여긴 너무 눈이 부시고……."

맥켄나는 얼어붙은 채 우물거리다가 몸을 여자 쪽을 향한 채 다리로만 뒷걸음질 쳐서 밖으로 나갔다. 두 손으로 공손히 문을 닫고 게걸음으로 옆으로 물러선 후에야 맥켄나는 꽉 막힌 숨을 토해냈다.

'누구지?'

카이가 떼를 쓴 게 맞았나 보다. 카이를 안은 채 침실과 부부침실을 오가면서 어르고 달래고 노래를 불러주자, 아이는 점차 안정을 찾았다. 그러고는 사람의 모습으로 내 어깨에 자기 뺨을 기댔다. 통통한 뺨이 납작해진 채 날 향해 눈동자를 굴려대는 걸 보자, 그제야 한결 안심이 되었다.

"엄마가 걱정했잖아."

엉덩이를 팡 아프지 않게 두드리자, 아기는 그래도 싱글벙글 웃으면서 좋다고 웃는다. 카이가 진정된 것 같아서, 이번에는 요람을 움켜쥔 채 나를 물끄러미 쳐다보는 라리를 안아 올렸다.

"이젠 라리 차례."

라리는 '날 안아주지 않는다면 가만히 안 있으려 했어요'라는 표정으로 그제야 만족스럽게 웃었다.

그런데 한참 라리를 달래는 도중. 뜻밖에도 맥켄나가 나를 찾아왔다.

"왜 벌써 왔나요?"

나는 눈으로 시각을 확인하며 물었다. 그에게 30분 정도 돌시를 상대해달라 부탁했는데. 아직 시간이 좀 남은 상태였다. 맥켄나가 이유 없이 돌아올 사람은 아닌데. 게다가 맥켄나의 넋 나간 표정을 확인하자 좀 염려가 된다.

"무슨 일이 있었어요?"

혹시 돌시가 비밀을 알아챘나? 맥켄나가 그가 찾는 '푸른 하늘을 뚝 따다 만든' 파랑새란 걸? 이런. 왜 입꼬리가 올라가지?

"……황후 폐하. 웃고 계신데요."

"미안해요."

얼른 손으로 입가를 가리자, 맥켄나는 손으로 가린다고 미소가 가려지냐면서 툴툴거렸다.

"그런데 정말로 들켜서 온 건가요?"

거듭 묻자, 그제야 맥켄나는 "어이쿠." 하고 손을 내저었다.

"이거 때문에 온 게 아닌데. 깜빡했습니다. 황후 폐하의 미소에 취해서요. 물론 하인리 폐하께서 취할 때와는 느낌이 좀 다릅니다만."

맥켄나는 혼자 중얼거리더니 물었다.

"손님이 온 응접실을 제게 잘못 알려주신 거 같아서요."

"이런. 미안해요. 돌시는 지금 1층 가장 큰 응접실에 있어요."

"……."

"왜 그러나요?"

"아까도 그리 말씀하셔서요."

그럼 내가 잘못 알려준 게 아니지 않나? 왜 저러지? 의아해서 쳐다보자, 맥켄나는 고개를 기웃하며 혼잣말했다.

"그럼 잘못 들어간 게 그쪽인가."

어쨌든 라리와 카이가 진정이 된 것 같기에, 슬슬 내가 내려가기로 했다. 라리와 카이를 시녀들에게 맡긴 후. 나는 흐트러진 옷을 점검하고서 응접실로 내려갔다. 맥켄나가 말한 사람, 응접실에 있다는 다른 사람이 누구일까 생각하면서. 하지만 안에 있는 건…….

"오랜만이네."

평범한 돌시였다. 평범한 수룡. 그런데 왜 맥켄나는 다른 사람이 있었다고 한 거지? 돌시가 늦게 도착했나? 그사이에 다른 사람이 이 방에 왔던 건가?

"맥켄나가 여기에 다른 사람이 있었다던데."

"그거 난데."

"맥켄나 말로는 여자였다고……?"

"난 원래 무성이라. 이전에 여성체 모습으로 만난 사람이 있는데, 까먹고 그대로 왔었어. 웬 얼빠진 파랑 머리가 날 보고 놀라기에 다시 남성체로 돌아온 거고."

돌시는 창틀에서 내려서더니, 소파로 와 앉으면서 인사를 생략하고 물었다.

"그보다 넌? 내 파랑새 봤어?"

"응."

"봤다고? 어디서?"

그게 왜 네 파랑새냐…….

"바다에서 괴상한 해양 생물들이 날뛰어서 내가 실종됐던 거 알아?"

"내 앞에 건강히 있는 걸 보니, 실종된 넌 네 부하들이 이미 찾은 것 같은데. 그게 왜?"

"문제가 일어난 바다 부근 항구 위주로 물길을 이어봤어. 지도로. 네 둥지가 나오더라."

"그래?"

"왜 그런 거 같아? 혹시 물 아래에서 무슨 일이 벌어졌다거나, 그래?"

돌시는 고개를 기웃하더니 히죽 웃었다.

"내가 날뛰어서 그런가."

나는 긴장해서 그의 대답을 기다리다가 황당해서 되물었다.

"누가 날뛰어?"

"내가."

"네가 왜?"

"파랑새가 보고 싶어서."

"……."

"보고 싶은 파랑새는 보이지 않고, 보고 있자니 열 받는 것들만 주위에서 어슬렁거리기에 화가 나서 싹 다 꺼지라고 발로 찼지."

"……그 몸으로 찬 건 아니지?"

"원래 몸으로 찼는데."

원래 몸. 가까스로 쌓아 올린, 홍수도 막아내는 거대한 댐을 발길질 몇 번에 무너뜨리는 그 거대한 몸으로 말이지.

"……."

내가 입을 다물고 지그시 쳐다보자 돌시가 해맑게 웃으며 물었다.

"그래, 내 파랑새는 어디서 봤는데?"

저 빌어먹을 발길질 때문에 이전에는 댐이 무너져 홍수가 나고, 이번에는 해양 생물들이 바다로 밀려와 날뛰었다 이 말이지…….

"이름이 이상한 여자여. 왜 대답을 안 해?"

"파랑새야 자주 보지. 황궁 정원에 가면 여기저기 날아다니는걸."

돌시는 눈을 동그랗게 뜨더니 항의했다.

"내가 말하는 게 그 새가 아니란 걸 알 텐데."

"나야 모르지. 내 눈엔 그 새가 그 새라서."

"!"

대화를 끝내고 밖으로 나오자 의외로 맥켄나가 복도에 서 있었다. 무척 바쁘다더니? 왜 여기 있지? 내게 급히 할 말이라도 있나? 의아해서 쳐다보는데, 의외로 맥켄나는 내가 아니라 돌시 쪽으로 다가갔다. 평소에는 근처에도 가기 싫어하더니.

돌시는 자기가 노래를 불러대는 파랑새가 앞에 있는 것도 모른 채, 무심한 눈길로 맥켄나를 보았다. 돌시가 모든 일의 시초이자 발단이란 데 화가 나서 당장 이 자리를 떠나려다가, 나는 걸음을 멈추고 두 사람을 구경했다.

맥켄나가 진실을 말하려나?

"저기. 혹시 아까 반짝반짝한 레이디가 어디로 갔는지 못 봤나요?"

아니네. 전혀 관계없는 내용이네. 게다가 돌시도 관심을 두지 않는 내용인가 보다. 아예 대답을 생략하고서 쌩하게 맥켄나를 무시하고 가버리는 걸 보니.

"……저 지금, 투명인간 취급받은 건가요?"

맥켄나는 황당한 얼굴로 내게 물었다.

"나도 받은 적 있어요. 원래 저래요. 관심 없는 상대한텐."

처음 만났을 때. 돌시는 나도 아예 없는 사람 취급했지. 그게 사람을 얼마나 기분 나쁘게 하는지도 안다. 내가 맥켄나의 어깨를 톡톡 두드려 위로해주자, 맥켄나는 이마를 구기고서 씩씩거렸다.

"제가 본 사람이랑 사람 아닌 이들이랑 통틀어서요. 저자가 제일

재수 없습니다. 제일 나쁜 사람은 아니지만 제일 재수 없는 자인
건 확실해요."

그토록 찾아 헤매는 파랑새를 앞에 두고서 무시하는 돌시. 돌시
가 자기를 찾는 걸 무시하다가 도로 무시받은 맥켄나. 참 이상한
관계네.

"……폐하. 또 웃고 계신데요."

"바빠서. 먼저 갈게요."

"폐하아!"

다음 날이 되어서야 맥켄나는 재수 없는 용에게 무시받은 일을
잊고서 마음의 평화를 찾았다. 하지만 마음을 들여다보니 아직 마
음이 불편했다. 좀 더 평화를 찾아야 할 필요가 있어서, 그는 없는
짬을 억지로 내어 홀로 번화가로 나왔다. 휴식을 취할 겸 라리와
카이가 좋아할 만한 장난감을 사기 위해서였다.

특히 어제. 카이가 사람과 새 모습을 오가는 수까지 써가면서 나
비에 황후에게 칭얼대는 걸 보니, 조그만 게 마음고생 좀 했겠구나
싶어서.

그런데 한참 거리를 걷고 있자니, 낯선 얼굴이 보였다. 사실 낯
설다 할 만큼 가깝지도 않았지만, 단 한 번의 만남으로 강렬하게
기억에 남은 사람이.

'어제 그 여자다!'

태양을 닮은 여자.

붉은 머리카락은 멀리서도 눈에 확 들어왔다. 게다가 걸어가는 방향도 같아서, 맥켄나는 저도 모르게 그 여자를 넋 놓고 바라보며 내내 고민했다. 말을 걸어볼까 말까. 말을 걸면 이상하게 생각하려나. 그래도 어제 잠깐 만났으니 이상한 사람이라 생각하지는 않겠지? 그러다 정신을 차리고 보니 여자는 노천카페에 앉아 커피를 마시고 있고, 자신 역시 여자와 멀찍이 떨어진 자리에 앉아 같은 커피를 마시고 있었다.

'내가 왜 이런 짓을!'

맥켄나는 놀라서 벌떡 일어나려다가, 여자에게 남자 두 명이 다가가는 걸 보고 도로 미끄러지듯 의자에 앉았다.

'일행인가?'

그러나 잘 보니 일행이 아닌 모양이다. 그들이 다가가다 붉은 머리 여자가 인상을 쓰는 걸 보니 분명했다. 문제는…… 다가간 이들이 질이 나빠 보인단 것이었다. 여자에게 다가간 남자 둘은, 옷은 번쩍번쩍 차려입었으나 척 보기에도 불량해 보였다. 편견 가득한 시선으로 보자면, 사고깨나 치고 다니면서 돈과 권력으로 무마하는 듯한 인상.

맥켄나는 걱정스럽게 상황을 지켜보았다. 괜찮나?

혹시 문제가 된다면 나서기 위해서, 맥켄나는 자신의 무기를 점검했다. 가장 먼 자리라서 대화는 제대로 들리지 않지만, 눈치란 게 있으니까. 그렇다고 당장 나서기에는, 혹시라도 지인일 가능성이 없지는 않았다. 다가간 청년 둘이 아직 시비를 건 것도 아니고.

그러나 생각을 하자마자 귀족 남자 두 명은 낄낄 웃고 여자는 표정을 구겼다. 여전히 대화는 들리지 않았지만, 저 둘이 기분 나쁜 발언을 한 게 분명했다.

'저것들이!'

맥켄나는 분노에 차 그쪽으로 다가갔다. 그러나 여자가, 접근한 남자 하나의 머리를 한 손에 쥐는 걸 보고 도로 멈춰 섰다.

"대가리 똑 따줄까."

이어서 여자가 낸 스산한 목소리와 용이 낮게 그르릉 우는 듯한 미소. 맥켄나는 어제처럼, 방향은 여자 쪽을 향한 채 백스텝했다. 음흉하게 접근한 귀족 남자 둘 역시 이미 얼어붙어 있었다.

'생각보다 무서운 여자네. 말 안 걸길 잘했어. 말 건다고 해서 받아줄 사람도 아닌 것 같지만.'

맥켄나는 자기 자리로 돌아와서 남은 커피를 얼른 입에 털어 넣었다.

'태양이 아니라 폭염이구만.'

노천카페를 나온 맥켄나는 이번에는 다른 데 정신을 팔지 않았다. 그는 곧장 근처의 장난감 가게들을 차례로 들렀다.

그러나 세 번째로 간 가게에서 그는 다시 그 여자. 붉은 머리카락의 폭염 같은 여자와 마주쳤다. 맥켄나는 장난감을 고르다 말고서 놀라서 눈을 동그랗게 떴다. 저 여자가 여기는 왜 왔지? 전혀 안 어울리는 장소인데?

그 시선이 너무 노골적이었나. 여자도 이쪽을 발견한 듯 고개를 돌리더니, 눈썹을 매섭게 치켜떴다.

"뭐냐 인간. 왜 자꾸 따라다니지?"

맥켄나는 다급히 꽥꽥 소리를 내는 오리 인형을 들어 올렸다.

"장난감. 사러 왔는데요."

그러나 여자는 믿지 않는 듯 음산하게 추궁했다.

"아닌 거 아는데. 계속 따라왔는데."

아무래도 아까 귀찮게 군 그 두 명 때문에 기분이 몹시 저조한 듯했다.

"진짠데요."

맥켄나는 오리 인형을 다시 흔들었다. 이 와중에 오리 인형은 얼마나 꽥꽥거리는지. 자신의 꼴이 우습게 여겨져서, 맥켄나는 오리를 내려놓았다. 그러고는 급히 가방에서 기저귀를 꺼내 보였다.

"이거. 조카. 아기 조카가 있어서요. 둘이요."

그걸 본 여자의 표정에서 음산하고 무서운 기운이 가셨다. 그 자리를 황당한 표정이 차지했지만.

"그 조카 지금 안 보이는데. 그걸 왜 들고 다니지?"

"들고 다니는 게 아니라 까먹고 안 뺐……."

"이상한 인간."

맥켄나는 입을 빼끔거리면서, 여자가 장난감 가게 밖으로 나가는 걸 망연자실하게 쳐다보았다.

짤랑. 여자가 나가자 문에서 경쾌한 종소리가 울렸다. 맥켄나는 그 소리가 자신을 조롱하는 것처럼 여겨져서 울상을 지었다.

카이와 라리를 데리고 산책을 나갈 때, 애들이 언제 쉬를 할지 모르니 그는 늘 기저귀를 상비해서 다녔다. 문제는 그러다 급히 회의에 들어가거나 할 때 깜빡하고 가지고 간단 것이었다.

오늘도 그랬다. 오전에 라리와 카이를 데리고 둥지가 있는 곳으로 데려가 간단하게 비행 연습을 시켜주었다. 비행 연습이라고 한들 그냥 제자리에서 껑충거리는 수준이지만. 그 후에는 쌍둥이용으로 만든 유모차에 아기들을 태운 채 후원을 몇 바퀴 돌면서 바람을 쐬어주었다. 기저귀는 이때를 대비한 것이었다. 하지만 산책 도중 급히 볼일이 생겨서, 아기들을 주베르 백작 부인에게 맡기고 회의실로 달려갔다. 그러다가 또 급하게 짬을 내서 나오느라, 미처 기저귀를 가방에서 빼지 못했을 뿐이었다.

'나 정말 이상한 사람 아닌데.'

맥켄나는 시무룩해져서 기저귀를 도로 가방에 넣었다.

맥켄나는 이 와중에도 목적은 잊지 않고, 오리 장난감 두 개를 사서 궁전으로 돌아왔다. 아기들이 장난감을 받고 좋아하는 걸 보면 울적해진 마음도 풀리겠지. 라리와 카이가 활짝 웃으면서 기뻐할 생각을 하자 마음이 들떠서, 그는 곧장 아가방으로 향했다.

그런데 웬걸. 그 방 안에 선객이 있었다. 그것도 꼴 보기 싫은 용이. 아가들 앞에 대고 마법으로 온갖 물놀이를 보여주는데, 심지어

아가들은 그때마다 좋아서 까르르 웃고 있었다. 맥켄나는 신이 나서 꺼냈던 오리 장난감을 등 뒤로 감추었다. 이 와중에도 돌시는 맥켄나에겐 시선조차 주지 않았다.

맥켄나는 그제야 폭염을 닮은 여자와 재수 없는 저 용이 둘 다 붉은 머리카락이란 걸 알아차리고 한탄했다.

'나는 붉은 머리들이랑은 뭐가 안 맞는 건가.'

"엄마. 난 왜 아빠가 없고 엄마만 있어?"

다르타가 이런 질문을 할 때면 빈셀은 늘 대답했다.

"그러니까. 남들은 둘이서 만드는 애를 엄마는 혼자 만들었어. 대단하지?"

"세상에. 엄마 대단해!"

빈셀은 상시천 내에서도 손가락에 꼽힐 만큼 강했기에, 다르타는 엄마 말이 사실이라 생각했다. 다른 사람은 못 해도 엄마는 할 수 있다고. 엄마는 그만큼 대단한 사람이라고.

진실을 알게 된 건, 같은 마을에 사는 어떤 부부가 어느 날 갑자기 세 살 된 아이를 데려오더니, 자기들 아들이라 하는 걸 본 후였다. 이후 몇 년이 더 지나면서 다르타는 한 가지 사실을 더 알게 되었다. 여기에는 자신 외에도 이런 식으로 갑자기 자식이 된 아이들이 적지 않다는 것을.

그러던 어느 날. 옆집에 사는 부천주도 자기 딸이라면서 갑자기 아기를 안고 나타났다. 드문 일은 아니기에, 다르타는 아기를 구경하러 갔다가 깜짝 놀랐다.

"와. 천사가 잃어버린 아기 같아."

은발 머리와 새까만 눈동자를 가진 아기는 정말로 하늘에서 잠시 잃어버린 아기처럼 생겼던 것이다.

"이 아기 뭐예요?"

"내 딸."

흐뭇해하는 부천주의 말에, 다르타는 부천주를 쳐다보며 걱정스럽게 물었다.

"아저씨, 이 애가 진짜 천사면 어떡해요? 아저씨, 천사 납치해 온 건 아니에요?"

부천주는 그래도 좋다고 껄껄 웃다가 아내에게 물었다.

"여보. 우리 애 이름 뭐로 하지?"

부천주의 아내는 바로 대답하지 못했다. 이미 아기에게 넋이 나가 있어서. 아내는 한참을 머뭇거리다가, 아기가 울먹이자 그제야 안아 들고서 활짝 웃었다.

"당신, 정말 천사를 납치해 온 건 아니지? 돌려달라고 와도 안 돌려줄 거야."

옆집 사는 부천주 딸은 '모테'란 이름을 얻었다. 그리고 다르타는 옆집에 산단 이유로, 자연스럽게 모테를 챙기는 시간이 길어졌다.

"아기야 아기야 어디서 날아왔니. 하늘에서 날아와 도적 소굴 온 거니."

가끔 귀찮기도 하지만, 대체로 다르타는 모테와 노는 걸 좋아했다. 아기가 몹시 순한 데다가, 빈셀이 상시천의 5인자 겸 행동대장이기에 집을 비우는 일이 많기 때문이었다. 게다가 모테를 데리고 놀러 다니다 부천주네 가면, 부천주나 그의 아내가 맛있는 음식을 한가득 차려주었다.

물론 부천주 부부는 원래도 다르타를 몹시 귀여워해서, 모테가 오기 전에도 놀러 갈 때마다 자주 맛있는 음식을 차려주었고, 오지 않으면 아예 바구니에 넣어서 주고 가기도 했다. 하지만 나이가 찰수록 그냥 얻어먹기 미안해졌는데. 모테와 놀아준 후에 얻어먹으면 당당하게 먹을 수 있어서 좋았다.

그런데 평소처럼 모테와 놀아준 후. 부천주의 아내와 수다를 떨면서 식사를 하고 있을 때였다. 밖에서 웅성거리는 소리가 들려왔다. "다르타! 다르타!" 부르는 고함도.

"무슨 일이지?"

부천주의 아내는 모테가 잠꼬대를 한단 이야기를 멈추고 탁자에서 일어나 창문을 열었다. 다르타도 빵을 입에 문 채 한 박자 늦게 일어났다.

"무슨 일이에요?"

그러나 부천주의 아내가 창밖을 보며 "세상에!" 하고 외치자, 다르타는 재빨리 문을 열고 직접 나갔다.

"왜요?"

무슨 일인가 싶어서 보자, 들것에 가장 사랑하는 사람이 누워 있었다. 빈셸. 그녀의 엄마가.

"엄마!"

다르타는 눈이 뒤집어져서 빈셸에게 달려갔다.

빈셸이 의사에게 진료를 받는 동안 다르타는 부천주에게 물었다.

"누구예요? 누구 때문에 엄마가 이렇게 됐어요?"

빈셸의 배에 난 건 창상이었다. 치명적인 창상.

빈셸의 반대로 다르타는 도적질을 하진 않았으나, 군사들이 들이닥쳤을 경우 한 몸 지켜 도망은 갈 수 있어야 한단 엄마의 주장 아래에 무술은 어린 시절부터 익혀왔다. 당연히 어떤 무기에 당했을 때 어떤 형태의 부상을 입는지도 대번에 파악할 수 있었다.

부천주는 혀를 차며 대답했다.

"누구긴 누구겠어. 빌어먹을 제국 기사단인지 하는 놈들이랑 지하 기사단 놈들이지."

그러자 옆에 있던 다른 상시천 도적이 혀를 차며 투덜거렸다.

"진짜 징한 새끼들. 어떻게 여기까지 쫓아오냐."

"말도 마. 코샤르 그놈은 우리가 화대륙에 건너가도 쫓아올 놈이다."

"난 그 미친 새끼가 자기랑 비슷한 미친 새끼를 하나 더 데려온 게 더 무서워."

"마스타스인가 그 여자. 마주치고 싶지도 않아. 빈셀 부상도 그 여자가 낸 거잖아."

다르타는 입술을 꽉 깨물고서 엄마의 손을 꼭 잡았다. 이 부상은 대륙에서 가장 뛰어나다는 치료 마법사 에벨리가 오지 않는 한, 치료할 방도가 없어 보일 만큼 심각한 부상이었다. 하지만 궁정에 소속된 그 대단한 마법사가 일개 도적을 치료해주러 이 먼 곳에 온다? 기대조차 되지 않았다. 일어날 가능성이 전혀 없는 일이라.

"엄마……."

마스타스. 엄마를 찌른 사람. 다르타는 정신이 없는 와중에도, 상시천 도적들이 주고받는 대화에서 그 이름 하나만을 기억해냈다. 엄마를 찌른 사람. 뇌에 새겨지듯 이름이 분노와 함께 파고들어왔다.

그러고 있자니, 의원이 빈셀에게서 손을 떼고서 다르타를 향해 고개를 저었다.

"아, 안 돼요!"

그 행동과 침울한 표정을 본 다르타는 울먹이면서 엄마를 끌어안았다. 그때. 의식이 없는 것 같던 빈셀이 다르타의 손을 꼭 잡아주었다.

"엄마? 정신이 돌아와? 엄마?"

다르타는 황급히 엄마를 몇 번이나 외쳤다. 빈셀은 대답 대신 부천주를 향해 다른 쪽 손을 내밀었다. 그러자 부천주가 빈셀의 손목에서 팔찌를 뺐다.

'이 와중에 무슨?'

다르타가 멍하니 그 모습을 보고 있자니, 부천주는 빼낸 팔찌를
다르타에게 건넸다.

"유품…… 이런 거 주는 거야? 싫어! 필요 없으니까 엄마가 일어
나!"

다르타는 소름이 돋아서 팔찌를 던져버리고서 엉엉 울었다.

"딸."

"엄마가 일어나! 팔찌 싫어! 엄마가 일어나야 해!"

"딸."

감당이 안 되는 슬픔에 다르타는 흐으으 소리를 내며 흐느꼈다.
빈셀은 다르타의 손을 최대한 힘을 주어 꽉 붙잡았다. 그러나 거대
한 도끼를 휘두르던 손에서는 이제는 힘이 거의 느껴지지 않아서,
다르타는 더욱 괴로워졌다.

"네게 자매가 있어. 친자매가."

"나한텐 자매 없어! 엄마밖에 없어! 그니까 일어나!"

"처음엔 둘 다 고아원에 두고 왔는데. 네가 '엄마 엄마' 부르면서
날 쫓아왔어. 그래서 너만 데려왔어."

빈셀은 초점 없는 눈동자로 허공을 보며 중얼거리고는 다르타를
보며 슬프게 웃었다.

"널 기르면서 단 한 가지 후회한 건, 그 애를 같이 데려왔어야 했
나, 가끔 드는 생각이었어."

"엄마……."

"원한다면 찾아봐. 고아원 이름은 데······."

"와! 마스타스가 상시천에서 악명 높은 도적을 처치했대요!"

마스타스가 보낸 편지를 읽다가, 로라는 편지를 탁 아래로 내리더니 활짝 웃으면서 외쳤다.

"마스타스 진짜 멋있다!"

그러나 주베르 백작 부인은 뜨개질을 하다 말고서 혀를 찼다.

"도적들은 줄줄이 잘 꿰뚫으면서, 왜 코샤르 경 마음은 꿰뚫지 못하는지."

분명 상시천을 소탕하러 가는 데, 사심도 좀 섞여 있는 듯했는데. 주기적으로 보내오는 편지에는 아직도 오빠와 잘 되어가고 있단 소식이 없었다. 그런 뉘앙스조차. 마스타스는 물론 오빠에게서도 그러니, 주베르 백작 부인은 그게 답답한 듯했다.

로라는 도끼눈을 뜨면서 반박했다.

"마음이야 진작 꿰뚫었잖아요? 공식적인 연인이 못 되어서 그렇지."

그러나 주베르 백작 부인은 이번에도 혀를 찼다.

"로라 양. 비공식적 연인이 무슨 뜻인지 알아요?"

모든 걸 다 아는 듯 자신만만한 태도에, 로라는 슬그머니 넘어갔는지 진지하게 고개를 저었다.

"모르는데. 뜻도 있어요? 말 그대로 비밀 연애 아니에요? 아, 물론 바람피우는 거 빼고."

주베르 백작 부인은 니안에 빙의하기라도 한 것처럼 자신만만하게 설명했다.

"비공식적 연인은요, 로라 양. 우정 이상 사랑 이하예요."

"예? 그게 뭐예요."

"비공식적 연인이란 건 공개 못 할 이유가 있단 거고. 비밀 연애를 하면 남들 이목을 신경 안 써도 되니 책임감이 줄어들죠. 책임질 게 없으니 서로 인내심도 약해져요. 인내심이 약해지면? 싸움이 바로 헤어짐으로 직결되거든요."

로라…… 넘어가고 있잖아. 주베르 백작 부인에게 순진한 애를 놀리지 말라 해야 하나. 그런데 이렇게 말했는데, 주베르 백작 부인이 진심으로 한 말이면 어쩌지? 잠시 생각하고 있자니 로라가 돌연두 손으로 입을 가리고서 나를 바라보며 중얼거렸다.

"아아. 그래서……."

"?"

왜 나를?

뤼프트에서 돌아온 후로, 아니, 뤼프트에서부터 로라가 가끔 나를 묘한 눈길로 쳐다보는데. 대체 무슨 생각을 하는 걸까? 예산안을 정리해보다가 문득 로라의 눈빛이 떠올라서, 나는 펜을 내려놓았다.

"무슨 생각 합니까, 퀸?"

그런 모습에 호기심이 들었나. 카이와 라리에게 오리 인형 대신 백조 인형을 안겨보려 시도하던 하인리가 내 쪽을 보며 물었다. 백조 인형이 요람 밖에 떨어져 있는 걸 보니, 카이와 라리는 오리 인형을 선택한 모양이고.

"아니에요."

나는 로라 이야기를 하는 대신 적당히 둘러댔다. 로라가 나를 묘한 눈길로 본단 이야기는 하지 않는 게 나았다. 그가 어떤 식으로 확대 해석을 할지 모르니.

"예산안 때문에요. 생각할 게 있어서."

이제는 하인리가 내 일에 관해서는 상당히 예민해진단 걸 안다. 그가 성격이 좋지 않단 것도, 내 눈치를 보느라 그 성격을 누르고 있단 것도, 그래도 가끔씩 몰래 성격이 튀어나온단 것도, 나를 많이 사랑한다는 것도.

"……."

"퀸? 예산안 중에…… 얼굴을 붉힐 만한 내용이 있습니까?"

가만히 쩨려보지만, 하인리는 더욱 진지한 얼굴로 보고서를 가리키며 물었다.

"제가 질투할 만한 내용도 있을까요?"

내가 딴생각을 하고 있단 걸 알면서. 놀리는 거다.

"없어요."

차갑게 대꾸하자, 하인리는 빙그레 웃더니 내 입꼬리를 엄지로 어루만졌다. 그러면서도 보고서를 눈으로 훑더니 의외란 투로 물었다.

"데로즈 고아원은 동대제국 고아원 아닙니까?"

내가 작성하는 고아원 예산안 안에 예시로 데로즈 고아원 사례가 적혀 있어서 그런 듯했다.

"맞아요. 하지만 말이 동대제국 고아원이지, 내가 있을 땐 사비로 후원하던 곳이라."

"아아. 에벨리 마법사가 있던……."

내가 고개를 끄덕이자, 하인리는 내가 예산을 작성 중인 서대제국 고아원 쪽 정보를 보며 다시 물었다.

"여기에서도 마법에 재능 있는 아이가 나온 겁니까?"

"그건 아니에요. 원생 남녀 비율이나 원장, 선생, 구조물, 역사 등이 비슷해서 예시 사례로 가져온 거예요."

"아쉽네요."

하인리는 어깨를 으쓱하더니 이번에는 내 귓불을 어루만졌다.

"에벨리 같은 인재가 여기에서도 나와주면 좋을 텐데. 이왕이면 치유 계열로요."

"그런 인재가 나오기 쉽나요."

'데'까지 말한 빈셀은 뒷말을 잇지 못하고 피를 토해냈다. 입 위로 튀어나온 피는 다시 얼굴에 쏟아지고, 거기에 목이 메여 빈셀이 다시 콜록거리자 다르타는 바락 외쳤다.

"지금 고아원 이름이 무슨 소용이고 얼굴도 이름도 모르는 자매가 무슨 소용이야! 엄마가 이 꼴인데!"

그러고는 빈셀이 옆을 보도록 들어준 다음 등을 두드리려 했다. 그러나 말에서 떨어지면서 난 상처로 등 역시 상처투성이라, 등을 두드리기도 힘들었다.

"엄마가 나았으면 좋겠어. 엄마가 안 아팠으면 좋겠어."

결국 다르타는 울면서 빈셀을 끌어안고 태어나서 처음으로 신에게 기도했다. 도적 딸이 소원을 빌어봤자 효험이 있을 리 없어서, 다르타는 한 번도 기도를 한 적이 없었다. 그러나 이번에는 진심으로 기도했다. 살면서 한 모든 착한 일을 끌어모아 회상하면서. 자신의 영혼으로 엄마를 치유하는 상상을 하면서.

그 순간, 갑자기 빈셀의 몸이 빛에 둘러싸였다. 희미하고 은은한 빛이. 그 광경에 곁에서 훌쩍이던 상시천 도적들은 물론, 궁의와 다르타도 눈을 휘둥그렇게 뜨고 그 빛을 보았다. 그 빛은 다르타에게서 시작되어 빈셀로 옮겨가고 있었다.

"너……."

부천주가 찢어질 듯 커다랗게 눈을 뜨고 다르타에게 무어라 말하려던 순간, 빈셀이 갑자기 몸을 벌떡 일으키더니, 다르타의 등을 딱 내려치며 외쳤다.

"엄마가 유품을 넘겨주는데 그걸 집어던져?"

다르타는 눈을 휘둥그렇게 뜨고 빈셀을 쳐다보았다. 빈셀은 한 박자 늦게 스스로 더 놀라서 입을 벌렸다.

엉엉 우는 딸에게, 유품 챙기고, 정신도 챙기고, 사이 나쁜 상시천 도적 중 누가 유산을 훔쳐 갈지 모르니 재산도 잘 챙기라 말하고 싶은데. 아이가 정신없이 울어대니 말을 할 틈이 없었다. 그래서 빈셀은 누운 채 내내 생각했다. 정신 차리고 말 좀 들어보라고, 딱 등 한 대만 찰싹 치고 싶다고. 하지만 힘이 닿지 않아서 생각만 했는데. 실제로 등을 치다니?

"엄마? 살아났어?"

다르타는 빈셀을 넋 놓고서 바라보다가 당황해서 중얼거렸다. 몹시 기쁜데 몹시 당황스러웠다. 이런 게 기적이란 건가? 빈셀은 뻥 구멍이 났던 자기 배를 확인하더니 놀라서 외쳤다.

"세상에. 천사는 모테가 아니라 내 새끼였네!"

다르타는 아직 어리둥절했다. 자신이 무슨 기적을 보인 건지, 전혀 모르는 얼굴로 맹하게 눈만 깜빡였다. 그저 엄마가 멀쩡해진 것 같아서, 그것만 좋았다.

어느새 모테를 안고 들어와 홀쩍이던 부천주의 아내가, 그나마 가장 먼저 정신을 차리고 기쁜 목소리로 외쳤다.

"다르타가 마법사로 발현하려나 봐요!"

성인이 되어서 마법사로 발현하는 경우는 극소수였고, 그 극소수도 마법을 제대로 사용하려면 아카데미에 가야 한다. 예외적인 사람은 나비에 황후 정도.

하지만 그 나비에 황후는 위치가 위치이니만큼 선생을 초빙해서 마법을 훈련했을 가능성이 높았다. 서대제국에서 인위적인 마법사

발현을 연구했다든가 그런 말도 있으니, 그 연구 혜택을 보았을 수도 있고.

그러니 현실적으로, 이 기적 같은 재능을 갈고 닦기 위해서 다르타는 아카데미에 가는 수밖에 없었다. 하지만…….

"다르타는 신분이 없어. 동대제국에 들어가면 밀입국자로 추방당할 거야."

"마법사로 발현했다고 하면 받아들여주지 않을까요?"

"외국에서 보낸 스파이 취급을 받을지도 몰라. 성인이잖아."

하지만 신분이 없는 다르타를 아카데미로 보내는 일은 여의치 않았다. 그때. 말없이 다른 사람들의 말만 듣고 있던 다르타가 조심스럽게 손을 들며 제안했다.

"서대제국 황후를 찾아가보면 어떨까요?"

"절대로 안 된다!"

부천주는 딱 잘라 외쳤다. 일말의 여지조차 없는 거절. 그 단호함에, 다르타는 발끈해서 또박또박 설명했다.

"서대제국 황후가 무섭단 소문이 돌긴 해요. 하지만 합리적이래요. 인재를 아끼고, 외국인이라도 충성만 바치면 받아준대요. 자기도 외국 출신이라 특히 그런 데 시원스럽대요. 그리고 아카데미에 절대 갈 수 없다면, 뭐든 시도라도 해보는 게 낫잖아요."

그러나 부천주는 조금도 흔들리지 않고, 오히려 그럴듯하게 반박했다.

"시원스레 받아들이는 외국인들도 신분은 있겠지. 제 나라가 어딘지도 알고. 하지만 우리는 아니야. 우리는 우리가 어느 나라 사람인지, 심지어 외국인인지도 모르잖냐. 우리는 신분이 낮지도 않아. 신분이 없다고."

높은 언성이 오가는 와중이었으나, 상시천의 천주인 퀠드렉은 한 손에 턱을 괸 채 자기 의견을 내세우지 않았다. 눈을 가늘게 뜨고서 다르타를 쳐다볼 뿐. 아무 말도 하지 않고 있으나, 어쨌든 다르타는 그 침묵을 계속 설득해보란 신호로 해석했다. 그리고 거기에 용기를 얻어서 다시 말을 이었다.

"그 황후가 치유 마법사 에벨리를 발굴한 건 알아요?"

"내가 얘기해준 거잖아."

"그니까요. 가봐서 나쁠 건 없어요. 다짜고짜 내치지 않을 사람이에요. 절 받아주지 않더라도 갑자기 해코지를 할 사람은 아니라 생각해요. 소문이 진짜라면."

다르타는 주먹을 꽉 쥐고서 눈을 빛냈다.

"충성을 바칠 테니 도와달라 하면 도와줄 거예요. 자기 신념 때문에라도. 게다가 치유 마법사는 아주 귀하잖아요. 물론 발현이 완전히 끝났을 때 어떤 식으로 완성될진 모르지만……."

"너 설마 그 밑으로 들어가려고?"

상시천 도적이 눈을 동그랗게 뜨고 다르타를 보았다. 빈셀은 그런 도적의 등을 짝 두드렸다.

"양지에서 살면 좋은 거지, 뭐가 설마야!"

"아니, 그게 아니라. 아무리 그래도 서대제국은 좀. 그렇잖아요."

그때. 가만히 있던 수장 켈드렉이 코웃음을 치며 빈정거렸다.

"나도 그 황후에게 충성을 바치는 건 글쎄. 그 황후의 오빠가 원수 같은 코샤르거든. 네가 그 황후 밑에 들어간단 건 코샤르와 한패가 된단 건데. 난 너와 적이 되고 싶진 않단다, 다르타."

다르타는 고개를 저었다.

"진짜 충성을 바치겠단 게 아니에요."

"그럼?"

"이용하겠단 거죠."

그 말에 켈드렉이 씩 웃었다. 사실 이미 예측하고 있었던 말인지, 놀라워하는 기색이 없었다.

"내가 상시천 사람이란 것만 안 들키면 되잖아요."

"그렇지."

켈드렉이 다르타의 말에 수긍해주는 듯하자, 부천주는 수장을 탓하는 목소리로 불렀다.

"수장!"

그러고는 고개를 빠르게 저었다. 미쳤냐고 애를 부추기냐는 신호를 보내면서. 다르타도 그 신호를 엿보았으나, 그 신호를 무시한 채 다시 말을 이었다.

"상상해봐요. 내가 나비에 황후의 도움을 받아 마법사가 되고, 그 마법으로 상시천에 도움이 되는 걸. 그것만으로도 코샤르에게 복수하는 거라고요."

"딸."

"엄마. 왜 여기까지 나와. 배웅 이미 해줬으면서."

다르타가 나비에 황후를 만나기 위해 떠나는 날. 이미 이웃들에게 배웅을 받고 마을을 나왔는데, 집에 들어가는가 싶던 빈셀이 갑자기 달려와서 불렀다. 자신이 엄마를 치료했다는 걸 알면서도 다르타는 겁이 나서 다급히 잔소리했다.

"좀 더 쉬어. 몸 좀 아끼고. 응?"

"알았어."

"맨날 말만 그러지."

다르타가 도끼눈을 떴으나 빈셀은 거기에 대꾸하지 않았다. 그 안에 든 게 걱정인 걸 알기에. 대신 그녀는 손에 찬 팔찌를 빼내어 다르타에게 건넸다.

"이걸 왜?"

전에 유품이랍시고 넘기려다가 바닥에 볼품없이 내던져진 그 팔찌였다.

"줄게."

멋진 팔찌이지만 유품이 될 뻔했던 물건인지라, 다르타는 딱 잘라 거절했다.

"싫어."

"원래 네 거야."

"그래도 싫어."

"가져가."

빈셀은 그래도 다르타의 팔에 팔찌를 채워주었다.

"발견 당시에 네가 발에 끼고 있던 거였어."

"발찌였어?"

"팔찌일걸. 안 맞아서 발에 끼워둔 거 같았거든."

다르타는 인상을 구긴 채 팔에서 반짝거리는 팔찌를 보았다. 어린 시절에는 너무 예뻐 보여서 껴봐도 되냐고 몇 번이나 조르던 팔찌인데. 손에 들어왔는데도 이제는 기쁘지 않았다. 하지만 생각해보니, 당시에도 빈셀은 팔찌 얘기가 나오면 늘 이렇게 말했다.

'원래 네 거야. 성인이 되면 줄게. 혼자 돌아다녀도 될 만큼 강해지면.'

그 말뜻을 이제야 알게 된 게 마냥 좋진 않다. 다르타는 팔찌에 새겨진 문양을 만지작거리면서 시무룩해졌다. 자신에게 엄마는 빈셀뿐인데. 엄마가 자신을 밀면서 다른 가족을 찾으라 하는 듯해 서운했다. 하지만 무슨 마음인지 알 것도 같아서, 원망할 수도 없었다.

"고아원 이름은 '데이' 뭐였어."

"……기억 안 나?"

"거기 간판이 부러져 있었거든. 입구에 대충 내려놓고 온 거라."

다르타는 황당해서 웃음을 터트렸다.

그사이, 빈셀은 잠시 주위를 둘러보았다. 상시천의 다른 동료가 있나 확인이라도 하듯. 그러더니 다르타의 귀에 대고서 작은 목소리로 조언했다.

"서대제국 황후가 안 받아주거든, 네 이름이랑 나라 찾아서 동대제국 아카데미로 가. 마법 재능만 있다면 다 받아주는 데라니까."

"응."

"엄마가 준 돈이랑 보석 다 가지고 있지?"

"응⋯⋯."

"잃어버리지 마. 잘 간수해. 강도 만나면 때려서 묻어버려. 도둑질은 하지 말고."

신신당부하는 시간이 끝난 후. 털레털레 걸어서 멀어지는 딸의 뒷모습을 보며, 빈셀은 나비에 황후가 딸을 받아준다면, 차라리 거기서 지내는 게 다르타에게는 더 나을지도 모르겠다고 생각했다. 이 말을 하면 다른 동료들은 배신이라고 펄쩍 뛰겠지만.

나비에 님. 휴가 때 서대제국에서 지내도 될까요? 많이 바쁘신 건 알지만, 그래도 너무 보고 싶어요. 최근에 델로즈 고아원에 다녀왔더니 더욱 그래요. 괜찮을까요?

편지 위에 또박또박 쓴 글씨를 보고 있자니 저절로 웃음이 나온다.

"왜 그러십니까?"

그 소리를 들었는지, 로즈가 거울 앞에 서서 머리 장식을 이것저것 대어보다가 물었다.

"아아. 에벨리 양이요."

"그 마법사 말이지요? 요즘 명성이 아주 자자하던데요."

"볼 때마다 글씨가 달라져요."

매일 연습을 하고 있단 거겠지. 사람들은 에벨리를 대단한 마법사라고 칭송하는데, 에벨리는 막상 책상 앞에서 글씨 연습에 열중할 거라 상상하니 그게 너무 귀엽잖아.

"에벨리 양 편지인가요?"

"놀러 온다네요."

그러고서 무어라 더 말하려는데, 누군가 응접실 문을 두드렸다. 로즈는 양손에 들고 있던 장신구를 탁자 위에 내려놓고서 문을 열었다. 찾아온 사람은 하인리의 시종이었다.

"황후 폐하. 황제 폐하께서 그리우니 언제쯤 볼 수 있을까, 여쭈라 하십니다."

자기가 전하는 말이 부끄러워 얼굴이 빨개진 시종. 로즈가 입술을 숨기면서 웃음을 같이 감추었다. 나도 민망한 기분에 괜히 침실 문을 흘겨보았다. 낯 두꺼운 새. 누가 들으면 우리가 며칠 떨어져 지낸 줄 알겠네. 부부침실로 들어오란 소리를 뭘 저렇게 노골적으로 돌려 말해?

"좀 더 그리워하라 전하라."

그게 얄미워서 나는 일부러 시종에게 하인리가 원하는 대답을 주지 않았다.

"……예."

시종이 내 말을 듣자 더욱 얼굴을 붉혀서, 내 의도와 정반대 효과가 났단 걸 깨닫지만.

시종이 나가자 로즈는 손부채질을 하면서 웃음을 터트렸다.

"황후 폐하랑 황제 폐하를 보면 연애하고 싶어져요."

하인리에게 좀 더 그리워하라고 전한 건 나인데. 시종을 보낸 후, 얼마간 시간이 지나자, 막상 내가 자꾸 시계를 살피게 되었다.

자꾸 이런 생각들이 들었다. 하인리가 날 기다리다가 잠들었으면 어쩌지? 혹시 다른 일이 생겨서 급히 회의실이나 집무실로 갔으면 어쩌지?

어쩌긴 뭘 어째. 잠들었으면 옆에서 같이 자는 거고, 일을 갔으면 혼자 이불 덮고 자는 거지.

안다. 아는 답이다. 하지만 그래도 괜히 신경이 쓰였다.

언제 와도 괜찮아. 언제 봐도 기쁠 테니까.

그 탓인가. 에벨리에게 쓰는 답장이 꽉 막혀버렸다. 이 뒤에 안부를 묻고, 하고 싶은 말을 하고, 내 이야기도 조금 들려주고……. 하여튼 해야 할 말들이 가득 있는데. 하인리를 신경 쓰다 보니 손이 움직이지 않았다. 잉크병에 펜촉만 자꾸 담갔다 떼길 반복할 뿐.

"피곤하네요. 눈도 좀 침침하고."

결국 말도 안 되는 변명을 중얼거리면서 책상에서 일어났다. 로즈는 소파에서 책을 읽다가, 내가 중얼거리는 소리를 들었는지 또 소리 없이 웃었다. 하지만 로라나 주베르 백작 부인과 달리 이 점을 두고 놀려대지는 않았다.

"잘 자요, 로즈 양."

나는 쑥스러운 감정을 무표정 아래 숨기고서, 얼른 내 침실로 가 실내복 위에 걸치고 있던 가벼운 망토를 내려놓았다. 그러고서 부부침실로 들어가려다가, 마음을 바꾸어서 화장대로 갔다. 여기 어디에 하인리가 좋아하는 향이 있었는데……. 아. 여기 있구나.

장미향 향수. 사실은 내가 좋아하는 향이지만, 자꾸 가까이 맡아서 그런가. 하인리는 이 향이 내 향 같다면서 지금은 나보다 더욱 좋아했다.

그 향수를 살짝 가운 여기저기 뿌린 다음, 나는 얼른 문을 열고 우리만의 공간으로 들어갔다. 그러면서도 눈은 자연스럽게 하인리를 찾았다. 잠들었나 가버렸나 기다리나 확인하고 싶어서.

'저기 있네.'

그러나 침대 위에 비스듬히 누운 하인리를 보는 순간. 나는 턱이 떨어질 뻔했다.

"하인리?"

턱이 들고 다니는 거라면 정말로 떨어트렸을지도 모른다. 그만큼 대단한 광경이었으니까.

"이게 무슨……?"

뢰트 의상을 입은 하인리라니. 게다가 사 온 의상 중에서 가장 노출이 많은 의상을 골라 입었어?

"어울립니까?"

하인리는 질문을 던지더니 옆으로 누워 있다가 천천히 상체를 들어 올렸다. 한 팔로만 상체를 지탱한 채, 그는 날 향해 색정적으로 웃었다.

나는 마른침을 삼켰다. 그의 상체는 거의 다 드러났고 하체는 아슬아슬하게 가려져 있었다. 아찔하게 드러난 하체를 보드라운 이불이 교묘하게 부분부분 가리고 있고. 훤히 드러낸 상체는 거의 다 보석으로 치장했는데, 여기 늘어뜨린 금줄이며 저기 늘어뜨린 은줄 등이, 잘 짜인 근육으로 가득한 몸을 평소보다 더욱 눈부시게 만들었다.

"복장이……."

"여기가 좀 더워서요, 퀸. 기다리면서 더울 때마다 옷을 한 겹씩 벗었더니 이렇게 되어버렸습니다."

"!"

"더 늦게 왔으면 더 벗고 있었을 텐데."

하인리는 내게 시선을 고정한 채 능청스럽게 중얼거리더니, 자기 옆자리를 톡톡 손바닥으로 두드렸다. 내가 가까이 다가가 그 부분에 걸터앉자, 하인리는 내 골반에 입을 맞추며 나지막하게 속삭였다.

"지금 벗으라 해도 다 벗을 수는 있습니다."

"벗은 건 매일 보니 괜찮아요."

"!"

"야한 상상하지 마요. 새에서 사람이 될 때를 말하는 거니까."

하인리는 눈웃음을 짓더니, 한 손을 뻗어서 내 손에 깍지를 꼈다. 손과 손이 얽히는데 이렇게 야할 수 있을까. 신기한 남자야. 귀엽다가 사랑스럽다가, 이처럼 야했다가.

"정말 그때를 말한 게 맞나요?"

하인리는 내 손톱 위를 자신의 손으로 슬쩍슬쩍 문지르면서 놀리듯 물었다.

"글쎄요."

나는 정확한 대답 대신, 자유로운 한 손을 들어 올렸다. 그리고 그 손가락으로 하인리의 가슴 사이를 선을 긋듯 쓸어내렸다. 그게 자극이 되었는지 하인리는 낮게 신음을 뱉었다.

"하지만 더 벗지 않아도 돼요."

그의 피부를 따라 내려가던 손가락은, 그가 목에 건 목걸이에 자연스럽게 걸렸다. 내가 손가락을 갈고리처럼 만들어 목걸이를 잡아당기자, 하인리는 그 힘에 맞추어 상체를 내 쪽으로 숙였다. 순식간에 코앞에 다가온 눈동자는 열기로 평소보다 촉촉했다. 나는 손가락에 걸린 목걸이 줄에 입을 가볍게 맞춘 후. 그 손가락을 줄째로 하인리의 입술에 가져다 댔다.

"지금도 예쁘니까."

다음 날 아침. 나는 기분 좋게 일어나 식사를 한 후 곧장 침실로 나갔다. 그리고 시녀들을 부르는 대신 홀로 욕실에 들어가 씻었다. 옷 입을 때 어차피 여기저기 난 자국을 들키겠지만, 그래도…… 이런 상태일 때는 혼자 씻고 싶다. 그게 덜 부끄러우니.

아기들과 잠시 놀아주고 한 바퀴 산책을 한 다음 집무실에 갈 때까지, 붕 뜬 마음은 계속 이어졌다. 에벨리도 온다 하고. 하인리는 늘 새롭고 야하고. 기쁘지 않을 이유가 없지.

"밤새 들어온 서류를."

책상 앞에 앉아 지시하자 부관이 양손 가득 서류를 뭉텅이로 안고 들어왔는데, 그 어마어마한 양을 보고서도 기분은 여전히 좋았다. 일거리야 늘 많으니 놀라울 일이 아니고, 무엇보다 나는 일거리가 많은 게 좋다. 적을 때보다는 훨씬 낫지. 목표 의식도 생기고. 게다가 연합 일과 황후로서의 일, 두 가지 모두를 하다 보니 일거리가 늘어난 거라. 최근에는 해양 괴물 사건을 조사하기도 했고.

"……."

그러나 30분쯤 서류를 확인하고 있었을 때였다. 이전과 달리 평온하게 볼 수 없는 내용이 나타났다. 앞서도 신경 쓸 내용이 몇 가지 있었지만, 충분히 여유롭게 대처할 수 있었는데. 이 서류는…….

나는 펜을 내려놓고서 문제가 된 서류만 들어 올려 글자를 하나하나 뜯어내듯 다시 읽었다. 그러나 내용은 변하지 않았다.

— 월대륙 연합 수장이, 일전에 에르기 공작과 동대제국 사이에 제소된 항구 건에 관해 결론을 내렸습니다. 에르기 공작의 손을 든다 합니다.

이래저래 까다롭게 굴긴 하겠지만 어떤 면으로 접근하든 결국 동대제국이 승리할 재판이라 생각했는데. 그럴 수밖에 없는 조건이었고. 그런데 에르기 공작의 손을 들어주었다고? 누가 봐도 편파 판정이잖아?

'하긴. 정확히는 에르기 공작이 아니라 블루 보헤안의 손을 들어

준 거겠지.'

블루 보헤안은 월대륙 연합 소속이니.

나는 펜을 내려놓았다.

동대제국은 내 모국이니, 연합으로 엮이기 전에도 월대륙 연합에서 항구를 어이없이 가져갔다고 하면 화가 났을 것이다. 하지만 지금은 연합 수장 자리에 있으니, 이 일은 내 일이기도 했다. 월대륙 연합의 이 발표는 제국 연합에 대한 모욕이었으니.

분노가 가라앉자 서서히 여러 가지 생각들이 떠올랐다. 이중 가장 먼저 떠오른 생각은 이것이었다. 에인젤이 화대륙에 간 거. 그게 혹시 월대륙 연합에서 내린 이번 편파 결정과 관련이 있나? 연합이 둘로 갈라진 이후에도 시간과 기회가 있었지만, 지금까지 월대륙 연합은 항구 건에 관해서 아무런 언질도 하지 않았다. 괜한 충돌은 우선 피하려는 듯. 그런데 이제 와 새삼?

"화대륙에서 무역을 할 만한 다른 나라를 진짜 찾아낸 건지 도……."

그 나라는 동대제국 항구 쪽에 더 가깝다든가, 그럴 수 있으니.

뭐. 어떤 이유로 이런 결정을 내렸듯 시비라는 데는 변함없지만. 나는 서류를 내려놓은 후 다시 펜을 들었다.

동대제국은 이제 월대륙 연합에 중재를 요청하는 입장이 아닙니다. 월대륙 연합에는 항구 건에 관해 판결을 내릴 만한 권한이 없습니다. 더는 그곳에 속해 있지 않으니까요. 게다가 이 판결이 공정하지 않단 건, 판결을 내린 그대 역시 알고 있으리라 생각합니다. 동대제국이 연합에서 나간 데 불만을 품고서 내린 편파적인 판결이니, 더욱 받아들일 수 없습니다.

우선 월대륙 연합 쪽에 공식적이고 직설적인 의견을 전달했다. 그쪽도 꽤 기분 나쁠 것이다. 거기에는 권한이 없다고 대놓고 말해 버렸으니.

그 때문인가. 아니면 처음부터 목적한 건가. 입장을 발표한 지 얼마 지나지 않아, 월대륙 연합 쪽에서도 답을 해왔다. 기다렸단 듯이.

"뭐라 쓰여 있기에 그럽니까?"

하인리와 함께하는 식사 도중, 내가 음식을 먹다 말고서 전달받은 서신을 빤히 바라보자 느릿하게 물었다. 걱정스러운 표정이 아니라 즐거운 얼굴. 문득 그 표정이 짜증나는 어느 기사단장과 겹쳐져서 나는 대답하려다가 순간 흠칫했다.

"퀸?"

얼굴이나 성격이 비슷하단 게 아니다. 다만…… 그래. 둘 다 사건이 부딪치면 거기에 흥분하는 편이란 거. 이게 비슷하다. 에인젤은 그게 재밌어서. 하인리는 꾹 눌러댄 성격을 드러낼 수 있어서. 이런 식으로 흥분하는 이유는 다르지만.

난 이미 하인리가 부리는 이 앙큼한 내숭까지 사랑하게 되어버렸지만, 그래도 내가 싫어하는 사람과 사랑하는 사람 사이에서 이런 공통점을 발견하는 건 묘한 기분인걸.

"퀸?"

"에르기 공작은 블루 보헤안의 공작이고, 블루 보헤안은 월대륙 연합에 속해 있고, 월대륙 연합 쪽으로 정식으로 제소된 일이니, 권한은 자기들이 가지고 있는 게 맞대요."

"이런."

"게다가 제소 당시엔 동대제국도 같은 연합이었다고요."

하인리는 눈썹을 치켜올렸다. 주장하기에 따라서는 그렇게 우길 수도 있긴 하니까. 하지만 어떻게 주장하든, 그게 동대제국의 항구가 아니란 판결은 절대로 나올 수 없다. 게다가 동대제국의 입장을 더 수렴하지도 않고, 동대제국 사람을 연합 법정에 청하지도 않고, 무작정 판결을 내려 발표해버린 것부터가 이미 순서와 절차를 다 무시한 것인걸.

하인리는 칼과 포크를 이용해서 생선을 서걱서걱 썰더니, 한입 베어 물면서 만족스럽게 웃었다.

"분위기가 꽤 험악해지겠네요, 퀸. 원치 않는 전쟁을 해야 할 수도 있겠는데요."

'분위기가⋯⋯ 왜 이렇게 험악해졌지?'

상시천은 도적 집단이기에 한곳에 근거지를 오래 두지 않고 여기저기 이동하며 다닌다. 최근에는 북왕국 부근에 있지만, 이전에는 서대제국 부근에 있었고, 그전에는 동대제국 부근에 있었다.

이런 식으로 늘 그때그때 상황에 따라서 다 같이 이동하는 것이다. 다르타 역시 빈셸을 따라서 몇 번이나 이사를 거듭했다. 하지만 그 어느 때에도 이 정도로 국경에서 검문이 삼엄하지 않았다.

'사람들도 어수선해. 다들 불안해하는 눈치고.'

검문소 병사에게 돈을 찔러주거나 가뿐하게 성벽을 뛰어넘을 계획이었는데. 분위기가 너무 날카로워서, 다르타는 어쩔 수 없이 근처의 식당으로 갔다. 정 안 된다면 며칠 여기서 지내면서 상황을 살펴야 할 것 같았다.

'우리 때문인가? 우리가 제국 연합이랑 계속 다투고 있어서?'

여기저기서 연합 소리가 반복적으로 들리는 걸 보면 그런 듯도 한데⋯⋯.

"빵이랑 수프로 주세요."

"잼, 버터 어떤 걸로 하실래요? 수프는 감자랑 버섯이 있는데요."

"잼, 버터 둘 다. 수프는 감자로요."

평범한 여행객처럼 주문을 한 다르타는 음식이 나오자 배가 몹시 고픈 것처럼 코를 접시에 박았다. 하지만 그건 시늉일 뿐. 실제로는 주위를 향해 귀를 열고 사람들이 무슨 말을 주고받는지 들었다. 거기에 지금 분위기가 왜 이런지 알 수 있는 단서가 있을지도 모르니까.

"그러면 전쟁 나는 건가."

"우리나라는 외진 데 있으니 괜찮겠지?"

"그래, 동대제국 항구 두고 싸운다며. 그러면 그쪽에서 난리 나지 않을까?"

"동대제국이 퍽이나 자기 나라에서 난리 나게 두겠다. 분명 주위에 약한 나라, 다른 연합 나라 하나 골라서 그쪽을 전쟁터로 삼겠지."

'월대륙 연합과 제국 연합이 싸움 붙으려는 건가?'

한참을 듣고 있던 다르타는 '연합' 글자가 자주 등장한 게 자신들과는 관련이 없단 걸 깨달았다.

'그럼 상관없지. 둘 다 별론데 뭐.'

다르타는 이 일이 상시천과 관련이 없단 판단이 서자, 엿듣기를 그만하고 그제야 음식을 제대로 먹으려 들었다. 그러나 한 스푼 크게 떠서 입에 넣으려는 순간.

"도망 노예. 아니면 도망 범죄자. 둘 중 하나 같은데."

머리 위에서 다정한 목소리가 들려와서, 다르타는 스푼을 든 채 굳어서 고개를 들었다. 귀족으로 보이는 한 남자가 눈가에 가느다란 미소를 띤 채 내려다보고 있었다.

"나한테…… 한 말?"

"맞은편에 일행이라도?"

어디 있어도 눈에 띌 만큼 아름다운 남자. 다르타는 소름이 돋았다. 이런 남자인데, 어떻게 여기 올 때까지 몰랐지? 저런 존재감을 감추고 눈 깜짝할 사이에 코앞에 온 게 믿기지 않았다.

"사람을 잘못 본 거 같은데."

그래도 놀랍단 표시를 감추고, 다르타는 중얼거리면서 한 스푼 가득 뜬 수프를 입에 넣었다. 일부러 남자 쪽을 쳐다보지 않은 채. 그러나 소용없었다.

꿀꺽. 수프를 목구멍에 넘기자마자 서늘한 칼날이 목 아래에 들이밀어졌다.

"!"

굳은 다르타에게 남자가 다시 물었다.

"어느 쪽입니까?"

"어느 쪽이면. 어떻게 할 건데요."

"일단 잡아야죠. 어느 쪽이든."

다르타는 순순히 스푼을 내려놓는 척하다가, 스푼을 손바닥에 길게 잡고 검을 밀며 잠깐 생긴 그 틈에 테이블 위 나이프를 낚아채 남자의 발목을 걸어찼다. 남자가 균형을 잃으면 나이프로 찔러버릴 생각이었다. 그러나 남자는 뒤로 한 걸음 물러나더니, 옆자리 의자를 슬쩍 굴려 다르타의 움직임을 가볍게 막았다.

'고수다!'

그때. 오른쪽 테이블에 앉아 있던 남자와 왼쪽 테이블에 앉아 있던 여자가 동시에 검을 뽑아 다르타의 목을 겨누었다. 다르타는 마른침을 삼키고서 눈동자가 굴려 사방을 살폈다. 일반 손님들은 이미 놀라서 도망간 지 오래. 늦된 손님도 허둥지둥 가방을 챙겨 도망가고 있다. 그리고 남아 있는 이들은…….

'한패다.'

말을 건 남자는 가장 높은 사람인 듯, 다른 이들이 무기를 꺼내자 오히려 홀로 무기를 집어넣었다. 그러고는 그 상태로 팔짱을 긴 채 다르타에게 물었다.

"대답할 마음이 들었습니까?"

이토록 재수 없게 예절바른 말투라니.

다르타는 왜 상시천 도적들이 귀족들을 싫어했는지 이제야 깨달았다. 하지만 지금은 그게 문제가 아니었다.

"살려주세요. 전 유능해요. 죽이면 아까워요."

사는 게 문제지.

다르타가 나이프를 집어 던지고 순순히 투항하자, 이건 예상하지 못한 듯 여우를 닮은 남자가 눈썹을 치켜올리며 웃었다.

남자가 화려한 겉옷을 벗자 하얀 제복이 드러났다. 다르타는 그 옷이 초국적 기사단의 제복임을 알아보고, 순순히 자신이 상시천 도적들과 살아온 걸 인정했다. 올바른 선택인지는 모르나 안전한 선택이었다. 예상대로 이 남자, 자신을 4기사단 단장이라 밝힌 남자는 이미 그녀가 상시천 도적 패거리란 걸 알고 있었으니.

"아실 수도 있지만 전 도적질을 해본 적이 없어요."

"잘할 것 같던데. 움직임이."

"호신용이에요. 그리고 이게 문제가 아니라, 전 마법에 재능이 있어요."

"마법?"

흥미가 가는지 4기사단 단장이 입꼬리를 올리고 고개를 기웃했다.

"발현했거든요. 하지만 전 신분이 없으니까 아카데미에서 뭘 배울 수가 없어요. 그래서 나비에 황후님을 찾아가는 길이에요. 절대로 도둑질을 하러 가는 게 아니에요. 믿어주세요. 마법사가 될 판에 도둑질해서 인생 망치고 싶은 사람이 어디 있어요."

다르타는 상대가 말이 통하는 듯하자 최대한 빠르고 구슬프게 사정을 설명했다. 하지만 말이 통하는 것과 별개로, 이자가 자신을 믿어주리라 여기진 않았다. 마법사는 귀하니 죽이진 않을 것이다. 하지만 붙잡아 가서 마법을 익히게 한 다음 어떤 마법사가 되는지를 보고, 평생 노예로 부려먹을 가능성이 가장 크지 않을까. 그마저도 위협적이라 여겨지면 그냥 죽여버릴지도 모르고.

'마법사 얘긴 괜히 했나. 하지만 이 얘길 안 하면 내가 상시천과 관련 없이, 개인적으로 나왔단 걸 안 믿어줄 거야.'

다르타는 긴장해서 4기사단 단장을 쳐다보았다. 그런데 놀랍게도 4기사단 단장은 돌연 온기 있는 미소를 지으며 수긍했다.

"나비에 황후님이라면 그럴 때 찾아갈 만하죠."

"친한 분이신가요?"

그러면 곤란한데. 가서 마법을 배운 다음 뒤통수를 때릴 예정이었는데. 다르타는 4기사단 단장의 눈치를 조심스럽게 살폈다.

"친해지고 싶은 분입니다. 늘 같이 놀고 싶고."

"짝사랑······?"

다르타의 질문에 4기사단 단장이 웃음을 터트렸다. 하지만 기분 나빠 보이진 않았다. 오히려 재밌어하는 눈치.

짝사랑이 맞아서 저렇게 웃는 거야, 아니라서 저렇게 비웃는 거야? 그게 구분이 가지 않아서 다르타는 입을 다물었다.

그때. 상대가 예상치 못한 말을 꺼냈다.

"내 눈과 귀가 되어줄 수 있겠습니까?"

"예?"

"유능하니 살려달라면서요. 마법사라도 내게 쓸모 있어야 유능한 거 아닌가."

풀어줄 생각인가? 다르타는 놀라면서도 황급히 대답했다.

"할 수 있어요! 꼭 할게요! 눈과 귀! 입은 필요 없어요?"

물론 거짓말이다. 다르타는 마법을 배울 동안에는 무조건 안전한 길을 갈 생각이었다. 절대로 첩자짓 따윈 하지 않을 거다. 뒤통수를 칠 예정이긴 하지만, 그것도 충성을 맹세해놓고서 상시천에 돌아간단 거지, 실제로 즉석에서 배신하겠다거나 그런 것도 아니지 않나.

'안전제일. 안전제일.'

"입은 됐습니다. 마법사가 되고 싶은 도둑양. 나비에 황후님을 만날 방도는 있습니까?"

"도와주실 건가요?"

"아니요."

"눈과 귀······ 하라면서요."

"나비에 님은 영리한 분이라. 내가 나서면 바로 알아차릴 겁니다. 내가 보낸 사람이란 거."

그렇게 대단한 사람인가? 나랏일을 잘한단 말은 들었지만……. 다르타는 좀 만만하게 여기고 있다가, 눈앞의 머리 좋은 남자가 나비에 황후를 높게 평가하자 갑자기 긴장했다. 그런 모습을 지켜보다가, 4기사단 단장은 빙그레 웃으며 제안했다.

"국경을 넘어가는 것까진 돕지요. 하지만 나비에 님 밑에 들어가는 건 당신 몫입니다. 유능함을 증명하려면 이 정돈 스스로 해야지. 안 그렇습니까?"

당장 국경을 넘는 게 문제였던지라, 다르타는 이 제안을 받아들였다. 4기사단 단장이 자신의 눈과 귀가 되라 말을 하면서도, 앞으로 연락할 방도를 알려주지 않고 간 게 이상하긴 했지만, 선택권이 없었다.

하지만 국경을 넘는 걸 돕겠단 말은 정말이어서, 그가 말한 대로 국경 부근에 갈 때마다 미리 기다리고 있던 사람이 다가와 국경 넘는 걸 도와주었다. 덕택에 다르타는 국경을 비교적 수월하게 넘어갔고, 긴 여행 끝에 서대제국에 무사히 도착했다.

"황후님을 뵈려면 어떻게 하나요?"

"알현 신청을 해야죠."

"어디서 하는지 아세요?"

그리고 묻고 물어서 일단 나비에 황후를 만날 방도도 찾아냈다. 오래 기다려서 짧은 시간 동안 알현하는 것.

'알현 시간은 엄청 짧다던데. 몇 마디 나누면 끝이라고 했지. 그 시간 안에 내가 나비에 황후의 눈에 들 수 있을까?'

알현 신청 서류를 내고 엄청난 대기 시간을 통보받은 후. 다르타는 날짜가 적힌 순번표를 들고 나오며 힘없이 한숨을 내쉬었다.

그때 사람들이 웅성거리는 소리가 들려왔다.

"에벨리 님이다."

"에벨리 님이 오셨대! 그 치유 마법사!"

에벨리란 이름에, 다르타는 순번표를 내리고서 고개를 들었다. 자신도 치유 계통 마법사일 가능성이 있다 보니, 아무래도 그 이름에 관심이 갔다. '치유 마법사 에벨리'는 현재 모든 치유 계통 마법사들 중 가장 능력이 대단하다고 하니까.

두리번거리고 있자니, 저기에서 단정하고 깔끔한 마차가 지나갔다. 마차 자체는 화려하지 않으나, 그 마차를 지키고 선 이들이 동대제국 군복을 입은 병사들이라 괜히 위풍당당해 보였다.

'와……'

그 모습을 먼발치서 보다가 다르타는 순번표를 끌어안았다. 듣자 하니 나이도 나보다 어리다던데. 저렇게 살면 어떤 기분일까.

"오는 데 민망해서 혼났어요……."

간만에 만난 에벨리는 이전과 달라진 게 하나도 없었다.

"사람들이 막 제 이름에 '님' 자를 붙이고……."

인사를 나누자마자 얼굴이 벌게져서 중얼거리는데, 궁전에서 많은 이들의 칭송을 받고 지내면서도 이렇게 안 변한 게 신기할 정도였다. 익숙한 모습이라 반갑지만…… 너무 순진하면 그것도 걱정인데.

하지만 로라는 에벨리를 본 게 그저 기쁜지, 옆에서 얼른 알려주었다.

"그럴 만하죠! 에벨리 양은 어마어마한 대마법사잖아요! 게다가 전에 우리 황후님을 구해줬고! 그래서 그래요. 우리 황후님이 여기서 인기 폭발이거든요!"

"아. 어쩐지. 유독 여기서 환대가 부끄러워서……."

로라는 말 한마디로 나와 에벨리를 동시에 민망하게 만들고는, 껑충 뛰면서 에벨리의 손을 잡았다.

"환대할 만하죠! 들어가요! 가서 라리랑 카이 봐요! 전에 동대제국에서 보고 못 봤죠? 엄청 많이 컸어요!"

황궁 근처 여관에 숙소를 잡긴 했는데.

"대체 하루 숙박하는 데 왜 이렇게 비싸?"

다르타는 한 달 치를 미리 계산하고 방으로 들어오자마자 기겁해서 치를 떨었다. 도적을 뜯어먹는 도적들 같으니라고. 그리 시설이 좋지도 않구만. 황궁 근처란 이유로 바가지를 씌우다니…….

"하긴. 얼굴 한번 보는 데 한 달이나 기다리는 것부터가."

다르타는 순번표를 꺼내서 쳐다보고 한숨을 내쉬었다.

'나야 어쩔 수 없으니 한 달을 기다린다지만. 그런 이유 없이 한 달씩 기다리는 사람들은 뭐지? 황후라 해도 그냥 사람인데. 그렇게까지 봐야 하나?'

하긴, 지금 남들 사정이 문제가 아니었다. 남들이 한 달을 기다리든 1년을 기다리든. 다르타는 순번표를 내려놓다가 익숙한 팔찌가 걸린 자신의 팔을 보았다.

'시간도 남고. 할 일은 없고…… 동생이나 찾아볼까.'

다르타는 이번에도 세 시간을 꼬박 기다려 사람들의 편의를 도와준다는 관료를 만나는 데 성공했다.

"무슨 일로 오셨습니까?"

"데이 뭐로 시작하는 고아원을 찾는데요."

"예?"

"고아원 이름이 '데이'로 시작한다고요."

"……"

"엄마가 절 거기서 주워 왔는데, 고아원 이름이 생각 안 난대요."

"아아. 실례했습니다."

처음에는 '장난하나'는 눈으로 쳐다보던 관료는, 다르타가 솔직하게 털어놓자 어디로 가더니 커다란 상자를 꺼내 왔다. 그러고는 상자 안에서 뭘 뒤적거리다가 단단한 판에 고정시킨 목록을 찾아 냈다. 그 모든 과정을 보며 다르타는 긴장해서 기다렸다. 당장 저 사람 입에서 '당신 동생은!' 하고 위치가 튀어나올 것 같았다.

"뒷글자. 하나라도 더 생각나는 거 없나요?"

그러나 관료는 동생의 이름을 말하는 대신 이렇게 되물었다.

"예?"

다르타가 당황해서 되묻자, 관료는 눈썹을 안경 위쪽으로 치켜 올리며 설명했다.

"너무 많아서요."

"동생이요?"

"'데이'로 시작하는 고아원 숫자가요."

"몇 갠데요? 열 개…… 정도인가요?"

"열 개요?"

관료는 코웃음을 쳤다.

"우리나라에만 스물세 개입니다."

"그, 그렇게 많아요?"

놀라서 되물은 다르타는 뒤늦게 더욱 충격적인 사실을 떠올렸 다. 자기가 있던 고아원이 서대제국에 속한 고아원은 맞는지, 그 얘 기도 듣지 못했단 걸.

그 말은…….

'미쳤어! 더 많을 수도 있단 거잖아!'

다르타가 두 손으로 얼굴을 감싸고 절망하자 그게 안타까웠나.

관료가 혀를 차며 물었다.

"일단 근처에 있는 곳이라도 알려줄까요?"

다르타는 관료가 봉투에 넣어서 준 종이를 들고 힘없이 청사를 빠져나왔다. 종이 안에는 '데이'로 시작하는 스물세 개 고아원의 정확한 이름과 위치가 표시되어 있었다.

'쉽지 않네. 한 달 안에 스물세 개 돌아보긴 힘들 텐데. 그냥 관둘까. 이렇게까지 해서 찾을 필요는 없는데.'

그러나 다음 날. 고민 끝에 다르타는 결국 영업용 마차를 탔다.

"어디 가시려구요?"

"데이지 고아원이요."

어쨌든 아직 한 달이란 시간이 있으니, 그 시간 안이라도 동생을 찾아보는 게 나을 것 같아서. 존재조차 모르던 동생에게 새삼 애정이 들진 않지만, 그래도 궁금하긴 하니까.

'나랑 닮았으려나?'

"황후 폐하, 황후 폐하. 이거 혹시 해보셨어요?"

연합 일로 몇 시간에 걸친 회의 후. 머리를 좀 가라앉히기 위해 정원에 나와 차를 마시는 중이었다. 로라가 갑자기 웬 잡지를 들고 나타나더니 내게 내밀며 물었다.

"뭔가요?"

"이거요!"

로라는 아예 잡지 한 페이지를 펼쳐서 내밀었는데, 내용을 보니…….

"난 100가지 요리 중에서도 애인이 한 요리를 찾을 수 있어요. 그 안엔 사랑이란 조미료가 들어가 있거든요."

사교계의 유명한 영애가 한 인터뷰?

떨떠름해서 표지를 보니, 역시나. 로라가 내민 잡지 이름은 '게르다'였다. 요즘 사교계에서 유행 중인 잡지. 내용이 엉뚱하고 부정확한데, 오히려 그래서 더욱 오락거리로 유행하고 있다지.

"황후 폐하, 황후 폐하도 그래요? 황제 폐하가 자주 직접 요리하시잖아요. 구분하실 것 같아요?"

"그럼요. 자주 먹어봤으니까."

"그럼 황제 폐하도 그래요?"

로라의 질문에 나는 웃으면서 대답했다.

"당연하지요. 우리는 서로 말하지 않아도 많은 게 통하는걸요."

"와! 두 분은 정말로 많이 사랑하시나 봐요!"

로라가 나와 하인리 사이의 애정을 확인하고 싶어 하는 건 드문 일이 아니다. 뤼트에 다녀온 후부터, 로라는 잊을 만하면 이러고 있었다. 하인리가 날 두고 다른 사람에게 눈을 돌릴까 불안한 거겠지.

"그럼요."

로라가 더 걱정하지 않도록, 나는 단호하게 말하고서 잡지를 도로 로라에게 돌려주었다. 하지만 가만히 생각해보니 정말로 궁금해졌다. 하인리는 내가 만든 요리와 남이 만든 요리를 구분할 수 있을까?

"주베르 백작 부인. 로라 양. 로즈 양. 랑드레 자작, 아르티나 경. 바쁘지 않다면 간단한 파이를 하나씩 만들어줄래요?"

주베르 백작 부인은 내 속내를 바로 눈치채고는 웃음을 터트렸다.

"이런. 폐하께 맞춰보라 하시려구요?"

재밌겠다 싶은지 로라는 폴짝거리면서 물었다.

"당장 만들게요! 아, 그런데 에벨리 양은요? 많을수록 좋지 않나? 에벨리 양도 불러요, 황후 폐하!"

"에벨리는 아침 일찍 나가서요."

"내가 기필코…… 그 잡지를 폐간시켜버리고 말 것이다."

갑자기 나타난 여섯 개의 파이. 옆에는 뜯어낸 잡지 한 조각. 한 개는 진짜, 다섯 개는 함정. 이중 아내가 만든 파이를 찾아내야 한다. 쉬는 시간, 나비에를 찾아가려다가 뜬금없이 받게 된 임무에 하인리는 조용히 이를 갈았다.

"귀여우시다면서요."

맥켄나는 그 꼴을 보면서 낄낄 웃어댔다.

"즐거워 보인다?"

"솔직히 말하자면 즐겁습니다."

하인리는 이마를 짚은 채, 나란히 놓인 파이 여섯 개를 차례로 살폈다.

"퀸이 한 번씩 날 시험하는 것 같은데. 착각일까."

"부부라면 이 정도는 해야죠."

"맥켄나. 네 일 아니라고 자꾸 그런 식으로 굴지 마. 수룡한테 네 파랑새 잡아가라고 보내는 수 있어. 수룡 집 새장에 갇혀서 살고 싶어?"

"경험담이신가요?"

"……."

선을 넘은 맥켄나가 순식간에 조용해지자, 하인리는 팔짱을 끼고서 차분하게 파이 여섯 개 표면을 살폈다.

"맞추라고 낸 문제인 건지. 틀리라고 낸 문제인 건지도 모르겠군."

파이가 여섯 개인데. 하나같이 생김새가 엉망이었다. 그래서 더욱 헷갈렸고. 그 모습을 보며 맥켄나는 참 연인이란 알 수 없다고 생각했다. 그냥 틀리면 틀리는 거지, 왜 저렇게 심각하게 고민하신담? 나비에 황후가 틀렸다고 화낼 사람도 아니고, 그냥 웃으면서 놀리고 넘어갈 일인데. 사랑에 빠지면 저렇게 사소한 데에서도 상대에게 잘 보이고 싶어지는 건가?

그 순간. 머릿속에 폭염을 닮은 여자가 잠시 떠올랐다. 맥켄나는 자기가 한 생각에 자기가 놀라 얼른 그 여자의 환상을 손으로 털어 냈다.

"뭐 해?"

"아닙니다. 폐하는 파이나 고르세요."

"……."

"울지 마시구요."

하지만 놀리는 것도 잠시. 파이 끄트머리를 하나하나 떼서 먹어 보는 하인리를 보다가, 맥켄나는 친구와 사촌의 의리를 발휘해 진지하게 권했다.

"뭘 우세요. 못 맞추면 폐하도 똑같이 하시면 되죠. 재상이랑 저랑, 몇 명 불러서 똑같은 요리 한 다음 황후 폐하께 드려보면 되잖아요."

"그게 어떻게 똑같아."

"왜요?"

"퀸이 고른 오답조차 내겐 정답인데, 어떻게 같아."

"!"

그런 깊은 뜻이…….

맥켄나는 놀란 눈으로 하인리를 바라보다가 조심스럽게 제안했다.

"제가 오답이라고 슬쩍 알려드리면 어떨까요?"

마차가 마침내 한 고아원 앞에 멈춰 섰다. 다르타는 마차에서 내리며 눈으로 재빨리 데이지 고아원을 살폈다. 건물 크기는 제법 큰

편이었다. 딸린 정원인지 훈련장인지 모를 공간도 넓었고. 하지만 장식이 거의 없어서 딱딱하고 경직된 느낌이었다.

'여긴 왜 이렇게 삭막해?'

이름은 데이지인데. 데이지가 피다가 말라버릴 분위기 아닌가?

"무슨 일로 오셨나요?"

그렇게 다르타가 멍하니 주위를 두리번거리는 사이, 이곳에서 일하는 것 같은 사람이 다가오며 물었다.

"삭막, 아. 사람. 사람을 하나 찾아보려고 왔는데요."

다르타는 넋을 놓고 있다가 황급히 말했다.

"사람이요?"

"제 동생이요. 고아원에 있다고 들어서……."

그 말을 듣자 무심하던 직원이 바로 웃으면서 물었다.

"이쪽으로 오시겠어요?"

직원을 따라 복도를 걸어가면서, 다르타는 내부도 유심히 살폈다. 동생이 이런 곳에서 지냈을 수도 있다는 가능성 하나만으로도 자꾸만 시선이 여기저기 갔다. 그래도 다행인 건, 삭막한 밖과 달리 안은 포근한 분위기란 점.

"여기예요."

원장실 앞으로 온 직원은 직접 노크해서 안으로 들어가 원장에게 대신 사정을 설명해주었다. 얼핏 보니, 이 사람들도 이곳 아이가 하나라도 제 가족을 찾을 수 있길 바라는 눈치였다.

"동생 나이가?"

"여자애이고 저보다 어려요."

"당연히 손님보단 어리겠지요."

"죄송합니다. 저도 동생이 있단 걸 안 지 얼마 안 되어서요."

"알 만한 정보가 없나요?"

"여자……."

"그 외엔요?"

"저보다 어린……."

하지만 다르타가 동생에 대해 아는 게 하나도 없자, 원장의 표정이 점점 차가워졌다. 혹시 장난하러 온 사람인가, 하는 얼굴. 30분가량 대화를 나누고 손에 찬 팔찌도 보여주었지만, 결국 다르타는 소득 없이 고아원을 나왔다.

'쉽지 않네.'

단지 여기에서 성과가 없는 게 문제가 아니었다. 어떤 고아원을 찾아가든 설명을 해야 뭘 찾을 수 있을 텐데. 여자애이고 몇 년 전에 맡겨졌다는 사실만으로는 찾기 어렵다는 것. 그게 더욱 문제였다.

"어? 저기요!"

그런데 힘없이 자신이 타고 온 마차를 찾는데, 그 마차에 다른 사람이 막 올라타고 있는 게 아닌가. 일부러 잠시 다녀올 테니, 여기서 기다려달라고 마부한테 추가 금액까지 내고 갔는데!

"잠시만요!"

다르타는 얼른 그쪽으로 달려가지만, 상대가 들은 척도 않자 앞선 사람의 재킷 끝을 잡아당겼다.

"이봐요!"

그러나 힘이 너무 셌는지 앞사람이 잠시 휘청이는 바람에, 다르타는 얼결에 넘어지려는 사람을 잡아주었다.

"감사합니다?"

넘어질 뻔한 사람은 반사적으로 인사하다가, 다르타를 보고는 확 인상을 구겼다.

"아니, 그쪽이 잡아당긴 거잖아요."

다르타는 황당해서 자신에게 따지는 사람을 보았다. 부드러운 갈색 머리에 어두운 검정색 눈을 가진, 키가 작은 여자였다. 복장만 보아서는 평민 같고.

"저기요. 그쪽이 제가 잡아둔 마차를 타고 가려 했거든요? 먼저?"

다르타가 황당해서 묻자, 여자는 좀 놀란 표정을 짓더니 시무룩해서 중얼거렸다.

"몰랐어요. 제가 타고 온 마차는 마부가 먼저 가버려서……."

"기다려달라 안 했으니 갔겠죠."

"……."

영리한 인상이고 온실 속 화초로 큰 것 같지도 않은데. 여자는 이런 데 영 익숙하지 않아 보였다. 그냥 내버려두어도 되지만…… 상대가 순순히 마차 밖으로 나와서 시무룩하게 서 있는 모습을 보는 순간. 다르타는 자기도 모르게 제안하고 말았다.

"같이 타고 가요. 복장 보니 먼 데서 온 것도 아니고. 어차피 수도 갈 거 아니에요?"

수도까지 가는 데 거의 30분이 걸리다 보니, 다르타는 합승한 여자와 자연스럽게 말을 나누게 되었다.

"난 마법사예요."

다르타가 어깨를 으쓱하면서 한 말에, 여자는 눈을 휘둥그렇게 뜨고 되물었다.

"마법사라고요?"

"지금은 아니고. 가까운 시일 내에."

"?"

"마법사로 발현했거든요."

"와. 기쁘겠네요."

"그렇긴 한데. 배우는 게 쉽지가 않아서."

"아카데미에 가면 되잖아요?"

"사정이 좀 있어서."

"무슨 사정이요?"

"오늘 처음 만난 사람한텐 알리기 힘든 사정이요."

"아아."

"그래서 황후 폐하한테 알현 신청하고 기다리는 김에 들른 거예요. 동생 찾으러."

"동생이 저 안에……?"

"어디 있는진 정확히 몰라요."

"그러시구나."

처음 보는데 이상할 정도로 편하게 여겨지는 여자였다. 그래서인가, 아니면 상대가 워낙 말이 없어서인가. 다르타는 오만 가지 자기 이야기를 하다가 머쓱해서 물었다.

"그쪽은요? 그쪽도 누구 찾으러 왔어요?"

그 말에 여자는 쑥스럽게 웃었다.

"아니요. 저 같은 아이가 없을까 싶어서 찾으러 온 거예요. 저 같은 아이가 어딘가엔 있을 테니까. 후원하고 싶어서."

"저 같은 아이?"

"똑똑한 애요."

제 입으로 자기가 똑똑하다면서 맑게 웃는 여자가 어이없기도 하고 귀엽기도 해서, 다르타는 피식 따라 웃었다. 문득 생각이 들었다. 동생이 있다면 이런 느낌이 아닐까. 편안하고, 그냥 온갖 이야기를 하게 되고, 좀 미덥지 못하고, 챙겨줘야 할 것 같은 느낌.

그사이. 마침내 마차가 수도에 멈추었다. 여자는 마차가 멈추자마자 얼른 내렸다. 하지만 다르타는 이대로 헤어지긴 섭섭해서, 괜히 느긋하게 마차에서 내리며 연신 여자 쪽을 힐긋거렸다. 하지만 잠깐 얘기 좀 나눴다고 또 만나고 싶다든가, 그러면 이상하겠지. 그때. 그대로 가버릴 줄 알았던 여자가 어색하게 웃으면서 물었다.

"한 달간 여기서 머문다고 했죠?"

"그런데요?"

"또 놀러 와도 돼요?"

다르타는 얼결에 고개를 끄덕이면서 손가락으로 자기가 머무는 여관까지 가리켰다.

"와도 돼요. 초록잔가지 여관에 머물고 있어요. 다르타라고. 이름 대면 바로 만날 수 있어요."

사실은 동생을 찾으러 다른 고아원에 가볼 생각이었는데. 얼결에 대답이 튀어나와버린 것이었다. 말을 하고서 아차 싶었지만, 상대가 기쁜 얼굴이니 도로 거두어들일 수도 없었다. 여자는 잘됐단 얼굴로 한 손을 쓱 내밀었다.

"전 에벨리예요."

이름이 '에벨리'라고 해서, 혹시 동대제국 궁정 마법사인가 싶었는데. 그건 아니라고 했다. 에벨리는 흔한 이름이었고 동대제국 궁정 마법사는 한 명뿐인 사람이었기에, 다르타는 에벨리의 말을 당연히 믿었다. 어쨌든 에벨리 덕택에 다르타는 좀 더 동생을 찾는데 의욕을 가지게 되었다.

"동생이 언니를 기다리고 있을지도 몰라."

자신도 고아원에서 자랐다던 에벨리가 한 말 때문이었다.

"나한테 언니 같은 언니가 왔으면 무척 기뻤을 거야."

다르타는 맞는 말이라 여겼다. 자신은 동생이 필요 없지만, 동생은 언니를 필요로 할지도 모른다. 그러니 잘 사는지 확인이라도 하는 게 옳게 여겨졌다.

'게다가 엄마가 그랬잖아. 동생이랑 같이 맡겼는데, 내가 울면서 혼자 엄마를 따라왔다고. ……동생을 버리고 간 거야. 기억은 안

나지만.'

그리고 일주일 후. 앞 순서였던 사람이 급한 사정으로 집에 돌아가게 되면서, 다르타에게 번호표를 팔겠다 제안했고, 다르타는 예상보다 일찍 나비에 황후를 만날 수 있게 되었다.

나비에 황후를 보러 가는 길은 검정색 카펫이 일자로 깔려 있었고, 황후는 그 카펫의 가장 끝 신성한 옥좌 위에 앉아 있었다. 머리에는 황후의 관을 쓰고 손에는 연합 수장의 홀을 든 채, 황후는 사람들 위에 자연스럽게 군림하고 있었다. 심지어 양옆에 선 기사들조차 조각처럼 흐트러짐 없다. 그 사이를 지나가며, 다르타는 긴장해 마른침을 삼켰다. 지금까지는 단순히 '왜 이렇게 보는 데 오래 걸려?'였는데. 실제로 알현장에 와서 보니 분위기가…… 상상했던 분위기가 아니었다.

지정된 위치까지 걸어간 다르타는 황후의 부관이 지시하는 대로 인사를 올린 후, 가만히 고개를 들어 나비에 황후를, 자신의 운명을 바꾸어줄지도 모를 사람을 바라보았다.

다르타가 나비에 황후를 보고 받은 첫 인상은 '무섭다'였다.

8권에서 계속

재혼 황후 7

초판 1쇄 발행 2022년 4월 15일
초판 2쇄 발행 2022년 12월 26일

지은이 알파타르트
펴낸이 김문식 최민석
총괄 임승규
기획편집 박소호 김재원 이혜미
　　　　　조연수 김지은 정혜인
디자인 배현정
제작 제이오

펴낸곳 (주)해피북스투유
출판등록 2016년 12월 12일 제2016-000343호
주소 서울시 성북구 종암로 63, 5층(종암동)
전화 02)336-1203
팩스 02)336-1209

ISBN 979-11-6479-627-4 (04810)
　　　　979-11-6479-027-2 (세트)